总主编／潘鲁生　邱运华

执行总主编／王锦强

主　编／赵　屹

副主编／张传寿

2018

民间文艺研究论丛

年选佳作

民间工艺

ANNUAL SELECTIONS OF PAPERS ON
FOLK LITERATURE AND ART STUDIES 2018:
FOLK ARTS AND CRAFTS

社会科学文献出版社
SOCIAL SCIENCES ACADEMIC PRESS (CHINA)

总　序

新时代民间文艺创作实践和学术研究具有多样性特点，传统的创作的主题、手段和呈现方式已经大大改变。而创作实践的变化，必然带来理论的改变。在这个背景下，系统思考民间文艺理论，就显得十分紧迫。因此，我们每年将整理上年度我国在民间工艺、民俗文化和民间文学方面的研究成果，将其奉献给学术界，以便大家共同思考。

一

"民间文艺"在当下社会是一门显学，这对于一个学科来说，是一件很幸运的事情。之所以说"在当下社会"，是因为进入 21 世纪以来，社会各界都清晰地认识到中国文化建设和发展的基础，离不开传统文化。而传统文化，除了诗书礼义之学、唐诗宋词等，其他的大多都归属于民间文化。离开了民间文化，所谓传统文化，就所剩无几了。毕竟五千多年来，老百姓坚守千百年形成的日常生活方式，不间断传承民族的生活习俗、生存和生产技艺，创造生产工具和生活用具，鼎力拱卫中华民族世代认同的传统价值观，维护传统审美风尚和艺术趣味，将这些民间文化凝聚为世代相传的民间文艺。中华美学里有一个命题叫作"由艺进道"，可以很恰当地指称这个关系。在新的历史时期，作为传统文化中的重要组成部分，民间文艺也成为当下社会关注的热点。

21 世纪之初，中国民协倡导中国民间文化遗产抢救工程，全社会对文化遗产的高度认同，已经预示着一个新的文化高潮的到来。这一文化高潮与 20 世纪八九十年代的"文化热"具有完全不同的性质。20 世纪 80 年代曾经发生以回归和批判为指向的文化热潮，在文化界和思想界产生了巨大影响，它裹挟着形形色色的西学思潮，成为 80 年代启蒙或曰"新启蒙"运动的重要推手。我们可以在当下日渐沉寂的一批思想家、文学家的名字里体味那个时代的思想和艺术。到了 90 年代，则转入了文化反思阶段，有的学者称为"文化保守主义"时代。这个时代诞生了属于我们自己的文化思想，对于 21 世纪的文化走向来说，也许这个十年更具有研究价值。不止是主题转向问题，而是那个"退场""出场"的口号，实际上把文化独立于其他元素的命题再次提出来，并得到学术圈内外的认同。这是历史给予学术界的机遇。笔者认为，90 年代留下来的众多遗产中，一个是民族文化主体地位凸显，另一个是文化研究（不局限于伯明翰学派意义上的文化研究）独立领域形成，对 21 世纪学术（包括民间文艺的学术研究和创作实践）研究的影响力最为巨大。在这个背景下，我们来看进入 21 世纪以来将近 20 年的学术进展，就能够深刻感受到，一个全民族高度认同的对传统文化的抢救、保护、发掘、利用和研究的局面，是民间文艺成为显学的背景。这是它的幸运。

但是，这也潜含着作为一门学科的民间文艺的不幸。相对全社会普遍关注的这一局面，民间文艺学科体制的格局就过于狭窄。学科体制主要存在于高等教育、科学研究领域，自新中国成立以来，民间文艺的学科地位就分别设置在中国语言文学学科（包括汉语言文学和各民族语言文学）和艺术学科两个学科中，受到学科体制的限制，没有得到整合。知识体系、课程设置、学位点设置、人才培养和科研评价体系等，长期以来分而设之，缺乏整体设计。改革开放以来，随着学位制度体系规范化，民间文艺学科的两翼——民间文学和民间工艺美术各自都得到长足发展。例如，以北京师范大学、北京大学、复旦大学、中央民族大学、中山大学、山东大学、四川大学和辽宁大学等为代表的高等院校系统，以中国社会科学院和各省市自治区为代表的科学院系统，是民间文学学科的代表；以中国艺术研究院、中央工艺美术学院、中央美术学院、中国美术学院和省市自治区所属美术学院、工艺美术学院和师范大学美术学院为主体，是民间工艺美术学科的主体。这两个系统彼此长期独立运行，缺乏相应的融合。这一局面的存在，实际上说明了民间文艺学科建设存在缺陷。

　　民间文艺作为一门学科，长期以文艺学、民族学、社会学等学科为支撑。进入 20 世纪 90 年代以后，西方文化学的影响越来越大，而民间文艺界也越发清晰地认识到民间文艺作为文化生存的特殊形态的重要意义。钟敬文先生因此提出民俗文化研究作为两者的超越，成立了北京师范大学民俗文化研究基地，并被列入了校"985"项目建设重点基地。后来，中国语言文学学科的二级学科序列里就不再有"民间文学"了。民间工艺美术学科的命运随着也发生巨大变化，标志之一是中央工艺美术学院整体并入清华大学，新中国成立初期以传承民族民间工艺为使命的中央工艺美术学院，结束了它 50 年的办学历史。

<h2 style="text-align:center">二</h2>

　　民间文艺这个术语具有某种暗示性、导向性，使用这个术语，自然就进入另一个传统的"文学艺术"话语体系进行观察、思考、判断，这是 20 世纪 90 年代之前中国民间文艺学科的语境。但有些国家学术界并不使用"民间文艺"这个术语，而是使用"民间创作"（如俄罗斯学术界使用"фольклор"这个词，意思是"民间创作"）来涵盖民间文艺这个术语下的领域。

　　在 20 世纪这个更为宏大的背景下，民间文学已经不仅仅是"文学"了，学术界逐渐在民间文学文本存在的时间和空间上发现了更为广阔的世界，民间文学的话语体系发生了以下变化：民间文学日渐脱离"文学作品"的范围，越来越多地成为民族、民间和民俗文化的主要载体，成为民俗文化和民族、区域文化的研究对象；民间文学的"文学性"再一次被弱化，研究民间文学的艺术技巧和艺术手法等，不再作为学界的主要领域；田野调查与民间文学文本的生成关系更为紧密化，与此相应，民间文学的文本性也不再独立为作品，而与相关"传承人""口述者""语境"等密切联系。这些新叙事文本的产生，意味着作为传统学科体制下的"民间文学"已经超越了"文学"范围；它从独立的文学作品，变成了文化研究的文本材料构成诸元素之一。

　　几乎与此同时，文学研究领域也产生了文化研究走向。经典文学作品研究，逐渐"漫出"内容/形式研究，走出内容/形式二元对举的研究范式，超越所谓"内部研究"与"外部研究"的范式，走向两者融合。在 20 世纪的最后 20 年到 21 世纪的最初 10 多年，单一"内部研究"或"外部研究"的大师们，例如，社会学文学研究、历史主义研究和意识形态研究，以及新批评、形式主义批评，都没有成为主流，而那些以两者相融合的学派，例如新历史主义、女权主义批评、伯明翰学派，却领一时风骚。不能不承认，对于整个学术研究来说，简单以作品为中心的研究范式被文化文本性研究范式超越，是一种研究理念的进步；它更为缜密而宽阔，也更贴近民间文学作为人类文化财富之表征的实质（以当下的学术思维力来看）。

但是，是否就可以或者断然放弃对民间文学作品的艺术特征和艺术模式的研究呢？我以为应十分谨慎。就民间故事而言，华北地区与华南地区的故事既有相同的叙述方式，也存在各自的艺术特点；与其他艺术门类结缘的歌谣、戏曲就更是各擅胜场，叙述方式和艺术特点更鲜明，在叙事学研究方面，大有文章可做。例如，湖北省各地区的叙事长诗，与云南省各地区、各民族的叙事长诗相比，两者在艺术表现方面都各有特色，不能一概而论；在类型学研究和语言学研究方面，也各领风骚。因此，断然取消民间文学的艺术研究，未必是可取的学术思维方向。当然，在民间文学里面有更为丰富的研究领域，这在新的学术思想启迪下被凸显出来，例如，与传承区域文化习俗和传承人的个性相关联的史诗传唱艺术，较之于史诗文本单一研究维度而言，就丰富很多；在民间小戏领域，从传统的文本研究理路（"内容的"或"形式的"），到拓展出的文本演唱、方言、接受者和改编方式等综合研究，两相结合，形成民间小戏研究的新格局，如此等等。

三

由单一文本"内容/形式"二元对举研究范式过渡到文化研究范式，在民间美术和民间工艺领域显得具有更大的合法性。

民间美术和民间工艺领域的实用性作品多是批量制作，如木版年画，同一模版的年画可以印制数千幅，甚至可能更多；泥塑、陶瓷、刺绣等门类作品也是如此，它的任何创新若是分布到 1000 件作品上，就显得重复，成为模式化的符号。单独看一个作品，与前人的作品相比，它的新颖性或许显得很突出，可是与其自身序列相比，就不是这样了。如此看来，民间文艺领域的确存在"同一个作品的复数文本"现象。这一现象的合法性明显区别于文人创作作品的"单一文本属性"。换言之，在职业作家、艺术家创作领域，倘若出现相似（不说雷同或相同）的两部作品，那么，其中一部作品的合法性就会受到质疑；而在民间文艺领域，出现两篇差异在5%的民间故事文本则是极其正常的，出现两幅差异率在5%以内的木版年画、泥塑或陶瓷作品，也极其正常。这是民间创作的基本特点之一。

我觉得，应从三个方面来看待这一现象。

一是民间创作是与区域文化紧密结合的，表现了特定区域文化。民间艺术更多地根植于特定区域民众的日常生活和民间风俗，反映和呈现这一生活和风俗，因此，我们把特定种类民间艺术称为"某一区域"的艺术。例如，年画有杨柳青年画、朱仙镇年画、桃花坞年画；刺绣艺术分有苏绣、潮绣、湘绣、蜀绣、汴绣等；木作家具艺术有广作、苏作，如此等，均与区域密切相关。区域文化既可能体现在主题、题材趣味方面，也可能体现在技法、色彩、材料等方面。比如，相同的主题在相邻区域流传过程中会出现关联性变异，区域其他文化元素会参与主题流传过程之中，主题原型"A"从而演变为"A +"或"A −"。这个增加或减少的元素，就是区域文化元素所致。与此相比，民间创作的个人趣味、爱好等因素，则退到相对次要的位置，不再凸显。

二是民间创作是群体性质的创作，具有群体创作者认同的相对一致性。每一个艺术种类都是独立的群体，与其他艺术种类区别开，在本种类内部对话、交流、影响和比较。例如，剪纸有剪纸的艺术世界，刺绣有刺绣的世界，木雕、石雕、漆艺、陶瓷、泥塑等，各自有独立的艺术空间，每一个空间都有自身的艺术标准和评价方式，自然也都有自己的艺术史。在这里，民间创作本身的特征更加明显：民间创作是在有原型的基础上予以创作，而不是虚构创作。他们的创作是有"本"的创作，不是向隅虚构。因而，他们的创作严格来说是改造和重构。在这个意义上，还需要注意：民间文艺家是以群体的规模进行创作，而非个体独立创作，这使得创作群体的文化多样性、差异性表现得更为鲜明。

三是民间创作是在前辈创作基础上的再创作，具有传承性。特定民间艺术种类都是在继承前辈的过程中前行，在继承和创新、旧与新的辩证关系中发展。民间创作的本质是在传承基础上创新，而非在"无"的基础上创作，这就意味着在这一过程中，对原型的模仿和改造是核心元素。例如，在浙江青瓷的创作中，当代艺术家必然在前人上釉、着色、绘制等技术环节的基础上来制作新的瓷器，从明、清、民国到现在，青瓷的艺术风格方可保持一惯性。当代传唱艺术家在对"格萨尔"的传唱中，在对前辈艺术家模仿中寻求自己的风格，而他们现行的风格也将作为传统，影响和制约后代艺术家。总之，在原有内容和形式的基础上从事创作是民间文艺创作的基本规律，也是它区别于文人创作的基本特征。

民间创作还存在更多与日常生活、日常民俗密切相关的现象，与"文学艺术"研究对象区别更大。

学术界超越作品中心论，进入文化研究和综合研究的趋势，对于一般文学研究来说，属于学术发展趋势而呈现的方法论的变化，而对于民间创作来说，则似乎原本就是其本质。

四

超越作品中心论，拓展了民间创作研究新领域，使之回到了田野和现场，使一些社会学、人类学的社会科学方法焕发了生机。在相当程度上，方法论的变化体现了对本质认识的改变。倡导田野性质，是民间创作研究引进人类学和社会学的表现之一，它从发生学角度很准确地抓住了民间创作的本质，相对于作品中心论研究范式，它更具有前沿性。

"田野"观念的引进，乃是对民间创作性质的重新认识。"五四新文化运动"之初推出民歌收集整理运动，由北京大学率先发起，嗣后各大中小学校开展得风生水起。毛泽东在延安时期回忆，他在湖南学校教书时就有发动学生假期回家收集民歌之举。延安"鲁艺"时期，毛泽东大力倡导民间文学，号召文学家、艺术家到人民中去，运用民间文学形式表现新民主主义内容，成功地赋予五四传统以崭新的面貌，这一先进传统一直延续到20世纪50年代新民歌运动。此后，民间文艺研究多以文本研究为主体，表现为把民间文学"文学化"，寻找其中的"文学性"的研究旨趣。当然，也有先觉者超越这一旨趣，拓展为风俗、区域文化研究。如何进行民间美术和民间工艺的研究，在20世纪50年代也发生过激烈争论，侧重点一直在"平民意识""民族精神""装饰""设计"之间摇摆，最终走向工艺美术创作成为一种实用的倾向。但工艺美术与民间工艺之间最大的差异是前者偏向设计、制作、生产和市场，在这个意义上，工艺美术偏向作品中心；后者是田野、区域文化、传承和原型，强调民间创作生存于日常民俗生活的具体语境中。田野性的现场感、传承人、区域文化差异、时间和空间等，在作品中心论时期多多少少被忽略、轻视。而在当下强调田野的民间创作研究理念下，上述因素都是文本构建过程中的必需要素。

"田野"观念引进民间创作研究，破解了作品中心观念，重新把民间创作放进了具体生活语境之中，使之再语境化，避免民间创作研究脱离文化语境和日常生活流程。但是，田野性并非民间创作本身，而是一种研究方法；在后工业化和城市化趋势越来越严重的时代，呼吁民间创作本身回归日常生活现场、民间创作如何"在（being）民间"，是另一个课题。

在"民间文艺"总名目下，以"民间工艺""民俗文化""民间文学"为专题，编选三卷年度论文集，是中国民间文艺家协会（简称"民协"）强调学术立会、引领学术研究服务社会（首先是服务民间创作和研究领域）诸项工作的一个体现，如何把这项工作做得更为得体，必须依靠学术界和创作界的大力支持。

让我们民间文艺界全体同仁共同努力，营建一个"百花齐放、百家争鸣"的良好氛围，为繁荣和发展社会主义文化作出应有的贡献。

邱运华

2018年7月28日初稿、8月3日修改

北京市丰台区万芳园

序 言

近年来，我国对传统工艺的保护取得了瞩目的成就，传统工艺保护及振兴计划有序推进，但在"后非遗时代"也遭遇不少新情况与新命题，亟待理论指导与方法破解。2018年是全面贯彻落实中国共产党第十九次全国代表大会重要精神和指示的开局之年，全国民间文艺工作者及相关领域的研究专家、学者在秉持高度的学术自觉和学术良知的基础上，借助艺术学、民俗学、科技哲学、美学、文化人类学、社会学、生物学等多学科的研究理论与研究方法，强化对传统民间工艺基础理论的研究及对应用理论的探索，注重当下与传统、文献与活态的融通，助力传统工艺文化传承体系构建工作，为争取民间工艺研究话语而发声。学者们在加强对传统工艺保护及发展实践学理性探索的同时，也注重在工艺个案叙事中呈现跨学科视野的历史维度；在把握传统工艺普适性文化内涵发掘与哲思辨析的基础上，强化学术观照的现实意义，深度关注国内外手工艺人在传统工艺活动及历史中的社会角色定位及权益保护，为乡村振兴而发力。

2018年度民间工艺研究成果丰硕、佳作不断。在民间工艺保护与发展应用理论探索方面，中国民间文艺家协会主席潘鲁生教授的《保护·传承·创新·衍生——传统工艺保护与发展路径》一文认为传统工艺关联着当代文化生态、包含传统文化的内容和智慧，具有文化认同的基础，他认为应将传统工艺的保护、传承与发展作为一个系统工程来对待，既要切实加强对濒危工艺的抢救与保护，做好文化生态基础研究，保持传统工艺的多样性；也要做好传统工艺的活化与发展，提升工艺设计与转化水平，发挥传统工艺对城乡创业就业的促进作用，促进传统工艺在当代生活中的广泛应用，以此传续历史，重塑当代工艺文脉。中国艺术研究院研究员邱春林的文章

《手工艺的当前机遇与挑战》提出社会历史转型期手工艺面临的机遇与挑战问题，建议通过对接现代社会需求以实现手工艺的价值，警惕传统手工艺保护"技"与"道"的分离。清华大学美术学院教授陈岸瑛的《振兴中国传统工艺的目标和标准》一文认为保护非遗、激活非遗、振兴非遗的终极目标是重新建立人与天地、现在与过去的联系，他借助景德镇陶瓷案例，尝试推行《传统工艺振兴计划》的标准，即：第一，使生产者、使用者充分意识到传统工艺内含的文化价值和特色，乐于制作和使用；第二，使传统工艺成为一个体面的职业并有着光明的前景，能够有越来越多的优秀人才加入其中，从事相关工作；第三，使传统工艺成为现代区域常化业态。中国民协副主席、中国艺术研究院研究员苑利等在《传统工艺技术类遗产的开发与活用》中提出了作为"非遗"形态的传统工艺应建立开发与运用的多元模式。南京林业大学李雪艳的《论传统手工艺在美丽乡村建设中的应用》列举了传统工艺复兴与乡村建设的多重内在一致性，认为将传统工艺纳入乡村生产生活是赋予传统手工艺以生命活力之举。聊城大学张兆林的《非物质文化遗产保护实践中的商业活动探究》以传统木版年画创作核心案例分析"非遗"与商业活动的非排斥性影响，为处理"非遗"保护中商业活动与保护"非遗"的关系，推动"非遗"保护预期效能最大化提供理论参考。西南民族大学曾俊华等的《羌族民间工艺生产性示范基地的构建》以灾后羌族传统村落之汶川县萝卜寨为例，论证了生产性保护基地建立的现状、必要性、可行性及对策。

在民间工艺相关学科建设方面，中国民协副主席、中央美术学院教授乔晓光的《人民的文脉——一个学科的人文理想与社会实践》一文，在回望近百年民间文化历史命运的基础上，梳理了中央美术学院民间美术研究及教育学科的发展历程及启示意义，提出民间美术（民间工艺）学科普及发展的迫切性。中国美术学院副院长、教授杭间在所作《传统如何现代》中认为，20世纪一百年以来以传统工艺为表征的中国传统生活方式改造从未停歇过，目前，我国学院手工艺的学科发展定位应充分反思，手工艺如何在坚守学院学术传统的基础上形成跟随历史文脉，又与时代变化相呼应，"本体和多元"并置的工艺新格局的学院派工艺发展现实命题。

在工艺文化探源及审美批判方面，中国艺术研究院常务副院长、研究员吕品田的《美化生活的情怀》，从文化哲学层面阐述了大众对民间生活的审美情感态度及成因。湖南师范大学张云婕的《侗族传统服装底色与"五色"文化》则揭示了侗族古老的尚色观念及与传统服装底色的关联。江苏师范大学教授潘天波的《〈考工记〉与中华工匠精神的核心基因》从遗传学"基因理论"出发，认为《考工记》是一个潜藏中华工匠精神的文本，记录了中华工匠的信念基因、行为基因与价值基因序列，具有独特的时间延续和空间延展的生命力。云南民族大学刘冬梅的《唐卡的审美实践：造像量度作为审美评价的社会过程》从美学实践论出发，关注唐卡在造像量度的社会审美评价过程中遭遇的困惑，分析了唐卡技艺、评审权威与区域知识在唐卡造像审美评价社会活动中的博弈。南京农业大学教授季中扬的《"遗产化"过程中民间艺术的审美转向及其困境》，分析了民间艺术在"非遗"场域下审美转向的历史必然逻辑及民间艺术走向"纯艺术"的现实困境，他认为建构民间艺术审美话语体系是解决民间艺术出路的重要突破。

在正视传统手工艺人角色定位，解惑手工艺人权益难题方面，同济大学教授邹其昌的《李约瑟对中华工匠文化的思考》一文认为英国科学技术史专家李约瑟对工匠的关注，让我们看到了中国古代工匠群体应有的社会地位及其伟大贡献，也看到了工匠在传统技艺作为"非遗"保护工程中的决定性作用。西安美术学院张西昌的《民间艺人的身份归属与知识权益》，以库淑兰及其剪纸作品为个案分析了当下民间艺人因非遗保护而产生的身份确认难题。传承人认定制度在确保文脉后继有人的同时加剧了非遗传承的功利性倾向，由此导致许多传承人认定"闹剧"的发生。张西昌认为，当前对传承人的"发现"与图书"汇编"的权益链条仍被简单化处理，在商家利用传统手工艺品为元素进行衍生获利的同时，如何为生活尚处在基本温饱状态的弱势传承人群提供支持仍是亟待解决的社会问题。中央美术学院教授乔晓光的《文化尊重——乡村女性艺术研究》认为应从文化传承的角度着重将中国乡村妇女作为真正的艺术实践群体去关注，关注民间美术背后乡村女性的文化意识和思维方式、文化叙事与个体情感表达。浙江财经大学教授罗易扉的《"穷人"的知识：论原住民文化艺术所有权》列举了国际社会解决原住民文化艺术所有权的多种途径与通道，主张"穷人的知识"能在"尊重观"与"整体观"之下实现历史知识的传递。

当然，以上仅是采撷代表性学术论文中的部分观点。此外，在传统民间工艺相关历史文献考证、工艺技艺发掘与记录、工艺传承个案经验与研究总结、方法探索等方面也有不少点睛之作，此不赘述。

可以说，2018年度传统民间工艺研究的特点主要表现为在社会转型时期与"后非遗时代"的大背景下，在传统文化"祛魅"与"返魅"的交替移位中，广大学者更关注民间文化的活态问题呈现与方案解答，其中既有宏观视野把握下的相关工艺问题的微观视角研究，又有回到历史现场的文献考证，呈现了广大传统工艺研究者积极以理论方式推进传统民间工艺保护与发展的学术担当与现实人文情怀。正如《淮南子·主术训》有云："积力之所举，则无不胜也；众智之所为，则无不成也。"我们期望通过集结广大专家学者关于传统工艺、民间工艺相关年度研究成果，共同推动民间工艺研究方阵不断壮大，逐步完善民间工艺研究的话语建构。

民间工艺佳作众多，限于文集篇幅，年度选编难免挂一漏万，在此仅以代表性论文呈现广大研究专家学者主要的学术思考与探寻。是为序。

赵　屹

目 录

contents

保护·传承·创新·衍生[*]

——传统工艺保护与发展路径

潘鲁生　中国文联副主席、中国民间文艺家协会主席、

山东工艺美术学院院长、教授

中国传统工艺历史悠久，门类众多，涵盖面广，涉及衣食住行，遍及各民族、各地区，是中国传统造物体系、造型体系、观念体系的集成。传统工艺包含的传统文化内容，关联的当代文化生态、文化资源、文化自信，所蕴含的手工劳动的创造力及历史积淀的工匠精神，以及与民生、民俗具有紧密联系和广阔的应用实践空间，不仅是重要的民族文化意象、语言和文化认同基础，也是当代创意设计与衍生发展的文脉来源。当前，传统工艺振兴进一步提上国家政策议程，党的十八届五中全会提出"构建中华优秀传统文化传承体系，加强文化遗产保护，振兴传统工艺"，国家"十三五"规划提出"制定实施中国传统工艺振兴计划"，传统工艺的保护与发展在传统文化传承体系中的意义受到重视。

应该说，传统工艺的保护与发展是一个系统工程，既要切实加强对濒危传统工艺的抢救与保护，续存母本，丰富存量，做好文化生态基础研究，制定保护与传承措施，保持传统工艺的多样性；也要做好传统工艺的活化与发展，特别是对具有较好的传承与生产基础，并有望拓宽发展空间的传统工艺，要进一步丰富题材和品种，提升设计与转化水平，发挥对城乡创业就业的促进作用，促进传统工艺在当代生活中的广泛应用。因此，传统工艺的保护与发展要处理好保护、传承与创新、衍生的内在关系，在保护

---

　*　基金项目：国家社会科学基金艺术学重大项目"城镇化进程中民族传统工艺美术现状与发展研究"的阶段性成果（14ZD03）。

工作中，做到原汁原味续存文化根脉；在传承上，兼顾个体与集体，全面构建传承体系；在创新上，扎根当代生活，重塑传统工艺活力；在衍生上，积极探索跨界融合的多元发展路径。

一 保护是基础，做到原汁原味续存基因母本

一段时期，我国在工业化、市场化、城镇化快速发展过程中，部分传统工艺遭受冲击，面临"边缘化"困境。包括传统村落减少，地域文化个性受到同质化消磨，传统工艺美术的生存环境发生改变，比较突出的问题是大量农村青壮年涌向城市，"空心村"不同程度地存在，作为传统文化母体的村落由于缺少原住民和生活流，传统工艺难以发展，民居营造、生产工具制作、生活用品加工等手艺人渐次老逝，内生动力不足，相关手艺面临后继乏人的困境。同时，由于大工业的发展，不少体现精湛手工制作技艺的传统生产工艺被机器大生产替代，不少民间以使用功能为主的器物被新材质、新形态的工业产品取代，传统工艺和形式语言等在一定程度上失去了物质载体。还有民间传统信仰、礼仪、习俗等在不同程度上弱化，传统工艺及民间文化的表达方式和意义传播受到影响。

所以，近二十年来，抢救和保护具有鲜明民族历史文化特色的传统工艺成为国家文化政策的组成部分。国务院于 1997 年颁布《传统工艺美术保护条例》，对传统工艺美术保护原则、认证制度、保护措施、法律责任等做出规定，从国家层面对传统工艺进行立法保护。2006 年、2011 年出台的《国家级非物质文化遗产保护与管理暂行办法》和《非物质文化遗产法》，对包括传统技艺、传统美术在内的非物质文化遗产调查、保护、传承与传播等做出规定。近年来，在政府主导、专家指导、全社会广泛参与下，在全国掀起了非物质文化遗产保护热潮，包括工匠艺人在内的广大民众逐步树立起优秀民族文化遗产保护、传承的自觉和自信。

应该看到，传统工艺的保护形势仍然严峻，不仅涉及传统工艺存量，还关系传统工艺的应用空间与文化内涵，因为"皮之不存，毛将焉附"。比如我们在陕西某村的调研中看到，传统民居被整齐划一的新村建筑取代，且新村"空心化"严重，年轻人因务工、陪读、购房等原因逐渐迁离传统

村落，多年来村中未新建传统民居，部分远离新村聚居地的老民居荒废有时。村里营造匠人已 60 岁以上，虽一人多能，既是木匠，又是铁匠、篾匠、石匠，且工具专业齐全，手艺精良，但施展技艺的舞台不再，面临窘迫现实。此外，由于生活方式改变，价值观多元，传统工艺中原有的价值取向、情感寄托甚至精神信仰受到冲击和肢解，传统工艺原有的丰富含义不同程度地被消解，甚至走向商业的符号化。比如在不少地区对民间剪纸技艺调研中发现传统剪纸的民俗功能、民俗内涵趋于弱化，与传统民俗相关的母题内容、图式减少，与传统的民间传说故事、信仰寄托、民俗应用相关的创意发展逐渐减弱，甚至当老一辈艺人故去，年轻人对其中的内涵了解得越来越少，剪纸程式的商业化、市场化决定性更强，原有的精神和情感内涵被稀释甚至消解。相似的情况在民间刺绣中也存在，以苗绣为例，原来传统的女红已不再是日常生活之必需，进城务工后，现代通信、当代家庭生活改变了苗绣原有的生活地位和角色，年轻一代女性甚至难以理解传统的纹样图式内涵，传统工艺的内涵在日常生活的选择中被淡忘。因此，传统工艺保护势在必行，传统工艺保护是传统工艺振兴的必要基础，保护必须突出两大重点。

第一，要原汁原味做好工艺基因的保护。保护传统工艺中技艺、材料、工具、样式的"本真性"和"经典性"，具体包括记录整理、建档存录，充分利用技术手段进行数字化信息处理、数据建模等，尽可能留下发掘、整理、修复和发展的线索和资料。既要尊重传统工艺的经验实质，也要充分考虑到经验流失的可能，几千年来，中国工艺的文脉不断续得益于经验传承，但"人走歌息""人亡艺绝"的困境也和相对封闭的经验传承相关。这是我们必须正视的问题。因此要全面整理历史及当下的传统工艺要诀，梳理技法和经验，采集图示图谱，注意甄别，系统梳理，立档存录，做好工艺规范、技法构成、技艺步骤等经验的整理，全面把握不同时期、不同品类、不同地域民间工艺的技艺原理和经验形态。要以相关学术研究为保护实践的支撑，对有关工艺技法和经验构成进行知识谱系的梳理和研究，并上升到原理层面加以把握。要在尊重经验、重视传承的同时，引入科学的方法，在辑录原貌、存录口诀技法图谱的同时，加强理学、工学的跨学科研究，引入从原理、元素构成、流程标准等方面的技术解析，丰富工艺阐释，尽可能运用新的科技手段留住传统工艺的基因片段。

第二，要拓展保护的范畴和深度，把保护传统工艺与修复工艺文化生态结合起来。传统工艺的保护与发展是一个系统的生态工程，一旦丧失生活载体，将流为形式的遗存。因此不仅要保护濒临失传的技艺，还要有政府、专家、工匠艺人及广大民众共同参与，让传统工艺回归民间生活，这是保护的关键所在。要进一步关注传统工艺存在的生活空间，结合历史、人文、社会和生活背景，分析与民间工艺相关的生活空间、价值导向、审美趣味及历史文化等，深入把握其生成的文化原因和社会机制。在工艺文化生态保护中，进一步修复传统工艺的自然节律载体，充分认识传统生活中集会、节气以及与岁律相合的传统节日，作为民间文化等生成土壤具有的重要意义，进一步还原和培育传统节日中丰富的民俗、民艺内容。要修复与传统工艺相关的人生礼仪载体，深入把握传统民间艺术的色彩、符号、形制等与当地生活相依存的关系，有计划地恢复和培育优秀民间礼仪，增强文化认同与情感维系，培育工艺文化发生与应用的文化空间。要修复传统工艺的社会聚落载体，深刻认识传统工艺与传统村落、居民生活的依存关系，推动传统村落保护，促进恢复传统民居营建和开展民俗活动等，以保护民间文艺的丰富性。习近平总书记指出"文化自信是更基本、更深沉、更持久的力量"。我们要在自觉、自信的基础上，修复工艺生态，留存工艺匠心，守望文化乡愁。

二 传承是关键，兼顾个体与集体，构建传承体系

传统工艺作为习得知识，重实践、重经验，所以传承是保护与发展的关键。从传承机制上看，历史上我国传统工艺形成了包括言传身教的文化传承、心领神会的体验传承、经验总结的艺诀传承等传承形态，形成了师徒传承、家庭传承、行业传承等传承体系。近现代传统工艺的传承与发展也作为工艺教育、艺术教育纳入学校教育机制，学校的专业人才培养成为工艺文化传承发展的有机组成部分。近一段时期，社区里开展的工艺文化传习也成为一种社会传承形态和机制。从传承主体上看，张道一先生曾将

民间工艺的传承与实践主体划分为四个层次："一是广大的农民和牧民，他们的艺术活动带有业余的性质；二是农民的副业，只是在农闲时或节日、集市上从事艺术品的制作和销售；三是半职业性的游方艺人，常年走街串巷；四是在城市中挂牌营业的专业艺人，设立作坊或参加专门的工厂等。"①

从现阶段工艺文化传承实践看：一方面要有重点，把工匠、艺人等传承人（群）作为保护与发展的核心力量；另一方面要有广度，既要保护和扶持相对少数的创作主体和传承人，还要关注传承人群和传承集体；在做好重点保护和示范传习的同时，还要进一步关注广大的接受群体和文艺受众，做好普及宣传和推广，扩大队伍，增进认同。就前者而言，我国已建立代表性传承人保护体系：2006 年，文化部颁发《国家级非物质文化遗产保护与管理暂行办法》，对国家级代表性传承人的认定标准、权利、义务及管理做出具体规定；2008 年，《国家级非物质文化遗产项目代表性传承人认定与管理暂行办法》进一步规定并细化了对代表性传承人的保护与管理；2011 年，国务院颁布《中华人民共和国非物质文化遗产法》，对非遗传承人从评选、认定、技艺传播、传承、法律责任等方面做出法律界定。全国各地也相应出台政策法规对传承人提出具体的扶持办法；同时，相关政府部门及国内外组织、行业协会颁发了系列荣誉称号并组织各类奖项评选，努力挖掘优秀作品，表彰与鼓励优秀的手艺传承人；2015 年，文化部、教育部启动"中国非物质文化遗产传承人群研修研习培训计划"。

就更广泛的工艺文化传承而言，还要全面构建包括传统师徒制、学校教育传承、社会公共文化传习等传统工艺传承体系。《伊斯坦布尔宣言》就非物质文化遗产指出："它的存在必须依靠传承主体，即本民族群众的实际参与，体现为特定时空下的一种立体复合的能动活动；如果离开这种活动，其生命便无法实现。"从根本上说，传统工艺由民众集体创造、集体使用、集体传承，要进一步激发民众的主体参与感和集体存在感，使广大民众成为传统工艺的创造者、享用者和传承发展者，进而全面激发传统工艺的创

---

① 张道一：《艺术原理述要（乙编）》，《艺术百家》2016 年第 2 期，第 114 页。

造活力。从工艺传承的调研情况看，以东阳木雕为例，东阳木雕最核心的竞争力是从业者多，传承方式多元，有以家庭作坊为主的家族传承，有以企业为主的行业传承，有以大师工作室为主的师徒传承，有以院校木雕专业为主的教育传承，各种传承形式相互融通、交流密切，使东阳木雕在全国同行中形成了鲜明的优势。与此同时，学校教育应当在工艺传承中发挥积极作用。特别是专业艺术院校坚守中华文化立场、传承中华文化基因，可进一步构建高等艺术院校关于"中国传统造物文化传承与发展""中国传统造型艺术传承与发展"的教学体系。在山东工艺美术学院，我们计划实施"振兴中华造物传承体系建设工程"，包括规划建设"中华传统造物文化传承与发展""中华传统造型艺术传承与发展"课程体系，建立传统工艺"专业必修"和"通识基础"课程群；并进一步完善传统工艺传承教学内容，深入落实"传统工艺美术大师进校园计划"，聘任工艺美术行业高级人才为课程教授，开展授课、讲座等教学活动，并以多种形式举办传统手工艺实践方法与经验分享会，开展主题讲座和展览；同时，夯实传统工艺文献信息基础，发动师生专业力量，运用众创、众享等技术和内容增长机制，建设"中华造物传承体系"数据库，为传统工艺教学、研究、设计实践提供素材和信息资源。其中，传统工艺知识体系建构须与工匠精神培育相结合，在构建中国传统工艺基础课程体系，在梳理历史、细分知识、评论内涵、剖析缘由、厘清精髓的同时，要重视工匠精神、素养、境界的培育，打牢传统工艺振兴的知识基础并提升人文精神境界和内涵。

总之，传统工艺的传承，是技艺的传承，也是文化的认同与传承。《考工记》"天有时，地有气，材有美，工有巧，合此四者，然后可以为良"[①]的工艺价值观，以及从《诗经》"如切如磋，如琢如磨"，[②] 到今天拓展到工业制造和各行业领域的精益求精的工匠精神，都是工艺文化传承的重要内容。工艺传承要兼顾个体与集体，构建传承体系，并在更深层面上弘扬大国工匠精神，突出我国工艺美术的文化内涵，深化发展潜力。

---

① （汉）郑玄注，（唐）贾公彦疏，赵伯雄整理，王文锦审定《周礼注疏》卷39《冬官考工记第六》。李学勤主编《十三经注疏》，北京大学出版社，1999，第1060页。

② （东汉）班固：《汉书》，中华书局，1962。

三 创新是必然，扎根当代生活，重塑工艺文脉

早在 1996 年，在山东烟台召开的"当代社会变革中的传统工艺之路"的研讨会上，发布了《保护传统工艺　发展传统文化》的倡议书，提出："中国手工文化及产业的理想状态应是：一部分继续以传统方式为人民提供生活用品，是大工业的补充和补偿；一部分作为文化遗产保存下来，成为认识历史的凭借；一部分蜕变为审美对象，成为精神产品；一部分则接受了现代生产工艺的改造成为依然保持着传统文化的温馨的产品"。当前，我们仍然要以科学、客观的态度把握相关传统工艺的保护与发展问题，简而言之，不仅做源头保护，也要做终端开发，扎根当代生活，建立新的工艺文化，重塑工艺文脉。

2008 年，我们承担了中宣部"四个一批"人才资助项目"山东省农村文化产业调查与研究"课题，从调研情况看，临沂莒南石雕工艺已由传统生活实用石器（石磨、石碾）转向现代园林石雕艺术品，菏泽鄄城织花布由床单、被面制品转向现代家纺、服装、工艺壁挂，临沂红花乡中国结由传统的盘扣、服饰绦子转向现代家居挂件、立体摆件等装饰品，潍坊杨家埠年画、风筝转型为礼品、旅游纪念品。总体来看，我国农村手工文化产品创新取得了突出成果，但由于设计缺位，产品开发深度不够，创意不足，中低档产品仍然较多，面临发展瓶颈。如临沂红花乡中国结，其产品以室内装饰、节庆点缀等装饰性挂件为主，基本完成产品的现代转型，在销售市场也取得一定成功，但从长远发展来看，尚缺乏对不同层级及种类产品的纵深开发。20 世纪 90 年代以来，工艺美术要素重返农村，逐步形成规模化的产业发展格局，因此，农村工艺美术的发展在很大程度上反映了我国工艺美术行业发展的总体情况。面对传统工艺设计缺位的问题，工艺美术行业还要充分发挥主体作用，以繁荣工艺美术发展为主要任务，建立与专业设计师、院校等联合开发现代工艺产品的创新研发机制，活跃工艺美术市场，推进工艺美术产业升级，大力扩展传统工艺及其文化的影响力。

具体来说，传统工艺要通过创新以适应新的生活方式。以山东临沂柳编为例，传统民间柳编主要是农用、日用筐篮，农户一般自编自用，功能、

样式相对简单。20 世纪 80 年代，通过国内外艺术设计人员及编织农户的共同开发，目前已形成筐、篓、篮、餐具、家具、家居装饰、旅游休闲用品、城市绿化用品 8 个品类、51 个品种、10000 多个花色。据当地统计数据显示，2016 年，10 万农民从事柳编工艺，创造了价值 17.99 亿元的 "临沭柳编" 品牌。临沂柳编工艺由传统农用筐篓转化为现代家居生活用品和装饰用品，实现了产品的现代转型，融入当代生活，体现了传统工艺创新、实现现代转型的必要性。传统工艺要通过创新以复兴传统生活美学。中国古典美学思想丰富而多元，在尊礼、重礼、守礼的文化风气影响下，人们将传统美学观念贯注于衣食住行用等日常起居及生活器用的各个层面，通过量材为用、巧法造化、各随其宜，形成了独到的工艺造物文化，培育了讲究而适宜的生活美学。由于工业化的冲击加之自身文化传承与创新的自觉度不足，原有的文化价值体系和生活记忆在不同程度地消解，传统工艺的从业人员、消费群体等对传统美学认知相对不足，加之盲目地商业开发对传统文化造成一定破坏，致使不少工艺品缺乏中国美学格调。从这个意义上说，传统工艺创新需植根传统，融会时代发展的新的价值导向、新的生产生活方式以及新的消费观念，创造具有生活实用价值及美学意义的工艺品，唤醒传统生活美学精神和态度。

总之，创新是联结传统工艺文化、工艺生活、工艺业态的桥梁。从国际经验看，日本保护发扬传统工艺，将简洁实用的美的标准融入现代制造业，形成日本制造的美学风格；德国传承手工艺传统，形成专注、精准、务实的现代制造品质；北欧国家从民族工艺传统中提炼和衍生出鲜明的现代制造风格。以传统工艺资源为重点，根植现代生活，开展战略性、生态性、生产性创意设计研发，是实现传统工艺生活化、规模化、产业化的根本。其创造性转化路径主要包括：第一，以当代设计观念创新转化传统工艺样式。由于新的生产关系和生活方式的变化，生产、文化等价值观念发生改变，创新的关注点要从物质生产向文化建构深化，从产品功能向人文情感拓展。第二，以当代设计语言创新转化传统工艺文化内容。我国传统工艺文化资源中蕴含丰富的传统知识、符号语言、艺术形态、工艺技法、生态材料和文化思想，应加强设计转换，丰富集人文、精工和生态特性为一体的"中国设计"内涵，厚植"中国设计"的文化基础。第三，以当代设计创意产业创新转化传统工艺产业。通过设计，因地制宜、因势利导地将工艺资源优势转化为设计发展强势。第四，以品牌设计创新转化传统工艺代工。从产业链布局看，我国劳动密集型贴牌代工生产仍然较多，强化设计创新与品牌构建是夯实工艺美术产业发展的关键，势在必行。

四 衍生是趋势，跨界融合，探索多元发展路径

从"中国制造"到"中国设计"，是未来中国经济、文化发展的历史必然。当前，我国作为全球文化产品最大的出口国，工艺美术占主体位置。联合国教科文组织发布的最新报告显示，2013年中国文化产品出口总值达601亿美元，高出排名第二的美国279亿美元1倍多，成为全球文化产品最大出口国。根据报告，艺术品和手工制品在全球贸易额最大的10类文化产品中的排名有所上升，中国是工艺美术品类最大的出口国。在信息、消费等新的发展机遇下，工艺美术的经济叠加价值还将更加显著。因此，要把握城市生活服务业对大规模定制的需求拉动、生产服务业对制造业的结构性嵌入，以及"互联网+"电商消费对文化商品个性化、生态化、层级化、产业化格局的重新分配，及其为传统工艺美术与其他产业融合发展提供的巨大商机，促进人才培养、科研创新、学科专业建设与产业发展相融合，推动工艺美术产业振兴，实现经济、文化、社会发展等综合效益和价值。在这一背景下，衍生将成为传统工艺发展的重要趋势。

实现传统工艺的衍生就要加强对传统工艺原生态、衍生态的认定和保护。首先是对手工、原创与机械化、规模化复制仿制等进行分级认证和管理，建立分类认证制度，划分原作、限量版、精品、普通品等类别，明确不同类别的数量、原创性及工艺流程，以有效的标识、印章、证书以及作者签名等标明，保护手工原创，并使批量化生产适得其所，防止市场受伪劣仿冒品的冲击和破坏，引导市场经营向高附加值的方向发展，以良性竞争带动传承和行业进步。在此基础上，积极探索新技术、新经济、新业态条件下的多元发展路径，使衍生态成为原生态的拓展与升华，激发传统工艺文化资源的价值和效能，为传统工艺发展注入持续动力。

　　"十三五"期间，以移动互联网和大数据为核心的现代数字信息技术的迅猛发展，"移动互联网＋社交＋大数据"以全新的支撑平台和传播渠道，正在重建大众日常生活方式，重构文化的多元化发展格局，"互联网＋"打通了生产价值链和消费价值链，传统工艺需要改变行业的思维模式、商业模式，适应和寻求新的发展生机。如山东滨州博兴县湾头村在 2006 年诞生了第一批网店，村民们开始在淘宝网上销售传统草编产品。2016 年湾头村草编电子商务从业人员达 2000 多人，建立草编工艺品网店 500 多家，年销售额过百万元的网店有 30 余家，成为闻名全国的"淘宝村"。而且在"体验经济"的环境下，传统手工艺也面临新的发展机遇，是重要的、富有特色的地方文化资源。其特点在于，符合生态环保需求，依托地方物产和自然资源，进行手工艺制作，使之成为无污染的绿色产业；具有循环经济价值，手工艺原材料及产品可再生、可降解、可循环利用，生态高效；具有劳动力密集的特点，有益于发展生产，促进就业；具有文化创意空间，特色手工艺应反映地方文化传统，体现人文风土特色，融会创意创新，将创新成为特色文化产业不可忽视的组成部分；具有产业辐射效能，使特色手工艺发展有助于带动当地民俗旅游、土特产加工、智慧农业的发展，使之具有产业延伸和拉动效应。

　　应该说，衍生即演变而产生，是从母体产生的新物质。就传统工艺而言，衍生意味着传统工艺及其多重价值属性将成为创意的资源或手段，包括解构与重构、拓展与升华、颠覆与再造，意味着跨界融合、多元发展。例如，台湾地区施行"Yii 计划"，促进工艺匠师与国家知名设计师合作，将传统工艺资源转化为当代创意产品，复兴濒临失传的传统工艺，在国际上赢得广泛认可。衍生成为艺人与专业设计师、传统工艺与创意设计的"联姻"，成功的衍生将铸就新的工艺"典范"，引领新的工艺风尚，重塑属于我们民族的工艺意象。

　　当前，传统工艺融入创意时尚、旅游服务、艺术品收藏等领域，手艺定制、手艺体验、手艺收藏成为一种新的生活与消费趋势，拓展传统工艺的发展思路，不断融入新材料、新工艺、新需求来创意生活，并使越来越多的手工艺元素应用到家居生活、公共艺术及形形色色的日用产品中，是发展的需要。

五 实施传统工艺振兴的几点建议

2016 年 10 月 30 日，习近平总书记在第十次文代会、第九次作代会开幕式上发表重要讲话，明确阐述了文艺为人民服务、用积极的文艺为人民服务的创作导向，指出："走入生活、贴近人民，是艺术创作的基本态度；以高于生活的标准来提炼生活，是艺术创作的基本能力"，强调既要"读懂社会、读透社会"，更要"用文艺的力量温暖人、鼓舞人、启迪人"。这是对文艺的生活基础和人民的文艺需求做出的进一步分析，为文艺创作实践明确了目标、做出了指导。就振兴传统工艺而言：既要定位精准，切实可行，也要关注文化传承与创新发展的长远走向；既要有明确的抓手和措施，形成相应的配套评估体系，也要关注传统工艺在文化认同、文化凝聚、文化创造与交流方面的无形作用；既要有明确的目标导向，也要重视包括民风民俗、民间信仰、核心价值观等交织生成的文化生态，保护和培育传统工艺的生活土壤，深化内涵，丰富载体；实现对传统工艺保护的时代使命、创新发展的文化意义，以及衍生推广的产业价值。

一是突破瓶颈制约，构建传统工艺振兴的长远规划。具体而言，建议国家制定"促进工艺美术产业的发展规划"，从发展文化事业和文化产业的高度，在强化传统文化特色、创新产业体系、加强金融政策支持、完善知识产权保护、促进工艺美术行业人才培养等方面，对传统工艺美术行业予以引导、扶持和推动，促进全面可持续发展。建议修订《传统工艺美术保护条例》。我国《传统工艺美术保护条例》于 1997 年颁布，19 年来，传统工艺美术发展的社会环境发生了很大变化。在新形势下，尤其要从"原真性""系统性""共生性""持续性"等工艺内涵上，进一步明确传统工艺及其发生土壤的保护与发展的原则，进一步明确传统工艺的文化价值、传承方式和社会意义，提出更为有效的保护与发展措施，在城镇化的时代背景下，拯救濒危的传统工艺美术品类，促进传统工艺美术产业的振兴。

二是扎根民间生活，实施"传统工艺乡土回归计划"。深刻把握传统工艺的民间属性，梳理和保护好地方特色民间文艺的群众基础，做细做精基层文化活动，使基层群众有舞台、有热情、有传承、有创造，把边缘化的民间艺术拉回民间舞台的中央，不断丰富城镇社区和广大乡村的民间文化生活，使工作和活动更接地气、聚人气，主心骨更突出，使人民成为民间工艺的主角。真正把工作重心放在社区、乡村，亲民近民，推动地方特色工艺在农村和城乡社区扎根，开展传习、展演等群众文化活动，并针对不同群体和地方手工艺样式因地制宜实施传承计划，使普通民众成为传统工艺传承的重要基础，使传统工艺成为社会和民众自然、和谐、稳定、有序、良好互动的重要纽带，增强文化认同与凝聚。

三是开展文化扶贫，实施少数民族及贫困地区"传统工艺扶贫计划"。少数民族地区以及贫困地区的传统工艺承载着丰富的文化信息，由于受地方经济发展的制约，未能发挥应有的文化、经济和社会价值，是国家最应该关注扶持的对象。建议成立国家扶贫公平贸易机构，提供公平贸易信息，建立公平贸易渠道，引导公平贸易发展，为相对闭塞贫困地区的传统工艺生产者直接寻找市场和消费者，减少贸易中间环节，提高手艺收入，改善民族边远地区手艺人处于产业链末端、获益微薄、权益缺乏保障的状况。鼓励当地民众从事传统工艺劳作，发展工艺生产经营；加强基层协作组织建设，成立民间工艺合作社；创新传统工艺金融服务体系，实行缓、减、免等财税优惠政策；鼓励注册传统工艺商标，开展"原产地保护""地理标志"和"非物质文化遗产"等申报工作，发展特色工艺品牌；在条件成熟的地区探索建立国家传统工艺扶贫示范基地；实施民族及边远贫困地区传统工艺复兴计划，开展创意研发、交流培训等文化帮扶，全面吸收社会力量发展民族地区及贫困地区特色传统工艺。

四是留住民间乡愁，将传统工艺发展纳入公共文化服务体系。要留住乡愁寄托，守护我们共有的历史记忆、心灵空间、工艺境界和生活气息。在调研中我们看到，甘肃省临夏回族自治州永靖县海家崖头村沿袭几百年来祖辈"白塔寺川"木作、木雕工艺的精髓，创造了新的村居风尚。该村也经历过以"硬化、绿化、亮化、美化"为主的建设过程，但村民对传统乡土建筑具有深厚的情感记忆、明确的价值选择，以及当地运用永靖县"白塔寺川"木作、木雕创作施工群体的雄厚力量，最终在乡建村居中使文化与价值的传统底色得以保留，在与时代生活的交互中，创造了有历史人文底蕴的生活环境与空间。要把握民间文化生活需求，以源远流长的民艺和民俗活动来丰富人民群众的文化生活，用老百姓喜闻乐见的形式发挥陶冶情趣的作用，表达生活理想，诠释传统美德，弘扬社会主义核心价值观，形成具有积极价值观导向和深刻自觉的健康生活方式，增强人们对优秀传统文化的理解和当代主流价值的认同。同时，在公共文化体系的基础设施建设等物质层面，不仅要建"农家书屋"，还要积极修缮和保护与传统工艺相关的公共文化空间，发挥基础载体作用。

五是增强文化自觉，将传统工艺纳入国民教育体系。传统工艺美术具有丰富的文化内涵，是传统文化的重要组成部分，相对国学代表的经典文化，手工艺则代表民间文化，它们共同构成中华民族传统文化的支撑体系，是"以人为核心"新型城镇化的重要抓手，也是"体验经济"的重要组成部分。因此需要建立涵盖幼儿教育、中小学教育、职业教育、继续教育、高等教育以及社会传习的传统工艺美术国民教育体系，以推进中华优秀传统文化传承。恢复民间优秀的手工艺行会制度，由行会（行帮）自行设定严格的师徒传承制度及从业制度，加强工匠艺人的道德规约及行为规范，解决目前存在的传承混乱、传承人评选制度混乱等诸多问题。在学校倡导传统工艺文化的传承，编制手工艺乡土教材，推进手工艺进教材、进课堂；在社区倡导重塑传统工艺文化氛围，实施手工艺传习计划，丰富社区文化，深化公众认知与传播；应当在农村倡导"一村一品"，树立文化自信，传承造物文脉；同时，加强中国手艺学研究，为传统手工艺繁荣发展提供人才和学术支持。

六是尊重民间文化，完善民间工艺主体保护与传承机制。建议实施"民间国宝"文化推广工程，认定个体的民间工艺家和集体的传统工艺传承团体，尊重和推广杰出民间手艺人代表。"民间国宝"应是相关传统工艺领域最佳水平的代表，以及能使严重濒危工艺得以保护传承的民间手艺人代表，应以弘扬传统工艺的创造精神、传承精神、工匠精神为己任，为传统工艺发展发挥导向作用。同时，进一步健全和完善传统工艺传承人保护与传承机制，分层分类制定保护制度，将认定标准架构到民间文艺家从

"年龄—从业年限—资助激励"的模型中，分类认定、分类保护、分类奖励，从而形成自上而下的由不同民间工艺家构成的"保护链"，释放传承活力和实现可持续传承。充分考虑构建"工艺传人—工艺大师—民间国宝"的"传承链"，强化分类认定、激励机制，颁发能代表不同层级传承人身份的认证书，既起到保护立档的作用，又起到挖掘发现、鼓励发展的作用，将民间国宝制度设计成为崇尚民间工艺传承人、传承项目可持续发展的助推器。

七是振兴传统工艺，实施"传统工艺设计转化战略"。依据国家"十三五"有关文化建设的发展规划，植根传统工艺发展规律，结合我国经济、文化、社会、立法、教育、"三农"等现实问题，进一步研究制定"传统工艺保护与创新发展规划"，加强传统工艺"创新链"建设，加快传统工艺的定制化、品质化的创新传承进程。积极推动传统工艺供给侧的提质增量，在优化相关要素配置的同时，出台政策、采取举措，就传统工艺的投资、消费、出口加以全面、深度挖潜，培育需求市场，并找准传统工艺产品及服务的消费关键点，提高产品及服务供给对需求变化的适应性、灵活性，满足大众消费需求，推动消费成为生产力。关注工艺美术产品及服务，引导工艺美术产品在研创、生产、销售、服务等方面系统化发展，增强传统工艺相关产业的延展性，增大收益空间，推动民间文艺创造转化与创新发展。促进文化的产业融入与提升，发扬工艺传统，将中华审美传统融入现代制造业，形成中国制造的美学风格。激发文化资源价值和效能，赋予文化产业更高的情感附加，为文化产业发展注入民间文艺的支撑力和持续动力。

八是复兴工艺文脉，重建民族传统工艺造型体系。传统工艺是中华民族文化表达的重要方式，也是民族精神的象征。自20世纪初广泛引入油画等西方造型艺术以来，在基础教育和高等教育中主要依托西方美术体系，中国传统工艺美术造型规律被不同程度地边缘化，以至符合中国人审美心理、体现民族文化特色和创造力的传统造型艺术遭遇传承断裂的困境。加强民族传统工艺美术造型体系的梳理研究、教育传承、文化认同及创作发展，有助于深化文化自觉与文化自信，增强文化凝聚力，激发文化创造力，为经济、社会、文化的发展提供涵养与支持。

　　"文运同国运相牵，文脉同国脉相连。"传统工艺是文化典籍之外的一种活态文化，它承载了民族的造物智慧文脉，是民族文化的生动表征，是民族乡愁的载体。在文化转型和城镇化背景下，传统工艺的保护与发展更关系用文化和艺术来涵养我们的经济和文化产业，使传统文化中精神的、心性的、情感的及道德的种种软性的构成，成为我们民族发展的动力。振兴传统工艺，首先应守护好民族造物文脉根基，保护好民族工艺基因库，进而激发传统工艺生命力；通过唤起全社会的文化自觉与文化认同，全面构建传承体系；寻求建立传统与当代的连接，从材质、工艺、艺术语言、文化思想内容等各方面找到与当代生活的血脉联系，研究工艺基因谱，推广工艺产业品牌；根植当代生活，在创新中复兴传统生活美学，在衍生中实现跨界发展；制定工艺文化策略，在国际上建立工艺美术的民族文化形象，在城市社区、农村生活中营造工艺匠心的文化认同，使传统工艺美术成为具有中国文化内涵和特色的文化创意产业，使千百年来积淀发展的造物文脉有新的传承，使传统工艺在中华民族的伟大复兴中发挥看得见、摸得着的具体而切实的作用。

［原载《南京艺术学院学报》（美术与设计）

2018 年第 2 期，第 46～52 页。］

传统如何现代

——中国现代手工艺思辨

杭　间　中国美术学院副院长、教授

十几年前，我和潘鲁生老师、何洁老师、汪大伟老师、郭线庐老师、何晓佑老师一起发起中国现代手工艺学院展暨系列活动。当时，社会上工艺美术热已经开始回潮，工艺美术大师们重出江湖，市场反响很好，并对学院产生了非常独特的反哺作用。因为随着传统风格的工艺美术大师们在商业上的成功，学院里的人不论是适应市场还是艺术追求，在那个年代都产生了一些困惑，大家不知道什么才是学院教育的定位。

对这个问题，庞熏琹先生在 1956 年创办中央工艺美术学院的时候也曾经有过误会。什么样的误会呢？庞熏琹先生当年创办中央工艺美术学院时，也非常希望工艺和现代设计能够结合，所以当年比中央工艺美术学院早几个月先成立了中央工艺美术科学研究所。在这个研究所里他请来了"泥人张"和"面人汤"。但这两位老先生的命运和当年包豪斯在魏玛时期的境遇是非常不一样的。后来他们在学院的教学中就不被提起了，完全是独立地在研究所里存在。到 2005 年重新讨论手工艺学院作品展的时候，社会上的工艺美术大师们是看不起学院的，觉得学院基础不行。4 年的训练时间太短，跟他们经过长时间累积、传承有序相比是不可同日而语的。但是学院的人又觉得他们的工艺美术太土了，传承缺乏变化，就是传统的形制没有超越古人，所以双方互相看不起。

近年来，中国现代手工艺学院的参展作品，一方面，是应当肯定的，我们中国美术学院的手工艺作品确实在不断地进步；但是另一方面，从我个人的角度看这样的进度还远远不够。中国作为一个现代化大踏步前进的国家，经过 30 多年的经济飞速发展，在全球化的背景下中国人文化的觉醒也一天天增长，尤其在民间不断增长。我们看微博、微信就可以知道。大家对现代文化的认识还是跟全球化同步快速发展的，但是我们的作品仍不尽如人意。其中一个明显的表现是，中国现代的手工艺、我们学院的手工艺，它的脉络、风格，或者它的追求依然不太清楚。也许年轻老师和同学们会不以为然，认为我们今天都是自由创作，要什么脉络，要什么风格。

但是我可以给大家举个例子，我们以陶艺为例。日本的传统陶艺界产生了几位非常优秀的艺术家，且不说益子、美浓那些民间陶瓷产区中重要的国宝，就看艺术家层面，像藤本能道的陶瓷彩绘，不仅有在瓷器上的绘画表现，而且器型以及与它相匹配的词汇语言、美学风格都是浑然一体的，达到了非常高的境界。现在像藤本能道这些坚守传统的人也用柴烧制陶器，也做涂釉的探索，这些探索虽是站在现代的角度，却都是从传统中来的。另外我们知道 20 世纪 70 年代以来，八木一夫从西方的陶艺里借鉴引进了现代陶艺的风格和创作理念。这跟传统陶艺是非常不一样的，完全是两个东西，是现代艺术或者是当代艺术的组成部分。像八木一夫的作品很典型地受到原子弹爆炸的影响，他能完全和传统割裂得干干净净，他的陶土的成型方法、烧造方法仍然是东方的、传统的，但观念和藤本能道是完全不一样的。我尤为关注的是八木一夫之后日本的现代陶艺，八九十年代到今天一代一代艺术家创作层出不穷。不知道大家有没有注意过像三轮龙作这些人，他们完全是把日本的现代陶艺推到后现代的阶段，我觉得他们是真正带动日本现代陶艺界从传统走入当代的一群非常重要的人物。以陶艺为例还可以举出很多例子，包括跟柳宗悦同时代的滨田庄司等，深深地影响了诸如祝大年先生等国内许多重要的老师。

日本的陶艺在整个 20 世纪，尤其是"二战"以后的发展，怎样深度地进入传统和走出传统，以及真正引入现代艺术的概念，我们可以看得非常清楚。但请问大家一个问题：大家对中国的陶艺看得清楚吗？看中国的漆艺、金工、印染织绣和玻璃工艺制作呢？当然我们也有非常多从欧美留学回来的年轻一代学工艺美术的学生，这一代人在今天各个艺术院校里的工艺教学里起了非常重要的作用。这一代老师从欧洲把各自的师承关系中非常具有个性的艺术带入中国，这在恢复的初期阶段这样的引入是非常必要的。但是随着这批老师回国加入中国的学院手工艺创作，大家都会面临如何当一个中国现代手工艺术家的问题。

包括中国美术学院也是这样，尤其是首饰方面，已经看不出是中国人创作的还是外国人创作的。也许可以说在全球化时代作品特色可以看不出来，但是我有一个体会，对一个作品的观察、接受、使用或者欣赏跟人的年龄段是有关系的。革命往往都产生在比较年轻的时候，在长征时代或者红军时代，革命者都是二十几岁的人；五四新文化时期，北京大学新文化运动的主将很少有超过三十岁。任何事情都有本体和多元两个方面，现在手工艺的本体是什么？这个问题值得我们好好思考。否则我们中国的手工艺、现代手工艺可能还会不断处在民间的、社会的手工艺大师以及外国的手工艺同行的双重挑战之中。所以我很希望各院校从学理上做一点思考。

比如当年我们发起手工艺学院作品展时，为什么突出"学院"两个字？我们也是希望以学院这样一个大环境为背景来发展手工艺，因为当时我们的学院绝对不是"school"或者"college"，而是"academy"。因为"academy"是一个老学院的概念，是一个人文主义学院的概念。但是我觉得在手工艺术创作里，老的人文主义学院概念可能会跟传统的民间的艺术产生一种奇妙的中和。因为从这种中和我们可以追溯到一些不寻常的东西。比如离现在其实并不远，1840 年前后我们中国人对器用、工艺是有过非常多的纠结。大家可能不知道魏源的《海国图志》、王徵的《远西奇器图说》，这些在当年中国遭受西方工业文明入侵，先进的知识分子开始重新思考中国传统工艺与西方文明的关系的著作，实际上在中国没有得到应有的关注，反而在日本产生了重要的影响。《海国图志》是日本明治维新重要的教科书；《远西奇器图说》在中国几乎没有印刷，而在日本大量印刷。所以五四运动以来，实际上考虑的很多是传统手工艺的问题。看鲁迅的小说所反映的中国的变革基本上都在这样的范围内，包括蔡元培的"美育救国"中所谈的美育都是装饰艺术，都是希望引进当时比较先进的欧洲的装饰艺术运动概念，能够以美育代替宗教，等等。

我发觉在 20 世纪一百年以来通过这种对中国传统生活的改造，以传统工艺作为表征的改造，一天都没有停歇过。尤其是当年民族资本主义、民族资本产业产生以来，这样的变化尤其明显。但是中国人对现代的改革和西方不一样，西方对现代的改革，比如法国是经过启蒙运动，美国因为自身历史很短，所以它没有什么问题。随着工业文明的建立，可以比较清楚地看到传统和现代的变化。像为什么我们中国美术学院要做包豪斯研究，其实包豪斯尤其是魏玛时期的工艺大师和形式大师就是欧洲的工艺传统转向现代最重要的引路人。所以在经过乌尔姆后西方人对这段时期的思考就比较成熟了。

我记得 2015 年在德国访问时，戴翔老师安排我会见了德国手工艺协会的会长。约在德国慕尼黑手工艺博物馆见面，我赴约时看到一位 80 多岁的欧洲金工艺术家的作品回顾展，令我非常震撼。这位艺术家早期是做欧洲传统金工，从他的作品可以看到，随着整个 20 世纪西方现代艺术的发展，受立体主义的影响，受波普的影响。一直到今天，他做了很多金属片包括黄金的、铜的，与人身体的某一部分，比如鼻子、耳朵、胸等相关的设计。当时使我震撼是在欧洲这样一个做传统工艺的艺术家，随着欧洲历史的发展他能跟上时代，跟上各个流派的发展并且呼应每一个流派不同的变化，做出自己新的东西。我们中国的艺术家，中国的工艺美术家，无论是学院的还是民间的，我都很希望有这样一种连续性、一种有明晰的自己追求的，同时又与时代相呼应的手工艺术的作品。

在中国，现代的问题、传统的问题会被政治关系、会被某种体制扣帽子，传统在过去被大批判的时候就会变成一种保守，而在现在就会变成一种激进。这令我十分感慨。今天这个问题虽然不存在，实际上我们在日常的师生关系或者学术关系上，传统和现代演变成一种谩骂或者革命式的否定这依然是存在的。所以我也希望大家可以避开现代的政治化、体制化，能够回到正常的讨论状态里去。

举我个人的例子，2012 年到杭州后我住在河坊街，这是离杭州古玩城最近的地方。我发现在年过 50 岁以后，很喜欢传统工艺的东西——紫砂——非常优秀的紫砂器以及传统工艺的器皿。按理说我们这代人是接受过"85 思潮"的洗礼的，"85"时期我还写了很多现代主义的文章。但是过了 50 岁以后，对于传统的体会和喜欢是发自内心的，可是我这样的喜好被女儿嘲笑。我不可能要求女儿和我有一样的审美趣味，而且年龄段不一样。但是我告诉她，她的父亲的这种喜欢是有道理的，这种喜欢是我在看多了现代艺术的短暂、样式的昙花一现或者观念的万花筒式的变迁以后，开始喜欢沉淀了几千年的跟我的出身、祖辈、文化传承有关系的美学思想，这使我人过半百后仍可从传统器物中获取的慰藉，也希望年轻一代可以体味。我想这也是我们今天说的"本体和多元"的非常重要的所在。

现在"非遗"开始被关注，形成"非遗"热，可以进学校培训"非遗"知识。我们如何评价"非遗"传承人？作品做得越来越熟，价格卖得越来越高。这些从表面上看是社会学问题，实际上是我们需要和他们相处的一个文化格局的问题。最后我想说，如果回到学院，一定要从学术性角度看待手工艺。但如何学术性地看待，我想美学是一个比较好的入手的途径。但我特别要申明，我说的美学不是古典主义美学，不是黑格尔的美学，不是故意讲崇高、壮丽或者形色线的美学，而是当代美学。在国外留学过的老师都知道，当代美学最重要的价值就是批判，所有的当代美学都是建立在批判的基础上。我想大家对中国的几个美学家都有了解，王朝闻、黄药眠、朱光潜、宗白华，但是我希望大家也关注高尔泰，在中国诸多美学家里，高尔泰强调美学是自由，美是自由。西方的当代美学的发展都是从美是自由的观念里发展而来的。所以，本身对一件事情进行分析批判、重建，或者探讨某一个物件或者物件背后的社会关系，以及讨论这个物件如何变成如此，我想这是当代美学的一个重要表征。所以我建议大家重新回到技艺和材料是如何变成思想的讨论。因为无论是传统的道家还是今天大家都很了解的鲍德里亚（Jean Baudrillard）关于物的社会学的讨论，在这样一种传统和当代的思想关系里，物的美学都能演化成一个技艺的材料，即每个手工艺术家在极致地追求技艺时所领悟到的思想性的东西。我非常希望我们更年轻的一代在不断推动下，能够有一个全新的面貌。

（本文由杭间教授在南京第九届中国现代手工艺学院展论坛上的发言整理而成，原载《民艺》2018 年第 1 期，第 18 ~ 21 页。）

美化生活的情怀

——中国民间文化观念影响下的审美情感态度

吕品田　中国艺术研究院常务副院长、研究员

生活，在庶民百姓的心目中，不单是追求物质、满足物欲的日常营生，还是一种观照人生、寄托情怀的介质。朴素的世俗生活以它载负、实证人生意义的时空存在，无限而随机地激发和唤起人们丰富的情感体验。人们会在流动的每一种生活形质上，发现精神的光辉和生命的色彩；人们也会赋予生活过程的每一个细节以神圣的意味和亲切的情趣。庶民百姓对待生活的创造性的审美情怀，让朴素的生活显示出人文的美丽和有利于社会和谐发展的积极意义。

百姓对于民间生活就像植物对于土地那样依赖和贴近，那样熟悉和热爱，而中国百姓的生活自古以来就深深地结缘于伟大的土地。一种缘自土地的朴素而自然的天质弥散于中国民间特别是乡间日常生活之中，也一直透入那些凡夫俗子的生命机体而在他们的心灵里扎根和升华。稻谷收获后，人们不会忘记首先给司掌、照料土地的社稷和先祖献上清香四溢的新米新面，让他们和自己一块享受丰收的喜悦；亲人远游他乡时，家人总会塞上用红纸裹着的一包灶土，让他带去乡土的庇护和安身立命的土壤；人们知道在某个时节、用某种形式给兽虫、牲畜、花草、树木等大自然的伙伴庆贺生日，而且他们乐意在自己过年时也给小猪、槐树、石磨或马车披红挂彩……所有这些行为举止都强烈地表露了中国老百姓那种带有"土地"之天质的情感，显示了中国老百姓热爱现实生活的鲜明情感态度。

众所周知，情感是人对客观现实与人的需要之间的某种关系的反映，即人对客观事物是否符合自己的需要作出的一种心理反应。它表现为主体

对待客体的一定的主观态度，这种态度与人的利害有着密切的联系。因此，只有那些与人的活动、需要、要求以至理想有关的对象，才能引起人的情感反应。虽然情感并不是审美心理活动所独有，但它对于审美创造以至审美欣赏都有着特别重要的意义，且审美活动的一个显著特点就是伴随着鲜明的情感态度和强烈的情感体验。审美情感主要是一种精神的愉悦，而不是宣泄物质情欲的生理快感。因此审美中的情感活动，有别于一般日常生活中的情感活动。然而，因为情感态度密切关联着人与对象的利害关系，关联着人的需要和理想，现实中的审美情感便会因人的不同利害、不同需要和不同理想而表现出不同的倾向。

中国老百姓的审美情感与日常生活情感往往是相互交织、相互影响的。事实上，对庶民百姓来说，那些合目的性对象的感性形式所唤起的愉悦生活情感体验与审美情感体验的界限很难明确划分。对他们来说，"美"和"善"几乎同义，"善的"也就是"美的"。如果认为这种倾向不过是一种准审美情感态度的表现而予以轻视的话，那显然是一种美学的偏见。其实，在现实生活中，百姓往往以审美情感态度来对待日常生活，他们往往能主动地从现实生活的感性形式中体悟出"美"、生发出"美的"感受来。或者说，他们总能把生活本身的内容和形式能动地理解或改造为"美的"，以至更能够创造性地从中获得一种审美精神的愉悦，使平常的生活充满非凡的意义，使自己不至于在不尽如人意的现实面前沮丧、消沉、颓废或堕落。常闻一种或许有点夸张的说法："老百姓个个都是艺术家！"若以现代认可的艺术家职业标准来衡量，此说自然难以成立，但论日常的审美敏感和把握现实的审美态度，老百姓却表现得非常出色。他们在发现生活的审美价值方面有着特殊的敏感，在审美地对待生活以至由看似平常的事物寻求审美体验方面有着独到的能力。我们实在不该藐视这等事件的深刻意义——一位不得不出门劳动的普通母亲，为了让孩子安全地"抛锚"在炕上，会想到用红布带子一头拴着孩子、一头拴着石狮子。这平凡的生活事件在母亲的处理下顿时充满审美意味，可以设想到，一个缺乏审美敏感和审美情趣的人是万万不会这样处理事情的，她很可能只是像拴小毛驴一般把孩子拴在一块普通的石头上。

　　还可以列举大量衣、食、住、行方面的实例来说明老百姓对待生活的审美情感态度。民间生活中许许多多用文字难以表述的审美现象，是每一个有过农村生活经验的人都可能从中看到的。这里，我们着意要阐述的是：一种鲜明的审美情感态度何以普遍地在民间百姓那里表现出来，而且这种审美情感态度总是使主体将审美创造旨趣融汇于现实生活需要的主题。

　　这种原因当然很容易被看作现实生活实践及其特定要求。在总体上或在最宽泛的意义上，这也的确可以构成一种解释。但这种解释的笼统性有可能使我们的研究沦为教条的复述，以至漏失一个存在于智能和实践之间的中介环节——事实上，它以理性和情感因素的历史累积，构成一种超时空地影响主体审美心理能力的酵母。我们所指的是民间文化观念，因为它能够跨越时空地传播，使庶民百姓集结在一面共同的旗帜下，这面旗帜的口号是：能动地感受和创造生活！

　　可以从三个方面来看待民间文化观念对老百姓审美情感态度的影响。

　　就反映人自身的现实需要和理想的内涵方面来说，民间文化观念可谓纯粹的"心上之音"，它的本质特性是人的主体性的充分表露。这种性质的文化观念，一开始就把主体的注意力和感受力引向了本己之心，敦促主体真诚地倾听心灵的呼唤、尊重心性的要求。

　　受特定文化观念的指引，民间百姓根本地立足在一种全面占有世界的要求和理想基础上来对待世界。因此，他们不会也不可能摆脱心灵的主观性，只在世界物质实在性的单一向度上建立心理表象和理性知识，或者只为人际社会规定性的制约而泯灭生命之情。他们总是带着强烈的主观情感去感知世界，对客观事物进行评价和选择，并竭力按照自己的要求、意愿和理想，根据自己的兴趣、好尚和习惯去从事某种活动。他们虽然没有高深的学理，但自明"本于心"的那根"尺棒"和那棵"随心草"，即如我们常常能从老百姓那里听到的说法："做耍货没有一定的尺棒，手就是尺棒，眼就是尺棒，想着怎样好看就怎样做"；"泥货是随心草"。① 这朴素的自明便是深刻学理的直觉体悟，它所显示的智慧与《庄子》所言"独与天

---

　　① 转引自叶又新《山东民间玩具二题》，《美术》1982 年第 10 期。所谓"耍货""泥货"，是指为儿童制作的玩具。

地精神往来，而不敖倪于万物"和"任其性命之情"的自觉学理如出一辙。古代一些真正能够站在"情"的立场上思考的哲人，显然比迂腐的理学家们来得清醒明智，他们从实现"政治"的意义上，肯定了庶民百姓"求之于情"、"至情"而后"至性"的智慧和态度。袁宏道曾谓："夫民之所好，好之；民之所恶，恶之。是以民之情为矩，安得不平。今人只从理上絜去，必至内欺己心，外拂人情，如何得平？夫非理之为害也，不知理在情内，而欲拂情以为理，故去治弥远。"①

作为社会化的主体意识系统，民间文化观念在漫长的生活实践中已深深地内化为一种普遍的社会心理，成为人们行为活动的内在指针。庶民百姓因此不至于内欺己心、外拂人情，而能秉"情"之矩尺丈量世界、权衡人生、营度生活。他们直率地说："我的笔是随心走的，稀奇百怪、五颜六色……画画为了好看，总要选'趣'的画。"这话表达了他们对待艺术创作的主观态度，也表明他们对生活的审美表现总是和从情感、情趣上来把握现实对象的情感活动紧密联系。文化观念造就的目的意识和认知模式，使老百姓习惯于从本己的心性要求和美好理想出发，将认识对象和自我的现实关系转化为情感关系。正是这种原因，他们会觉得把鸡脚板画得像朵花比画得真像鸡脚板"好看""有趣"；会认为它"不比真的像，但是比真的好看得多"；会感到"画画的时候，自己心情也很愉快，有时一画画自己会笑出来，好像回到了童年时代"。② 在民间，激发艺术创造冲动与兴趣的情感态度和情感体验朴素而热烈，它是推动民间审美创造活动普遍、持久开展的强大而直接的心理力量。

人们之所以带着强烈的主观情感去感知世界，满怀炽热的情感去创造艺术形象，也与民间文化观念提供的世界观和人生观有关。

原始先民感知世界、从事造型活动的强烈情感态度，关联着他们对世界的认识。原始人在一种幻想和现实、主观和客观混同交织的心理状态中，不自觉地也必然地会把自然的东西变成一种心情的东西，这种感知心理状态本身就伴随着一定的情绪或情感。随着人的错觉、幻象或梦想在表象思

---

① （明）袁宏道：《德山麈谈》。
② 转引自曹金英《金山农民画家谈创作》，《美术》1982 年第 8 期。

维过程中被类比、比附为世界表象，或者被外推、投射为世界现象，生命一体化的原始世界观由此产生。这种世界观还不能自然地理解生命的朴素意义或世俗意义，其视野中的生命表象是一个个奇异怪诡、魔法无穷的神灵鬼怪，它们以超验的力量占据着世界空间并点化了万物的神圣性。充满这些表象的原始人的心理世界，经常处于复杂的情绪或情感状态，他们自然常用一种"心情"的眼光对待世界、对待生活。

民间文化观念所包含的关于外部世界的认识，最初源自原始的世界观。在漫长的流变过程中，文明因素的增进虽然不断地削弱着其中的蒙昧成分，但是原始世界观造成的影响并未彻底消失。那些奇异诡秘、虚幻绚丽的原始表象或者保留在神话、传说以及民俗习惯中，或者保留在人们朦胧依稀的潜意识的记忆中。总之，它们仍借文化观念的传承机制或多或少地残存于民间社会意识系统。不管多么微弱，这些残留的星火——它们曾经是照亮洪荒时代的熊熊烈火——仍然可以点亮情感的油灯，带给世间一个昏黄而暖意融融的氛围。倘若肯定《山海经》《聊斋志异》的神奇文字意象曾经激活过一代代人的幻想和情感世界的话，那么，可以设想那些被认为就生活在人们周围的原始鬼怪神祇的激发力量是何等的强大。今天，仍有农村大娘在乐滋滋地剪着她们的"鱼精""蛤蟆精"或"妖精飞人"。史俊英大娘说："飞人胖娃，娃是蛤蟆精、鱼儿精。它想变蛤蟆，又想变鱼，两手在头上举灯高照，下面是坐莲，古时人有翅膀。"[①] 当她们在生活世界中寻找"精"时，当她们在艺术世界里塑造"精"时，那种心理情感波动的强度能够等同于一般的审美情感体验吗？

诚然，神妖鬼怪之"精"毕竟是越来越少了。特别是当工业技术缩小了世界空间之后，就像环境污染容不得那些可爱的自然成员——动物或植物一般，缺乏灵性的思想也不断地驱赶着那些本不应该被人讨厌的"精"。不过，生长"精"的土壤，并不是靠围海造田、开山征地的力量一下就能改造完全的，至少可以说这是中国广大乡村的情形。所说的这种"土壤"指的并不是那种带有保护性的物质空间，而主要是具有再生之力

---

① 转引自靳之林《抓髻娃娃》，中国社会科学出版社，1989，第34页。

的精神空间。这种精神空间最初也是原始先民用生命一体化的世界观塑造的。很难说它会像它的创造者那样成为历史，或许，它还会成为原始人对于当下以至未来人类文明的永恒惠赐——它的文化意义已见诸文化哲学的思考。

如果说，生命一体化的世界观可以在哲学家那里表述为生命本体论的话，那么，这种世界认识在老百姓那里却以最朴素、最实在、最明快的情感态度表现出来。哲学家的理解会表现为"天人合一"的中国古代哲学观念，而老百姓的看法则会表现为给小猪系红头绳或者用红纸裹一方灶土这类温情的俗常行为。不言而喻，一张红纸，一根红头绳，所裹系的不只是某个小东西，而且是整个世界和人生；所裹系的不仅是某种物质，而且是一种伟大的精神和深刻的情感。在我们看来，其意义和价值不亚于庄子或海德格尔的沉思。中国老百姓的朴素信念，可沿"天人合一"哲学观的思想逻辑来推演：既然人的生命和养料归于天地的覆载化育，那么，同出于这种覆载化育的宇宙万物，亦如人的生命那样是有血有肉、有灵有情的；那么，在天地之间展开的生命万物的运动过程及其具体细节，亦如人的生命运动过程那样是有价值有意义的。这种信念缘自情感体验，体现着人的情感态度。中国老百姓便是用这种情感态度对待世界，用这种情感拥抱世俗生活的。天地人间的一切，物质与精神、客体与主体、生活与审美，悄然无声地沟通于这种情感状态。这种状态何尝不是审美的。

民间文化观念提供给庶民百姓的人生观，是务实的、乐观的、趋善的人生观。这种人生观的性质，是为始终以维持、发展人类生命存在的基本条件为思虑焦点和价值核心的有机需要观念决定的。本着他们的需要观念，中国老百姓把对敬爱、尊重、理解、贤智、审美以及自我能力实现等所谓高级需要的追求，统统叠合在对求生、趋利、避害基本需要的卑近凡俗的追求活动中。他们的人生满足感，他们的人生幸福感以至他们的自我实现感，都是从日常生活的温馨感、富足感和如意感中发散升华出来的。在老百姓看来，人丁兴旺、壮健高寿、家邻和睦、五谷丰登、囤积富裕、风调雨顺、居行常安等都是人生的美事，委实是"吉"，是"福"，是"喜"，是"如意"。一个人，一个家庭或一个家族，若能在这些方面显示出能力，就有可能得到众人和社会的敬慕和褒扬。人们亦以这些美好事物为目标，相互鼓舞，相互竞力，相互敬让，相互祝贺。

在这种人生观和需要观念的影响和促动下，人们满怀生活的热情，以各种方式来追求需要的满足。民间美术创造活动便是人们在不尽如人意的现实遭遇面前，用以保持乐观刚健之心态而采取的一种替代性满足需要的方式。它们的主题大都围绕着日常生活的基本要求，而且，它们大都是为着满足自我或亲朋好友的精神需要。因此，从自我切身需要出发，围绕现实生活主题，在温情脉脉的人伦基础上而非冷漠的交换基础上展开的民间美术创作活动，自始至终地伴随着炽热而真挚的情感。从事民间美术创作主要是寄托自我对美好生活的希望，展示自我对人生未来的理想，表现自我切实的需要意向。艺术主题与生活主题、审美意识内涵与功利意识内涵的统一，使老百姓能够在造型活动中集聚生活的热情、汇合生活的情趣，从而形成甚于专业艺术家的主观情感态度，产生甚于一般艺术创作活动的强烈情感体验。

此外，从民间文化观念的结构特性来说，反映民间社会成员内心意愿的求生、趋利、避害观念本身就含有浓烈的情感因素。这些观念并不是人们通常理解的逻辑概念形式的思想，而是情感化了的思想，它们包含着主体从内在要求出发去认识外部世界所不可避免的感情色彩。这些观念之所以能在民间构成一种导向艺术实践、激发和支配人的创造行为的积极力量，正在于它们是一种理在情中、情理交融的情感化了的思想。因此，在民间美术创作中，观念的表现也就是情感的表现。

正因为老百姓的审美情感是与日常生活的情感相互交织、相互影响甚至混同统一的；正因为老百姓对待造型活动的情感态度是高度主观的，伴随的情感活动是热烈奔放的，所以民间美术才总是充满浓厚感情色彩、富有强烈生命节奏和生命流动感的。强烈的情感冲动状态，使他们不拘囿于形式规范和经营法度去作刻意的雕琢，而往往是大刀阔斧、恣肆纵横、一气呵成。这种创作状态造成民间美术形式结构的天成之趣，具有刚健质朴、粗犷豪放、简约明快、浑厚自然、热烈绚丽、亲切温润的感性品质。

在民间美术创作活动中，想象和情感活动活跃地交织并交互作用。情感是激发想象的力量，它使想象增添了浪漫的色彩；想象亦激发着情感，它使情感体验更为强烈和深刻。而促成这两种心理活动活跃地交互作用的关键因素也是民间文化观念。

（原载《民艺》2018 年第 3 期，第 6 ~ 10 页）

人民的文脉

——一个学科的人文理想与社会实践

乔晓光　中国民间文艺家协会副主席、中央美术学院教授

1949 年以来的中国现代美术教育史上，民间美术作为本土文化传统进入教育体制，经历了风雨艰难的奋争历程。相比较而言，民俗学在高校已成为有影响力的二级学科，年轻一代的学者正在承接光大上一辈名师们开创的学术之路。但民间美术的教育传承和专业学科的发展，至今仍然处在边缘冷落的状态，真正意义上的学科普及还没有开始，在中国美术教育领域，这还是一片空白之地。

回顾近百年民间文化的历史命运，我们看到的是一部被边缘弱化的艰难生存史。近百年来民间文学、民俗学、民间美术等许多民间文化学科的发展正是在这样一个社会背景和文化处境中展开的。当村社里的农民还没有实现真正的公民身份时，他们的文化不可能得到真正的尊重。高校民间美术教育传承和学科的艰难是和文化传统创造者——农民主体身份边缘以及弱化的处境相关，我们的学院精神里还缺少真正的人文关怀。在大学繁杂冗多的学科门类和专业方向中都有着自己的学科发展史，有着自己名正言顺的专业身份的文献史，即使是没有独创来源的专业，也会找一个与国际相关学科的源起对接。但民间美术作为一种知识与技能的体系，它来源于生活，来源于古老农耕文明，来源于漫长历史发展中那浩如繁星般的村庄和村庄里由人构成的活态文化历史。人民的文脉是以口传身授、心灵方式传递的，她没有文字文献的历史，更没有名正言顺的学科发展史，人民的文脉是一部活态文化的村社文明志，是一部蕴含着民族灵魂的生存史，是乡村农民群体的文化创物史。

1918 年北京大学发起的歌谣采集运动，通常被视为中国民俗学的肇始，从口传的歌谣采集开始，逐渐扩展到民间文学、民间风俗以及作为民俗物品的民间手工艺、民间美术、民间艺术等。"1918 年 2 月，北京大学歌谣征集处成立，后由北京大学教授刘复、沈尹默、周作人负责在校刊《北大日刊》上逐日刊登收集来的民间歌谣。1920 年 12 月 19 日，在歌谣征集处的基础上成立了歌谣研究会。1922 年北京大学研究所设立，歌谣研究会归并于研究所国学门。"① 发端于北京大学的歌谣运动也是五四新文化运动的有机组成部分，精英知识分子对民间草根文化的关注在五四新文化运动的思想价值观中是一笔难得的财富。草根文化不仅代表了更普遍意义的人性精神，民间文化中蕴含的民族根性和美好纯朴的生命情感，也成为知识分子实现民族复兴的希望和心灵寄托。文化信仰是他们共同的、唯一的依托，他们承受并耐心地守护着土地，等待着春天。

那么，民间美术研究与教育传承的学科发展摇篮又在哪里，其历史命运如何，民间美术专业学科的文脉又通向哪里？从近百年民俗学、民间文化研究整体的发展背景去观察，民间美术最早进入主流文化和学术视野是随着民俗学的发端开始的，民间美术最初是以民俗物品和民俗学佐证的手工艺或乡土艺术进入社会视野的，"但真正意义以民间美术研究为主要领域的学者群体并没有形成，那时也缺乏真正田野意义和系统深入研究民间美术的学术成果。那个时代的民俗学者意识到了民间美术对民俗研究的佐证价值，但由于民间美术自成体系的独特艺术叙事方式和复杂多类型的民间造型（造物）艺术研究所需的艺术专业知识背景，使许多以历史学、民族学、民俗学、民间文学、神话学等以文字语言为主体知识结构和学术兴趣的学者未能深入涉猎民间美术研究领域"。② 或许口传文化为主的民俗学、民间文学，更易于具有人文历史背景的知识分子的进入，而以视觉文化为主的民间美术需要有艺术知识背景和视觉判断力的人才容易进入，而美术

---

① 徐艺乙：《物华工巧——传统物质文化的探索与研究》，天津人民美术出版社，2005，第 16 页。
② 乔晓光：《本土精神——非物质文化遗产与民间美术研究文集》，江西美术出版社，2008，第 12 页。

这个专业一直就是比较特别的小众学科，是并不普及的艺术学科。所以在1949 年至今的民俗文艺领域中，民间美术的研究仍然是弱项或空白。

民间美术进入美术家的视野和专业实践领域并开始以视觉文化价值和学院美术教育发生关联，可以追溯到 20 世纪三四十年代革命圣地延安的木刻运动以及延安鲁迅文学艺术院的成立（1938 年）。这段历史我们概括地描述为：以抗日战争为背景，以鲁迅倡导的左翼文化运动和新兴木刻运动为起因，以延安鲁艺师生的艺术教学、民间采风、艺术创作活动为主体，以毛泽东《在延安文艺座谈会上的讲话》（1942 年）为艺术创作方向。延安鲁艺时期的木刻运动就发生在民间艺术传统深厚，北方风格气质独特强烈的陕北，这似乎也是一种"无心插柳"的缘分，延安时期的革命文艺思想就诞生在民间艺术肥沃的土地上。今天反观这一段历史也成为学院美术教育史上一个本土化的思想文脉，起码可以视作中央美术学院教育思想史上的一个重要而又独特的文脉，我们称之为革命时代发现的人民文脉。

梳理延安革命时期的文艺创作思想和代表美术家及其作品，可以梳理出一条学院美术教育中源自人民文脉的学科发展轨迹，也可以梳理出最具中国特色的学术方法论和专业价值观，应当说，延安革命时期的美术教育思想和艺术创作观已蕴含了文化人民性的思想萌芽。延安革命时期的木刻运动首先体现在艺术创作思想上的贡献，今天可以总结为文化人民性思想的初创，在当时即艺术为工农兵大众服务，为人民服务。考察当时的历史，这不仅仅是几个政治口号，而且影响了那个时代艺术家的世界观、方法论和价值观，这一思想的来源就是毛泽东《在延安文艺座谈会上的讲话》。邹跃进、李小山的研究文章对这个问题做了更具体的历史分析："解放区木刻版画艺术到底是为谁服务呢？过去的回答是，为工农兵和人民大众服务，我们认为这种回答没有错误，可以说是正确的，但在学术的意义上这种回答则过于宽泛，也缺乏精确性。我们的回答是，解放区的木刻版画艺术主要是为解放区的农民服务的。"① 以农民群体的审美习惯为创作标准使延安木刻运动在艺术语言叙事表达的"民族化"探索上取得了巨大的成功，成

---

① 李小山、邹跃进主编《明朗的天——1937 - 1949 解放区木刻版画集》，湖南美术出版社，1998，第 9、10、12 页。

为中国近现代美术史上艺术"民族化"探索的高峰。这一时期的代表画家是古元，但实际上延安鲁艺时期的艺术家们都参与到解放区的木刻运动中。"在延安较早提倡木刻形式民族化的是沃渣和江丰。他们于1939年初创作了《五谷丰登 六畜兴旺》和《保卫家乡》两幅新年画作品，用彩色墨印制。——解放区木刻艺术的'民族化'，实际上是木刻艺术的'民间化'。"① 当时"民间化"主要借鉴的中国民间艺术形式——传统木版年画和民间剪纸，这是民间艺术实践类型的经验积累。

1943年至1946年，江丰和艾青在陕北的"三边"地区收集剪纸，并编辑《民间剪纸》画册。江丰倡导在延安鲁艺开设剪纸窗花课和民间年画课，把人民大众喜闻乐见的艺术形式引进学院课堂，这是江丰延安革命时期的教学理想，但由于在特殊的战争年代无法真正实现。1980年，江丰在"文革"结束平反后出任中央美术学院院长，他上任后首先创建了"年画、连环画系"，1986年改为"民间美术系"，把民间美术引进高等美术教育，这是中华人民共和国美术教育史上一个创举。这一思想的文脉源自延安鲁艺时期的革命理想，也源于那个时代艺术家对农民阶层的纯朴感情和借鉴学习民间艺术的真诚精神。向人民致敬，这也是中国文化复兴的必然选择。

今天重读延安鲁艺时期这段历史，重读古元的木刻艺术，我们可以清晰地发现，那个时代的艺术家做了一件最平凡也是最伟大的事情，即从以往对学院艺术经典崇尚的执着中走出来，回到生活与民间艺术情感的常识，回到常识去创作，这是中国"民族化"艺术实践中一个成功个案。延安木刻丢掉了西方经典木刻许多重要的特征，视觉审美与叙事方法也变成中国"农民式"的方法。失去了西方经典，但回到民间的常识创造了中国新版画的经典。1949年以后，延安鲁艺时期的艺术家回到城市，回到学院，他们又开始回到艺术的经典，版画界再也没有出现过以常识创作的经典个案了。但重视生活强调感受和情感表现的艺术观成为中央美术学院版画系一个有活力的传统，许多从版画系出来的当代艺术家都领受过这个传统的滋养。

毛泽东《在延安文艺座谈会上的讲话》提出了"大鲁艺"和"小鲁

---

① 李小山、邹跃进主编《明朗的天——1937－1949解放区木刻版画集》，湖南美术出版社，1998，第9、10、12页。

艺"。"大鲁艺"是指人民的生活，到工农兵生活中去学习体验成为革命艺术家必修的课程。"鲁艺的学制定为'三三制'，即在校先学习三个月，再被派往抗战前线或农村基层工作三个月，然后再回鲁艺继续学习三个月。"①注重社会实践，关注农村和农民的生存现状以及民间艺术传统，关注民间艺术品的收集和向传承人学习，这些延安鲁艺时期已有的艺术教育与创作实践习惯和实践细节几乎都在后来的民间美术系办学中体现得淋漓尽致，这条文脉已成为上一辈艺术家的精神血脉。1986年中央美院民间美术系邀请六位陕北和陇东的剪花婆婆来学校传授民间剪纸，这一举动轰动了美院，像发现新大陆一样。民间剪纸使师生们看到了陕北、看到了延安、看到了一个纯朴有生命活力的艺术世界，民间美术系的采风热正是从那时开始的。同年，民间美术系主任杨先让组织了黄河流域民间艺术考察队，沿黄河流域考察，这一行动持续了四年，行程几万里。这一成果反映在杨先让、杨阳撰写的《黄河十四走》这部专著中，从民间采风到比较深入的民间美术田野考察，再到有开拓性的学科研究方法的创立，正是依托在延安鲁艺这条文脉上，延安鲁艺倡导的民间美术教学思想和实践模式正是中央美术学院民间美术的办学基础，民间美术系初创期十分强调采风实践与艺术创作实践的紧密结合。

在延安鲁艺这条文脉上又做出新贡献的是民间美术系靳之林先生，有学者提出"靳之林现象"这个命题，张同道撰写的《靳之林的延安》传记著作中，详细地记录了靳之林1973年至1985年在延安工作和生活的经历。历史总是充满了戏剧性的关联，或者是充满了复杂的对偶性。经历过"文革"磨难，靳之林因为崇仰古元延安革命时期创作的木刻，向往延安黄土高原特有的质朴雄浑以及充满革命理想的火热生活，他从吉林艺术学院落户延安。1949年以后的延安，封闭贫困的乡村生活并没有多大改观，靳之林向往的延安革命时期的火热生活早已不复存在。作为油画家的靳之林在延安找不到一个对口的工作，最后他进了文管会，开始参与延安文物的发掘保护中。但命定的缘分是，延安封闭贫困生活中民间美术肥沃的土地依

---

① 周爱民：《延安木刻艺术研究》，河北教育出版社，2009，第30、211页。

然在，民间剪纸依然在，连那些见过古元新剪纸窗花的房东老农也依然在。投入延安生活怀抱里的靳之林，又一次冥冥中回到了常识，如果说延安革命时期毛泽东《在延安文艺座谈会上的讲话》把那个时代的艺术家引到了农民的生活中，靳之林的延安生活和工作在这个文脉上又向深层迈进了一步，他进入民间生活和民间艺术的文化常识殿堂。多年后在北京，靳之林说：毛泽东《在延安文艺座谈会上的讲话》已说出人类学的一半。靳之林1979 年参加和主持的延安地区 13 县市以民间剪纸为主体的民间美术普查，成为 20 世纪 80 年代"民间美术热"的重要发端事件之一。靳之林从延安开始了他的本原文化研究，成果反映在他的三部专著《抓髻娃娃》《生命之树》《绵绵瓜瓞》之中，这三部著作代表了这个时代研究民间美术的方法论和开拓性的文化视野。

20 世纪末，中央美术学院民间美术专业学科也如同跌入低谷的民间文化命运一样，面临生死的抉择。我们又一次敏感地抓住了时代和社会发展的文化机遇，即新世纪初联合国教科文组织刚刚启动的非物质文化遗产项目。2002 年 5 月中央美院成立了国内首个非遗中心，召开了"中国高等院校首届非物质文化遗产教育教学研讨会"。2003 年联合北京高校创建中国第一个"青年文化遗产日"，非遗中心又一次倡导走向延安、走向农村、走向更边远的少数民族村寨。2004 年《活态文化》出版，提出了以村社为文化生态主体、以人为本的活态文化研究方法。2002 年，承接"中国民间剪纸"申报联合国教科文组织"人类口头和非物质遗产代表作名录"项目（教育部项目），先后申报三次，于 2009 年申报成功，"中国民间剪纸"正式列入"人类非物质文化遗产代表作名录"。2009 年至 2012 年，申报并完成国家社会科学基金重点项目"中国少数民族剪纸艺术传统调查与研究"。

从延安鲁艺开始，中央美术学院的师生和中国剪纸有了七十多年的风雨历程，作为中华民族最普遍的文化传统，它蕴含着中国最本原的常识哲学。剪纸为中央美术学院搭了一座回到常识的桥梁，也引向了生活这座活态博大深厚的图书馆——由人之记忆和活的文化构成的一部部生命之书。正如靳之林说的是陕北农村的老大娘给了他打开本原文化之门的"金钥匙"。

向人民致敬，对农民农村生活的真情实感以及继承学习民间艺术创造时代新艺术的开拓精神，成为学院思想中一条弥足珍贵的文脉，这已是学院教育中稀有的价值取向。徐冰在谈到古元的意义时说："艺术的根本课题不在于艺术样式与样式之间的关系，而是艺术样式（非泛指的艺术）与社会文化之间的关系。以古元为代表的解放区艺术家，是在'不为艺术的艺术实践中取得了最有效的进展'，他们对社会及文化状态的敏感，用先进的思想对旧有艺术在观念上进行改造，以新的方式扩展时代的思维并对未来具有启示性。"[1] 历史即如此，"由鲁迅引进和培养的西式新兴木刻艺术的中国化和民族化，正是在与解放区的农村改革和农民审美取向的结合中完成的"。[2] 十余年来，中央美术学院非遗中心正是在与时代生活和底层农村现实互动中发展学术的。中央美术学院七十多年的民间美术学科发展历程，以剪纸个案的持续研究与实践，为学术的生长和学科文化信仰价值观的树立，以及教育教学视野与方法的拓展都提供了无限的生机，但这一切仅仅是个持久的个案。面对文明转型期的村庄，许多活态文化传统仍在急剧流变消失，我们的学院面向大地和村庄活态文化的致敬，还远远没有开始。这是一个文化悄然死亡的时代，也是一个文化新生创造的时代。

（原载《民艺》2018 年第 1 期，第 13~17 页）

---

① 周爱民：《延安木刻艺术研究》，河北教育出版社，2009，第 30、211 页。
② 李小山、邹跃进主编《明朗的天——1937-1949 解放区木刻版画集》，湖南美术出版社，1998，第 9、10、12 页。

手工艺的当前机遇与挑战

邱春林　中国艺术研究院工艺美术研究所所长、研究员

一　手工艺处于历史转型期

新中国成立以来，一直致力于追赶西方的工业化、现代化步伐，对于传统手工业的社会主义改造不仅仅是针对其私有制度、落后的管理制度，也包括对其纯手工的生产方式进行了尽可能的机械化渗入。除农耕之外，社会最主要的生产力是重工业和轻工业，大工业生产为社会积累财富的速度和总量是传统社会中手工生产无法望其项背的。进入 21 世纪以后，数字技术更新换代的速度极快，与此同时，智能化生产也迅速形成生产力，其发展趋势是要取代劳动密集型的大工业流水线的生产方式。在这种形势下，传统手工艺的生产竞争力正持续下降。

据不完全统计，当前工艺美术年生产总值超过万亿人民币，如果去除其昂贵的原材料如宝玉石、珍稀木材、金银贵金属的成本，生产附加值最多只占总额的 1/3。显然，与巨大的国民经济总量相比，手工艺占国民经济的份额很小，并且随着高新技术日益成为我国主要的经济驱动力，手工艺所占的份额还会持续下降，它将不是社会财富的主要来源了。

但是，我国社会结构经过现代化、工业化、数字化的强力改造之后，传统文化被打散，仅碎片式地存在着。手工艺是残留的、仍然活着的传统文化，作为一种古老的生产方式绵延至现代社会，保持了一定的生命活力，说明它作为生产力依然有它的社会作用，同时说明手工艺携带的传统文化依然有存续的能力。因此，在工业化和数字智能工业化夹缝中生存的手工艺顽强地前行，它的存在具有一定的象征意义：作为传统生产、生活方式

的样板，以及传统价值的载体。

总之，中国当前的手工艺生产正处于由轻工业向文化产业和文化事业的双重社会属性的转变过程，这是手工艺历史上首次出现的重大转型。

二 机遇：政府重视和文化消费需求上升

随着手工艺的社会属性发生转型，手艺人的社会角色也由单纯的产业工人向非物质文化遗产传承人转变，手艺人的上行通道被打开。今天稍微有点名望的手艺人都可凭借其技艺获得各级政府表彰，在各种平面和数字化媒体的曝光率也很高。政府在政策导向、资金扶持、人才培训上的力度也很大，不少手工艺传承人在近十年间快速建起了个人工作室、生产工坊、展览展示场所，甚至专项博物馆。在全球化时代，保护非物质文化遗产已成为多数国家的共识，尤其是发展中国家对此要求更为迫切，我国也将保护传统手工艺上升到文化战略高度，弘扬优秀文化传统少不了传统手工艺的振兴。强大的社会舆论不断引导知识群体的眼光向下看，他们及时记录手艺人口述史，发掘和总结手工技艺的知识、经验以及相关哲学、伦理。这种基于跨文化间的平等、尊重、分享原则的发展机遇对于中国手工艺行业来说真是千年一遇！

在开放社会里，全球资源配置和共同市场的形成，同样有利于手工艺的可持续发展。传统手工艺的生产一直比较依赖本土出产的原材料和本地市场，局限性很大。今天，这一束缚被解除，中国的手艺人尽可以只考虑如何提升自己的创造力，如何赢得更广阔的消费市场。随着中国特色社会主义进入新时代，我国社会主要矛盾已经转化为人民日益增长的对美好生活的需要和不平衡、不充分的发展之间的矛盾。美好生活需求自然包括文化消费需求，而手工艺的生产可以满足老百姓个性化、艺术化的消费需要。

此外，随着数字化智能机器人生产方式的到来，难免出现心理不适应症和失业带来的诸多社会问题。手工艺劳动是人性比较完满的自由劳动，具有自发性强、灵活性高、分散加工经营的特点，它对于解决就业、缓解社会焦虑具有不可替代的作用。因此，从社会大系统看，手工艺的未来发展还会有更大的空间。

三 挑战：要长期面对生存问题

在传统社会里，手工艺主要为全民提供生活日用品。而经过半个多世纪的工业化之后，手工生产的日用品的消费空间被工业产品挤压得越来越小，如今已退守到个性化的和文化符号性强的非必需品的生产领域。2012年以来，手工艺品的消费市场尚没有提振的气象，这几年手工艺行业普遍出现产能过剩现象。其中，那些非生活必需的工艺品生产锐减，像全国玉雕行业从业人员由百万人缩减为四五十万人，陈设瓷生产也逐步改变了过去遍地开花的局面。

除了消费市场的萎缩之外，对手艺人的另一个挑战是社会需求越来越个性化，而手工艺生产方式对个性化需求的快速反应能力明显不如数字与人工智能相结合的柔性化生产方式。手工艺讲究慢工出细活，生产周期长导致成本居高不下，工艺质量还不稳定。柔性化生产集成数据采集、设计、3D打样、智能机器人生产几个要素，形成快速、廉价、灵活的生产线，可以较准确地表达消费者独特的需求。因此，未来手工艺在生产个性化产品方面需要应对数字与人工智能相结合的柔性化生产方式的挑战。

在手工艺由轻工业向文化产业和文化事业的双重社会属性转型时期，其整体美誉度亟待提高。改革开放三十余年来，手工艺与其他行业一样经过高速发展的过程，技术和经济跑在精神与文化前面，尤其是与手工艺相关联的传统价值丢失严重，手工艺领域的浮躁病并不比其他行业轻。国人对本土手工艺的信任度要低于对日本及主要欧美国家的手工艺。在一定时期，中国手工艺品的主要消费还是靠内需，外销方面因缺乏知名品牌而难以进行市场拓展。面对如此困局，手工艺行业该重拾优秀传统文化价值，并尊重现代商业伦理，重塑手工艺行业的整体文化形象。

四 手工艺品还有什么用？

今天手工生产的制品还有什么用途？换句话说，普遍的社会需求在哪里？不排除极个别人可能在方方面面都用到手工艺品，但从社会需求的共性看，手工艺品的用处不外乎以下几种。

第一，生活日用仍然是最主要的需求，手工艺可以生产生活日用品，成为大工业化日用产品的合理补充。与大工业生产的日用产品相比，手工制作的日用产品一定要严格遵守手工生产方式，尤其是关键工序必须依靠手工劳动来完成，这样才能体现个性化劳动的特点，以及具有个人经验性的美感与肌理感觉。手工生产的日用品不可能在价格、花色品种的多样性、产品的标准化和大众化方面做得比工业化日用品更好，而是必须反其道而行之，去生产地域文化鲜明的、创意性强的、限量而小众的东西。工业化日用品满足人们基本生活需求，所以突出共性；手工艺日用品满足人们更富情趣的生活追求，因此是突出差异性。

第二，装饰和陈设之用是现代和未来手工艺的另一个主要用途。手工艺作为室内外建筑构件上的表面装饰，如各类雕刻，墙面和顶棚的彩绘，有手工工艺处理的金属构件，织绣包裹和垂挂，琉璃、景泰蓝对构件的表面包装等，原本用于独立器皿上的传统手工艺完全可以拓展开来，巧妙地应用于建筑装饰上，为公共环境或民用居所增添民族文化的情致。手工艺品做陈设之用是我国自古沿袭下来的传统，文化趣味不同的人们会选择不同品类的手工艺品来作室内陈设，从陶瓷到泥玩具、屏风，再到家具、小器皿等不一而足。好古的人可能会偏爱形制和质地古雅的手工艺品，求新的人会选择形式新颖、简洁的手工艺品，这也直接促使陈设类的手工艺品的生产一直保持着丰富的文化多样化。

第三，手工艺品还有礼仪之用，包括政府在公共环境的礼仪性陈设器物和国家间交往的礼品等。中国是礼仪文化大国，手工艺的设计、制作和应用与礼仪关系密切。过去如此，今天也如此，未来也需要高端的手工艺品来彰显民族传统文化的独特性。

第四，有些依赖贵重而稀缺资源发展起来的精细手工艺品早已成为收藏界的宠儿。也有一些手艺人凭借其杰出的艺术水准和个人声望在社会上与艺术家齐名，他们独立创作的手工艺品同样具有收藏价值。

第五，也有一些手工艺品较少具有商品属性，而是满足于非商品性质之劳动体验。随着社会节奏越来越快，手工艺的慢生活会吸引不同文化层次的人群前去体验手工劳动，通过短期学艺，靠双手和身体其他部位与材料工具密切接触，在释放各自创造力的同时，也收获喜悦，缓解精神焦虑。

五 对手工艺保护什么？

对传统手工艺的保护应该道技并重。"道"指支撑手工艺组织生产、流通的伦理，以及中国手工艺的哲学、美学和手艺人必须坚守的工匠精神；"技"指与手工艺相关的通用技术和个性化技艺。《庄子》告诉我们：道通于一，道与技是一，不是二，两者不能割裂。现在的遗产保护情况是重技不重道，无论是文化主管部门，还是社会媒体、舆论界都把关注点放在传统技艺的保护上，仿佛只要有技术和技艺的传承，就能形成一定的生产力，非物质文化遗产就可以得到合理保护。

而实际情况是，由于手工艺之道的传承不被重视，如今手工艺最缺乏的不是技术和技艺，而是道德原则、价值立场和文化自觉意识。精气神的涣散导致行业发展过快、过急，出现产能过剩，同时各类评比乱象丛生。这已经影响了手工艺在国人心目中的美誉度，可能还会阻碍中国手工艺走出国门。把关注点单纯放在技术和技艺的传承上，其实是重物质、轻精神，重经济、轻文化，重眼前利益、轻文化战略的做法。生产力要不要紧？自然要紧，但我们需要有质量的生产力，尤其针对未来手工艺而言，要的是文化生产力。历史经验告诉我们，面对技术失传问题，后人要恢复其实不难，只要有社会需求在，只要遇到适合的环境，传统技术就能够得到恢复和发展。但与技术相关的哲学、文化、伦理的恢复相对而言要困难许多。事实也证明，今天仍旧活着的手工艺中有很大部分是1949年之后逐步恢复生产的，像五大官窑、龙泉窑、吉州窑、沉香雕刻等手工技艺都得到挖掘、整理、恢复和发展，与此相关的文化、美学的复兴却很缓慢，而且往往丢失的是最精微的那部分内容。

从个体手艺人的工作和生活状态，可能更容易观察到道与技割裂所带来的问题的严重性。近年来人们习惯于拿中日两国手艺人的状态加以比较，得出的结论是中国手艺人普遍像商人，日本手艺人才像工匠。中国手艺人在技术掌握上和技艺表现力上完全不输于日本手艺人，在文化多样性上更是远胜日本手工艺，两国的区别正是个体手艺人身上所承载的"道"的不同，我们几十年来过于重技术生产力，对精神的传承确实忽视比较久了。

六 手工艺的未来形态

观察今天手工艺内部的分流形势，可以预判未来五到十年的发展形态。未来中国手工艺的生产组织形态是以生产与观光体验相结合的小微企业为主。这类小微企业既有家族式的，也有突破血缘关系的股份制式的。不管成员是何关系，纯手工的生产规模以几人或数十人居多，少数工序繁多需要集众人之力的行业可能过百人。

这类小微手工艺企业规模虽小，却机构不小，功能全面，可以集传承人工作室、传习所、展览馆、工作坊、体验室等于一体，做到小而精、小而全。所谓小而精，指安排分工精、专业精。所谓小而全，指满足集生产、传承、观光、体验、销售多种功能于一体，真正实现手工艺向文化业和文化事业并重的社会需求转型。

这类小微手工艺企业还要做到小而美，即工坊美、产品美、工匠美。充分利用历史文化建筑和老街区、古街、古村落的文脉，设计好手工艺的工坊，美化生产环境的目的是让手工艺的文化得到直观呈现。在任何时候，产品美都是关键，好产品背后有好匠人、好灵魂。未来手工艺的经济很有可能主要靠粉丝经济，这就要求工匠本身要美，即手艺人要守住工匠本分，在工匠本位上做人做事，用自己的言行举止去吸引人，具有感染力。

这类小微手工艺企业更要做到小而强。做大不一定能做强，近年来由于礼品市场大滑坡，原先一味做大的手工艺规模企业很快遇到寒冬，很多企业资不抵债，纷纷倒闭，说明在今天乃至未来仍然要充分尊重手工艺发展的历史规律。如何做到小而强？小微手工艺企业一定要树立品牌意识，逐步建设企业文化，而不能完全依靠大师个人影响来营销。试想，十年二十年后，如果各省都一改有手艺没名牌的状况，出现数十家品牌响亮的手工艺企业，那么《振兴传统工艺计划》才称得上真正实现了。

除了小微手工艺企业之外，可能还会出现一种支流——手工艺行业出现少量大牌艺术家，与法国手工艺人的工作状态类似，他们的个人创作也是手工艺的一种形态。

此外，在大都市或文化名镇会出现自由职业的手工艺人，他们以年轻人居多，往往单兵独战，借助发达的网络宣传和营销平台，既把手艺视作谋生手段，更把手艺视作生活方式。

至于地方政府十分期待并大力推动的手工艺文化创意产业，必然要走将手工与工业化、数字化、智能化生产方式相结合的路子，这类企业生产的轻工业产品仅仅是貌似手工艺品而已。这种形态的创意文化企业在未来依然会存在，而且颇具规模，但不是真正值得推崇的手工艺未来形态。

（原载《艺术评论》2018 年第 3 期，第 19 ~ 24 页）

"遗产化"过程中民间艺术的
审美转向及其困境

季中扬　南京农业大学人文与社会发展学院教授

不管是陶器、木雕、石雕，还是刺绣、蜡染、剪纸、年画，民间艺术在前现代社会中大多是有某种功用的，其生存基础与发展动力是艺术品的使用、消费，而不是艺术家个人的艺术追求。在现代社会，民间艺术几乎完全丧失了过去的生存基础与发展动力，倘若要活态传承下去，就必须寻找新的生存基础与发展动力。我们看到，诸如刺绣、雕刻、剪纸、年画等民间艺术纷纷转向"美的艺术"，希望能够被当作"纯艺术"展览、收藏，然而，民间艺术既不看重艺术家内在的创造冲动，不标榜独一无二的创作，也不具备反思、批判精神，事实上很难真正获得现代"艺术世界"[①] 的认可。民间艺术的审美转向是当代民间艺术与传统民间艺术的分水岭，是民间艺术在现代社会中传承与发展的方向性问题，也是传统文化现代转型的重要症候。吕品田[②]、李砚祖[③]、陈志勤[④]、黄德荃[⑤]、徐赣丽[⑥]等学者已经发现了这个"转向"，并且主张，这是当代民间艺术必然的、适时的、合理的选择，但这个"转向"背后的历史逻辑，以及"转向"所面临的困境与出路尚需进一步讨论。

---

① 所谓"艺术世界"是指"艺术品赖以存在的庞大的社会制度"。〔美〕J. 迪基：《何为艺术?》，《当代美学》，光明日报出版社，1986，第107~108页。

② 吕品田：《新手工艺术论——兼评中国当代新手工艺术创作》，《文艺研究》1993年第3期。

③ 李砚祖：《创造精致》，中国发展出版社，2001。

④ 陈志勤、胡玉福：《民间艺术的"艺术"再发现——挂门钱遭遇技术变革的背后》，《文化遗产》2015年第5期。

⑤ 黄德荃、李江：《民间艺术的雅化努力——以甘肃刻葫芦为例》，《装饰》2016年第1期。

⑥ 徐赣丽：《手工技艺的生产性保护：回归生活还是走向艺术》，《民族艺术》2017年第3期。

一　民间艺术审美转向的历史逻辑

张道一说"民间美术是同广大人民的生活关系最密切的，就其主流来说，多带有实用性……虽然有一部分也带有'纯艺术'的特点，但距其实用性分离不远。"① 诚然如此，民间艺术与"美的艺术"相比，最为突出之处就在于它主要不是为了展览、收藏，而是为了在日常生活中被使用，审美价值往往依附、服务于各种实用目的。正如柳宗悦讨论"民具"时所言，民间艺术"因用而美，人们也会因其美更愿意使用"②。不仅犁、锄、篮、簸箕、箩筐等"民具"大多有具体的实用功能，而且木雕、剪纸、民间绘画等趋近于"纯艺术"的民间艺术也大多主要使用于庙会、节庆、人生礼仪等场合，可以满足审美之外的需求。恰恰因为民间艺术并非纯粹为审美而生产，因而，在前现代社会中，即使民间艺术不曾被视为艺术，它也有其生存基础与发展动力。

需要指出的是，民间艺术只是在前现代社会是一种日常生活中有用的艺术，其生存基础与发展动力根源于农耕文明。荷包、虎头帽、木雕、瓷器、陶器以及各种农具等，这些所谓的民间艺术无非是农耕社会中日常生产、生活用具而已，很显然，农耕社会对手工艺的大量需求促进了民间艺术的繁荣与发展。诸如剪纸、年画、面塑、秧歌、小戏、说唱等，看似与农耕社会日常生产、生活没有直接联系，其实也根源于农耕社会的内在需要。农耕社会作为前现代社会，它未经理性的"祛魅"，有祠堂、寺庙等"神圣空间"，有过年、过节、过寿、婚丧嫁娶等"神圣时刻"，在这些"神圣空间"与"神圣时刻"，剪纸、年画等民间艺术承载了民众对"神圣意识"的象征性表达。倘若没有"神圣空间"与"神圣时刻"的符号需求，剪纸、年画等民间艺术还有生存的土壤与发展的动力吗？

在现代社会，农耕文明已经成为封存在记忆里的"乡愁"了。工业生产取代了手工制作，各种日常用具类的民间艺术逐渐从日常生活中消失了。由于科学、理性的启蒙，即使前现代社会的一些"神圣空间"，如寺庙、道

---

① 《张道一论民艺》，山东美术出版社，2008，第54页。
② 柳宗悦：《民艺论》，徐艺乙主编，孙建君等译，江西美术出版社，2002，第169页。

观、祠堂等，作为建筑空间仍然存在，各种"神圣时刻"，如传统节日等，作为时间转折的节点仍然引起人们特别的关注，但是，人们内心深处的"神圣空间""神圣时刻"逐渐消失了，人们已经不再需要通过民间艺术来表达神圣意识了。总而言之，在现代社会中，生活用具有各种工业用品，日常娱乐有电影、电视、游戏、流行音乐等大众文化，前现代社会的民间艺术已经不再有用了。人们不再需要民间艺术，民间艺术还有继续存在下去的理由吗？

现代社会既是"一切坚固的东西都烟消云散了"① 的社会，人们生活在瞬时、流动、过渡、短暂、偶然和无序之中，偏偏又是一个怀旧意识格外强烈的社会。恰恰因为生活在急剧流动、变化之中，怀旧的情感在现代社会比以往任何历史时期都更明显、更强烈，人们渴望留住过去的身影，通过怀旧来重构精神家园。怀旧意识成为一种弥漫性的社会心理，这是当代遗产保护观念得以被广泛接受的社会基础。当民间艺术失去了它赖以生存的社会土壤，面临消亡的危机之时，人们开始意识到它是一份珍贵的遗产，应该予以保护。事实上，在各级非物质文化遗产保护名录中，民间艺术都占据了相当大的比重。这也就是说，民间艺术在现代社会既丧失了它曾有的使用价值，又没有真正获得"艺术"身份，它对于我们现代社会来说，最重要的价值就是作为遗产的价值。

作为遗产，固然是需要保护、传承的。对于一般遗产而言，有两种主要保护方式，一种是作为文物静态的保护，二是以数字化方式展示其动态变化过程。将造型、功能各异的民间艺术从原有的生活场景中抽离出来，当作静态的物品进行展示，供人们参观、欣赏、研究、学习，这是我们在各地民间工艺博物馆中常常看到的。然而，被隔离在日常生活世界之外的封闭空间中，民间艺术留存下来的实则不过是一些标本，只是空洞的外壳，至于其在日常生活中的生动性与丰富性则大都流失了。尤其是民间艺术的

---

① 马克思"一切固定的古老的关系以及与之相适应的所被尊崇的观念和见解都被消除了，一切新形成的关系都不到固定下来就陈旧了。一切固定的东西都烟消云散了，一切神圣的东西都被亵渎了"。《马克思恩格斯选集》第一卷，中共中央马克思等著作编译局编，人民出版社，1972，第254页。马歇尔·伯曼借以表达现代性体验。〔美〕马歇尔·伯曼：《一切坚固的东西都烟消云散了——现代性体验》，徐大建、张辑译，商务印书馆，2003。

技艺与生产过程，这是静态保护力所不及的。相比较而言，对于民间艺术来说，数字化保护是一种更为契合的保护方式。所谓数字化保护，就是通过计算机虚拟技术，对民间艺术的历史渊源、发展状况、生产环境、生产技术、生产过程及使用方式等进行全方位、立体的再现，参观者既可以在电子设备上查阅民间艺术的相关信息，也可以经由电子大屏幕、3D 电影及 VR 眼镜等方式直观地了解民间艺术在原有日常生活语境中的生动情形。尤其是 VR 虚拟现实技术，几乎可以逼真地再现过去的社会生活情景，把观赏者带入虚拟空间中，让其回到历史情境中。很显然，这两种遗产保护方式已经基本上可以满足学者的科学研究需要以及社会大众的怀旧心理了。然而，民间艺术作为非物质文化遗产，人们进而要求其"活态传承"。

所谓"活态传承"，就是说遗产应该在具体的日常生活与生产活动中进行保护、传承。其实，"活态传承"是非物质文化遗产保护的应有之义。联合国教科文组织《保护非物质文化遗产公约》第二条提出："这种非物质文化遗产世代相传，在各社区和群体适应周围环境以及与自然和历史的互动中，被不断地再创造，为这些社区和群体提供认同感和持续感，从而增强对文化多样性和人类创造力的尊重。在本公约中，只考虑符合现有的国际人权文件，各社区、群体和个人之间相互尊重的需要和应可持续发展的非物质文化遗产。"很显然，能够满足特定群体的现实需要，具有可持续发展性，是列为非物质文化遗产的基本要求。上文已经指出，在现代社会中，诸如剪纸、年画、刺绣等绝大多数民间艺术已经丧失了日常功用，倘若要"活态传承"，就必须探寻其满足现代社会需要的可能性，解决其可持续发展问题。就实践来看，在现代社会中能够较好地"活态传承"的民间艺术主要有两类：一是在日常生活中仍然有一定实用价值的，如金箔制造等；二是在前现代社会中已经实现了由"实用"向"审美"转变的民间工艺，如玉雕、紫砂壶制作等，这两类民间艺术，即使不作为文化遗产去保护，也能够生存下去。由此可见，民间艺术丧失了日常实用功能之后，作为纯粹的审美对象也有一定的社会需求。换句话说，民间艺术在现代社会中要想"活态传承"，合乎历史逻辑的选择就是转向作为纯粹审美对象的艺术。

二　当代民间艺术审美转向的困境

我们发现，当代民间艺术家几乎不约而同地在努力创新民间艺术，希望民间艺术能够作为纯粹审美对象被人们接受、消费，不管是刺绣、剪纸、烙画、年画，还是木雕、石雕、陶艺，都越来越"雅化"，越来越趋近于"美的艺术"。民间艺术的这种审美转向可以细分为两个层面：一是传统手工艺由日常使用的"粗器""杂器"转向精致化制作，成为主要用于摆设、鉴赏的工艺美术，并赋予其现代审美意味，成为一种"新手工艺术"，对此，吕品田、李砚祖、徐赣丽等学者已经做过较为深入的研究，本文不再讨论；二是当代民间艺术家不满足于将当代民间艺术定位为工艺美术、"新手工艺术"，在风格、趣味上认同精英艺术，希望民间艺术能够作为"纯艺术"进入现代"艺术世界"，这条道路是否能够走得通，这是本文主要关注的问题。

当然，民间艺术认同、趋近精英艺术，努力进入文化精英所把控的"艺术世界"，这并非当代社会出现的新现象。比如昆曲、京剧，原本都是民间小戏，后来进入了精英文化圈子。再比如刺绣，早在宋朝时，就出现了题字的"画绣"，明代董其昌曾惊叹："宋人之绣……山水分远近之趣，楼阁得深邃之体，人物具瞻眺生动之情，花鸟极绰约喋嚁唼之态。佳者较画更胜，望之，三趣悉备，十指春风，盖至此乎！"[①] 竹刻、紫砂陶器制作等也早在明清时期就已经深受文人趣味的影响。但是，我们需要指出的是，在现代社会中，民间艺术认同精英艺术是自觉的、普遍存在的。比如刺绣，历史上虽然有深得文人趣味的"画绣"，但一般常见的仍然是作为日常生活用品的刺绣，而在当代，全国最有影响力的刺绣市场——苏州镇湖镇"绣品街"几乎所有店铺都出售"画绣"。再比如剪纸，只是在当代社会才出现了杜锦斌《三羊开泰》那样的镜框艺术的剪纸作品。又如石雕、木雕，过去一般附属于建筑，用于装饰，在当代已成为一种独立的雕刻艺术，而且出现了葛志文等石雕艺术家。尤为有意思的是，皮影制作脱离了皮影戏，成为一种独立的视觉艺术，汪天稳的皮影雕刻还参加了 2017 年的"威尼斯

---

① 董其昌：《筠清轩秘录》，（明）张应文：《清秘藏》卷上《论宋绣刻丝》，见《四库全书子部·杂家类·杂品之属》。

双年展"；为了具备艺术的独一无二性，年画制作人不再从事批量的年画生产，而转身成为木刻艺术家，他们不再出售纸质年画作品，而是出售年画的雕版。更为重要的是，民间艺术家越来越重视个人情感、观念的表达以及技艺的创新，而不是遵循古老的传统。如桃花坞年画传承人乔麦的"午候系列"，格调深远，气息悠长，全然没有传统年画的民俗气味。又如姚建萍、姚惠芬的刺绣，在平针绣、乱针绣等针法的基础上开创了"融针绣"，并积极学习传统文人画与西方油画、素描、水彩等艺术形式，其作品已达到很高的艺术水准，完全可以与学院派艺术相媲美，2015 年 12 月 1～10日，中国美术馆为姚建萍举办了艺术展①，姚惠芬的刺绣作品《骷髅幻戏图》入展了 2017 年的"威尼斯双年展"。再如葛志文的石雕，无论是《一叶清果》《一叶清风壶》《金蝉鸣秋》，还是《朴石砚》《叶落归根壶》等，其创作不仅深得传统艺术之精髓，还渗透着一种现代艺术精神，其独特的艺术语言有一种特殊的力量，能在瞬间击中你，让你爱不释手。在创新观念驱动下，一些民间艺术甚至刻意求新，如朱仙镇年画，有的艺人完全不顾"无手工上色"的传统，出现了一些用水粉对传统年画进行"改造""美化"的现象。②

虽然当代民间艺术纷纷认同、趋近精英艺术，渴望被现代"艺术世界"接纳，但是，这种审美转向一直面临着很难破解的两方面困境。一是民间艺术本身重视传承与传统，而不是个性与创新，这与现代艺术精神是背离的，如果民间艺术转而追求个性与创新，认同现代艺术精神，又面临着丧失民间艺术本来面目的风险，且有悖于非物质文化遗产保护之宗旨。事实上，我们看到绝大多数彰显创新意识的当代民间艺术在格调与审美趣味方面已经很难说是民间艺术了。有些当代民间工艺，与其说是民间艺术，不如说只是利用了民间技艺与材料的现代艺术。在西方，民间艺术现代转型过程中也曾遭遇过这个问题，但由于其时尚未提出非物质文化遗产保护问题，因而，在理论

---

① 何非：《针融百家，艺开新境——姚建萍刺绣艺术展在中国美术馆开幕》，《美术观察》2016 年第 2 期。
② 万建中等：《民间年画的技艺表现与民俗志书写——以朱仙镇为调查点》，中国社会科学出版社，2015，第 217 页。

与实践中，几乎一边倒地靠拢纯艺术，尤其在手工艺领域，如彼得·沃克斯（Peter Voukos），"他的作品更少功能性、传统性，更多雕塑性与抽象性，与当时盛行的抽象表现主义艺术不谋而合"。① 著名艺术批评家哈罗德·罗森伯格则指出，手工艺要想争取与前卫艺术平起平坐的地位，必须转向艺术手工艺或职业手工艺，必须服膺于现代主义的艺术理念。② 二是现代"艺术世界"并不认可、接纳民间艺术。民间艺术之所以被现代"艺术世界"认定为民间艺术。一方面，这种艺术主要留存于日常生活空间，而不是在被隔离出来的画廊、剧院、音乐厅中。画廊、剧院、音乐厅是一种制度化的空间，人们一旦进入其中，其实就已经被现代审美制度结构化了，就无可逃避地要根据现代审美规则与方式面对眼前的"作品"。另一方面，民间艺术的创造者大都是生活在民间的艺人，而不是文化精英阶层，他们很少受过高层次的文化教育，缺乏专门的艺术史知识与文化反思、批判意识，因而，即使他们的作品在技艺、风格方面趋近于精英艺术，也很难被现代"艺术世界"认可。

在现代社会，能否被现代"艺术世界"接纳，是民间艺术能否获得艺术地位的关键。J. 迪基认为，在现代艺术观念中，艺术之所以成为艺术，有两个基本要素，一是人工制品，二是离不开"代表某种社会制度（即艺术世界）的一个人或一些人授予它具有欣赏对象资格的地位"③。也就是说，在现代艺术观念中，能否获得艺术地位，不在于作品本身的某种特质，而在于"艺术体制"以及代表"艺术体制"的某些人授予其艺术身份与地位。比如杜尚的《自行车轮》（1913 年）与《泉》（1917 年），作品本身不过是普通的日常生活用品，并不具有传统意义上的审美属性，但现代"艺术世界"中掌握着话语权的艺术批评家认为，这些作品"通过模仿嘲弄了我们对于有意义的形式的追寻"④，颠覆了人们的艺术观念，其概念的震撼性具

---

① 袁熙旸：《后工艺时代是否已经到来？——当代西方手工艺的概念嬗变与定位调整》，《装饰》2009 年第 1 期。
② 袁熙旸：《后工艺时代是否已经到来？——当代西方手工艺的概念嬗变与定位调整》，《装饰》2009 年第 1 期。
③ 〔美〕J. 迪基：《何为艺术？》，载〔美〕M. 李普曼编《当代美学》，邓鹏译，光明日报出版社，1986，第 110 页。
④ 〔美〕阿诺德·贝林特：《艺术与介入》，李媛媛译，商务印书馆，2013，第 41 页。

有一种艺术力量，因而承认其艺术身份与地位。由此可见，民间艺术在风格、趣味方面认同、趋近精英艺术，并非民间艺术获得艺术身份与地位的关键。即使从美学角度已经很难区隔当代民间艺术与精英艺术，当代民间艺术仍然会遭遇文化精英以及社会大众的贬抑，难以获得艺术身份与地位。问题的关键在于，构成艺术世界的各种力量，如学校、出版社、报纸、广电网，尤其是艺术批评家、理论家，要认可、接纳民间艺术是当代艺术的组成部分。然而，这些力量为什么要认可、接纳民间艺术呢？他们又为什么不愿意真诚地接纳民间艺术呢？苏绣大师姚建萍也曾困惑地问笔者，民间艺术家在他们的作品上倾注的心血，表现出来的才华，并不亚于学院艺术作品，为什么民间艺术作品总是卖不出学院艺术作品的价格来呢？要解释这些问题，我们有必要进一步分析现代"艺术世界"与"艺术制度"。

三　建构民间艺术审美话语体系

波普艺术家安迪·沃霍尔的《布里洛的盒子》为什么是艺术？难道仅仅因为这些盒子是手工制品？对此，美国当代著名艺术哲学家阿瑟·丹托在《艺术世界》（1964 年）一文中提出，"最终在布里洛盒子和由布里洛盒子组成的艺术品之间作出区别的是某种理论。是理论把它带入艺术的世界中，防止它沦落为它所是的真实物品。当然，没有理论，人们是不可能把它看作艺术的，为了把它看作艺术世界的一部分，人们必须掌握大量的艺术理论，还有一定的纽约绘画当代史"。[①] 在丹托看来，艺术理论与艺术史知构成了艺术世界，他说："把某物看作艺术，需要某种眼睛无法贬低的东西———一种艺术理论的氛围，一种艺术历史的知识：一个艺术世界。"[②] 这也就是说，艺术之所以成为艺术不是因其内在特质，而是根据某种艺术理论。霍华德·贝克尔也认为："艺术存在于阐释的氛围之中，因此，一件艺术品就是一种阐释的工具。"[③] 在现代"艺术世界"中，一旦某种艺术理论

① Arthurc Danto. The *Artworld*. The Journal of Philosophy，Vol. 61，No. 19，American Philosophical Association Eastern Division Sixty-First Annual Meeting（Oct. 15，1964），p. 571.

② Arthurc Danto. The *Artworld*. The Journal of Philosophy，Vol. 61，No. 19，American Philosophical Association Eastern Division Sixty-First Annual Meeting（Oct. 15，1964），p. 584.

③ 〔美〕霍华德·贝克尔：《艺术界》，卢文超译，译林出版社，2014，第 136 页。

被学校、出版社、报纸、广电网，以及艺术批评家、艺术理论家等各种力量认可，形成一种"艺术理论氛围"，就可以左右人们对艺术品的认知与评价。那么，在现代"艺术世界"中，是否存在能够有效阐释民间艺术的"艺术理论氛围"呢？

自近代以来，一直有学者关注、研究民间艺术，对民间艺术的特殊性也多有阐发。比如美国民俗学家迈克尔·欧文·琼斯曾指出，"民间艺术的独特之处在于，它是日常生活中个人或大众的交流、互动、艺术表达和传统行为"①。人类学家也强调："不同于在很大程度上是依据其原创性和艺术家个人的独特眼光来评判的现代西方艺术，传统艺术关心的都是社区和共享的象征体系。"② 诚然，民间艺术与精英艺术相比，最根本的差异在于民间艺术不能脱离日常生活，然而，我们究竟如何认识尚未从日常生活中分化出来的民间艺术的美呢？正如冯骥才所问："那些出自田野的、花花绿绿的木版画，歪头歪脑、粗拉拉的泥玩具，连喊带叫、土尘蓬蓬的乡间土戏，还有那种一连三天人山人海的庙会，到底美不美？"③ 对于这个问题，日本学者柳宗悦的回答最为令人信服。他认为，西方艺术理论与美学话语对天才、杰作的尊崇固化了人们对"美"与"艺术"的观念，其实，"真正的美，并非只是存在于罕见的世界之中，同样深深地、静静地潜藏于平凡的寻常事物之内"④，"我们身着衣物而感到温暖，依靠成套的器物来安排饮食，备置家具、器皿来丰富生活。如同影子离不开物体那样……没有任何伴侣能够以这样亲密的关系与我们朝夕相处。……美不能只局限于欣赏，必须深深地扎根于生活之中"⑤。他进而指出，"民艺的美，是从对用途的忠诚中而体现出来的"⑥，民艺的美是"产生于自然的、健康的、朴素的灵动

---

① 〔美〕迈克尔·欧文·琼斯：《什么是民间艺术？它何时会消亡论日常生活中的传统审美行为》，游自荧译，《民间文化论坛》2006 年第 1 期。
② 〔美〕威廉·A. 哈维兰等：《文化人类学——人类的挑战》，陈相超、冯然译，机械工业出版社，2014，第 335 页。
③ 冯骥才：《灵魂的巢：冯骥才散文》，浙江文艺出版社，2014，第 194 页。
④ 〔日〕柳宗悦：《民艺论》，徐艺乙主编，孙建君等译，江西美术出版社，2002，第 162 页。
⑤ 〔日〕柳宗悦：《工艺文化》，徐艺乙译，广西师范大学出版社，2006，第 6 页。
⑥ 〔日〕柳宗悦：《民艺论》，徐艺乙主编，孙建君等译，江西美术出版社，2002，第 16 页。

之美"①，在柳宗悦看来，民间艺术这种朴素之美契合了禅宗提倡的"平常""无事""自由心""无碍"的境界，他说："无碍之美和无事之美的价值就是民艺美论。佛教禅宗早就指出了这个性质。"② 柳宗悦曾发下宏愿要将民艺美论打造成一宗。③ 事实上，他的"民艺美学"在日本已深入人心，形成了一种"艺术理论氛围"。正因为如此，日本民间艺术现代转型过程中就基本上没有出现认同、趋近精英艺术的现象，不仅民间艺术家努力追求保持原汁原味的民间艺术风格，甚至一些现代艺术家反而认同民间艺术的创作理念，在艺术创作中不去彰显个性与创造性。比如柳宗悦的儿子柳宗理，他是日本现代设计艺术的奠基人，他就认为："真正的美是在器物上自然产生的，不是制作出来的。设计是意识的活动，但是违背自然的意识活动是丑陋的，必须遵循自然原理之意识。这样的意识在设计的行为中，最终表现为无意识，只有到达这样的无意识状态才会产生美。"④

遗憾的是，柳宗悦的美学思想虽然很早就传播过来，但在国内艺术理论界与美学界影响甚微，没有形成一种"艺术理论氛围"。直至目前，民间艺术在国内仍然没有美学话语权，因而民间艺术虽然进入了部分美术院校，却并没有真正进入现代"艺术世界"，获得令人尊崇的艺术身份与地位。为了进入现代"艺术世界"，获取艺术身份与地位，诸多民间艺术家纷纷认同、趋向精英艺术，这种无奈的选择实际上从侧面反映了民间艺术在现代文化空间中的生存困境，本质上，这就是民间艺术在逼仄狭隘的现代"艺术世界"中的一种自我规训。

问题是，究竟如何营建一种新的"艺术理论氛围"，促进现代"艺术世界"真正接纳、认可民间艺术为当代艺术的组成部分呢？这显然并非一朝一夕、凭一己之力所能解决的问题。首先，要为解决这个问题做一些基础工作，认真讨论民间艺术独特的审美经验与审美价值，构建民间艺术审美

---

① 〔日〕柳宗悦：《民艺论》，徐艺乙主编，孙建君等译，江西美术出版社，2002，第8页。
② 〔日〕柳宗悦：《民艺论》，徐艺乙主编，孙建君等译，江西美术出版社，2002，第33页。
③ 〔日〕柳宗悦著，水尾比吕志编《美的法门》，岩波书店，1995，第111页。转引自徐艺乙《民艺与设计——关于柳宗悦与柳宗理》，《装饰》2015年第12期。
④ 日本《银花》杂志2003年秋季号，第10页。转引自徐艺乙《民艺与设计——关于柳宗悦与柳宗理》，《装饰》2015年第12期。

话语体系。在拙著《民间艺术的审美经验研究》一书中，笔者曾提出，民间艺术在审美方式上应当不同于现代美学所建构的分离的、对象化的、静观的审美，而是一种多感官联动的、融人性的审美；在价值取向上，它应当不同于重视新颖性、陌生感的求异性审美，而是一种重视群体经验的认同性审美。① 当然，笔者的思考还不够成熟，论述也不够圆融，旨在抛砖引玉而已。其次，民间艺术理论研究者还应该突破专业壁垒，把民间艺术理论作为当代艺术学理论的有机组成部分来研究、讨论，促进现代"艺术世界"积极关注民间艺术。国内民间艺术研究者大都来自美术学、民俗学、人类学、文艺学等学科，与当代艺术批评、艺术理论界多有隔膜，其研究成果往往难以有力影响现代"艺术世界"。如果民间艺术理论都难以进入现代"艺术世界"，又如何能让民间艺术进入现代"艺术世界"呢？

结　语

社会现代转型导致民间艺术功能转变，民间艺术纷纷向"纯艺术"靠拢。不管在国内，还是在国外，这种审美转向都被认为是必然的，值得肯定。在国内，李砚祖、徐赣丽等人强调，这种审美转向有益于促进民间艺术精益求精。诚然如此，但无论民间艺术如何精致，人们都很难把民间艺术视作纯艺术。西方当代民间艺术家与艺术理论家早就意识到这个问题，主张积极移植先锋艺术、实验艺术的观念、方法、程式、风格，"不再沉湎于薪火相传的技艺传统，也不再满足于材质、工艺手段的日积月累、千锤百炼，他们更看重的是观念的激进、思考的深邃、个性的彰显、性情的抒发，还有艺术语言、技术手段的锐意创新、大胆实验"②，从而将民间艺术彻底融入现代艺术之中。但问题是，放弃了对传统的传承，还是民间艺术吗？即便如此，现代"艺术世界"能够接纳这种非传统的当代民间艺术吗？

在现代"艺术世界"中，艺术地位的授予并非根据艺术家与艺术品，而是艺术理论，因此，即使民间艺术精益求精，或者完全服膺于现代主义

---

① 季中扬：《民间艺术的审美经验研究》，中国社会科学出版社，2016，第3页。
② 袁熙旸：《后工艺时代是否已经到来？——当代西方手工艺的概念嬗变与定位调整》，《装饰》2009年第1期。

的艺术理念，也未必能够进入现代"艺术世界"，获得艺术身份与地位。在西方，"工作室手工艺"得到了"艺术世界"的认可，"重要的一点就在于发展起了专门化的艺术理论，培养出了术业有专攻的学者，培育了持续、稳定增长的艺术市场"。① 由此可见，民间艺术要想获得艺术身份与地位，关键在于民间艺术理论研究者努力建构话语体系，在现代"艺术世界"中为民间艺术争取合适位置，而不是鼓励、放任民间艺术趋同于精英艺术。与西方国家相比，我们的民间艺术是在"非物质文化遗产保护"的新语境中的现代转型，如果忽视对传统的传承，一味趋同于精英艺术，也有悖于非物质文化遗产"活态传承"的宗旨。

（原载《民族艺术》2018 年第 2 期，第 53 ~ 64 页）

---

① 袁熙旸：《后工艺时代是否已经到来？——当代西方手工艺的概念嬗变与定位调整》，《装饰》2009 年第 1 期。

校准手（工）艺：美学与社会意义 双重维度的批判思考

吴维忆　南京大学艺术研究院助理研究员

一　从留住手艺到校准手（工）艺

2004 年，专题电视节目《留住手艺》（8 集）在中央电视台科教频道首播；2017 年，央视推出 50 集同名纪录片《留住手艺》[1]。从 8 集到 50 集的扩容呼应了近年来的传统手工艺热潮。然而同样是针对手艺，8 集版和 50 集版在内容、形式上的一些鲜明差异则说明，"手艺"定义和评价发生了鲜明的转变。首先，它们在工艺项目选择、分集标题、文案风格等方面的差异明显：后者虽然选择范畴大为拓宽，但对于斫琴、明式家具与剪纸、风筝以及龙舟、花炮等工艺在文化、民俗等方面的差异也并未深究；其次，8集版请到了时任职清华美术学院的杭间、中国美术学院的王澍、《汉声》杂志发行人黄永松等学术、文艺界的专家，50 集版则采取了工艺事实梳理结合采访的平淡叙述，过滤掉了前一版浓厚的学理色彩；一个更微妙也更关键的差异是，8 集版在怀思中烘托出了对手艺的地位（相对于艺术/美术）以及未来（市场萎缩、传承无人的双重威胁）的追问与忧虑，50 集版则完全没有这种知识分子式的在关怀中夹带的焦虑，取而代之的是对非遗、传承人这些身份或者认证的反复宣示。

由此可见：当"留住"已经成为基本的共识，梳理手艺在被发现、被接受的过程之中的重要转变，辨析市场、学术、官方三重视域交错之下邻接概念之间的模糊边界，即所谓的校准就成为现阶段研究面对的一个首要问题。

二　校准什么——偏差何在?

两版《留住手艺》在形式和立意上的鲜明差异，揭示了两个概念之间的混淆：一是手艺，这方面的描述通常强调传统生活方式以及与之相关的记忆、时代的内涵；二是手工艺，相关的讨论往往围绕手工制作这一创造方式，尤其强调工具、技艺等要素。这两个概念又对应两类主导话语，即诠释这对概念的两种常见的思路：非遗和民艺。校准的目的就是要厘清这两条思路各自的逻辑漏洞并揭示相关话语所遮蔽的深层问题，区分手艺与手工艺的所指差异，从而为关注现实实践困难和深层话语问题的手（工）艺[2]研究划定一个清晰、恰切的对象与论域。

（一）反思非遗

"非物质文化遗产"的申报活动可以被视为复兴中华传统文化战略正式提出以前，对手（工）艺价值认定的一个预热和铺垫。如今，"非遗"已成为匠人们念兹在兹的一份重要认可和荣耀，而"申遗"也被各级地方政府列为对手（工）艺保护、传承工作的首要任务，至于"遗产保护"这一模式是否存在问题，则鲜有追问或者说是讳莫如深的。

依据某种资格认定来分配公共资源的行政操作并没有问题，有问题的是以"非遗"称号为手（工）艺定性的简化思路，因为它直接影响了某个特定手（工）艺所依存的有机生活环境中普通民众的一般认知。也就是说，在观念层面上，非遗名录很可能引发与艺术的博物馆化相似的刻奇效果。此外，"非遗"更像是对"自然遗产"和"物质性文化遗产"的补充，这个别扭的称谓实质上反映了"遗产模式"以物质性、工具性为主导的功利逻辑，与手（工）艺的民俗、社会及心理等非功利性、弱功利性内涵的生硬嫁接。在应用层面，如果简单化思路的主导使资源分配仅仅与非遗名录挂钩，不仅会导致公平的问题，同时也会固化这种有漏洞的实践方式，反而不利于手（工）艺的延续与发扬，这也就违背了登记非遗名录的初衷。一份不断拉长的非遗名录，隐含了"过去时"的论断，并没有将技艺在应用中的个人调整与改进，抑或是相关人群的生产性组织方式和丰富的生活内容包含其中；倘若基于这样一种标本化的预设，如何能够期盼所谓的非遗的改造与活化？

（二）重解民艺

2015 年 9 月，中国美术学院民艺博物馆正式开馆。国美副院长杭间教授曾明确阐述了采用"民艺"这一概念的两个主要的考虑：一是采纳了民艺所对应的综合、开放的生活，二是认同民艺是"生活的艺术"这一内涵[3]。杭间是国内较早关注民艺的研究者之一，早在 1997 年的一篇论文中，他就描述了民间艺术的理想状态：

> 一部分继续以传统方式为人民提供生活用品，成为大工业生产的补充和补偿；一部分作为文化遗产保存下来，成为认识历史的凭借；一部分蜕变为审美对象，成为精神产品；一部分则在接受现代生产工艺的改造之后成为依然保持着传统文化的温馨的产品[4]。

与"非遗"思路一样，"民艺"概念在理解手（工）艺以及指导实践方面都有一定的合理性与有效性；但从上述的理想状态可以看出，民艺这条思路可能引发的是另一种问题：对日常的中性化处理缺失了对审美资本主义和创意经济的必要警惕与反思。倘若民艺的技艺和传统元素仅构成了商品的附加价值，又或者民艺的审美内涵成为新的区隔得以附着的基础，那么，民艺就不再是综合、开放的，也不再具备在日用之中启发使用者的改造与创意这一独特功能，而是和当代艺术与先锋艺术一样，被整合进审美资本主义以及文化全球化的链条。

从概念的缘起看，作为民众的工艺的"民艺"是日本传承、发扬手（工）艺的一套观念和运作模式，它产生于柳宗悦、柳宗理父子推动的、深度塑造了日本工业设计的民艺运动（Mingei Movement）。而日本的民艺运动与 19 世纪肇始于英国后广泛传播到欧洲和北美的工艺美术运动（Arts and Crafts Movement）实则拥有一个共同的思想内核，即立足于反思艺术与手（工）艺的分离和应对工业生产的冲击来思考手（工）艺的美学和社会价值及现实应用。工艺美术运动早在 20 世纪初就已传播到中国，然而因为社会经济基础与艺术设计美学追求和蕴含的文化特质的差异性等原因，它对 20

世纪早期中国现代设计的影响较小[5]。柳宗悦一代所处的，是日本在迈向现代化的进程中建立其民族工业体系的时代；今天，当我们使用"民艺"这一概念的时候，必须注意历史语境、社会文化层面上的根本差异。具体而言，当前中国制造、中国设计所面对的是更加复杂的境况：全球化的后福特主义生产体系、后消费主义文化与更晚近的创意经济的意识形态属性的杂糅。

在辨析手艺、手工艺两个概念基础上的校准，首先就是要针对上述的非遗和民艺这两种有偏差、有问题的思路，由此再进一步明确校准的过程，回应如何校准这个关键问题。

三 如何校准——两个维度

"非遗""民艺"两种思路都因其有漏洞的逻辑预设或是应存疑的价值取向而走向了自身的反面。要处理这样的高尔丁死结（Gordian knot），所需的是快刀斩乱麻式的非常规的解题思路：如果强调手（工）艺与某种特定的生产、生活组织方式的有机关联，是否可以跳过现代性的难题，直接讨论手（工）艺的当代意蕴、价值和功用？而这种"当代性"是否正好可以回应"民艺"范式所隐含的意识形态问题？与其在史学、民俗学的意义上不断回归传统，不如反其道行之，确定手（工）艺在美学意义与社会意义两个维度上的阈值，从着眼"当代性"的视角重新校准这一基本概念，或能为后续的研究与实践提供一个未来取向的也更具批判性的参考框架。

（一）手（工）艺的美学意义：审美与创造

在内容方面，亦即审美价值维度上，手（工）艺被认为是次于美术或是更宽泛综合的大类——艺术；在形式、功能方面，手（工）艺被看作工匠遵循固定流程所做的重复的肢体劳动，解决具体的日用需求，欠缺创造，尤其缺乏像艺术家那样在抽象、精神层面的创意。从美学维度校准手（工）艺，简而言之，就是要破除审美和创造两方面的刻板印象，这就关系艺术史中手工艺/工艺美术与高雅艺术/纯艺术之间的对立[6]，以及手（工）艺是否应该纳入艺术史，又如何被记入艺术史的问题。这第二个层次的问题就必然要求排除以"非遗"话语为代表的从标本化的生活记忆中建构某种庸俗化的社会认同的诉求，在承认手（工）艺根植于文化土壤的同时，拒斥文化的统纳力量的规约，从而仔细梳理出"艺术史中的手（工）艺"这条潜藏的线索。

英国学者玛格丽特·博登（Margaret Boden）在其反对"工艺—艺术"二元划分的论文[7]中提出，这种二元对立所标榜的美学价值的高下之分，其实可以还原为强调信息与强调行动的两种观念的差异，以及相对应的指示性理论（Indicative theory）和生成性理论（Enactive theory）的差异；她进而断定"工艺"和"艺术"的具体划分完全取决于社会性因素而并不具有任何美学基础。而在另一篇更早的文章中，罗恩·艾尔曼（Ron Eyerman）与马格纳斯·芮恩（Magnus Ring）（1998）[8]则通过辨析艺术史的社会学转向[9]，以及艺术社会学自身从外围、宏观研究向微观、作品分析的转变，提出了建立一种新型艺术社会学的倡议[10]。他们以罗伯特·维特金（Robert Witkin）对马奈（édouard Manet）的微观研究为例，揭示了维特金是如何将艺术品内容、作家风格与社会结构、社会变革相关联的；他们进一步指出：维特金对于个体观看体验之社会属性的揭示，有可能扩展并包含集体行动与行动者，这是因为艺术中有着"蕴含真理"（Truth-bearing）的潜能。

相对于审美价值，手（工）艺在创造、创意方面的美学意义是更为直观的：工具的丰富化和改进（包括工匠在使用工具上的个体差异）以及工艺流程、不同门类工艺之间的替代和融合等都说明工艺的不断重复恰恰是创造产生的必要条件和过程本身。因此，手（工）艺在创造维度的美学意义实际关乎两个问题：首先，如何充分激发内在于手（工）艺过程和个体工匠中的创造（Innovation）与创意（Creativity）？其次，创造与创意归属于谁，它们的功能和效用是什么？针对第一个问题，认知心理学特别是具身认知研究提示了一个可供参考的研究方向：针对具身性的跨学科探讨将揭示身体技能、肌肉劳作这些手（工）艺特有的因素对于创造、创意的独特影响，提出或者回应一些现有社会学、艺术学、民俗学、人类学方面研究尚无法解决的问题。针对第二个问题，艺术社会学以及艺术世界的政治社会学分析已经充分驳斥了"艺术家都是孤独的天才"这一假设，如果实现从艺术转向手（工）艺，是否可以从从属群体的社会行动这一角度进一步反思有关创造和创意的固有观念？

正如艾尔曼与芮恩的论证逻辑所暗示的，校准手工艺的美学意义，最终将要求建立一种新的美学[11]，这种新美学的性质应当是属众的、行动的，因此，围绕美学意义的讨论也就自然深入针对社会意义的探讨。既然手（工）艺和艺术之间审美价值的"高下"对立更多的是一种社会建构的结果，而手（工）艺本身又比艺术具有更直观、更直接的群体与社会属性，研究者就应该尤为关注手（工）艺在美学和社会意义中蕴含的政治意义。

（二）手（工）艺的社会意义：潜能与行动

1. 手（工）艺设计：生产欲望抑或实现潜能？

一旦从抽象的美学思辨介入现实，首先要明确的一个前提就是在当前语境下讨论手（工）艺的社会意义，必须正视如贝尔纳·斯蒂格勒（Bernard Stiegler）等批判理论家揭示的创意经济与后消费主义文化的意识形态性，一个典型的例子就是日用品设计。伴随着中产消费者群体的不断壮大，有"设计感"的日用品的大批量生产、高同质性商品的替代已经成为当代都市人有意识地装点生活的必需品。观察"买"（淘宝）与"晒"（社交媒体）两个平台呈现的情况可以发现："设计感"集中地体现在实用功能、欣赏把玩和场景仪式三个层面，而这三重价值取向都可以在手（工）艺上找到得以落实的物质和文化基础，这一点也充分解释了，为什么"民艺"话语会格外强调传统工艺与现代设计的结合。

从学理上来看，对手（工）艺产品的设计，实质就是对日常的设计，后者可以被纳入迈克·费瑟斯通（Mike Featherstone）的"日常生活的审美化"和沃尔夫冈·韦尔施（Wolfgang Welsch）的"审美泛化"所指涉的范畴，甚至可以追溯到亨利·列斐伏尔（Henri Lefebvre）在现代性发端之时的日常生活批判。然而"列斐伏尔—韦尔施—费瑟斯通"一系理论的解释力需要被重估，因为今日之"日常"已经处在基于互联网的创意经济与后消费主义文化这一新的历史语境之下。具体而言，当下的消费行为和心理已经从带有刻奇性质的对审美趣味的搬演与观看模式（在文化消费中彰显品位、格调等文化资本）转化为更加碎片化、个人化抑或"多样化"趣味的并置和杂陈模式（文化消费者所标榜的挪用与杂食的能力）。一个典型的例子：购买设计师作品仿冒品的消费者在"日常"与"设计感"之间首鼠两端的暧昧态度，就生动地印证了斯蒂格勒对"日常"之变异的深刻揭示。

> 这一创造性的转化—成形（Trans-figuration）背离了日常性……提升不再作为"内在超越"，正如我们想要以现象学所阐述的那样；而是作为一个奇点，从一切看似单调、扁平、有限的，亦即熵的、缺乏思想的事物中突然迸发出涵义与意义的无限性和显著性。[12]

列斐伏尔在现代性的早期所批判的日常生活，仍然许诺了哪怕是阶级意义上的提升，然而我们所生存于其中的是已经取消了超越的、扁平的、转向熵增的日常。在斯蒂格勒看来，创意经济的意识形态性就体现在它对当前日常的这一本质属性的遮蔽，它主导了对日常"高于生活同时又在生活之中"（Above the everyday yet within the everyday）这一关键矛盾的建构，以及对现象学意义上的内在性/内在之物（Immanence）的消解。

正是在其独特的"日常"与创意经济批判的基础上，斯蒂格勒提出了"精神贫困"（De-proletarianisation）这一关键论断。至于什么是创意（Creativity），斯蒂格勒仍然从否定创意经济的角度提出了他的理解："属平凡（或日常）的和平凡之中的创意这一概念指的是对平凡之非凡性的评定，而创意经济是这一概念的反面。我认为，这个概念正是艺术性经验的特征，自现代性的确立以来尤为如此。"[13]

他认为，"创意"就是在平凡中达至非凡的一种潜能；相反，"精神贫困"者就是放弃或是被剥夺了这一潜能的人。循着斯蒂格勒对日常的新批判，可以得出进一步的推论：倘若我们仍寄望于手（工）艺在如今扁平的、熵增的日常中产生某种正向的效用，我们所推崇的复兴手（工）艺的"传统＋设计"模式首先应该中止对欲望的生产，而着力实现当代职业工匠与消费者的创意潜能。

2. 手作潮流：敬业的工匠抑或社会行动者？

现实的困境在于，个别工匠和消费者碎片式的个体行为，如何能不被审美资本主义和创意经济的总体性所吞没？以西方社会的 DIY（Do it your-self，自己动手做）运动为例[14]：它在火爆一段时间之后即迅速沉淀为亚文化，主流文化对它的整治手段无非两条：一方面，利用迅速更迭的文化商品形成的新的社会区隔，将 DIY 爱好者边缘化，框定为消极、避世的文化他者；另一方面，等待个体的劳动与交往之间的鸿沟从内部瓦解这个文化族群。DIY 运动的沉浮提醒我们，"工匠精神"或者"匠人"等尊称可能反而使手（工）艺人陷入潜在的风险：手（工）艺的劳动者要么作为孤立、分散的个体独自面对总体性的支配，要么被创意经济驱使并捆绑成一个个有形或无形的集群。那么，从消费者一端兴起的这一波崇尚手作的潮流，究竟是否蕴含着使超级消费者（Hyper-consumers）从欲望中解脱出来的可能？肯定答案仍然存在，而这种可能就潜在于新型劳动模式以及数字网络实现的广泛联结之中。

新型劳动模式，主要关系到毛里齐奥·拉扎拉托（Maurizio Lazzarato）提出的非物质劳动（Immaterial labour）[15]这一概念。在直观的层面上，拉扎拉脱将非物质劳动描述为对符号产品和服务体验的生产，包括对闲暇方式、消费品位和价值取向的培植以及对相关的需要、想象和认同的建构。此外更关键的是非物质劳动生产出了与这些信息和文化相对应的社会关系，他认为这一"社会关系"包括三个层次：一是具生殖性的完整价值标准和指标体系；二是与这一套文化价值符号指涉相呼应的社会结构；三是结构和象征这两个层面的社会认同。对照拉扎拉托的定义可以看出，当代职业工匠已经在从事新型的非物质劳动，因为他们的工作有很大一部分是对手（工）艺产品的象征意义和情感体验的生产，并且在价值、结构和认同三个层面不断再生产和巩固与这些抽象属性相关的社会关系。像所有生产主体一样，手（工）艺劳动者的对象化和物化被包含在总体性的大规模社会生产中；而在其生产象征意义、情感体验以及社会关系的过程中，手（工）艺劳动者自身的社会关系和自我认同也被不断地生产出来。

除了当代职业工匠劳动的非物质性，通过生产、流通、交换、消费等环节而编织、联动起来的个体生产者的网络，在互联网等现代通信技术的作用下不断扩展其覆盖范畴，社会化大生产的总体逻辑也随着网络的扩张而不断蔓延、覆盖日常生活的各细枝末节。这种数字和现实相互交织的网络具有双重性：它既是一个捕获、束缚分散、孤立的劳动者的网络，也是主动的社会行动者可以发生普遍关联的网络。

结语：得鱼忘筌——作为路径的校准

校准研究对象与规范判断之间仍有一段距离。本文从美学意义、社会意义这样更偏重理论的视角设定阈值，旨在规避机械反映论的僵化思路；但既然要实现校准目的，就难免要依赖阈值所建立的一个确定的价值体系。

校准之后，当代手（工）艺研究和实践仍然是一个有待敞开自身的过程。这种敞开指向了对校准的反问：手（工）艺包含技艺、工具的物质性要素，以及工匠和使用者群体的生产组织方式与生活方式等非物质性的内涵；它不应被缩减为"非遗"（尽管它有这部分属性和价值），也不应被装点为"民艺"，那么它应该是什么？一个初步的回应是：它是一种个体行动，包括应用中的创造（Innovation）和创意（Creativity），因此是与斯蒂格勒批判的普遍精神贫困（De-proletarianisation）相反，是将技术（Know-how）与具体生活方式还于诸众的一种赋权（Empowerment）；而这种个体行动在审美和社会意义上都是主体间性（Inter-subjectivity）的，因此它终将构成一种社会行动和力量，完成对抽象意义上后现代处境下人的潜能（Potential）的实现。当然，这种实现是艰难的，因为它必然也必须是日常的及琐碎的。具体就我国而言，在民族复兴的新时期，手（工）艺不应局限于某种"生活的艺术"，而更应成为制造诸众的、属于诸众和为诸众的社会的美学。

［原载《南京艺术学院学报（美术与设计)》
2018 年第 2 期，第 126～130 页］

参考文献

［1］8 集版《留住手艺》内容可以参见中国网络电视台视频链接 http：∥arts. cntv. cn/20100722/104625. shtml（获取时间：2017 年 10 月 29 日 21：30）。

［2］本文使用手（工）艺这一综合性的称谓，是为了指称便利将两个对象并置，并非将二者混同。

［3］杭间教授在接受雅昌艺术网采访时，解释了为何从"民间艺术""民俗艺术""民间美术""民间工艺""民间文艺""民间技艺""民间手艺""民众艺术"等诸多词汇中最终选定了"民艺"。采访全文详见链接：http://ltsfgs. zjol. com. cn/system/2015/09/20/020841256. shtml（获取时间：2017 年 10 月 29 日 22：00）。

［4］杭间、曹小鸥：《"移风易俗"后的中国民间艺术之路》，《文艺研究》1997 年第 3 期，第 112 ~ 119 页。

［5］郑立君：《20 世纪早期英国艺术与手工艺运动对中国的传播与影响》，《艺术百家》2012 年第 5 期，第 193 ~ 198 页。

［6］西方的语汇基本是 Fine art/High art 与 Craft/Folk art 的对立。

［7］Boden，M. 2000. Crafts，perception，and the possibilities of the body. British Journal of Aesthetics 40（3）：289 – 301.

［8］Ron Eyerman，R. and M. Ring. 1998. Towards a new sociology of art worlds：bringing meaning back in. ActaSociologica 41：277 – 283.

［9］一般而言，艺术史关心的是艺术作品（Artwork）的内容以及它们向观者传达的意义（Meaning）；相反，在以艺术世界为研究对象的社会学论述中，意义并非内在于作品中，而是在作品生产的具体语境中被诠释出来的。

［10］新型艺术社会学之新，是指艺术社会学将作品的内容、意义吸收到研究当中，在宏观的、针对生产语境的外部研究之外，也要以社会学的思路、方法对具体作品、艺术家进行分析。

［11］罗恩·艾尔曼与马格纳斯·任在论证建立新的艺术社会学的必要性之外，还揭示了一种新的、关于艺术世界的政治社会学的可能。这种近似于席勒主义的审美取向所暗含的教化和美育的意指，对中国的美学研究者来说应并不陌生。

［12］Stiegner，B. 2010. The age of de-proletarianization：Art and teaching art in post-consumerist culture. inArt Futures：Current Issues in High Arts Education，European League of Institutes of the Arts（ELIA）. pp. 12 – 13.

［13］Kieran Corcoran，Carla Delfos，and FlorisSolleveld eds. Art Futures：Current Issues in High Arts Education，（Amsterdam：European League of Institutes of the Arts 21010）. pp. 12 – 13.

［14］ DIY 最初的含义主要是类似于“如何更换轮胎”这类的技能性内容，但后来 DIY 的内涵扩充，这一概念被用来泛指人们以某种创意技能为元素，为自己制作或设计东西的行为。所以 DIY 的外延也就无所不包了，烤蛋糕、卧室装饰和制作首饰都属于 DIY 的范畴。参见：Brit Morin. What is the maker movement and why should you care? 博客文章，详见链接：https://www.huffingtonpost.com/brit-morin/what-is-the-maker-movemen_b_3201977.html（获取时间：2017 年 10 月 30 日 15:41）。

［15］〔法〕毛里齐奥·拉扎拉托：《非物质劳动（上）》，高燕译，《国外理论动态》2005 年第 3 期，第 41~44 页。〔法〕毛里齐奥·拉扎拉托：《非物质劳动（下）》，高燕译，《国外理论动态》2005 年第 3 期，第 44~47 页。

李约瑟对中华工匠文化的思考

——中华工匠文化体系研究系列之六

邹其昌　同济大学教授　李青青　上海大学美术学院

李约瑟对中国科学技术史研究的贡献是不言而喻的，其著作《中国科学技术史》在一定程度上还原了中国古代科学技术的发展面貌。他提出的"李约瑟难题"——"近代科学为什么没有诞生在中国"问题更是引起大批学者的浓厚兴趣而讨论经久不衰。由此，这在很大程度上引导学者们就中国古代科学技术产生与发展的环境、机制及其他重大问题进行系统探索。难能可贵的是，这部鸿篇巨作不仅关注宏观的科学技术史，而且关注为这些技术作出贡献的工匠、手艺人。李约瑟认为工匠们为中国古代科学技术的发展作出了突出贡献。并且，李约瑟《中国科学技术史》对工匠问题的探讨对中华工匠文化体系的研究尤为重要，具体体现在：李约瑟在《中国科学技术史》第四卷第二分册中设专节（引论部分）讨论了"工程师"（工匠）问题。包括"工程师的名称和概念""封建官僚社会的工匠与工程师""工匠界的传说"和"工具与材料"等。在这些问题讨论中，李约瑟展现了对"工匠文化"的独特思考。

一　关于中华"工匠"的时代背景

李约瑟借鉴芒福德《技术与文明》一书中以能源和材料为主体的技术历史分类法[1]，将历史划分为新技术——电、原子能、合金和塑料；旧时代——以煤、铁为特征；古技术——以木、竹和水为特征（以中国为代表）三个阶段，认为中华工匠文化属于"古技术"时代。

事实上，学界对工匠问题的研究很少有专门探讨其时代所属问题，仅在探讨某一时期工匠问题时，会简述其所处时代背景。而对某一问题的探讨是与其时代背景须臾不可分离的。"工匠"作为一种职业普遍存在也有其特定的时代背景。中华工匠首先是作为古代社会结构中"士农工商"之"工"，主要是指区别于文人学者、农民、商人的"从事器物发明、设计、创造、制造、劳动、传播、销售等领域的行业共同体"[2]。从这个意义讲，工匠是从事不同种类、不同领域手工业劳作的职业共同体，是古代社会中一种重要的职业（尽管现当代也有工匠这样的职业存在，但已然不是社会主流）。职业的产生必然有其特定的历史条件，比如，现代工人（作为一种广义的职业称呼）就是在工业革命之后，机器化大生产普及的情况下才有的一种职业。所以说时代背景也是研究工匠文化不可忽视的一个重要问题。

李约瑟在讨论古代"工程师"问题时，开篇就提出其所属时代的问题。他认为，古代中国尽管对各种金属的应用已经达到较高的水平，"但是大部分古代大型工程仍然是由木石构成的"[3]，水则作为主要动力。此三者（木、石、水）是当时社会应用最多、最广泛的材料和资源。采用技术史分类法来界定工匠的时代问题，尽管只是众多分类方法中的一种，但具有其独特的优势。技术是社会不断发展的动力。古代社会的技术水平最直观地表现为工具体系，而工匠所从事的劳作是基于工具与其双手、大脑的协调。因此，工具就成为工匠活动最基本的外部条件。而以技术要素来区分工匠的时代属性，能够在纷杂的因素中把握一条重要线索，为研究不同时代甚至不同地区工匠的共同问题提供可能。如古代中国的木匠与古希腊、古罗马的砖石匠就是明显实例。古代中国，木材的广泛使用以及木构房屋的兴建，促使大批木匠产生与发展；而古代西方尤其以古希腊古罗马为代表，以石块、砖块为主要的营建材料，大型的公共建筑与民用建筑多采用大理石、砖块，这就使社会上出现很多具有相应技能的工匠即石匠、砖匠等（当然，这种影响是相互的）。

一言以蔽之，关于中华工匠时代的背景，李约瑟的启发来自两方面：第一，时代背景作为工匠成长、生产、生活的大环境，应该是研究工匠问题的一个重要议题，应给予足够的重视。第二，打破单一的历时性研究方法，对工匠时代背景展开了多维度的共时性研究，为中华工匠文化体系的系统研究提供一条新的思路。

二 关于编写中华"工匠"文化史的意义

在考察中国古代的机械工程问题时，李约瑟发现专门介绍古代工程的书籍、文献相当少，以至于我们对皇家工厂的组织与劳动者以及他们的生产情况、对技术的掌握和控制情况等都不能详尽地了解。他认为："编写一本详尽的专题论文，从头到尾地叙述中国的工场、皇家工场和官方工场的历史，是最迫切的汉学任务之一。"[4] 事实上，直到今天这样的专门论著还没有真正出现。这也促使我们进一步思考，为什么与工程相关的书籍如此少，为什么关于工匠的专门论著如此少。李约瑟提示了相关答案：在中国古代，受传统"劳心者治人，劳力者治于人"的观念影响，"学者传统"与"工匠传统"[5] 分离发展，学者主要关心形而上的哲学问题，而工匠从事的形而下的活动自然被排除在外。正如李约瑟认为的："工匠的创作虽精巧，但常常被儒生认为不值得注意。"[6] 并且，当代历史研究只重物而忽略人的传统，尤其是工艺美术史的研究甚至完全忽略器物之所成的主体——工匠。由此，李约瑟还进一步指出："唐代历史只叙述产品，而不叙述所用的技术。"作为一种活态性存在的技术，实际上是依据人而存在的，尤其是古技术时代。技术往往随着人的存在、变化、消亡而定，也就是人决定了技术的存在和价值。这就涉及"非遗"保护问题。"不叙述所用的技术"，就是不关注人[7]，不叙述创造人类人造产品的工匠。事实上不仅仅是唐代，整个古代中国都是类似的状况，不仅很少叙述所采用的技术，而且很少关注其制作者。

传统观念对形而下器物的偏见，使工匠及其所从事的活动受到了忽视：工匠共同体作为社会主要生活产品和生产工具的生产、制作者，其应有的社会地位被遮蔽；其相关资料的缺乏也对今天我们进一步研究并了解工匠及其技艺，带来了很大的困难。因此，无论出于何种目的，研究专门的"工匠"文化史是非常有必要的。

关于中华"工匠"文化史研究的相关问题，李约瑟的启示主要体现在：第一，编写一本专门的工匠文化史，梳理工匠不同类型（如官、私工匠

等）、不同工种的活动及其历史是相当迫切的，也是研究中华工匠文化首要
解决的一大问题。第二，为工匠正名，也是为整个文化史的研究方向纠偏，
无论是对了解过去、把握今天还是启示未来，人的研究都有着重要的意义。

三　关于"工匠"身份问题

李约瑟考察了大量中国古文献，指出："到目前为止，本书所谈的技术
工作者都是'自由'平民。一个轮匠或漆匠是一个'家庭清白的''庶人'
或'自由民'；或是一个'良人'，字义上是'好人'。他属于平民（小民）
阶层，对于古代的哲学家来说，这些人必定是'小人'〈卑贱的人〉，以与
'君子'（高尚的半贵族的博学公取人员）区别开来。既然他有姓，他便是
'百姓'（'古老的百家'）之一，并属于'编民'（登记过的人民）。"[8]这
里，李约瑟发现并指出中华传统"工匠"的身份问题，并作了简要阐述，
认为"工匠"不能简单归于"奴隶"的范畴，而应该属于"自由民""良
人"范畴。"工匠"属于"民"的范畴，自然就与"君子"形成对照，被
社会划入"贱民""小人"之列。即使如此，工匠也不是社会最底层的人
群。作为工匠共同体也有一个统一的身份或姓，是"百姓"之一，并且编
入户籍——匠籍，有了自己的行业结构系统。

需要强调的是，李约瑟关于工匠身份问题的论述侧重于探讨其隶属的
阶层，他认为平民工匠属于自由人，即"百姓""庶民"，而工匠又绝不仅
限于这一个阶层。他指出，在当时社会还有比百姓更低的阶层，"几乎可以
叫做'颓丧阶级'，而他们当中一定包括工匠，有时确实是有技巧和才能的
人"[9]。这就自然引出了关于工匠所属阶层的更多疑问：那些没有人身自由
或者半自由的工匠又属于什么阶层呢？中国古代是否存在奴隶工匠？这类
工匠的身份问题事实上到目前为止也没有一个明确的答案，尤其是对于半
自由工匠的阶层归属问题是一个值得进一步探讨的问题。

工匠所属的阶层也决定了其社会身份地位的高低。总体来看，在我国
古代，工匠身份相当低下。其职业世袭不得更改，"百工伎巧、驺卒子息，
当习其父兄之业，不听私立学校。违者师身死，主人门诛"[10]。不得读书入
仕，不得与士民之家通婚，甚至在穿着方面也有很多限制，如晋朝法律规

定"士卒百工,不得著假髻"(《太平御览》卷七百十五);"士卒百工,不得服真珠珰珥"(《太平御览》卷八百零二);"士卒百工,不得服犀玳瑁"(《太平御览》卷八百零七);"士卒百工,不得服越叠"(《太平御览》卷八百二十)^[11];等等。明朝更是针对僭越有严格的处罚,"凡官民房舍车服器物各有等第,若违式僭用,有官者,杖一目,罢职不叙;无官者,笞五十,罪坐家长,工匠并笞五十"^[12]。唐以前官府工匠多采取征集制,基本是强制性入职,直到中唐后,雇佣制逐渐兴起,官府对工匠的管制和剥削才稍微减少。目前,"工匠"的身份地位是学界围绕工匠问题讨论较多的一个方面。而工匠身份问题的讨论则侧重于其工粮制度、雇佣制度、管理制度、培训制度以及婚嫁限定等各方面。而传统学术认为,中国古代历史上,工匠尤其是官工匠的身份地位基本上低于一般平民百姓,介于百姓和奴隶之间。而就工匠的阶级所属还没有专门或者明确的论述,李约瑟将普通工匠看作"自由人""百姓",将少部分完全无自由工匠归为奴隶阶层,而其他半自由工匠的阶层所属,他认为难以界定。由于古代"男耕女织"的社会形态,农民在农闲时也充当了工匠的角色,从这个意义来说,李约瑟对工匠身份的描述是合理的。但工匠的情况相当复杂,其来源也很庞杂,除去世袭的工匠,有失去土地的农民,有士兵,有俘虏,有刑徒罪犯等,是否存在奴隶工匠或者半自由工匠的阶层归属问题,暂时也没有明确证据证明。

无论如何,关于工匠身份地位的论述,李约瑟给我们带来了以下启示:首先,无论古代工匠身份地位如何低下,也不能将其简单视为"奴隶";其次,民间工匠,尤其是从事家庭副业手工业的工匠确实属于"自由人"行列;最后,在讨论工匠身份问题时应该有区别地进行讨论,不能一概而论。

四 关于"工匠"的社会作用

李约瑟突破一般历史学家的观念,发掘出"工匠"具有的社会历史作用(不只是用自身的技术造物),他说:"关于工匠在政治史上所起的作用,几乎全部还需要有人去写出来。"^① 并用 993～995 年王小波和李顺领导的四

---

① 〔美〕李约瑟:《中国科学技术史》第四卷第二分册"机械工程"部分,科学出版社,1999。

川起义作为例证加以简要说明①。当然，目前这方面的研究还未真正开始，因此他呼吁，"阐明发明家、工程师和有科学创造能力的人在他们那个时代的社会中的地位，这本身就是一种专门的研究，我们现在还不能系统地进行，部分地因为它在这种意义上是次要的，首要任务是证明他们的身份和他们实际上做了什么"②。这里的"发明家""工程师""有科学创造能力的人"在古代社会有很大一部分是出自工匠群体，由于社会话语权的缺失，他们常常被历史遗忘。李约瑟认为研究这一群体当时的社会地位是十分必要的，但首先要建立在他们在当时具体做了哪些事情、留下了什么、创造了什么的基础之上，并证明其身份。李约瑟在这里谈到的身份，实际上侧重于探究工匠在当时社会中所承担的角色及其产生的作用。工匠的社会作用是讨论工匠问题极其重要的一个方面。

工匠的创作和生产大体上构成了人类社会的物质世界，其对人类社会的作用是了然于目的。然而由于社会对体力劳动的偏见，工匠体现的社会价值和社会作用往往不被人重视，甚至是被有意忽视。这就促使我们进一步探讨工匠的历史作用问题。目前，学界对工匠作用的探讨多从技术发展或者经济价值等方面入手，在此不赘述。李约瑟的论述为我们打开了新的思路，其政治作用、文化作用等都是我们研究工匠问题不可忽视的。就政治作用而言，李约瑟提到的王小波和李顺领导的四川起义也许只是个案甚至其所指有待论证，但历史上确实存在过这样的斗争与反抗。如，魏晋南北朝时期由造墓工唐寓之带领的起义，在一定程度上迫使政府放松了对人们的人身束缚。还有万历年间，以葛贤为代表的织工队伍掀起了反抗税监孙隆的暴动，最终也产生了很大影响。尽管匠人参与政治活动的案例有记载的较少，但我们无法完全否认，在历史上的众多农民起义中，有作为社

---

① 李约瑟认为，北宋后期实施的一些贸易措施给四川丝业带来毁灭性打击，致使丝业工匠们穷困潦倒，几近绝望。这些丝业工匠则是构成这次起义的主要人力来源。尽管这种说法有待考证，但四川起义的主要人力确实是当时被逼得走投无路的贫苦大众，而包含各行业工匠的可能性也不是没有。参见〔美〕李约瑟著《中国科学技术史》第四卷第二分册"机械工程"部分，科学出版社，1999，第 20～21 页。

② 〔美〕李约瑟：《中国科学技术史》第四卷第二分册"机械工程"部分，科学出版社，1999。

会底层的工匠加入其中。此外，尽管古代工匠几乎没有机会读书和入仕，但是也有少数能够通过其自身卓绝的技艺晋升官场甚至获得参政的权利，起到一定的政治影响。如明代的蒯祥（1397～1481），作为技艺精湛的木工，深得朝廷喜爱，多次主持参与皇室建筑工程，官至工部侍郎；出生于石匠世家的陆祥（？～1470），也是由于高超的技艺，官至工部侍郎；还有官至工部尚书的徐杲（1522～1572）等，代表了工匠也有可能在政治生活中得到赏识并立足于官场。

就文化作用而言，工匠造物的历史本就属于文化史的重要部分。工匠在造物活动中，使用的工具、制作的器具、遵循的规则等合力构成了工匠文化。当然，工匠根据自身经验编写的一些口诀、民谣，无论是口传的抑或是文字版的，都是工匠对文化发展的贡献。

对工匠社会作用的关注实际上是在印证"人民群众（劳动人民）是历史的创造者"。历史对匠人的忽视与遮蔽有其历史原因，但重新重视这一群体的社会作用也是历史必然。在李约瑟的启发下，这里仅简略论述了工匠社会作用的几个方面，一方面提示学界对工匠历史作用给予足够认识；另一方面也表明对工匠社会作用的研究是探讨工匠相关问题不可或缺的论题。

五　关于"工匠"的分类研究

关于"工匠"的分类问题，李约瑟作了较为系统的研究，并得出了较为合理的结论。他说："我们把发明家和工程师的生活历史分为五类：a. 高级官员，即有着成功的和丰富成果的经历的学者；b. 平民；c. 半奴隶集团的成员；d. 被奴役的人；e. 相当重要的小官吏，就是在官僚队伍里未能爬上去的学者。"[①] 他认为，第一类，高级官员，主要有张衡、郭守敬等；第二类，平民，如毕昇；第三类半奴隶集团的成员，如信都芳等；第四类，被奴役的人，如耿询等；第五类，相当重要的小官吏，就是在官僚队伍里未能晋升的学者，是数量最多的一类，如李诫等。

在此，我们可以明显感受到中西方学者对工匠分类的差异：李约瑟采

---

① 李约瑟：《中国科学技术史》第四卷第二分册"机械工程"部分，科学出版社，1999。

用共时性研究方法，将工匠按照社会层级分为五种类型，进行跨时空、有代表的介绍；而中国学者则倾向于采用历时性研究方法，将工匠依其属性分为官府工匠和民间工匠进行历时性梳理和介绍。李约瑟的分类方式有利于跳出时代的局限，从整体上把握不同种类工匠的活动，一方面有利于把握不同时期工匠的共通性，另一方面易于抓住不同层级工匠的主要特点。例如，属于"高级官员"这一类的"工匠"或身居要职或为无所事事的皇亲国戚，他们受过良好的教育，拥有空间、时间优势，同时也有财富支持。另外，这类"工匠"多为"博学家"，如，东汉时期的张衡，既是地动仪发明者，还设计了浑天仪，同时也是有名的数学家。元朝郭守敬既是通惠渠、元大运河的工程师，同时也是卓越的数学家、天文学家。这类工匠由于其特殊的身份，在历史文献中多有详细的记载。而属于"平民"类的"工匠"除了少数卓越者之外，历史文献中很少有相关工匠的完整名字和详细记载。历史上这类"工匠"的突出代表有汉代丁缓、隋代李春、五代末北宋初的喻皓、北宋毕昇等。这类"工匠"多为布衣出生，属于"良人""自由民"，在某一方面有着卓越的、无可比拟的才能或技巧。如喻皓设计的木塔，李春设计的拱桥等，都是经典之作。另外，李约瑟将小军官、道士、和尚等也归入这一类。这些都是拥有不同职业的特殊工匠，因为其职业的特殊性，对某些相关技术尤其娴熟。如在军队工场中工作的刀剑匠綦母怀文，对灌钢冶炼法的推行和普及起了巨大的促进作用。属于"半奴隶集团成员"的工匠，其社会地位极低，文献记载也很少，北齐信都芳是其重要代表。这类工匠一般学识精通，作为"家臣""门客"等依附于贵族。属于"被奴役人"，这类工匠的记载则更少，他们可能是俘虏也有可能是刑徒，完全失去人身自由，却拥有卓越的技艺，幸运的话，可能因为卓越的才能被放免为良民。陈隋时期的耿询参加起义被俘后，因为卓越的技术才能被免死充当家奴，后因为设计了可以用水力持续转动的浑天仪，而深受赏识，最后被免为平民。这类工匠毫无人身自由可言，身份地位是五大类工匠中最低的，除了少数个别才能、技艺极其卓越的被载入史册，其他基本消失于浩瀚历史之中。最后一类，"小官吏"工匠，则是为数最多的。这类工匠拥有特殊的技术才能，受过教育，多通过读书入仕，一心投入工程、技术等领域。北宋李诫是这类工匠的重要代表。由此观之，五大类工匠各有其特点，这种分类研究有利于从整体上把握不同种类工匠的各自特点以及同一类工匠的共同特征。

而中国学者多采用属性分类，并在此基础上进行历史性梳理。官私工匠的分类则较为清晰地呈现了官府工匠与民间工匠的差异，而历史性梳理又利于线性把握不同性质工匠的发展脉络。如鞠清远先生将元代工匠分为"系官匠户""军匠""民匠"，进而考察其差异性；而童书业先生主编的《中国手工业经济通史》又从整体上将各朝各代的工匠分为官私工匠进行梳理，有利于把握官私工匠的历史发展。

李约瑟对工匠的分类只是众多分类可能中的一种，在此无意于评判孰好孰坏，只是期待提供一种不一样的分类方法，以从多方面、多角度把握工匠问题。

六 "李约瑟难题"中的工匠问题

在谈论"李约瑟难题"之前不得不先介绍一下对他影响至深的齐尔塞尔（1891~1944）。齐尔塞尔是现代思想史上一位伟大的人物，对科学技术史的研究作出了巨大的贡献。著名的"齐尔塞尔论题"主要围绕学者与工匠关系的变化来探讨近代科学技术的发展、起源问题，引起了学界对近代科学起源问题的广泛讨论。其中，李约瑟受齐尔塞尔影响很大，妇孺皆知的"李约瑟难题"可以说是"齐尔塞尔论题"的具体化。

"齐尔塞尔论题"认为在近代科学发展中，工匠与学者的结合是一个关键契机，学者"对工匠的实验、量化方法和因果思维的吸收就是新科学得以产生的决定性因素"[1]。而"李约瑟难题"实际上也是对这一论题的回应，只不过李约瑟将其宏大的研究落脚于中国古代，以考察器具、技术、工匠、学者（包括文人士大夫）及其制器活动为主要内容，展开对中国古代科学技术的研究。在考察过程中，李约瑟发现工匠对中国古代技术的发展具有关键作用，并格外关注工匠主体问题，他将墨子、公输盘等称为"奇巧的

---

[1] 王哲然：《近代早期学者——工匠问题的编史学考察》，《科学文化评论》2016 年第 1 期。

工匠"，认为他们发明的某些器具可能对后世科学技术产生了重要影响，如"木鸢"的发明"或许就已经实验过了现代航空科学的两个重大组成部件，就是风筝的翼和螺旋桨"①。可见，李约瑟已笃定工匠对近代科学技术的重要作用。在整个中国科学技术史的考察过程中，李约瑟不曾忽视工匠群体，甚至再三提示其重要性。

李约瑟对中国科学技术的考察，不仅让我们看到我国古代灿烂的科学技术文化和成果，同时也让我们把目光投向被历史忽视的工匠群体。工匠对中国科学技术的贡献，在整个科技史中的重要作用是李约瑟对我们的又一重要提示。在此，只是简单提示了"李约瑟难题"中对工匠问题的部分思考，要弄清楚李约瑟的"工匠情结"，还需回到对其影响至深的齐尔塞尔那里进一步考察。这也是考察工匠问题一个非常重要的切入点。

［原载《中南民族大学学报》（人文社会科学版）
2018 年第 1 期，第 109～113 页］

参考文献

［1］原文："按照能源和使用的典型材料而言，始生代技术时期是一个'水能—木材'的体系；古生代技术时期是'煤炭—钢铁体系'；新生代技术时期是'电力—合金'体系。"参见〔美〕刘易斯·芒福德著《技术与文明》，陈允明等译，中国建筑工业出版社，2009，第 102 页。

［2］邹其昌：《论中华工匠文化体系——中华工匠文化体系研究系列之一》，《艺术探索》2016 年第 5 期。

［3］李约瑟：《中国科学技术史》第四卷第二分册"机械工程"部分，科学出版社，1999。

［4］李约瑟：《中国科学技术史》第四卷第二分册"机械工程"部分，科学出版社，1999。

［5］赵建军：《从古代东西方科学传统的差异看近代科学产生于欧洲的必然性——

---

① 李约瑟：《中国科学技术史》第四卷第二分册"机械工程"部分，科学出版社，1999，第639 页。

李约瑟问题的再思考》，《科学技术哲学》2000 年第 3 期。

[6] 李约瑟：《中国科学技术史》第四卷第二分册"机械工程"部分，科学出版社，1999。

[7] 李约瑟：《中国科学技术史》第四卷第二分册"机械工程"部分，科学出版社，1999。

[8] 李约瑟：《中国科学技术史》第四卷第二分册"机械工程"部分，科学出版社，1999。

[9] 李约瑟：《中国科学技术史》第四卷第二分册"机械工程"部分，科学出版社，1999。

[10] 魏收：《魏书》卷 4 下"世祖纪"；魏明孔：《中国手工业经济通史·魏晋南北朝隋唐五代卷》，福建人民出版社，2004，第 179 页。

[11] 此书原文为"士卒百工，都得著假髻"，现据《太平御览》更改。参见严可均著《全上古三代秦汉三国六朝文》，中华书局，1958，第 2294 页。

[12] 刘惟谦等：《大明律》卷十二"礼律·仪制·服舍违式条"；曹焕旭：《中国古代的工匠》，商务印书馆，1996，第 116 页。

《考工记》与中华工匠精神的核心基因[*]

潘天波　江苏师范大学传媒与影视学院特聘教授

发掘中华传统工匠精神富矿，复兴传统中华工匠精神，对于当前中国社会以及产业制造而言，是一个非常紧迫的时代议题。2016 年，"工匠精神"已然被写入中国政府工作报告，中华工匠精神逐渐成为复兴中华传统文化与中国职业精神的标识性概念。

中华传统工匠精神作为范式概念的出场，它涉及两个基本的连带性问题：一是当前中国工匠精神日渐失落或职业信仰的失落，并威胁到当前产业制造及整个社会的职业精神；二是复兴中华传统工匠精神意味着中国传统文化里一定富藏着宝贵的工匠精神。显然，"第一个问题"是社会事实，"第二个问题"是文化事实。因此，中华工匠精神的出场是一个"社会—文化问题"的双重事实。可见，当前中国"社会—文化问题"事实激发了中华工匠精神的出场。

就社会现状看，近年来的中国制造及其产品在海外的销售量持续攀升，但中国品牌产品在国际市场的占有份额却不大。中国制造在品牌、品类与品质层次上明显落后于欧美一些发达国家，造成如此局面的原因之一或是中国产业制造缺乏专注的、持久的、精益求精的中华工匠精神。那么，"第一个连带问题"事实看来是一个真命题。问题的复杂性在于"第二个连带问题"事实是否属于真命题就并不那么简单了，它必须回溯至中华传统工

---

* 江苏省哲学社会科学研究基金项目"中华工匠精神价值体系及其传承路径研究"（17YSD 003）、江苏高校哲学社会科学研究基金重点项目"中华工匠精神核心理论问题研究"（2017ZDIXM055）、国家社会科学基金艺术学重点项目"中华漆艺发展史"（2017AG005）阶段性研究成果。

匠精神基因层面探讨。

在方法论层面，思考"中华工匠精神基因"问题，可实现"两种思维或方法论"的根本转向。一是从"外因"向"内因"转向，即从中华工匠精神的外在事实描述转向中国工匠精神的内在客观性的探索；二是从"末端"向"顶端"转向，即从传承中华工匠精神的社会化路径研究转向中国工匠精神的本体化的基本属性研究。为何要实现中国工匠精神研究的"两种转向"呢？原因在于如果我们仅专注于对中华工匠精神的事实描述（是什么），那么就很容易停留在表层（缺少为什么）；如果我们只滞留于工匠精神的社会化的末端研究，试图捡回并传承中华工匠精神，而忽视中国工匠精神的本体属性及其形成的关键基因组的顶端探讨，这容易出现本末倒置的研究风险。当前在研究中华工匠精神上，对中华工匠精神的事实描述较多，而较少有对中华工匠精神核心基因的回溯性阐释。

在接下来的讨论中，将以《考工记》为研究对象，以其"中华工匠精神"为研究核心，以遗传学之"基因理论"为分析工具，在中华工匠精神基因的组谱绘制、核心特质与价值功能三个理论框架上，较为详细地探讨《考工记》中控制中华传统工匠精神性状的核心遗传基因，以期阐明中华工匠精神核心基因组的存在方式（客观性状）、根本特质（本体属性）与遗传功能（主要价值），进而为当前中国传承中华工匠精神提供目标内容与可依赖的理论支撑。

一 《考工记》：一个潜藏中华工匠精神的文本

《考工记》是中国战国时期齐国官方的工匠文化的体系性文本。在社会学研究层面，它应当在战国时期、齐国属地与官方考工三个限度内考察。因此，在社会学限度内，《考工记》作为中华体系性考工文本，它构建了具有官方代表性的中华传统考工文化理论体系（可称之为"中华考工学"）。《考工记》的理论由五大核心体系构成，即百工体系、造物体系、技术体系、制度体系与精神体系。"百工体系与造物体系"涵盖齐国官营手工业的六大行业结构与30个造物工种；"技术体系"包含工匠技术的职责、程序、规范、标准、配料、检验等要素；"制度体系"包含工匠的管理、评价、奖惩、考核等要素；"精神体系"包含工匠的宇宙精神、创物精神（法象、工巧、美饰、善合）、致用精神等要素。显然，《考工记》作为传统工匠文化文本是体系性的，尤其是它的"精神系统"是工匠在信念、行为与价值上的完整呈现。

在社会维度，尽管齐国"因其俗，简其礼"①，但《考工记》还是一部合"礼"性的工匠技术文本。因为《考工记》是通过官制文化范型来构建齐国工匠文化系统的，其思想得益于殷周以来的礼乐文化。抑或说，从《周礼》到中华工匠文化体系性著作《考工记》的出场，它作为考工理论体系，或许是东周齐国礼乐文化的技术化集成与工匠文化的思想再现。在本质上，《考工记》是三代以来的"神本系统"向"人本系统"转向的重要标志，它依然确立了人（工匠）在整个文化系统中的地位。因此，在工匠主体性上，《考工记》的合"礼"性造物理念与技术叙事已蕴含了中华传统工匠主体精神的核心基因。

在遗传学上，一种生物体基因总是支持与维系着它的生命基本构造和特种性能，并储存着个体生命的族源、血型、生长、变异、凋亡、遗传、进化等过程的全部基因信息。所谓"中华工匠精神基因"，乃是中华工匠精神的思想根脉与文化抗体。就文化或精神遗传而言，中华工匠精神基因是中华民族精神基因的重要组成部分，它的基本构造与本质性能或体现了中国民族精神基因的生命性状，更存储了中华民族精神基因里的重要生命信息。换言之，中华工匠精神基因必然是中国民族精神基因不可或缺的一部分，因为中国工匠精神的物质载体内含中华民族精神基因的重要内容信息。发掘《考工记》之中华工匠精神的核心基因，对于复兴中华工匠精神以及中国民族精神都具有毋庸置疑的社会价值。

那么，中华工匠精神基因的根本属性是什么呢？就生物体而言，它的一切生命现象都与基因有关，基因也是决定生命性状的内在因素。因此，基因具有双重属性：物质性（存在方式）和信息性（根本属性）。同样，《考工记》体现的中华工匠精神基因也具有物质性与信息性的双重属性。在物质属性层面，中华工匠精神的存在方式主要是借助工匠行为而体现于物

---

① （汉）司马迁《史记》，线装书局，2006，第143页。

态化的造物形式；在信息属性层面，中华工匠精神的根本属性主要凭借工匠信念与工匠价值而凸显出工匠的生活态度、生存方式与价值信仰。可见，"物质性"与"信息性"为发掘《考工记》之中华工匠精神核心基因组提供思维途径与分析框架。

二　中华工匠精神的核心基因图谱："三序列"与"六要素"

在构成形态的物质性与信息性层面，中华工匠精神是传统工匠在长期实践中慢慢形成的信念指向、行为规范与价值标准的综合形态。换言之，中国工匠的核心精神主要体现于中国工匠的信念观、行为观与价值观。那么，就遗传基因而言，中华工匠精神的核心基因组则大致由信念基因（宇宙）、行为基因（法象、工巧、美饰、善合）与价值基因（致用）构成。信念基因与价值基因属于中华工匠精神基因的"信息性基因"呈现，行为基因属于中华工匠精神基因的"物质性基因"呈现，简言之，中华工匠精神的核心基因（当然还有其他基因）组由"三序列"（信念基因、行为基因、价值基因）和"六要素"（宇宙、法象、工巧、美饰、善合、致用）构成（见图1）。其中，信念基因主要指向宇宙精神；行为基因大致包括法象精神、工巧精神、美饰精神、善合精神；价值基因主要为致用精神。

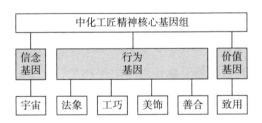

图 1　中华工匠精神核心基因组图谱

第一，"信念基因"，即"宇宙精神"。宇宙精神是中华工匠的最高信念，它不仅表现于中华古代工匠对自然宇宙的敬畏，而且表现于中华古代工匠"取法自然宇宙"的造物思维。《考工记》曰："凡斩毂之道，必矩其阴阳。阳也者，稹理而坚；阴也者，疏理而柔。"[①] 这里的"矩阴阳"之斩

---

① 陈成国点校《周礼·仪礼·礼记》，岳麓书社，2006，第 98~99 页。

毂之道,即显示工匠依法宇宙的圣创理念,并就此确定阳之積理和阴之疏理的造物之道。再如《考工记》曰:"以其筍厚为之羽深。水之,以辨其阴阳,夹其阴阳,以设其比。"① 这就是说,宇宙阴阳之道被工匠利用,并广泛应用到各种造物活动中。同样,"天有时,地有气"的天地观也是中华工匠汲取宇宙运行之法则而形成造物之中的核心宇宙精神。

第二,"行为基因",即工匠造物行为所呈现的法象精神、工巧精神、美饰精神、善合精神等核心基因序列。"天有时,地有气,材有美,工有巧,合此四者,然后可以为良。"② 这句话内含的是中华工匠精神的行为基因组最佳("良")要素:法象(天有时地有气)、工巧(工有巧)、美饰(材有美)、善合(合此四者)。行为基因是工匠通过物态化而体现出来的,并形成工匠造物的基本行为模式与核心规范。

"法象精神",或为"取象精神"是中华工匠造物在模范层面的物态化呈现,即工匠通过模像自然宇宙而形成的造物模范。《考工记》曰:"軫之方也,以象地也;盖之圜也,以象天也;轮辐三十,以象日月也;盖弓二十有八,以象星也。"③ 可见,天地日月之宇宙物象均是工匠审曲面执之物象,以饰五材之意象,以辨民器之形象。"取象精神"是一种具有定质与定性双重特征的比类观,它是东周工匠思维早熟的显著标志。因为,工匠的比类思维需要诸如比喻、举例、比拟、互文、对偶、指代、分承、变易等修辞手法,甚至需要工匠在这些修辞话语背后探觅比类事物的内涵序列——异质、矛盾、对比、转换、个性、共性——的特殊哲学思维性状。换言之,《考工记》所彰显的工匠在比类思维偏好上具有非常成熟的哲学思维性状。

"工巧精神"是中华工匠在造物中的技术性的完美呈现。就技艺性而言,中华工匠具有"智者"与"巧者"的双重身份。《考工记》曰:"知得创物,巧者述之守之,世谓之工。"④ 在此,足以见出中华古代工匠的"智创"乃"圣人"之作。《考工记》曰:"百工之事,皆圣人之作也。"⑤ 换言

① 陈戍国点校《周礼·仪礼·礼记》,岳麓书社,2006,第 106 页。
② 陈戍国点校《周礼·仪礼·礼记》,岳麓书社,2006,第 97 页。
③ 陈戍国点校《周礼·仪礼·礼记》,岳麓书社,2006,第 101 页。
④ 陈戍国点校《周礼·仪礼·礼记》,岳麓书社,2006,第 97 页。
⑤ 陈戍国点校《周礼·仪礼·礼记》,岳麓书社,2006,第 97 页。

之，中华工匠的工巧精神就是一种智创精神。同时，"工有巧"或"三材既具，巧者和之"① 也是工匠的技术指标与核心要件。在清代，《考工典》②专设"工巧部"，其下由"名流列传"（1篇）、"总论"（1篇）、"艺文"（1篇）、"纪事"（1篇）、"杂录"（1篇）构成。其中，"名流列传"部分按章编年体分纲目历代著名工匠，"总论"收录历代对工巧之评书，"艺文"收录文学作品中描述工巧的可采的、精要的辞藻，"纪事"作为"汇考"的补充而收录一些有关工巧之琐细可传者，"杂录"载有对工巧考究未真者或经书中对工巧的旁引曲喻之处。可见，从《考工记》到《考工典》，中华工匠之"工巧精神"是一脉相承的。

"美饰精神"是中华工匠在造物中的美学思想传达，也是工匠造物在生存、生活与生命层次的艺术化追求。《考工记》所凸显的"天有时，地有气，材有美，工有巧"之思想暗示了工匠的美饰精神依赖于造物的材料（材料之美）与技术（工巧之美），同时也取法于天地之时气（自然之美）。换言之，中华古代工匠对"美"的基本立场是：美是在关系及其物质性上的自然显现。换言之，这种对造物的关系之美（善合四者为良）、物质之美（材有美）与自然之美（天有时，地有气）的追求，体现了中华古代工匠朴素的唯物美学观。

"善合精神"是中华工匠在造物中的哲学立场或生态关怀，也是中华工匠在整体思维下的宇宙认识论之体现。《考工记》之"善合精神"是贯穿始终的，并体现于信念、行为与价值的各个层面。"天有时，地有气，材有美，工有巧，合此四者，然后可以为良"（天地之善合，美巧之善合），"三材既具，巧者和之"（材料之善合），"辀注则利准，利准则久，和则安"③（善合之久安），"九和之弓"（善合之"礼"），"为天子之弓，合九而成规"④（善合之"制"），等等，均反映了工匠造物行为的善合精神。"善合精神"是中华工匠精神的最完美的生命呈现形态，也是中华工匠行为基因

① 陈戍国点校《周礼·仪礼·礼记》，岳麓书社，2006，第98页。
② 杨家骆主编，（清）陈梦雷：《古今图书集成·考工典》，台北鼎文书局，1977。
③ 陈戍国点校《周礼·仪礼·礼记》，岳麓书社，2006，第100页。
④ 陈戍国点校《周礼·仪礼·礼记》，岳麓书社，2006，第111页。

中的精髓与核心。在思维层面，"善合精神"是"善合理念"在行为的物态化上的展现。中华工匠的善合理念是"天人合一"或"中庸为美"在造物上的具体呈现，也是实现和谐、包容、合一的可靠途径。

实际上，行为基因组的"四大精神"，即是工匠"宇宙精神"在行为上的具体显露。因为法象、工巧、美饰、善合均遵循的是宇宙法则与自然规律。

第三，价值基因，即"致用精神"基因，这是中华工匠在价值层面上的最为主要的呈现。因为在工匠看来，"凡试梓饮器，乡衡而实不尽，梓师罪之"[1]，又或"审曲面执，以饬五材，以辨民器，谓之百工"[2]，此处对"百工"的界定，揭示对中华工匠的价值基因：致力于民器，器致用于民。当然，中华传统工匠的价值基因是多方面的，但最为主要的是致用基因。不过这里的"致用"之"用"是多层面的，有日常生活之用，或祭祀之用，也有美饰之用。

简言之，在中华工匠精神核心基因组中，"信念基因"是中华工匠精神的本体灵魂；"行为基因"是中华工匠精神物态化的关键要素，也是信念基因与价值基因的中介性基因，即信念基因通过行为基因而实现其价值基因；"价值基因"是工匠精神的共同信念与行为规范施行的理想准则与生命追求。

三 中华工匠精神基因的遗传：以《髹饰录》为中心

在文本层面，《考工记》既是中华工匠文化的元典，又是中华工匠精神的首次出场。从体系上看，《考工记》之中华工匠精神的首次出场显示出一种成熟的"基因表达"。因为它出现了中华工匠精神的核心序列基因，并具有一定体系性的组序特征。

在文化遗传上，东周《考工记》之中华工匠精神的核心基因，如同遗传学学科内的基因一样，即"带有可复制的遗传讯息的 DNA 片段"。抑或说，遗传基因一般有两个核心特征：一是基因能忠实地复制自己，以确保

---

[1] 陈成国点校《周礼·仪礼·礼记》，岳麓书社，2006，第 107 页。
[2] 陈成国点校《周礼·仪礼·礼记》，岳麓书社，2006，第 97 页。

生物的基本性状；二是能遗传或繁衍后代，以保持基因的生命延续。当然，受精卵或母体受到环境或遗传的干扰，后代遗传基因组也有可能会引发某种程度的缺陷或突变。那么，《考工记》之中华工匠精神基因是如何被复制或遗传的呢？在此，可以通过明代黄成的《髹饰录》[①] 窥见一斑，也足以明辨《考工记》之中华工匠精神基因是早熟的，基本确立了中华工匠精神的核心基因组。因为它的核心基因通过从东周到明代的长时间的遗传或变异之后，在《髹饰录》中依然能透视其基因组序列的早期性状与核心功能。

在工匠精神的内涵层面，《髹饰录》折射的中华工匠精神序列也是由信念、行为与价值构成的。从体系上分析，《髹饰录》之中华工匠精神的核心理论体系由"宇宙精神"主体（共同信念）、"圣创精神、善合精神"两大层次（行为规范）、"求精—求美的精神、朴素—致用的精神、诚信—敬业的精神、传道—严谨的精神"的四大核心指向（价值标准）构成。与《考工记》相比，《髹饰录》遗传的中华工匠精神序列是"宇宙精神"与"朴素—致用的精神"，而变异的工匠精神序列是由原来的"行为基因"变成了"圣创精神"与"善合精神"，这两种工匠精神恰恰是中华工匠精神最完美的呈现形式。在进化论意义上，《考工记》之中华工匠的"行为基因"中的"法象精神、工巧精神、美饰精神"被"圣创精神"替代，这种基因重组也可以说是工匠精神基因的成长与变异的结果。

第一，复制与遗传"宇宙精神"。对于髹漆工匠黄成而言，他的髹漆世界就是一个漆艺宇宙或自然宇宙。在结构安排上，作者精心设计的《髹饰录》分为乾、坤两集，寓意全书本身就是一个自然宇宙。在叙事体例上，《髹饰录》在"利用第一"篇谈及髹漆的工具和原料，所采用的描述方式是依据宇宙学理念建构了工匠的工具论和原料论。抑或说，《髹饰录》知识叙事模式采用自然宇宙的运行模式，凭借日月星辰、春夏秋冬、山河湖海等自然时空伦序比附漆艺知识。譬如以"日辉"比附"金"、以"月照"比

① 《髹饰录》系中国现存唯一的一部古代漆工艺专著，作者为明代隆庆年间（1567～1572）安徽新安平沙黄成。该书分乾、坤两集，共18章186条。《乾集》主要阐释漆工艺的制作方法、原料、工具及漆工的禁忌；《坤集》主要阐明漆器的分类及各个品种形态。《髹饰录》在世界漆工艺文化史上具有重要地位，至今仍是世界漆工艺的"法学"。

拟"银"、以"电掣"比拟"锉刀"、以"露清"比附"桐油"，等等。① 这些宇宙隐喻的比附思想是作者宇宙精神的直接书写，抑或说宇宙模式是《髹饰录》叙事的核心思维方法，并彰显工匠的宇宙精神。

第二，遗传与复制了"圣创精神"与"善合精神"。在圣创层面，《髹饰录》提出工匠的圣者或神者之造化思想。《髹饰录·乾集》曰："凡工人之作为器物，犹天地之造化。所以有圣者有神者，皆以功以法，故良工利其器。"② 作者黄成在此将工匠造物或界定为"天地之造化"行为，确立作为工匠职业的"圣者"或"神者"在整个造物系统中的作用，具体表现为"功"与"法"两个维度的行为价值。工匠的"圣创精神"是一种极具活力的创新思想。《髹饰录》开篇所言及工匠造物犹如造化，即《考工记》所载的"圣创"。《考工记》曰："知得创物，巧者述之守之，世谓之工。"③ 这句话道出了"工"的形成或有三个阶段：知得创物（圣人）；巧者述之守之（巧匠）；工（百工）。换言之，"工"的不祧之祖或为"圣人"。那么，工匠的行为即为"圣创"。可见，此处的"工匠精神"就是"圣创精神"。《考工记》曰："百工之事，皆圣人之作也。"④ 在哲学层面，"圣人"，即指有限世界中的无限存在。换言之，工匠能创造无限存在，即"智得创物"。在造物源层面，所谓"圣创"，即创新思想。可见，《髹饰录》之"圣创精神"是对《考工记》所载工匠创物思维的一种遗传与变异。另外，"善合精神"，即中华工匠的哲学行为规范。在黄成看来，工匠造利器如四时，所用美材如五行，这关键的行为规范在于"善合"与"采备"。在哲学层面，《髹饰录·乾集》指出："四时行、五行全而物生焉。四善合、五采备而工巧成焉。"⑤ 实际上，"采备"之伦理也需"善合"之精神。《楷法第二》曰："巧法造化；质则人身；文象阴阳。"⑥ 这里的髹漆"三法"之"法"，

① 黄成在《髹饰录》中的叙事方式特色是"比附"，譬如将"日辉"之色样比附"金"、以"月照"之光彩比拟"银"，以"电掣"之动形比拟"锉刀"，以"露清"之质色比附"桐油"。
② 王世襄：《髹饰录解说》，文物出版社，1983，第25页。
③ 陈戍国点校《周礼·仪礼·礼记》，岳麓书社，2006，第97页。
④ 陈戍国点校《周礼·仪礼·礼记》，岳麓书社，2006，第97页。
⑤ 王世襄：《髹饰录解说》，文物出版社，1983，第25页。
⑥ 王世襄：《髹饰录解说》，文物出版社，1983，第50~51页。

或为法天、法人与法自然，即天地人"三法合一"的髹漆理念。对于工匠精神而言，髹漆"三法"集中体现工匠的"善合精神"。很明显，《髹饰录》之"善合精神"是对《考工记》之"善合精神"的复制与遗传。

第三，遗传与进化中华工匠精神的价值基因。《髹饰录》之"求精—求美的精神、朴素—致用的精神、诚信—敬业的精神、传道—严谨的精神"是对《考工记》之工匠精神的致用基因的遗传与进化。《髹饰录》所载"六十四过"①，即表现工匠在技术品质层面的精益求精精神。在创物功能层面，"朴素—致用的精神"是创物的功能需要，也是工匠对创物被使用的价值标准。《髹饰录》给工匠造物提出了非"荡心"与非"夺目"的美学标准。《楷法第二》载工匠髹漆"二戒"曰："淫巧荡心；行滥夺目。"② 在制器形式装饰美学上，工匠得戒除"淫巧荡心""行滥夺目"之滥饰。换言之，黄成主张创物要有朴素与致用之美，这种"朴素—致用的精神"就是中华工匠精神的求善求用精神。在工匠品质层面，"诚信—敬业的精神"是工匠的行为伦理需要，也是创物对工匠提出的职业价值标准。《楷法第二》载髹漆之"四失"，即在行为伦理上，工匠不可有"制度不中（不鬻市）""工过不改（是谓过）""器成不省（不忠乎）""倦怠不力（不可雕）"③ 之失范。黄成反对"四失"，即体现出工匠的"诚信—敬业的精神"，中华工匠精神就是求真求诚的精神。同时，"传道—严谨的精神"是工匠的知识传承需要，也是创物对工匠提出的品质价值标准。《楷法第二》载工匠髹漆"三病"曰："独巧不传；巧趣不贯；文彩不适。"④ 《髹饰录》认为"独巧不传"为工匠之病，一改传统"述之守之"的工匠文化传承理念。在心理以及行为技巧上，工匠谨防"独巧不传""巧趣不贯""文采不适"之病理。"三病"思想反映黄成对工匠的知识传承立场，即主张中华工匠的"传道—严谨的精神"，它或是一种发展进步的精神。可见，《髹饰录》之中华工匠精神在价值标准上已然走出了早期《考工记》所追求的"致用之美"，并在

---

① 王世襄：《髹饰录解说》，文物出版社，1983，第 52 页。
② 王世襄：《髹饰录解说》，文物出版社，1983，第 51 页。
③ 王世襄：《髹饰录解说》，文物出版社，1983，第 51～52 页。
④ 王世襄：《髹饰录解说》，文物出版社，1983，第 51、51～52、52 页。

"求精—求美的精神、朴素—致用的精神、诚信—敬业的精神、传道—严谨的精神"等核心指向上遗传与进化了早期中华工匠精神的核心基因。

四 发掘中华工匠精神基因的当代价值

在阐释中发现,《考工记》已然潜藏着中华工匠精神的核心基因组,并由信念、行为与价值之三大序列构成,即形成了中华工匠的信念基因、行为基因与价值基因。中华工匠精神核心基因主要是通过物态化与信息化的双重路径展现其独特的属性。一方面借助工匠行为而体现于物态化的造物之中;另一方面又借助工匠的信念与价值而体现在生活态度、生存方式与价值信仰之中。澄鉴此论,能增益于中华工匠精神核心基因的当代传承及其社会化内容选择,并具有重大社会价值与实践意义。

第一,发掘中华工匠精神基因是传承中国传统文化的"中国精神"。中华工匠精神基因是中华优秀文化的凝练化集成,也是中华民族精神的集中体现。发掘《考工记》之中华工匠精神的基因有益于再现中华优秀文化与中华民族精神,从而在文化自信上发挥中华传统文化的当代价值。2017年1月,中共中央办公厅、国务院办公厅印发《关于实施中华优秀传统文化传承发展工程的意见》(以下简称《意见》)。《意见》明确指出了实施中华优秀传统文化传承发展工程的总体目标为:"到2025年,中华优秀传统文化传承发展体系基本形成,研究阐发、教育普及、保护传承、创新发展、传播交流等方面协同推进并取得重要成果,具有中国特色、中国风格、中国气派的文化产品更加丰富,文化自觉和文化自信显著增强,国家文化软实力的根基更为坚实,中华文化的国际影响力明显提升。"① 这个目标透露,实施中华优秀传统文化传承发展工程要在研究阐发、创新发展等方面协同推进,旨在增强中国文化自觉与文化自信,坚实国家文化软实力。对于传统文化研究者而言,"研究阐发"必将是一项重要"课题"。《意见》还进一步指出:"加强中华文化研究阐释工作,深入研究阐释中华文化的历史渊

---

① 参见《中共中央办公厅、国务院办公厅印发〈关于实施中华优秀传统文化传承发展工程的意见〉》,中华人民共和国中央人民政府网,http://www.gov.cn/zhengce/2017－01/25/content_5163472.htm。发表时间:2017年1月25日,浏览时间:2018年1月28日。

源、发展脉络、基本走向，深刻阐明中华优秀传统文化是发展当代中国马克思主义的丰厚滋养，深刻阐明传承发展中华优秀传统文化是建设中国特色社会主义事业的实践之需……着力构建有中国底蕴、中国特色的思想体系、学术体系和话语体系。"① 显然，这里为中国如何阐发研究中华传统文化提供了理论路线图。实际上，中华工匠精神的阐发就是为着力构建有中国底蕴、中国特色的思想体系、学术体系和话语体系提供了有力支撑。

第二，发掘中华工匠精神基因是应对全球化的"中国动力"。中华工匠精神是社会内聚力的核心动力，发掘中华工匠精神有益于提振当代全球化背景下的社会发展的精神内聚力。《考工记》之东周齐国在当时诸侯国中的文化发展与技术先进已证实了工匠精神的社会内聚力，抑或说，齐国的工匠精神在当时的社会发展中显示出社会的内聚力。在遗传学上，生物的各种功能与性状相近均是基因的相互作用的产物，抑或说，生命的生理过程是环境和遗传的相互依赖、相互作用与相互制约的过程。中华工匠精神基因在社会与文化相互依赖中形成，它既是传统文化中的信念、规范与价值的核心成分，也是社会内聚力的核心动力系统。因此，在当代复兴中华工匠精神对于提振全球背景下的社会发展内聚力具有重大意义。

第三，发掘中华工匠精神基因是应对全球化的"中国方案"。中华工匠精神基因注入当代"中国制造"，能在提升品牌、提增品类与提高品质上发挥重要"遗传性变异"功能；同时在提升"中国形象"上也具有不可忽视的作用。被古丝绸之路广泛传播的中国器物是中国"真正的全球性文化的首次登场"②。现在的中国制造已经遍布全球，然而没有一种具有像皮尔·卡丹、生态宜家、文化耐克、故事芭比娃娃等世界性文化品牌那样的影响力。实际上，当代欧美发达国家的品牌产品文化一再显示：器物叙事功能越强，文化传播功能就越强，也就越能产生巨大的经济效益。对于中国文化的海外传播来说，打造器物的文化传播功能是一个亟待完成的任务。如

---

① 参见《中共中央办公厅、国务院办公厅印发〈关于实施中华优秀传统文化传承发展工程的意见〉》，中华人民共和国中央人民政府网，http://www.gov.cn/zhengce/2017 – 01/25/content_5163472.htm。发表时间：2017 年 1 月 25 日，浏览时间：2018 年 1 月 28 日。

② 〔美〕罗伯特·芬雷：《青花瓷的故事——中国瓷的时代》，海南出版社，2015，第 7 页。

果中国制造中能够有一批富含中国文化的产品被世界广泛认可，那么，中国出口的商品不仅能够产生更大的利润，而且会成为中国文化海外传播的重要通道。因此，发掘中华工匠精神，对于中国制造的再次"真正的全球性文化的首次登场"意义非凡。

第四，发掘中华工匠精神基因是厚植中国文化的"中国路径"。发掘中华工匠精神核心基因，也有利于中华工匠精神的社会化路径的选择与培植，增益于中国当前正在实施的中华传统文化传承工程以及中华传统工艺文化传承工程。因为在传承与发展中华工匠精神或民族精神的具体操作层面，只有廓清中华工匠精神的具体基因，才能有目标内容的继承与发展，否则在没有阐释或辨明的前提下言及中华工匠精神是没有理论基础的，甚至是无效的。

结　语

简言之，《考工记》潜藏着中华工匠精神基因，显示出独特的时间延续和空间延展的生命力，并成为中华民族精神的重要组成部分。中华工匠精神基因为中华文化发展做出了独特的贡献，并具有很强的文化张力，培育了中华民族的劳动精神、职业精神和人文精神。在当代，发掘中华工匠精神基因就是传承与发展中华民族精神，也是为应对全球化带来的社会问题，而贡献世界的中国动力、中国方案与中国路径。

（原载《民族艺术》2018 年第 4 期，第 47～53 页）

"农民画"的历史演绎

——以户县农民画为例

仝朝晖　北京建筑大学

艺术史上讨论绘画形式，可以题材论，如宗教画、历史画；以表现材料论，如油画、水彩；以民族审美属性论，如中国画、日本画；以艺术风格论，如印象派绘画、抽象主义绘画；以艺术发生类型论，如文人画、宫廷绘画、民间绘画。单从题材内容说，艺术史上有大量的乡土民俗题材作品，出现了许多因此闻名的画家，人们会想起荷兰的勃鲁盖尔、法国的米勒以及中国的赵望云、罗中立等。虽然人类艺术的起源大都以民间艺术为母体，世界上不同民族都有各自的民间艺术形式，但是，"农民画"一词却是产生于中国当代的特殊提法。所谓特殊，是因为农民画是在中国具体的历史语境，以社会生产关系和政治标准确定的阶级名义，来进行艺术命名的。"农民画是中华人民共和国成立后，在社会主义政治体制和文化体制下发展起来的独特艺术种类。""怎样的画才是农民画？它区别于其他画种的本质是什么？……"① 这里对农民画以"艺术种类""画种"定性的意思就很明确了。

陕西户县农民画诞生于20世纪50年代。它起源于当时农村的画"三史"（村史、社史、家史）、农村壁画等活动，后来这一部分农民作者被组织起来，发展形成了一场轰轰烈烈的农民画运动。20世纪中期，农村人口的文盲比例很大，农民画把党的政策以通俗易懂的图画方式表现出来，体现出优越的宣传和歌颂功能，因此也成为具有毛泽东时代典型特征的社会

---

① 金山农民画馆长奚吉平观点。郑土有、奚吉平：《中国农民画考察》，上海人民出版社，2014，第1页。

文化产物。当时的背景下，农民画的作者既是"受教育者"也是"施教育者"，在面向工农兵"开门办学"的号召下，专业画家纷纷走进田间地头，参与和辅导农民画的创作，同时大量来自全国各地的文化工作者，通过参观农民画"接受贫下中农再教育"。当时和户县农民画性质相似，陕西的户县和其他地区还出现农民诗歌运动，农民诗歌运动以"赛诗会"的形式，出现在人们的生产过程中，记录了一种近乎精神狂欢式的时代记忆，出现了如李强华、王老九等知名的农民诗人。今天，农民诗歌早已经成为历史，而农民画这种形式却被保留了下来。从20世纪中期的河北束鹿、邳县农民画、陕西户县农民画到80年代以后的上海金山农民画、浙江舟山渔民画（农民画），农民画的发展一直延续到当下。

相对于20世纪70年代的辉煌时期，今天的户县农民画也逐渐走向沉寂。从文化学形态归类，户县农民画到底算是时政宣传画、乡土风情装饰画还是原生态民间艺术？可以说，它综合了这些形式的部分特征，同时，我们也很难给其作明确的界定。无论从艺术学、民俗学、社会学、政治学的任何单一角度来研究农民画，所还原出的面目都可能是不完整的。也因为诸多现实因素的困扰，当代农民画的发展定位依然比较模糊。

一 日常生活的图画叙述到图像化政治口号

农民画的出现一般会和发源地的文化环境、生产条件、民风习惯以及政府扶持态度有密切关系。户县①位于关中腹地，多平原水浇地，农业生产条件优越，当地人也有"喜好热闹"的民间精神，民风中既有急公好义的一面，又有浮华务虚的一面。直到今天，从政府部门到民间都对参与社会运动保持着一种热忱。户县农民画的早期创始阶段，县、乡、村都提供了一定的人力和物力予以扶持，政府还有计划地组织了所谓农民画"普及班""提高班"，甚至把发展农民画纳入和"农业学大寨"同等重要的活动。在"以粮为纲"的农业合作化环境下，这种情况在其他地区并不多见。

早期的农民画题材，有歌颂党的政策和新社会的内容，也有记述日常

---

① 2016年，户县更名为西安市鄠邑区，本文为了表述方便，依然使用户县一词。

劳动场景的内容。当时作者多是农民中的木匠、纸花匠、彩画师傅这一类手艺人，因为这种身份，他们的绘画手法基本是自发性的，带有浓重的民间绘画痕迹。

这时期农民画中表现的精神想象成分比较少，基本是在社会政治气氛的引导下，对现实生活的陈述，包括其中一些转述"浮夸风"内容，如"一颗玉米火车拉"类似的主题。早期农民画的特征，并不能说明它一开始就具有文化的自足性，当时的风格是对民间美术传统的延续，并没有形成农民画自身审美品性的自觉。农民画的出现契合了对创造社会主义新文化形式的构想，其作为一种文化"原料"所具有的政治正确性意义，很快引起重视。

户县农民画发展进入下一阶段，出现了专业画家"辅导老师"的介入。他们进入农村的田间和工地，举办美术培训班，集中组织农民画作者学习和创作。当时发放的教材如《绘画基础知识》《中国画线描人物》《工农兵图画资料》等，提出的创作口号是："画现实、画记忆、画理想。"因为农民的绘画能力很有限，所以许多作品无论从题材还是表现手法都成为对专业绘画的初级模仿。"文革"期间，以专业画家和业余农民作者结合的"提高班"形式，成为快速推出作品、展示成果的高效途径。今天，我们从常规艺术史的角度来研究农民画，可以看出当时作品有明显的被包装的痕迹，这些作品因为不完整的署名，也就不具备艺术品原创性。所谓专业画家和业余画家合作，在作品立意或技法表现的环节，大多由专业画家参与完成，农民画作者则提供了最初题材想法和署名的农民身份（社会主义新文化的创造者）。例如《牛马成群》和《业大更勤俭》，这是同一个作者在不同时期的作品，后一幅画面中的年轻人形象就是署名作者的画像。

20 世纪中叶到 80 年代初，农村社会的经济发展缓慢，农民生活曾经一度比较困难。同时，在农民的精神世界中，尤其是当时的年轻人，又处于一种亢奋的乌托邦式理想主义状态，农民画中充斥的政治宣传和阶级说教成分，表现了当时人们普遍的精神现实。

农民画发展完全融入国家的文化机制中。在意识形态上，提倡无产阶级文化，号召开展群众美术；在社会组织形式上，也出现了农村美术小组、业余美校、群众艺术馆。农民画以各种形式对外推广，通过报刊宣传（有一些农民画作者直接成为《西安日报》的美术编辑），兴建专门的农民画展览馆，印制年画发行，出国举办展览，让农民画成为国家名片走向世界。在这种社会环境下，户县农民画创造了一个辉煌时代。

当时宣扬农民画的诞生与封建文人画，以及资产阶级艺术等旧形式相对，但是这种说法仅限于作为阶级身份对立的抽象文化属性，农民画的表现形式并没有确立自我方式。户县农民画在20世纪70年代前后，创作方法大多局限在一定范围，一是写实的毛笔勾线重彩画，即模仿当时以刘文西等人为代表的"新年画"风格，二是纸本仿照延安文艺时期的黑底套色木刻的效果。这些农民画作者大部分是年轻人，来自传统民间美术的思维惯性也比较少，他们积极投身时代的农田水利改造、生产"大跃进"等运动，也把这些生活场景表现到作品中，画面渲染的美好前景有很大的自我期许成分，表现了他们对未来的强烈憧憬。在农村全面推行联产承包责任制之前，户县农民画保持着一种繁荣状态。而对于作者来说，农民画不仅丰富了他们的文化生活，而且是一代农民青年难得的自我学习和实现自我价值的途径。

当然，农民画作为时代文化的一部分，作品中有真实生活的记录，也有不少回避现实矛盾、制造空想的内容。如果回到源流来看，应该说这些民间艺术大部分含有回避现实、制造空想的"精神实用主义"成分，但是户县农民画以"视觉图像化的政治口号"的方式，凸显"视觉性""战斗性"，并且以这种制造出来的概念形成对当时社会现实的一种虚假示范，其艺术本质已经不同于中国传统民间艺术中美好的情感寓意和温馨的人情化慰藉。

对这一时期的户县农民画，张仃后来提出过批评：

> 近几年，我对民间艺术有些担忧，因为曾经很有地方特色的民间艺术，特色愈来愈少了，甚至引起我的怀疑，某些所谓民间艺术，是否真正是"民间"的？如像某些民间剪纸，只是追求工细、写实，与绘画几乎分不出了；民间陶瓷，经过学了一点基础图案的人进行"帮

助提高"弄得不洋不土，失去了原有的地方特色；陕西户县的农民画，最初看到时极好，过了几年再看到时，几乎和文化馆的宣传画没有两样了。因为经常上当，我对"民间"有些倒胃口了。[①]

二 由个别化到主流的民间风格

在户县农民画写实风格的主体之外，也出现小部分的其他样式。这些作品中的人物造型不具有"标准化"的写实特征，突出大红大绿的平面性或者原色装饰性，如李克民的《雪夜打井》、高智民的《夜战》，表现出这一时期辅导老师对农民画作者专业能力现状的一种包容，但根本的艺术观念依然是来自"学院的"，是"非民间"的。

20 世纪 70 年代末，中国文艺界反思"文革"，呼吁要解放思想，回归艺术的审美功能。在中国美术界出现乡土寻根的时代潮流下，农民画的创作思想也开始自觉地思考重新回归民间艺术传统的问题。在户县农民画中还存在一些接近民间艺术的作品风格，这时候也从个别现象反之成为主流。这类作者比较具有典型性意义的有两类情况。

第一类大部分是中老年妇女，来自农村的"巧婆婆""巧媳妇"，如阎玉珍、刘金花、尚玉卓等人。她们有深厚的农村生活积淀，从小受到传统民间艺术的熏陶，或者本人就是擅长剪纸、绣花等技能的民间艺人。这些人思想观念中保留了大量的传统民间美术元素，所以养成了一种从生活习惯中带来的审美品性。她们大胆采用民间美术的方式，将其挪用、转移到农民画的表现中，作品把现实与构想混杂，充满人类原始想象的混沌特征。当时正是金山农民画、安塞农民画画风兴起之时，有点后来者居上的意思。户县农民画在学习过程中，艺术手法也向民间美术形式靠拢，所以直接取法民间美术的"移植型"农民画风格，成为发展的新方向。但是，传统民间美术往往具有明显的样式化和概念性，加之，这一类农民画作者对绘画自身的认识有限，因此一旦离开专业画家的辅导，其作品的再创造和发挥，

---

① 张仃：《三看金山农民画》，《被迫谈艺录》，四川美术出版社，1989，第85页。

就显得比较有限。

第二类是一些具有强烈绘画表现个性的直觉性画家，如王景龙。他的作品颇具原始主义绘画特征性，绘画的题材不受框限，场景都比较大，造型稚拙、粗犷有力，充满一种生命本能的激情。他不直接模仿现实，而是按照自我理解安排画面的秩序，把主观认识的世界变成纯粹的视觉性。王景龙的手法有较强随意性，构思奇特充满想象和戏谑意味，我们甚至很难把他的画风和民间美术的某种形式如画像、泥塑、彩绘等直接联系起来。这种凭借自我天性和感性知觉的艺术表现，在精神本原上和民间艺术是同质的。

王景龙是半文盲，1979年他以"旁听学员"的身份参加农民画培训班的时候已经46岁，之后的十年间，他创造出了一种典型性的农民画风格。户县农民画画家中，他是迄今为数不多在专业艺术圈子里被认可的民间艺术家。"王景龙现象"的出现也和时代条件有关。他艺术成长的时期，处于户县农民画反思以往的现实主义模式，回归民间和个性化的转型期。如果他是在十年前被发现，或许就不同了，这方面的个例是董正谊。

董正谊是户县农民画早期作者之一，出身民间画工，进入农民画培训班时，一副挽着道士髻的打扮，脾气古怪。他一开始作画依然用传统民间工匠画庙宇彩绘的方法，造型古色古香，细节描绘一丝不苟。当年董正谊"三天画一条驴"，被一些人所讥笑。"后在辅导者的再三纠正下，改变了他的人物造型和线描的精细，被认为在技艺上'对旧艺术的成功改造'。"[1] 今天来看这种"改造"值得探讨，因为往往是把农民画创作引入一种固化观念的自动化制作，割裂了农民画和民间美术传统的联系，也磨平了艺术创作的表现个性。

中国各地的农民画发展经历大都存在"辅导老师"制度，金山农民画自然也不例外。

> 20世纪70年代，枫泾集中了中国画坛上最顶尖的一批连环画画

---

① 段景礼：《户县农民画研究》上，西安出版社，2010，第20页。

家。鼎盛的时候，先后有四十余位，程十发、刘旦宅、贺友直、赵宏本、顾炳鑫、韩和平、郑家声、钱大昕和我都在枫泾。……金山农民画形成于 70 年代，对于它的形成，一般会说"集众人之智慧，发人本之创造，在辅导老师的开掘和专家的帮助下"，这里的"辅导老师"和"专家"，即指我们这批最初的启蒙者。①

相对于一般民间艺术的自娱性、原发性，农民画发展过程中对"辅导老师"的依赖，所谓"有什么样的辅导老师就有什么样的农民画"，直接影响了农民画艺术的自身逻辑和道路轨迹。

三　商品经济环境催生的民艺商品

有学者提出中国农民画发展的三种模式：1. 束鹿、邳县模式（农民以自发手法表现农村日常生活），2. 户县模式（专业画家和农民作者合作的现实主义农村题材），3. 金山模式（农民画的辅导方向回归民间，表现乡土审美形式）。②

20 世纪 80 年代以后，农村社会发生全面的变革，原来强调阶级斗争的政治环境，以及集体合作化的生产方式已经不复存在。户县农民画发展模式不可避免地面临重新选择，这时候出现了两方面的变化：一方面是在艺术表现手法上回归民间；另一方面是在组织方式上，原来由政府机构培训作者、展出和销售作品的方式逐渐弱化，而由画家自主创业的"农民画专业户"相继出现。"农民画专业户"兴盛时，全县多达二十余个。这种化整为零的形式以商业利益为主要目的，农民画由原来的公家代销变成画家们自谋销路，随之而来的就是农民画进入流水线生产，大量廉价作品走向旅游市场。由于存在方式的改变，农民画作品也进一步强调表现乡土民俗，突出农村、农民的文化符号。

---

① 汪观清：《"金山农民画"炼成记》，参见《汪观清口述历史》，上海书店出版社，2016，第 139 页。
② 程征：《第二种模式的诞生》，《中国现代民间绘画（农民画）研究》，陕西人民美术出版社，1990，第 139 页。

相比有一些传统民间艺术的当代生存危机，因为自身特有的文化资本效应和流通的便捷性，农民画进入商品市场就比较顺利。作为民艺商品给农民画的文化属性带来很大的转变，它由从属主流文化的"宣教"角色，变成货架上和皮影、泥塑、剪纸这些普通民间工艺品等同的商品，应该说这一现状为农民画在新时期发展赢得了很大的生存空间。一般而论，民间艺术的商品化是一种普遍现象，但是，我们还是应该对农民画的商品化继续有所追问。

民间艺术商业化的后果，就是被规整为通用的模式，然后不断生产复制品，这是对农民画作为"绘画艺术性"价值的否定，会导致艺术个性消结，审美趋于泛化。因为农民画的现实逐渐游离于人们内心已形成的文化期许，所以我们对它的发展前景很容易产生误读。

农民画属于一个特殊时代，这种群众文化形式不能等同于具有普遍性的民艺。民间艺术往往和人们的日常民俗活动关联，民俗的形成离不开人们长期的生产方式和文化信仰浸透，比如，中国人的"十二生肖""祭祖"信仰。当然，人们在短时期内因为生活方式强制也可以形成某种民俗，例如，今人"看春晚""手机红包"的习惯，如果这些生活方式改变了，相应的习俗随时可能终止。从普遍意义来看当今的户县农民画，农民画没有实用性，也脱离于当地人的生活习俗。农民逢年过节不会张贴农民画，在日常的民俗交往中也不会赠送农民画。另外，由于中国城乡二元对立的经济背景，普通人对"民间文化"和"农民文化"心理接受程度是不一样的，所谓"农民意识"往往受到排斥，这也是农民画较难进入主流社会的另一个文化心理因素。目前，一般人接触农民画多是在公共场合出现的"官方文化"中，如墙报壁画、电视广告等，在这样的语境下，说明这些农民画的文化属性依然是对主流文化的补充。

总之，离开了20世纪中后期农村政治生活和生产劳动一体化的时代背景，农民画很难说具有一些研究者定义的"亚民间文化"① 属性。

农民画进入市场，也给自身增加了"营销文化"的一些特性（某种形

---

① 郎绍君：《论中国农民画》，《中国现代民间绘画（农民画）研究》，陕西人民美术出版社，1990，第8页。

式不对生产者产生意义，而只是作用于消费者）。它的主要消费对象是外宾或者观光客，所以在题材和表现上会迎合这部分人的文化想象，以创造营销注意力。对大部分的专业美术精英群体来说，他们会直接关注民间艺术的本原形式，反倒不大热衷于农民画。

今天，出于对以往政治资本和发展思维的利用与延续，户县农民画的一些作品依然表现出明显的时事宣传功能，内容以民俗的形式再现，也增加了其政治美学的色彩。从社会学角度，世俗性作为民间艺术的一种根本文化属性，使它能够和老百姓生活建立直接的关联。民间艺术也通过精神想象和道德教化的寓意功能，实现对社会人际关系和文化舆论的民俗控制。

农民画的发展面临许多迷思，时代环境的变迁让农民画失去依托社会体制生存的条件，农民画无法进入当代的民俗，也就很难通过人们的文化习惯去传承，如果只作为特殊的民艺商品，则又无力承载起"农民画"特殊的语义。

四 农民画的历史演绎

从历史语境下审视户县农民画的发展，它作为中国特定的政治环境和社会文化中的产物，农民画的文化现象具有不同一般的意义和价值。同时也可以清晰地看到其现状中政治美学的惯性，以及作为廉价民艺商品的缺陷。

库淑兰说是神托梦要她做剪花娘子的，做了剪花娘子就要把剪纸铰好。这位民间艺人剪纸是"自在"的，但是对于农民画作者群体而言，如果没有经济或者其他的动力驱使，大部分人创作随时会停下来。对于今天普遍的农民群体来说，人们往往会视农民画为一种商品，而不与他们自己的精神世界相关。从习俗惯制的方式而论，农民画在材料和手艺方面缺乏独自特性，没有形成自身的文化系统，如果失去既定时代的社会体制，就很难成为当代人日常生活中的民俗符号和文化记忆。

如果说，当代农民画延续了民间绘画的形式，实现对传统民间艺术的现代转换，那就出现了另一个问题。2015 年笔者在中国美术馆看"舟山渔民画展览"，作品制作精美，手法娴熟，令人耳目一新。相比起步较早的户县、金山农民画,浙江舟山渔民画是后起之秀。笔者一度认为这可能是农民画发展的第四种模式。但是冷静下来想:这还是农民画吗?其中许多作品换成"中央美院年连系"① 标签,估计也没人去质疑。这种对民间艺术的提升、雅化,也是对农民画主体性存在意义的消解。农村不会永远是被想象的那样原始和封闭,农民画家的文化素养也在不断提高,他们的绘画技能愈熟练,作品就愈"高级",就像今天没有人把法国画家卢梭的作品和"农民画"概念等同。因此,舟山渔民画的模式没有改变农民画的历史结果。

20 世纪 70 年代后期,和农民画同质的农民诗歌运动迅速消失,根本的原因是农民诗歌没有办法市场化,失去了经济利益支撑。同时,农民诗歌不能借助民间艺术母体而找到新的能量。同样,农民画作为一场社会事件或艺术运动,它走进历史也成为必然。这不仅因为伴随中国城市化的发展,习惯上以社会关系或是经济方式认同的"农民",成为一个变量值,这让"农民画"逐渐丧失了某种身份意义。而更重要的是,今天的社会环境不能重新赋予"农民画"独立的"阶级"或"阶层"社会属性和文化价值。

结语 当代农民画前途之问

"农民画所承载的价值并非在一切社会情境中都是必然有效的,仅仅对那些在特定历史情境中'消费'它的特定群体才有效。因此,关于农民画价值属性的问题需要在其与实践活动主体之间的关系,以及与历史情境的关联中加以考察,同时要反对那种将艺术性作为其价值属性唯一的批判尺度。"② 农民画作为当代史的一部分,我们要理解它的艺术属性和文化身份依然不能摆脱现实社会体制的束缚,因为农民画承载价值的时代局限性,也限制了农民画对本身的自我言说和自我解释。比照农民画和民间绘画的概念区别,"民间绘画"文化属性往往是自我赋予的,"农民画"的文化属性则是由他者赋予。"民间绘画"是相对于主流和官方艺术的一种身份标志,"农民画"则代表了特定时代的政治价值观。

---

① 即年画、连环画系,该系 1981 年成立,1984 年又改建为民间美术系。
② 郑土有、赛瑞琪:《中国农民画属性问题探讨》,《中国农民画考察》,上海人民出版社,2014,第 47 页。

今天我们需要重新思考农民画的前途，用民间绘画的立场替换以往的农民画观念。这样逐渐消除特定历史语境下树立"人民群众艺术"制造"事件"的思维，让农民画回归民间绘画的自我观照，形成自为的发展方向。民间绘画的意义源于民间艺术母体，因为其个人化、民间性的特质，而具有文化学上的认识价值以及独立的艺术审美属性，这也让现代民间绘画不依赖某种实用性功能和传统民俗传播方式，使其的存在成为可能。以后还会出现像王景龙一样的天才民间画家，但是其作品很难再具有"画种"的意义。在多元文化生态的社会环境下，民间艺术作为传统文化和当代生活的传播纽带，它往往是自发性和个别化的，民间艺术家是通过个人行为和民间方式来进行传承，这决定民间绘画很难成为"农民画"那样带有普遍性的社会化方式。

（原载《民艺》2018 年第 3 期，第 23~28 页）

论民间艺术"雅化"转向及其文化逻辑

张　娜　南京农业大学人文与社会发展学院讲师

一　从"俗"艺术到文化遗产

民间艺术到底是一种什么样的艺术形态？它与我们所熟知的经典艺术有着诸多不同，从创作群体、生存环境、传播过程、艺术形式等多方面考量，民间艺术都与传统的"艺术"观念格格不入。迈克尔·欧文·琼斯认为，"民间艺术的独特之处在于，它是日常生活中个人或大众的交流、互动、艺术表达和传统行为；它存在于人群之中，无论人们身处何时、身在何地，无论他们的文化适应能力怎样、现代化程度和教育程度如何"。[①] 这指出了民间艺术的日常性、大众性与普遍性，更偏向于将民间艺术当作一种存在于人群中的传统文化艺术交流行为。罗伯特·特斯科则从社会学的路径对民间艺术做出界定，认为判断民间艺术需要依据以下几条："第一，接受并依赖一种公认的审美观，这种审美观为一群艺术家和观众所共享，由他们所定形和重塑；第二，它的传统本质，它强调修改旧有形式使之完美，而并非强调创造全新的形式；第三，它通过貌似平常实则极其结构化和系统化的方式进行传承。"[②] 从此条目来看，审美共享性和文化传承性是界定民间艺术的关键要素。综合起来，民间艺术可被称为一种以民众为主体，扎根于民间，注重传统本质，具有一定的审美共享性与文化传承性的

---

① 〔美〕迈克尔·欧文·琼斯（Michael Owen Jones）：《什么是民间艺术？它何时会消亡——论日常生活中的传统审美行为》，游自荧译，张举文校，《民间文化论坛》2006 年第 1 期。

② 〔美〕迈克尔·欧文·琼斯（Michael Owen Jones）：《什么是民间艺术？它何时会消亡——论日常生活中的传统审美行为》，游自荧译，张举文校，《民间文化论坛》2006 年第 1 期。

艺术形式。关于民间艺术的划分，众说纷纭，不一而足，总体视之，可归纳为手工艺类与表演类两种基本类型。从面塑、吹糖人、砖雕、纸扎、剪纸、柳编等手工艺术到各类戏曲、舞蹈、说书等表演艺术，民间艺术的范围覆盖民间生活的方方面面。

这就决定了民间艺术明显区别于"阳春白雪"的高雅艺术。民间艺术从来不是以纯粹的审美因素被展览、欣赏，而是融合着实用性与审美性。可以说，民间艺术的实用性才是其产生的最根本因素。鲁迅先生曾把艺术分为"消费者的艺术"与"生产者的艺术"。他指出，"既有消费者，必有生产者，所以一面有消费者的艺术，一面也有生产者的艺术"。① 民间艺术就是由广大劳动群体创造的"生产者的艺术"。民间艺术的二重性特点，再清楚不过地说明其本身就是为日常生产生活服务的，关联着人们的吃、穿、用、行，与百姓的生活密不可分。比如，在劳动生产中，有犁、锄、篮、簸箕、箩筐等用具；平日生活中，也有形态各异的瓷器、陶器、面塑、刺绣、年画等。尤其是到了各类节庆日，如春节、元宵节、清明节，民间艺术更是融入民俗活动中，大放异彩，成为表达生活愿景、祈福祭祖的载体。日常生活空间既是民间艺术生产、传播与流通的空间，也是民间艺术的审美空间。因此，从民间艺术的生存环境来看，可以发现其带有较为浓重的"俗"文化特点。

作为一种"俗"艺术，民间艺术是在前现代的社会语境中发展起来的，本质而言，民间艺术是农耕文化的典型产物。例如用来耕田的劳动工具，是农耕时代生产力水平较为低下的表现；平日里穿戴的衣饰，使用的瓷器、陶器、瓦罐，都是在大工业发展之前的手工业存在形态；逢年过节时听的地方戏曲，田间地头哼唱的民间小调，也是与农业社会相符的娱乐消遣形式。在某种程度上，民间艺术的日常性是"前现代"的日常性，民间艺术的实用性更多的是指在农耕社会发挥重要的使用价值。在各式各样的手工艺与地方戏等还没有被统一称为"民间艺术"时，这些所谓的"艺术"是真正融入人们的劳动生活与业余生活的，更被纳入农业社会的生产、消费

---

① 《鲁迅杂文全集》（下），群育出版社，2016，第 200 页。

链条中,切实体现出"民间的"特点。归根结底,民间艺术根植于前现代的日常情景中,农耕社会的土壤孕育了其丰富多彩、富有生命力的艺术形式。

如今的社会经过工业革命的发展早已发生了根本变化。伴随着现代文明的冲击,民间艺术赖以生存的环境彻底改变乃至消失。当下文化市场上流行的是电影、电视等大众文化,以前茶余饭后的戏曲小调也很难广泛传播和普及,再难现昔日盛景。由此出现的最显而易见的后果是民间艺术的生存土壤——民间的欣赏与消费难以存在,民间艺术的流通性日益走向终结,曾经那种蓬勃的生命力也将随之萎缩。现在的问题是,如果民间艺术生存土壤的消失了,那么对民间艺术的界定恐怕也要丧失了依据。上文已指出一定的审美共享性与文化传承性对于民间艺术必不可少,因此,欣赏、消费与传播的群体是民间艺术发展的重要前提。一旦民间艺术固有的流通链条消失,将会导致民间艺人减少对民艺品的生产或不再从事该行业,又或者一味迎合市场需求改变民艺的审美风格,而丧失了自身审美特点及实用功能的民间艺术也就无法得以传承、共享。失去了根基、僵死的民间艺术还能被称为民间艺术吗?如果非要保留它,民间艺术就相当于从一种鲜活的生活艺术变成了真正的"遗产"。

事实上,遗产化已然成为民间艺术现代走向的一种趋势。以手工艺为例,"传统生活空间的消亡也取消了手工艺继续生存的基础,手工艺逐渐被工业文明边缘化,变成了农耕文化的遗留物"。① 许多民间艺术都濒临灭亡或者已经消亡,比如汉绣②、耍牙、口技、吹糖人等技艺生存境况十分困难。如今"非遗"名录中,民间艺术占据了相当的比重。在此语境中,如何对作为"遗产"的民间艺术进行保护与发展显得颇为迫切。需要注意的是,民间艺术不仅是"一种可供利用的资源、资产、原料"③,而且是凝聚着情感记忆的文化形式,具有重要的审美价值。这意味着民间艺术具备重新进入文化场域,实现当代转型发展的可能性。关于民间艺术的传承发展问题,有学者指出当下存在两条应对路径,"一条道路是通过创意开发或技

---

① 张娜、高小康:《后工业时代手工艺的价值重估》,《学习与实践》2017 年第 1 期。
② 邱红:《探寻即将消失的民间艺术——"汉绣"》,《装饰》2006 年第 12 期。
③ 罗杨:《民间艺术遗产化的命运走向》,《中国社会科学报》2011 年 12 月 8 日。

术革新等手段华丽转身，以适应新的日常生活；另一条道路就是艺术化，成为现代都市中上层认识追求生活品位的象征物"，① 简言之，就是或回归生活或走向艺术。后者就是努力扩张民间艺术的审美性，使其审美"雅化"。实际上，正如我们在现实中所看到的那样，越来越多的民间艺人逐渐向艺术靠拢，不断将民间艺术推向雅致化与精致化。那么，这一审美"雅化"转向的内在逻辑是什么？有哪些实现途径？又反映出哪些问题？这些疑问均关系当代民间艺术的发展命运。

二 "雅化"转向的内在逻辑及途径

目前民间艺术保护与传承主要有两大途径：一种是静态保护，也就是最常见的博物馆式保护，民间艺术被当作与生活无关的"遗产"放置在展示厅里，彻底隔绝了与外界的联系。其仅呈现出造型、颜色、材质等外在特点，本身的鲜活性与生动性则无法展示出来，人们也很难与之建立情感联系。即使依靠精美的造型引得赞叹，仍然是美则美矣，毫无灵魂。此外，为了增强人们对民间艺术原有生存语境的理解，形成更直观的感受，数字化展示逐渐成为博物馆式保护的一种重要手段。通过电子虚拟技术，人们可以全方位、立体地感受民间艺术的魅力，但这种异时空的艺术再现却无法弥补缺失的生活气息。因此纯粹的静态保护并不能改变民间艺术在现代社会消亡的命运，反而更深化了其作为"遗产"的印象。

另一种则是"活态传承"，讲究传承的本然性与鲜活性，试图让民间艺术"活"起来，主张在人们的日常生活与生产活动中进行传承保护。值得注意的是，过去的民间艺术有一个固定的消费群体，如各类民间手工艺由于乡民们的认可和消费使之成为生活中不可缺少的一部分。民间艺术往往是在特定情景中被使用的，比如春节时张贴的年画、剪纸等，都是存在于具体的生活语境中，在使用过程中发展出丰富的文化意蕴，散发出独特的审美气息。但在现有社会环境下，"活态传承"并没有相对稳定的接受群体。而且，在"活态传承"中，传承人成为民间艺术传承的关键，然而当

---

① 徐赣丽：《手工技艺的生产性保护：回归生活还是走向艺术》，《民族艺术》2017 年第 3 期。

前实行的传承人制度仅能保护少数传承艺人,造成了"人在技在,人亡技亡"的局面。有学者指出"非遗传承人的传承环境艰难且正面临断层的危机,当前非遗保护中的传承人制变存在着认定机制不合理、扶持力度不够、资格取消不当等问题",① 加之提供的资助只是基本生活费用,这一系列的原因导致较难找到传承人,也不能保证民间艺术持续活态传承下去。

由上述可知,无论静态的还是活态的保护都存在一些弊端,前者不过是一种"临终关怀",后者的贯彻实施也是困难重重。另外,若朝着日常生活用品方向发展,民间手工艺早已丧失了与工业品抗衡的力量,在实用性、价格等方面都比不过工业制品。凡此种种,或难以对民间艺术做出有效保护,或难以激发民间艺术的生命活力,总之都有缺陷。因此,在后工业时代,相较于实用性,民间艺术的审美性及其所携带的情感意义才是其最大价值。这昭示着民间艺术要想实现自身"造血",或许可通过艺术创新手段提升审美价值,极力凸显艺术性以走向艺术市场,也即"雅化"。此亦是民间艺术转向"雅化"的内在逻辑。

"雅化"意味着民间艺术的现代创新。一般来说,民间艺术的现代"创新"有两种方式:一是将民间艺术的审美元素融入现代艺术。民间艺术的表现手法迥异于传统主流艺术,通常忽视被西方经典艺术奉为圭臬的透视法及色彩学体系。剪纸、泥塑等艺术都不是追求写实风格,而是刻意对现实细节做出夸张化的处理乃至变形、扭曲,比如剪纸艺术中"娃娃骑在莲花上、牡丹长在肚子里、放牛的老汉三张脸、蝴蝶和猫在一起等,无不是这种夸张意象性的结果"。② 在造型构图上,民间艺术也不受时空的限制,往往在同一平面上展现不同时空发生的事情;在色彩上,明艳富丽,颜色饱满,具有极强的视觉冲击力。这些元素都赋予了民间艺术独特的表现魅力,看似随意、用拙、不拘一格,实则洋溢着想象力和生命力,传递出民间审美意趣,这恰恰能够成为现代艺术借鉴的资源。现代派艺术本身也是在对民间艺术元素融合吸收的过程中发展起来的,许多现代艺术大师如"梵高等后印象派画家从日本浮世绘的构图色彩中获得了新的启示,高更则

---

① 李华成:《论非物质文化遗产传承人制度之完善》,《贵州师范大学学报》2011 年第 4 期。

② 张刚:《民间剪纸艺术形式的现代转型》,《中央社会主义学院学报》2010 年第 3 期。

从太平洋岛屿塔希提部落的民间艺术中获得灵感……毕加索从黑人雕刻艺术中发现了原始的生命力，也获得了造型方面的独特启示"。[①] 日本版画、部落艺术、黑人雕塑都是典型的民间艺术，这些民间特质融入现代艺术中促进了西方艺术的革新与发展。中国现代艺术借鉴民间艺术审美元素的案例也比比皆是，例如，剪纸的造型元素进入时装设计领域，民间美术的风格影响到现代陶艺的发展等。这种审美上的交融既是对现代艺术发展的刺激和动力，更是对民间艺术现代生存发展道路的重要探索，能够促使民间艺术的审美 DNA 在现代艺术形态中得以延续。

二是民间艺术进入现代艺术体制，成为真正的艺术品。这表明民间艺术要摘掉"土气"的帽子，走"高精尖"路线，将自身的审美性发挥到极致，向现代艺术品转变。比如，早在"二战"后美国就兴起一股手工艺转型的潮流，"很多手工艺人离开功能性的制造，转向创造艺术、材料与工艺的共生品"。[②] 又如，英国、荷兰等地的"设计师—造物人运动"（Designer-Maker）注重突破传统手工艺的表现方式，体现出极强的设计感与艺术性。此外，还有发轫于陶艺领域的"工作室手工艺运动"，试图消弭手工艺与纯艺术的区别，移植实验艺术、先锋艺术等现代派艺术的观念、形式与风格于各类手工艺中，以完成手工艺的艺术蜕变。显然，西方手工艺界早认识到手工艺要想获得社会广泛的关注与重视，与现代艺术合流是必经之路。这种做法不是更进一步泛俗化进入日常生活，而是力图使民间艺术具有极高的艺术性，获得主流艺术的认可，达到与纯艺术同等的艺术收藏价值。

民间艺术不断挖掘审美性、发扬艺术性的过程就是逐渐"雅化"的过程。可以说，"俗"与"雅"关系到群众的接受程度、传播广度等问题。民间艺术之所以被"冷落"跟本身较为粗糙、俗气的特点也有一定关系。正经的艺术家对民间艺术往往瞧不上眼，觉得其艺术性不强。冯骥才在《民间艺术美在何处》中指出"雅"对于接受群体的重要性，"在近代，人们对民间文化所接受的一部分，也都是靠近'雅'的一部分。比如戏剧中的京戏，由于趋向文雅而能够受宠，而许多土得掉渣的地方戏仍然被轻视着，

---

① 尚兹、杨江涛：《全球化语境下民间艺术的现代价值》，《兰州大学学报》2013 年第 6 期。
② 张明：《手工艺的现代主义：20 世纪中叶的美国艺术与设计》，《装饰》2011 年第 12 期。

因而如今中国一些地方戏种已经到了濒死的边缘"。① 不少民间艺术就是因其接近"雅"与否而命运截然不同,可见民间艺术本身是否"雅化"极为重要。目前所看到的绝大多数活跃在市场上的民间艺术或多或少是在历史过程中与其他艺术交流融合后"雅化"的结果,像昆曲、京剧就是"雅化"的典型;杨柳青年画因其精致更符合城市人的口味容易被认为是"美"的,相比之下土气的乡村版画就是另一种境况了。乡间里许多民间艺术原本摆脱不了自身的"俗气",不能登大雅之堂,仅局限在小部分地域传播,但在与主流艺术审美对话后反而更容易流行起来。例如,"二人转"本是东北农村谐谑逗乐的一种土戏形式,表演内容低俗露骨,后经"雅化"改造之后逐渐扩展开来,得到很多人的喜爱。尤其是在当下文化大发展环境中,人们对"精致"的程度要求更高,"雅化"后的民间艺术更容易在现代文化市场上受到青睐,获得较为充分的文化共享。

在高端工艺品领域,刺绣及石雕、玉雕、象牙雕等民间手工艺都因完成了审美层面的"雅化"而成为地地道道的现代艺术品。现今工艺大师也多走艺术"雅化"路线,其作品以审美性见长,完全符合主流艺术的审美。以苏绣为例,作为新时期最著名的刺绣大师代表,"刺绣皇后"姚建萍的每一幅刺绣作品都是绝佳上等的艺术品。她继承并延续了千年苏绣的"雅化"倾向,在乱针绣等针法的基础上发明了"融针绣",绣出的作品能够与真正的绘画艺术相媲美,展现出高超的艺术性。此外,鲁志文的石雕创作也呈现出文人式的审美雅趣,作品精致不落俗,值得玩味。这些工艺大师都是土生土长的民间艺人,姚建萍是绣娘,鲁志文是泥瓦匠出身,却都不约而同采取了明显的"雅化"审美取向。他们将民间艺术发展为"高精尖"的艺术品,兼具审美形式与精神内涵,使其作品成为现代艺术体制中的杰作,从而吸引了一批由收藏家、艺术爱好者等组成的高端消费群体。这就解决了民间艺术不受重视、销路不畅、传播受限制的问题,形成了新的流通消费空间。所以,培育了民间艺术的生存土壤,自然就会带动民艺的蓬勃发展。

如果说刺绣、石雕等本身就与传统主流艺术有着亲近的关系而易于

---

① 冯骥才:《灵魂的巢:冯骥才散文》,浙江文艺出版社,2014。

"雅化",那么"刻葫芦"手艺之类的"雅化"努力则说明了民间手工艺"雅化"的普遍性。甘肃刻葫芦行业的佼佼者邱临俊致力于对刻葫芦的审美提升,吸收民间美术、传统书画的艺术形式,以针刀表现山石叠峦、水墨弥漫的图景,并形成了自己独特的风格,如"针刀并用、构图布局、多色套彩、花皮葫芦",① 不仅带来了刻葫芦艺术的新面貌而且在收藏界也具有一定的声望。李砚祖曾指出,"精致是工艺之魂魄,是工艺技术生命力之所在。工而精以致极,精致是也。……'发展'即是追求作品的精工精致,创造精致"。② 趋向精致是工艺品发展的动力,更对增强竞争力、改善生存环境具有积极的促进作用。可见,审美"雅化"可以成为民间艺术现代重生的重要手段。

三 被迫"雅化"与民艺美学话语的缺失

倘若进一步思考"雅化"的内在文化逻辑,就会发现其中实则暗示着民间艺术发展的深层美学困境。某种意义上,"雅化"就是放弃原汁原味的民间艺术审美形态,以"艺术"的审美标准自我规训,以挤进现代艺术体制。前文提及的姚建萍苏绣、鲁志文石雕等无不是如此做法。尽管证明民间艺术转向审美"雅化"确实能带来生机,不失为现代转型发展的一条可行路径,但诸多民间艺术大师之所以纷纷选择走"雅化"之路,是因为其他路都走不通,无法真正为民间艺术在当代文化空间中打开新的天地。可以说,民间艺术审美转向"雅化"既是一种艺术性提升,更是一种被迫的选择。在"雅化"的逻辑背后,归根结底,还是由于传统美学话语对民间艺术的偏见,民间艺术缺乏美学话语权。民艺之美,在现有的美学话语体系中不能得到充分的赏识与肯定,进而造成民间艺术在艺术市场上被边缘化。因此,"雅化"实质上从侧面揭示了民间艺术的当代美学困境,即缺乏对民间艺术的美学阐释,未能形成全社会对民间艺术普遍的审美共识,更没有建立起良性的民艺美学生态。

相比于简单地探究"雅化"对民间艺术审美价值现代转化的重要作用,

---

① 黄德荃、李江:《民间艺术的雅化努力——以甘肃刻葫芦为例》,《装饰》2016 年第 1 期。
② 李砚祖:《创造精致》,北京:中国发展出版社,2001。

而将之作为一个重新审视民间艺术现代生存状况的切入点并揭示其中的复杂性，则显得更具有现实针对意义。尽管我们承认民间艺术"雅化"本身具有的可行性与必要性，但是仍要注意把握"雅化"所带来的问题：一是如何看待并应对民间艺术美学话语缺失？二是"雅化"之后的民间艺术还是民间艺术吗？这其中涉及对民间艺术的美学话语界定，牵涉民间艺术与经典美学的话语较量，以及民间艺术的本然性与创新性的矛盾冲突等。冯骥才曾指出，"过去我们判断民间艺术美不美，往往依据的是精英文化的标准。这样，我们只接受了民间艺术很小的一部分，而看不到民间艺术中的文化美，也就是民间审美的文化内涵"。① 长期以来，作为精英文化的"美的艺术"掌握着至高的美学话语权力，讲究的是审美纯粹性，并预设了有距离、非功利的审美条件，艺术被隔绝在现实生活之外的自律王国内。康德就极其推崇这种非功利审美，他指出"关于美的判断只要混杂有丝毫的利害在内，就会是很有偏心的，而不是纯粹的鉴赏判断了"。② 在此审美条件下，所能称为"艺术"的就是由精英群体创造出来的艺术作品，而产生于日常生活中、功用与审美不分的民间艺术则被彻底排除在艺术之外。即使许多民间艺术品能给人以审美感受，也被认为是毫无艺术价值的，不能得到艺术界的承认。这种美学偏见不仅在经典艺术与民间艺术之间划出了沟壑，更在现实层面上严重制约着民间艺术的接受度与良性发展，直接表现在民间艺术不被看重、缺少销路、不能保持原有风格等。应该说，被迫"雅化"也是审美偏见的一种副产品，因无法与强大的经典美学话语抗争而只能向较风雅的传统书画等艺术标准靠拢。

由此，接踵而来的问题则是失去了原有风格并已渐与现代艺术品趋同的民间艺术，是否还能继续被称作民间艺术。在谈及以民间艺术为重要代表的非遗传承时，总免不了"固守"与"变通"的争论，有持"原生态"主义的，也有主张变革创新的。③ "雅化"本身就蕴含着原汁原味与变革创

---

① 冯骥才：《灵魂的巢：冯骥才散文》，浙江文艺出版社，2014，第 196 页。
② 〔德〕康德：《判断力批判》，邓晓芒译，人民出版社，2002。
③ 参见苑利先生的《教命的"脐带血"千万要保住》及江南大学张毅教授的商榷文章《非遗保护与传承的历史使命是推动其可持续发展》，就非遗的保护，两人分别持"原生态"与"活态传承"创新的不同观点。

新的矛盾，彻底走向艺术市场的民间艺术迎合的是精英群体的审美要求，变成了可供观赏、收藏之物。这也意味着它完全脱离了其原有的"民间"属性，丢掉了生机勃勃的草根气息。这样一种美学形态是与精英艺术无异的，因而不能再用民间艺术的标准审视它。此美学困局几乎是根植于"雅化"之中。所以，我们既要看到审美"雅化"能够促进民间艺术的现代发展，也要意识到它还会带来诸多问题，例如，审美风格的改变、丧失民间独特性，以及在一定程度上将民间艺术带入较为狭小的发展格局。

那么，有没有能突破这种发展境况的办法呢？日本民艺的发展或许能给予我们一些启示。其民间艺术发展未曾遭遇像中国这样大的阻力，没有被逼上"雅化"之路，而是保持了自由蓬勃发展的状态，这与日本拥有较为完整的民艺美学话语体系密不可分。日本民艺美学话语体系是在民艺大师柳宗悦等一群人的努力下建立起来的。"民艺"（folk art）一词是"民众的工艺"的简称，① 最早由柳宗悦在 1925 年提出。他指出，"所谓'民艺'，是指与一般民众的生活有着深厚交往的工艺品"②，并积极展开各种民艺运动实践。他以独到的东方人的眼光，在老百姓日常生活的器物上，发现了'出尘超俗的美'"。③ 他认为民艺品最能反映民众的生存活力，"民艺的美，是从对用途的忠诚中而体现出来的"。④ 民艺的美是"自然的、健康的、朴素的灵动之美"，⑤ 由此树立了民艺美的标准，民艺美学就是"'平常之美'的美学"。⑥ 在佛教禅宗的浸润下，基于对本民族工艺文化的领悟，柳宗悦撰写了《民艺论》《工艺文化》等诸多美学论著，在建立民艺美学体系的过

---

① 〔日〕柳宗悦（Sooetsu Yanagi）:《工艺文化》，徐艺乙译，广西师范大学出版社，2006，第79页。

② 〔日〕柳宗悦（Sootsu Yanag）:《民艺四十年》，石建中、张鲁译，广西师范大学出版社，2011，第153页。

③ 〔日〕柳宗悦（Sooetsu Yanagi）:《民艺论》，孙建君、黄豫武、石建中译，江西美术出版社，2002，第199页。

④ 〔日〕柳宗悦（Sooetsu Yanagi）:《民艺论》，孙建君、黄豫武、石建中译，江西美术出版社，2002，第16页。

⑤ 〔日〕柳宗悦（Sooetsu Yanagi）:《民艺论》，孙建君、黄豫武、石建中译，江西美术出版社，2002，第8页。

⑥ 〔日〕柳宗悦（Sooetsu Yanagi）:《民艺论》，孙建君、黄豫武、石建中译，江西美术出版社，2002，第71页。

程中也 "通过现代性或西方化的见解重新诠释东方传统艺术创作而构建了
'东方美学'",① 为民艺发展提供了重要的美学话语支撑，使民艺美深入人
心。民艺不再被视为低艺术一等的，民艺品自蕴有其美学内涵与价值，可
以跟任何一种美相提并论，关于民艺美的认识与欣赏在日本得以广泛普及。
因此，日本的民艺可以保持原汁原味的风格。而且，日本民艺的风格及精
神也自然地进入现代艺术设计中，发展出一批实用、美观、健康的工业设
计品，形成具有标识性的日本设计。从日本的民艺发展可以看出，民间艺
术的健康发展需要以自身美学话语体系为前提。

杭间在谈到中国民间艺术的现代发展之路时指出，"优胜劣汰" 的理想
状态应该是 "一部分继续以传统方式为人民提供生活用品，是大工业生产
的补充和补偿；一部分作为文化遗产保存下来，成为认识历史的凭借；一
部分蜕变为审美对象，成为精神产品；一部分则接受了现代生产工艺的改
造成为依然保持着传统文化的温馨的产品。同时，还要建立适应现代生活
的新手工文化"。② 这里勾勒出的民间艺术发展图景体现出多样、自由的原
则，既顾及民间艺术的 "雅化" 倾向，又考虑到民间艺术走向生活的趋势，
其中 "成为精神产品"、走向 "雅化" 正是作为民间艺术发展的一种可能性
路径被提出。在此，"雅化" 就不再是一种被迫的选择，而是自由发展的一
种表现。故而，要想使民间艺术走上良性的、健康的、自由的发展道路，
就需要建立属于本土的民艺美学话语。只有当民间艺术的美学价值与意义
被全社会所理解、认同，才能唤起民间艺术本身具有的生命活力，真正营
造民间艺术的良好生态。如果仅仅是为了趋附精英艺术以谋求艺术身份，可
能不仅会造成 "雅化" 的畸形化，而且将抹杀民间艺术的鲜活性与独特性。

（原载《北京社会科学》2018 年第 10 期，第 26～33 页）

---

① 〔日〕小田部胤久（Mariko Otabe）：《"东方美学" 的可能性——宗悦的 "民艺" 理论》梁
艳萍、王海译，《湖北大学学报》2008 年第 5 期。
② 杭间、曹小鹏：《"移风易俗" 后的中国民间艺术之路》，《文艺研究》1997 年第 3 期。

仪式场域转变与黎族传统
工艺价值变迁

张　君　海南师范大学美术学院副教授

一　黎族原生信仰的空间表达

人们的信仰观念并非一成不变，早期由于认识的局限，人们对自然产生恐惧和幻想，最终形成万物有灵的原始信仰。随着认识的提高，"人们逐渐认识到人神的区分，并付诸种种实践加以体现。于是出现了神圣空间和世俗空间、神圣时间与世俗时间的划分"①。神圣空间是人类信仰的居所，世俗空间是人类生存的居所。从早期的万物有灵到圣俗分野，原始农作活动成为关键的一步。"垦荒活动标志着人类混沌状态的结束。"② 在很多民族的创世神话中，天地处于一种未分开的混沌状态，垦荒则被视为神的创造，将天地分开。天地分开后人类的混沌状态结束，随着诸如寺庙和祭坛的专门信仰场所的建立，空间被分为神圣空间和世俗空间。神圣空间里居住着神，世人不能进入神圣空间，必须借助一套繁缛的崇拜礼仪和宗教制度使人神相通。至此，人们对世界万物的崇拜转向对专门的人格神的膜拜，诞生了多种形态的宗教。"当第一座祭坛、神庙和第一个库房、居室诞生，也意味着天地的分开和混沌状态的结束，以及神圣空间与世俗空间的形成。"③ 随着空间的圣俗分离，在时间上也有了圣俗之分，形成了基于祭祀活动的节日和日常生活中时日的区分。如牛节、禾节、"三月三"、山栏节等成为

---

① 翟墨：《人类设计思潮》，河北美术出版社，2007，第4、210页。
② 朱狄：《信仰时代的文明》，武汉大学出版社，2008，第5页。
③ 翟墨：《人类设计思潮》，河北美术出版社，2007，第4、210页。

黎族表达自然崇拜和祭祀祖先的重要节日。

从宗教的场所也可以看出，黎族的信仰不具备文明社会宗教信仰的特征，只能是作为原始宗教。文明社会的宗教空间与世俗空间有着严格的区分，诸如祭坛、寺庙、神殿等。作为专门的祭祀场所，无论是其建筑的地理位置，还是建筑的形态样式，都竭力突出人神的距离感。祭祀场所的建筑位置比较幽暗神秘，样式表现出宗教的庄严性。人们进入这样的空间往往会经过数十级台阶或宏大的空间，并带着对神的敬仰和追求，通过仪式般的空间进入，完成圣俗的心灵交流。正如黑格尔所言："人们对神灵的崇拜，要靠建筑去表达他们的宗教观念和最深刻的需要。"① 无论是东方还是西方社会，最好的建筑样式都是宗教建筑。宗教建筑把人们的信仰空间与日常生活空间区分开。而黎族原始宗教的场所往往处于生活空间中，并没有严格区分神圣空间和世俗空间。李泽厚认为，"祭拜神灵即在与现实生活相联系的世间居住的中心，而不在脱离世俗生活的特别场所"②。或许在族群，在村落的小范围内有一个公共的信仰空间，但其形式不足以表达信仰上的庄严，如在黎族传统村落的村口都设有看守村落的土地庙，土地庙空间非常小，也很简陋，有些用几块石头砌成。从黎族的原始宗教信仰可以看出，其信仰是一种自发性的心理活动，而不是中央政权自上而下式的引导。因此与其原始信仰相关的宗教空间和宗教器物都是民间自发生产的，相比封建政权主导的寺庙、神殿等宗教空间，无论是空间的体量还是具有的神秘感上都存在巨大的差距。正是在这样一种世俗化的宗教场域中，黎族的宗教器物也表现得极为生活化。日常生活中的石头，通过特定的仪式，即可成为崇拜对象的化身；茅草屋内挂上神龛，即可成为一个膜拜的空间；生活中的实用之物，一旦用于仪式中即可作为法器；田间的稻草，打上结即可完成"插星"③。正是在这样的原始信仰之中，黎族的民间

---

① 〔德〕弗里德里希·黑格尔：《美学》（第 2 卷），朱光潜译，商务印书馆，2011。

② 李泽厚：《美的历程》，文物出版社，1981，第 63 页。

③ "插星"为黎族的一种标记方式，用草打结或刀在树上刻画"X"来表示。一般有表示占有某物品、警告和宗教法事上的符咒等功能。在宗教上，本是"道公"法事的道具，用以表示顺利、平安、病愈等意思。黎族民间将"插星"引入日常生活，用以祈福保佑、驱鬼辟邪。

工艺与宗教工艺的界限几乎模糊，可以说信仰的即是生活的。

二 当代黎族民间信仰的场景与仪式

当然，黎族人信仰活动的空间也是在变化的。最典型的是 2014 年在五指山水满乡建成的黎峒文化园及黎祖大殿，其是作为 120 余万黎族同胞共同的精神家园而打造的，大殿选址在海南岛最高峰海拔 1882 米高的五指峰的半山腰上，大殿里供奉着高 9.5 米的黎族祖先"袍隆扣"① 神像。从山下的广场登上大殿要跨越 600 级台阶，从选址到建筑与景观布局都力图突出黎祖大殿的巍峨与神秘。五指山黎峒文化园部分复原了黎族文化，作为由政府主导、民间参与投资的文化项目，排除文化旅游开发的经济因素，不难看出该大殿力图将黎族五方言的祖先崇拜的信仰在仪式上进行整合。而这样的一种自上而下的大规模的集体祭祀仪式在黎族历史上是没有过的，且建筑上也没有黎族传统的宗教建筑可供借鉴。可以看出，无论是黎祖大殿的建筑与规划理念，还是其祭祀仪式的规模与形式，都不同程度地受到文明社会宗教形式的影响。事实上，通过黎祖大殿的建筑设计单位介绍的设计理念获知，黎祖大殿的建筑形式借鉴了黎族船形屋的形态，而对于宗教建筑的神圣、庄严感上的把控，则对标了中西方经典的祭祀建筑的尺度与体量，如罗马的万神殿、天坛祈年殿等。黎祖大殿建成后，每年黎族传统节日"三月三"期间都要在大殿举行盛大的祭祖仪式，由省政府专门负责民族工作的民族宗教事务委员会组织，黎族社会最有威望的"奥雅"（"奥雅"意为"老人"，是黎语对"峒首"的称呼。一般由本峒知识丰富、最具威望的年长者担任。"峒首"可以世袭，和原始社会的氏族部落比较类似。"奥雅"总管全峒一切事务，对内指挥生产、维护秩序，对外处理和其他峒的关系和纠纷。"奥雅"的工作没有酬劳，也不具备强制性权利）。带领五大方言的头人以及黎族社会各行各业的代表和广大黎族群众参与祭祀。

---

① "袍隆扣"是黎语的音译，汉语意思是"大力神"。"袍隆扣"是传说中的黎族始祖，是黎族人民最大的祖先神。在人类文明的蒙昧时代，"袍隆扣"是被敬畏自然的黎族先民人格化了的自然力量的化身，是庇佑黎族子孙的英雄，他智慧勇敢，被黎族同胞所世代崇拜。

黎族祭祖大典①仪式遵照传统的祭祀程序，人们对带领大家祭祀的头人王学萍②以"奥雅"相称，但仪式的规模和环节都有别于以往。祭祖大典活动分为祭祀、庆典、拜揭三个环节。上午 8 时 30 分，在击鼓声中开始祭祀仪式，在仪式司仪的引导下，全体肃立，面对"袍隆扣"圣像默哀三分钟。随后，司仪请祭司主持献祭仪式。祭司身着黎族传统道公袍，面向"袍隆扣"塑像，并颂念其庇佑黎族人民的伟绩。颂念完毕后进行点洒圣水仪式，圣水用黎族传统陶钵装盛，祭司一边在大殿内绕行，一边用树叶蘸上圣水点洒三次，祈佑黎族民众安康。接着司仪邀请王学萍奥雅献祭"袍隆扣"，五方言区奥雅随行。这是整个祭祀活动最高潮的部分，祭祀者双手持香，面对塑像鞠躬三次，礼毕双手触摸祭品，并以黎语祷告以告知"袍隆扣"黎族子孙前来祭拜。哈、杞、润、美孚、赛五大方言奥雅逐一按顺序上前走到"袍隆扣"塑像前献祭。接着，王学萍奥雅领众人向塑像行三拜九叩礼。仪式的最后一个步骤是鸣放粉枪，大殿两侧的 33 支粉枪依次鸣放。鸣枪结束，黎祖大殿祭祀仪式也随之结束，全程持续约 15 分钟。祭祀仪式结束后随即在大殿下的"三月三"广场开始祭祀庆典③。上午 9 时整庆典开始，首先读祭文、鸣号鼓、诵"袍隆扣"颂。随后开始勇士鼓舞、娘母祈福、竹木呈祥、祈福黎民四个章节的乐舞表演告祭黎祖。之后王学萍奥雅带领大家拜揭黎祖"袍隆扣"。拜揭黎祖为最隆重的部分，大殿前台阶两侧有黎族传统的粉枪手与弓箭手守卫，以及牛角号和传统的竹木乐器鸣奏。全体祭祀人员跟随奥雅逐一走上台阶，从广场到达黎祖大殿大香炉前，敬香行礼。随后祭拜者接过活动组织方提供的彩带，进入大殿，行至"袍隆扣"塑像前行三叩礼。然后将彩带挂在塑像两侧的彩带架，并将彩带架顺

---

① 黎族祭祖大典，全名即"祭祀'袍隆扣'大典"。相传在古代，天地混沌，黎人受到七日七月的炙烤，江河枯竭，植被凋谢。黎祖"袍隆扣"射掉六日六月，以彩虹当作扁担，以道路作为绳子，采石造山、剔山凿壑、毛发造林、化汗成雨，再造了黎民的生存环境，并撑出巨掌，紧固苍穹，保护了黎族百姓，如今的五指山即"袍隆扣"的巨掌。"袍隆扣"的传说是黎族人自然崇拜与祖先崇拜的综合体现，黎族人在每年农历"三月三"祭祀"袍隆扣"，感恩祖先、祈祷吉祥。

② 王学萍：1938 年生，黎族，曾任中共海南省委常委、政法委员会书记，海南省副省长，海南省人大常委会副主任，第九届、第十届全国人大常委会委员。

③ 祭祀庆典是祭祖大典中最为重要的内容，包含乐舞表演及告祭、诵祭、拜揭等环节。

时针旋转三圈，寓示敬献给了黎祖。至此，整个祭祀活动结束，从祭祀庆典开始到祭拜礼完毕持续约一小时①。在这样的场域中，曾经的传统服饰、陶器、狩猎工具、乐器等日常生活之物，变成了现在的祭祀表达之物，传统工艺完成了从"用器"向"祭器"的转变。

三 传统工艺价值的当代变迁

可以看出，如今黎族的信仰活动也借助特定的神圣空间，以及特定的神圣时间"三月三"来强化仪式感。而独立信仰空间的形成，也使得用于宗教活动中的日常器物富有了神性。一件器物在宗教场域和生活场域中蕴含的意义完全不同，在生活场域中多作为实用之物，在宗教场域中又转换为信仰之物。正如海德格尔在《艺术作品的本源》一文中指出的，神殿作为一个场域，正是有了神殿世界的敞开，神殿建筑中的石头其坚硬会凸显，金属开始熠熠生辉，颜料开始光彩耀眼，声音朗朗可听，语词得以言说②。神殿之外平常的材料与日常生活，一旦进入这样的一个场域就变得神秘和神圣起来。黎祖大殿即建构起这样一个神圣场域。

同时，绝大多数传统器物进入博物馆场域，其作为实用之物和信仰之物的价值便逐渐消失，取而代之的是其作为艺术品和文化遗产的价值。正是不同的文化场域使艺术品自身的不同价值得以凸显，科技史学者吴国盛延续了海德格尔的思维逻辑，指出："所有的美术馆都是一个场域，在这个场域里面物品转化为艺术品，并无功利的将自身显现。"③例如，生活中的马桶和碗，在家里使用时谁也不认为是艺术品，当被放在博物馆的时候人们才会抛开实用的功利性而打量它，其自身的艺术性才会被人们注意。黎族传统的手工艺器物也是如此，出于不同文化空间中的器物，具有完全不同的工艺价值和文化意义。诸如黎族将"石祖"作为生殖崇拜的对象，而对于这样一个对象，通常是在河边拾得的类似于男根状的岩石，当其被放

---

① 据 2017 年 3 月 30 日，笔者在五指山参与黎族祭祖大典的考察记录整理。

② 〔德〕马丁·海德格尔：《艺术作品的本源/林中路》（修订本），孙周兴译，上海译文出版社，2008，第 27~28 页。

③ 转引自 2016 年 12 月 8 日吴国盛在清华大学"新雅讲座"做的演讲《科学艺术的自由解读》。

入土地庙时，其价值已经超越了岩石本身。而如今被放入博物馆，则被作为文化遗产看待。或许手工艺品和艺术品之间存在一定的差异，由于手工艺品的实用功能，很难有像艺术品的"无功利"性①。而一旦进入博物馆，手工艺品就完成了向艺术品的转换。我们如今面对这样的现实：黎族生活中基本上不会用到传统工艺制品，传统的技术则进入了民间艺术范畴，进入文化遗产的范畴，它们大多进入博物馆或被制成旅游产品，而很难进入现在的日常生活。人们日常生活用品绝大多数已经被工业化的技术产品占据。

四　结论

民间传统信仰作为一种意识行为，必须借助一定的仪式活动来表达。而仪式场域中，空间性场所、物质性工艺器物又是表现仪式活动的具体内容。一旦仪式场域发生改变，这些工艺器物的价值也会随之变化。正如社会学家皮埃尔·布尔迪厄在其"场域"理论中指出的，每一个人个体的行动会被其所处的场域影响，场域不仅包含行动发生的物理空间环境，还包括与个体行为相关的诸多社会因素②。场域是在客观存在空间构筑起来的关系之网，这一网络系统的变化必然带来其中诸要素的变化。黎族传统工艺多产生于生活场域，而现在或进入了仪式性的宗教场域，或进入了文化遗产性质的文化场域，这一场域的转变也带来了当代工艺价值的变化。当然，无论是在当代的祭祖仪式中，还是在博物馆的陈列中，黎族传统工艺都正从旧时的生活之需变成文化符号。在国家大力倡导文化自信和文化自觉的时代背景下，传统工艺正因其文化价值而逐渐复兴，这也是我们保护和传承传统工艺的意义之所在。

（原载《艺术评论》2018年第7期，第139～145页）

---

① 在西方历史上，"艺术"Artis即来源于"技艺"Skill。尤其在英语语汇中，"艺术"常与"手工艺"Craft联系在一起。在欧洲中世纪，大学里有"七艺"，即语法学、算术、几何学、逻辑学、修饰学、天文学和音乐7种知识。而当时把具有这些领域相关技艺的人士都称为艺术家。

② 〔法〕皮埃尔·布尔迪厄、〔美〕华康德：《实践与反思》，朱光潜、李猛、李康译，中央编译出版社，1998，第133页。

多元祭祀与礼俗互动：明清杨家埠家堂画特点探析[*]

龙　圣　山东大学儒学高等研究院副教授

家堂画，又称"家堂""家堂轴子"，民间多在过年时将其悬挂在堂屋中间。这一习俗至今仍盛行于山东各地，因此学界对山东家堂画研究较多，并取得了丰硕的成果。就研究思路而言，前人多将山东家堂画视为一种民间艺术品，对其画面结构、色彩、人物造型等加以探讨。[①] 此外，不论是研究家堂画本身，抑或是研究拜家堂仪式，前人一般都认为家堂画是祭祀祖先用的，拜家堂是祭祖行为。[②] 这些讨论在一定程度上推动了山东家堂画的研究，但仍有不足，即缺乏历时性的分析。那么，从历史的维度出发，家堂画的祭祀内涵是否仅仅局限于祭祖？家堂画是否只是一种单纯的民间艺术品？这两个问题值得深入探讨。由于早期家堂画不易寻获，而冯骥才主编《中国木版年画集成·杨家埠卷》收录有明、清版家堂画各一幅[③]，故本文主要依据这两幅家堂画对上述问题进行讨论。为便于展开分析，下文首先对我国古代家堂祭祀对象及礼仪进行梳理；然后结合杨家埠明清家堂画具体分析这些祭祀对象是如何在画中体现的，与国家礼制有何关系；最后

---

* 基金项目：山东大学基本科研业务费资助项目（人文社科青年团队项目）"民间宗教中的女性角色研究"（IFYT15015）。

① 相关成果可参见王伦《黄河三角洲家堂轴子画特色》，武汉纺织大学硕士学位论文，2010年；杨爱霞、宋魁彦《高密扑灰年画——〈家堂〉艺术研究》，《美与时代（下）》2011年第9期；姜小凡、张凌浩《山东地区民间家堂画的艺术表现特色及价值初探》，《大众文艺》2012年第17期；刘振光《论高密年画"家堂"所蕴涵的文化信息》，《齐鲁师范学院学报》2012年第4期；伍晴晴《中国农业博物馆藏高密"家堂"扑灰年画的初步研究》，北京民俗博物馆编《北京民俗论丛》，学苑出版社，2013，第117～125；等等。

② 有关拜家堂仪式的研究可参见王安庆《请家堂纵横谈》，《民俗研究》1992年第1期；刁统菊《节日里的宗族——山东莱芜七月十五请家堂仪式考察》，《民俗研究》2010年第4期。

③ 冯骥才主编《中国木版年画集成·杨家埠卷》，中华书局，2005，第58～59页。

就家堂画的认识问题略作申论。

一 我国古代家堂祭祀对象及礼仪

家堂，即民居正宅中间的屋子，俗称"正堂""中堂"或"堂屋"。其祭祀礼仪在我国有着十分悠久的历史，祭祀内容也颇为丰富。归纳起来，家堂祭祀的对象主要包括祭祀土地、祭祀祖先和祭祀家堂神三个方面。

（一）祭祀土地

土地，是家堂祭祀的主要对象之一。这一传统可追溯到我国先秦时期的五祀礼仪。所谓"五祀"，是指士以上的阶层春祭户、夏祭灶、秋祭门、冬祭井，六月祭中霤。中霤即象征着土地："六月祭中霤，中霤者象土，在中央也。"[①] 其祭祀地点正是在堂屋，汉代的蔡邕对此有清晰的说明："中霤，季夏之月，土气始盛，其祀中霤。溜神在室，祀中霤，设主于牖下也。"[②] 我国古代建筑结构大体上可分为门、庭、堂、室四个部分。牖，为堂与室之间的窗户，设置于堂正面的墙壁上，其下设有神主祭祀土地。现在山东大多数民居没有了牖的形制，牖所在的位置被墙填实了。尽管如此，山东、河北的个别民居至今仍在堂屋墙壁正中间保留有一扇窗户，类似于古代的牖，而家堂画恰恰就挂在这扇窗户前面，甚有古之遗风。[③] 由此可见，从古代祭祀礼仪角度来说，家堂祭祀原本就有祭土地之意，且祭祀之处正好是今天挂家堂画的地方。

从宋代开始，五祀礼仪逐渐向庶民社会渗透，由礼变俗。在家堂祭祀土地，不但深入民间，且成为五祀当中最为重要的一项活动，宋代《梦林玄解》一书对此记载道："五祀。占曰：家主中霤，而国主社。中霤者，即

---

① （汉）班固：《白虎通德论》，上海古籍出版社，1990，第 14 ~ 15 页。
② （汉）蔡邕：《独断》，中华书局，1985，第 9 ~ 10 页。
③ 笔者于 2013 年 8 月 21 日在山东莱芜颜庄镇进行田野调查期间，发现在当地许多老百姓家里，堂屋墙壁中间仍然保留着一扇窗户，堂屋后有一间小屋子，与我国古代民居的建筑格局十分相似。而且据当地老百姓讲述可知，过年的时候家堂轴子就挂在堂屋中间的这扇窗户前面。此外，据武汉大学社会学系李向振老师介绍，与山东相邻的河北衡水地区也存在类似的现象。

家堂之谓也，家堂之神为五祀之主。"① 明清时期，民间继承了在家堂祭祀土地的习俗，"季夏祀中雷，中雷者即今家堂之制，位中央所以崇土德也"。② 与此同时，家堂所祭祀的土地已发展出土地公、土地婆之说。民间常在家堂的神龛之下设一牌位，上书"长生土地"和"瑞庆夫人"，用以祭祀二者。③ 可见，在我国古代社会当中，土地是家堂祭祀的重要对象之一。

（二）祭祀祖先

家堂祭祀的另一对象是祖先，其历史也很悠久。据《礼记》记载，周代天子、诸侯、大夫、士分别立庙祭祀祖先，而庶民无庙，"祭于寝"。④ "寝"即堂室之意，"祭于寝"即普通人在家堂祭祀祖先。这一习俗为后世所继承，在唐宋元明清时期得以广泛实践。比如唐代，六品及六品以上的官员立庙祭祖，"六品以下达于庶人，祭祖祢于正寝"⑤。而"正寝者，谓人家前堂待宾之所"。⑥ 可知，唐代正寝即家堂，除日常待客外，还是百姓祭祀祖先的地方。宋代，"士庶人享亲于路寝。"⑦ 陆游解释道："古所谓路寝，犹今言正厅也。"⑧ 正厅即民间所称的家堂⑨，是百姓祭祖之所。元代，因祭祀礼仪效仿唐代⑩，故家堂祭祖之风未变。明清时期亦是如此。明代"庶人无庙而祭于寝"⑪，清代"庶人家祭之礼，于正寝之北为龛，奉高曾祖祢神位。"⑫

---

① （宋）邵雍：《梦林玄解》，《续修四库全书》（第1064册），上海古籍出版社，2002，第84页。
② （明）陈瑚：《确庵文稿》，《四库禁毁书丛刊》（集部第184册），北京出版社，2000，第431页。
③ （清）郑珍：《遵义府志》，《中国地方志集成·贵州府县志辑》（第32册），巴蜀书社，2006，第418~419页。
④ （汉）郑玄注，（清）阮沅校刻《十三经注疏·礼记正义》，中华书局，1982，第1335页。
⑤ （唐）杜佑：《通典》，中华书局，1984，第277页。
⑥ （唐）杜佑：《通典》，中华书局，1984，第631页。
⑦ （宋）邵雍：《梦林玄解》，《续修四库全书》（第1064册），上海古籍出版社，2002，第86页。
⑧ （宋）陆游著，李剑雄、刘德权点校《老学庵笔记》，中华书局，1979，第132页。
⑨ （宋）周守忠：《养生类纂》，《续修四库全书》（第1029册），上海古籍出版社，2002，第547页。
⑩ （元）佚名：《居家必用事类全集》，《续修四库全书》（第1184册），上海古籍出版社，2002，第386页。
⑪ （明）周琦：《东溪日谈录》，《景印文渊阁四库全书》（第714册），台湾商务印书馆，1986，第162页。
⑫ （清）黄本骥：《三礼从今》，《四库未收书辑刊》（第3辑第8册），北京出版社，2000，第414页。

"寝"即家堂，"正寝之北"就是指家堂中间的墙壁，在上面设神龛祭祖，与今天民间的做法相同。由上可知，在我国历史上，祖先是家堂祭祀的另一个重要的对象。

（三）祭祀家堂神

家堂神，指在家堂供奉的神明，也是我国历史上家堂祭祀的重要对象。明清时期的文献对此记载尤多。其中，有的家堂神为某一家族长期供奉，比如，明代南京礼部尚书王偁家里就世代供奉名为"威济李侯王"的家堂神。① 也有的家堂神是因为某一次灵验而开始被人们供奉在家堂，例如，明代正德年间江西参政沈某在平定南昌华林盗乱过程中曾向某神祷告，结果该神显灵，帮助其平息了盗乱，于是"沈后奉神将于家堂，有疑必质，无不验者"。② 除仕宦之家外，明代普通百姓供奉家堂神的现象更为普遍，据明人伍袁萃记载"予乡户户设所谓家堂者，以祭胡神及土神，不知何据，齐民毋怪，搢绅亦然"③，可知家堂神在明代民间祭祀之普遍。清代，关于民间祭祀家堂神的记载更加常见。例如，江苏民间有的将五通神奉为家堂神，"苏俗酷尚五通神，供之家堂"。④ 福州民间则将孙悟空奉为家堂神，"福州人皆祀孙行者为家堂"。⑤ 山西东部寿阳等地有俗名"小爷爷"的家堂神，"又有家堂神，谓之合家欢乐。其图具翁、姬、儿、孙诸像（俗名小爷爷），儿童皆祀之"。⑥ 从以上这些记载可以看出，家堂神也是我国古代家堂祭祀的重要对象。

综上所述，我国古代家堂祭祀历史悠久，土地、祖先、家堂神是其祭

---

① （明）王偁：《思轩文集》，《续修四库全书》（第 1329 册），上海古籍出版社，2002，第 668 页。

② （明）赵文华：《嘉兴府图记》，《四库全书存目丛书》（史部第 191 册），齐鲁书社，1996，第 536 页。

③ （明）伍袁萃：《林居漫录》，《续修四库全书》（第 1172 册），上海古籍出版社，2002，第 201 页。

④ （清）褚人获：《坚瓠集》，《续修四库全书》（第 1261 册），上海古籍出版社，2002，第 334 页。

⑤ （清）尤侗：《艮斋杂说》，《续修四库全书》（第 1136 册），上海古籍出版社，2002，第 387 页。

⑥ （清）祁寯藻、高恩广、胡辅华注释《马首农言注释》，农业出版社，1991，第 75 页。

祀的三个主要对象，尤其是明清时期，三者已深入普通百姓的家堂祭祀习俗当中。

二 多元祭祀与礼仪制度在明清家堂画中的展现及变化

由上可知，我国古代家堂祭祀对象主要包括土地、祖先、家堂神，而且家堂祭祀与礼仪制度关系密切。那么，多元祭祀与礼仪制度是否在家堂画中有所体现呢？下文将以明清山东杨家埠家堂画为例，进行具体分析。

（一）"三代宗亲"——明代杨家埠家堂画对祭祖礼制的表达

冯骥才主编《中国木版年画集成·杨家埠卷》（以下简称《杨家埠卷》）当中，收录有明版（见图1）《三代宗亲》家堂画一幅。[①]《杨家埠卷》将其版本断定为明代，理由是："此画图中的男性祖先像原版系戴明代官帽。清朝建立后，将官帽挖补改为清代顶子帽，但明代官帽翅尖部分尚

图 1 明代《三代宗亲》家堂画

图片出处：冯骥才主编《中国木版年画集成·杨家埠卷》，中华书局，2005，第58页。

---

① 冯骥才主编《中国木版年画集成·杨家埠卷》，中华书局，2005，第58~59页。

存遗痕。这是现存较早的一块年画雕版。"① 笔者亦赞同将此画断定为明版的结论，但认为断定的理由不妥。

由图 1 可知，右上角男性所戴清代顶子确实有改刻的痕迹，原来帽子的翅尖部分尚依稀可辨。但如果仔细观察，我们会发现残余的翅尖并非明代官帽的翅尖造型（椭圆形），而是神帽的翅尖造型（尖且带云纹），与画中最下一排左边成年男性所戴帽子的翅尖类似。《杨家埠卷》误将神帽当作明代官帽，以此判断该画为明版，这显然不妥，另需找到其他理由来确定它的版本情况。而笔者之所以赞同该画为明版，理由如下。

第一，该画中间一排有一戴明代官帽者，其表现的是正在家堂进行祭祀的现实生活中的人，假设这是清版画，此人应该戴顶子帽才符合现实生活语境，而不是戴明代官帽，这是判断此画为明版的理由之一。当然，后世也可模仿前朝形象进行艺术创作，从而延续以往的特点。因此，上述判断理由并不充分，我们必须再结合更多的信息加以判断。

第二，整个画面有一处被改刻为清代顶子帽，此外再无清代形象，有理由相信它原为明刻版，为使人物造型符合时代语境才改刻。而画中另外两位戴明代官帽者因形象太小，似乎难以再改，故保持了原貌。若非如此，我们便很难理解改刻这一非常态的举动。由此推知，该画为明版，到清代为符合当时的社会环境而被改动。

第三，从祭祀礼仪可判断此画为明版。图 1 中有"三代宗亲"字样，祭三代是明代礼制改革的重要成果。元朝规定，庶民在家堂只能放置两块牌位，祭祀祖父、父亲两代。② 明朝开国之初继承了这一传统，允许品官祭高祖、曾祖、祖父、父亲四代，而只许庶民祭祖父、父亲两代。③ 至洪武十七年，行唐知县胡秉中奏请改革礼制④，被朝廷采纳。"洪武十七年十二月

---

① 冯骥才主编《中国木版年画集成·杨家埠卷》，中华书局，2005，第 59 页。
② （元）佚名：《居家必用事类全集》，《续修四库全书》（第 1184 册），上海古籍出版社，2002，第 386 页。
③ （明）徐一夔等修《明集礼》，《景印文渊阁四库全书》（第 649 册），台湾商务印书馆，1986，第 172 页。
④ （清）崔苓瑞：《续修行唐县新志》，《中国地方志集成·河北府县志辑》（第 4 册），上海书店，2006，第 567 页。

十八日，钦准庶人祭三代曾、祖、考。"① 庶民祭祖得以从祭祖、考两代变为祭曾、祖、考三代。而且，三代的牌位也有严格的规定：曾祖居中，祖父在左，父亲在右，"国初用行唐知县胡秉中言，许庶人祭三代，曾祖居中，祖左祢右"。② 从此以后，庶民祭祀"三代宗亲"在民间得以广泛实践。③ 因此，从"三代宗亲"字样可进一步断定该画为明版。当然，笔者也发现有些清代、民国甚至现代家堂画也有"三代宗亲"字样④，但它们只是简单沿用了这一礼制符号而已，其画出的牌位数量和摆放方式皆误，说明后世并不了解"三代宗亲"的真意。相反，图 1 所示家堂画，不但有"三代宗亲"字样，而且还具体立了三块牌位，以体现"曾祖居中，祖左祢右"的明代礼仪。综上，我们可以判断该画为明版画。

通过以上分析可以看出，杨家埠明版家堂画虽由民间艺人创作，但同时也受到国家礼仪制度的深刻影响，可谓礼俗互动的产物。

（二）明代杨家埠家堂画中的多元祭祀内容

如前所示，家堂祭祀的三个主要对象分别是土地、祖先、家堂神。那么，三者在杨家埠明版家堂画中是如何体现的呢？

首先，本文认为该画顶部的老年男性和女性即家堂祭祀的土地。由前可知，明清时期老百姓在家堂祭祀土地已经成为过年祭祀的一项重要内容，而且家堂祭祀的长生土地已衍化出土地公、土地婆的说法，与家堂画中的这对老者形象是吻合的。而《杨家埠卷》将端坐在上的一对老者解释为男女祖先⑤，其他关于山东家堂画的研究也都持相同的看法。笔者认为，这对老者代表的是土地，而非祖先。因为从造型来看，他们属于神，而不是先人。

在杨家埠年画中，神与人造型最明显的区别有二。一是冠帽不同。明

① （明）章潢：《图书编》，《景印文渊阁四库全书》（第 972 册），台湾商务印书馆，1986，第 315 页。
② （明）黄瑜著，魏连科点校：《双槐岁钞》，中华书局，1992，第 153 页。
③ 常建华：《明代宗族研究》，上海人民出版社，2005。
④ 有"三代宗亲"字样的家堂画，可参看冯骥才主编《中国木版年画集成·高密卷》，中华书局，2009，第 42、45、46、47、48、49 页。另见伍晴晴《中国农业博物馆藏高密"家堂"扑灰年画的初步研究》，北京民俗博物馆编《北京民俗论丛》，学苑出版社，2013，第 118 页。
⑤ 冯骥才主编《中国木版年画集成·杨家埠卷》，中华书局，2005，第 59 页。

版家堂画顶部老者所戴为神帽、神冠。其特点是，男性神帽两边的翅角较尖并带有云纹，而且翅角垂须（见图 2）。而明代官帽翅角为椭圆形，无垂须（见图 3）。女性神冠花哨华丽（见图 4），而明代女性之冠简单朴素（见图 5）。二是神像的头部四周一般会有一圈神光笼罩，而人像则无。

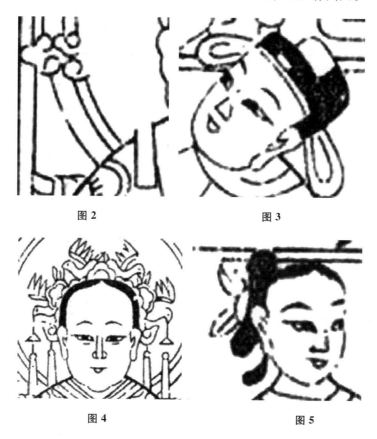

图 2　　　　　　　　　　　　　　图 3

图 4　　　　　　　　　　　　　　图 5

　　此外，我们还可对比其他年画上的造型来判断该画顶部的一对老者是神，而非祖先。图 6 是杨家埠明版家堂画顶部的夫妇，图 7 是杨家埠清代年画中的灶王夫妇，图 8 是高密清代年画中的灶王夫妇。图 6 男性原来的帽子虽被抹去，但翅角和垂须依然可见，与清代灶王所戴神帽具有同样的特点；图 6 女性所戴之冠与清代灶王夫人所戴神冠如出一辙。且图 6 中的男女与灶王夫妇一样，都有神光笼罩在头部四周。当然，以上所描述的只是年画神像造型的一种，还有其他类型的神像造型，此不赘述。通过类比可知，图 6 所示夫妇代表的是神，而不是祖先。

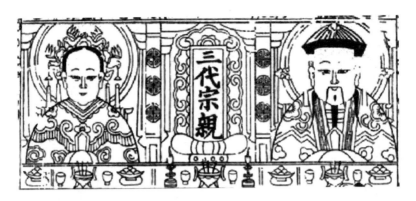

图 6 杨家埠《三代宗亲》顶部夫妇形象

图片出处：冯骥才主编《中国木版年画集成·杨家埠卷》，中华书局，2005，第58 页。

图 7 杨家埠《三灶王》神像

图片出处：冯骥才主编《中国木版年画集成·杨家埠卷》，中华书局，2005，第50 页。

值得注意的是，家堂画与我国山西、甘肃、福建等地明清时期流行的"祖容图"不同。祖容图又称为"影""影像""真容""容像"等，一般是子孙在祖先去世前请人绘好，待其死后悬于影堂。各地祖容图一般也都有或多或少的祖先牌位附于祖像之下，与山东家堂画的整体结构相似。① 但明

① 关于明清时期山西、甘肃、福建等地的祖容图研究，可参看 Myron Cohen, "Lineage Organization in North China," The Journal of Asian Studies, vol. 49, no. 3,（1990）, pp. 509－534；刘永华：《明清时期华南地区的祖先画像崇拜习俗》，刘钊主编《厦大史学》，厦门大学出版社，2005，第181～197 页；刘荣《"影"、家谱及其关系探讨——以陇东地区为中心》，《民俗研究》2010 年第 3 期；韩朝建《华北的容与宗族》，《民俗研究》2012 年第 5 期；等等。

清祖容图一般是绘三代或五代祖像，称三代容、五代容，而且祖容图上的祖先形象均为人生前的形象，与神的形象明显有别（参见图9、图10、图11）。有论者把山东、河北的家堂画也当作祖容图，认为家堂画上的那对老者是祖先①，却没有注意到两者形象有本质的区别。这点从以下的祖容图可以看得很清楚。

图8　高密《灶王》神像

图片出处：冯骥才主编《中国木版年画集成·高密卷》，中华书局，2009，第168页。

综上，本文认为杨家埠明版家堂画顶部的一对老者代表的是神，而不是祖先。再结合明清时期家堂祭祀土地的习俗来看，这对夫妇应该象征的是家堂祭祀的土地公和土地婆。

其次，该家堂画中的牌位即代表了祖先，如图1中的"三代宗亲"，"故灵之位"。这点无须多做解释。

最后，"家堂神位"和门前之神则代表家堂神。由前可知，家堂神是明清时期家堂祭祀的重要对象，家堂神既可以是不出名的小神（如李侯王、小爷爷等），也可以是知名的神祇（如文昌神、孙悟空等）；其供奉形式多样，既有以神位供奉者（如李侯王），又有以画像供奉者（如小爷爷）。因此，家堂神既可用神位表示，也可用具体的形象展现，对应到家堂画中，即"家堂神位"和门前有具体形象的神祇。"家堂神位"作为家堂神的标志

---

① 相关论述见 Myron Cohen，"Lineage Organization in North China," The Journal of Asian Studies，vol. 49，no. 3，（1990），pp. 509 – 534；韩朝建《华北的容与宗族》，《民俗研究》2012 年第 5 期。

图 9　山西代县正下社史祖容

图片出处：该图由山东大学历史文化学院韩朝建老师提供（摄于 2006 年 5 月 18 日），在此表示感谢。

图 10　甘肃东部祖容

图片出处：自刘荣《"影"、家谱及其关系探讨——以陇东地区为中心》，《民俗研究》2010 年第 3 期。

图 11　福建连城培田吴氏祖容

图片出处：郑振满、张侃：《培田》，生活·读书·新知三联书店，2005，第 XII 页。

图 12　杨家埠《三代宗亲》底部人物形象

图片出处：冯骥才主编《中国木版年画集成·杨家埠卷》，中华书局，2005，第 58 页。

很好理解，但在该画中，大门前有好几个人物形象，究竟哪些代表家堂神呢？笔者认为从造型上看，大门外靠左的一老一少即家堂神（见图 12）。老者所戴之帽翅角较尖，垂须则不明显，但还有一特征即帽上有竖起的小球，这也是神帽的造型特点（可与图 7、图 8 对比），由此可判断老者为神。而少者与中排观看祭祀的小孩形象则明显不同，其顶上也有一小球，而且造型与其他年画中的神童造型十分相似（可与图 13 对比）①，因此可判断其为神童，而非一般孩童。大门前靠右的一形象则明显是头戴官帽、身着官服、手拿朝笏的明代人。诚然，家堂神本应在家堂祭祀，但此处的家堂神何以身处门外？笔者认为，这与画幅的限制有关。该画顶部已绘有土地形象，如果再将家堂神之形象绘上去，则没有足够的空间来加以展现。所以，画师将其具体形象置于门外展现，而以"家堂神位"置于堂内，以暗示其在家内供奉的位置。综上可知，杨家埠明版家堂画顶部的一对老者代表土地公、土地婆，牌位则代表祖先，画顶部的"家堂神位"和底部的神祇则代表家堂神。

图 13　杨家埠《张仙射天狗》

图片出处：冯骥才主编《中国木版年画集成·杨家埠卷》，中华书局，2005，第 55 页。

（三）清代杨家埠家堂画的继承与变化

与明代杨家埠家堂画相比，清代杨家埠家堂画在祭祀对象上仍然延续

---

① 　冯骥才主编《中国木版年画集成·杨家埠卷》，中华书局，2005，第 55 页。

了多元祭祀的内容。图 14 为《杨家埠卷》所收清代杨家埠家堂画。画面顶部有一对慈祥的老者，《杨家埠卷》认为是祖先像。① 放大后，可以发现他们在冠帽衣着上跟明代普通百姓的穿戴相似，但这并不能说他们就是祖先，一个最明显的证据就是两者头部有神光笼罩，这是神像的重要特征。所以笔者认为这对老者实际上代表的仍是土地公、土地婆，而供桌上的牌位则代表祖先。另外，画中的小格子可以填写逝去的祖先名讳，也代表祖先。这点与明代是有区别的，体现出家堂画中祭祖内涵逐步增强的发展趋势。

此外，该画下部出现很多人物形象，《杨家埠卷》认为他们是身穿官服前来道贺的子孙，笔者认为这一结论有失偏颇。通过观察分析，可将他们分为四种不同形象：第一种是神。中间往右的第一位，帽子翅角较尖且有云纹和垂须，符合神像造型特点。第二种是明人。最左边的一老一少和最右边的四位，都符合明朝人的打扮。第三种是清人。中间两位身穿清朝官服、头戴顶子帽的两位成年人，以及旁边戴瓜皮帽、着马甲的少年，符合清人形象。第四种是形象不清的情况。中间往右第二位所戴非神帽也非明清帽顶，反倒是像唱戏时所戴的花帽。可见，该画下部人物形象虽然延续了明代家堂画中神和人两大元素，但与明版画相比更为复杂，难以笼统地认为这些人物是前来道贺的子孙。

综上，笔者认为杨家埠清代家堂画仍然体现出祭祀土地、祖先和家堂神的内涵，但与明代相比变化颇大。第一，土地公、土地婆的形象在明版杨家埠家堂画中表现突出、特点分明，而两者在清代家堂画中除了头部保留光环外，神的其他特征逐渐弱化，加之形象慈祥，易被人误解为祖先。而且，如果结合其他地区如高密等地清代家堂画来看②，就连这对老者头上的光环也都消失了。可见，土地公、土地婆这一形象在个别清代家堂画中仍依稀可辨，而有些则难以辨认，逐渐混同于祖先了。第二，随着清代画幅的变大，明代画面下部人神共处的格局依然延续，但人物形象更为丰富，而且随着"家堂神位"这一起关键提示作用的字眼的消失，家堂神这一祭祀信息被严重弱化。这两大变化反映了后世家堂画祭祀内涵从多元走向单

---

① 冯骥才主编《中国木版年画集成·杨家埠卷》，中华书局，2005，第 59 页。
② 冯骥才主编《中国木版年画集成·高密卷》，中华书局，2009，第 38~49 页。

图 14　清代杨家埠《家堂》

图片出处：冯骥才主编《中国木版年画集成·杨家埠卷》，中华书局，2005，
第 59 页。

一的趋势。此外，由于清代不再奉行"三代宗亲"的祭祀礼仪（改为祭祀
高曾祖祢四代），所以这一信息也被相应删去。

三　余论

我国古代家堂祭祀对象主要包括土地、祖先和家堂神，相应地，明清
杨家埠家堂画也体现出祭祀土地、祖先和家堂神的内涵。但时过境迁，包
括杨家埠在内的山东家堂画的祭祀内涵在今天有了巨大变化，表现为祭祀
土地和家堂神的内容从中消失，祭祖作为唯一的祭祀内涵，为人们普遍认
可，而拜家堂亦被视为单纯的祭祖仪式。这一变化在山东地区的现代家堂
画中表现得尤为明显。现代堂画主要突出院落和祭祀牌位，原来画面顶部
那对老者以及门前的各种人物形象都消失了，画面俨然一个祭祀祖先的祠

堂。现代家堂画因为没有了人物造型而失去了以往那种欢乐的气氛，显得庄严肃穆，反映出人们认为祭祖必须虔诚、毕恭毕敬、不苟言笑的观念，祭祀祖先的浓厚意味得以彰显。尽管如此，家堂画原本的多元祭祀内涵仍可从地方延续的年画类型和祭祀仪式得到部分的印证。

首先，笔者发现杨家埠没有祭祀室中土地的年画，民俗调查显示其也没有祭祀室中土地的习俗。① 那么，是不是当地原本就没有这一习俗呢？显然不是，乾隆《潍县志》记载："元旦，四更蚤起，祭五祀、先祖，拜父母、师长，亲朋各相贺。"② 可见，当地以前有祭五祀，所以是有祭祀室中土地这一习俗的。那么，为何今天会出现既无室中土地年画，又无其祭祀习俗的局面呢？笔者的理解是，家堂画原来的祭祀内涵多样，祭祀土地包含于其中，所以没有关于土地的年画。到后来，画中的土地公、土地婆逐渐被人们理解为祖先，所以当我们再去调查的时候，村民往往会告诉我们，他们不在家里祭祀土地，同时我们也找不到关于室中土地的年画。

其次，挂家堂轴子在今天一般被认为是祭祖的行为，但为什么只是在过年的时候挂，而山东大部分地区在"七月半"这一典型的家祭节日当中却又不挂？③ 笔者认为，这恰恰证明了家堂画的内涵不仅包括祭祀祖先，还包括祭祀土地、家堂神。换言之，家堂画的内涵要大于祭祖，所以在"七月半"这一专门的祭祖仪式时挂不合适，而只有在过年既要祭祀神明又要祭祀祖先时挂起来才合适。诚然，村民今天未必会这样理解，不过作为一种传统的惯习而遗留下来的仪式程序，尽管被村民遗忘了其本意，但还是可以让我们在结合其他信息的基础上窥见早期家堂画祭祀内涵的蛛丝马迹。

由此看来，杨家埠家堂画的祭祀内涵原本是多样的，祭祀祖先作为其

---

① 山东大学民俗学研究所编《百脉泉》，2010。
② （清）张耀璧：《潍县志》，《中国地方志集成·山东府县志辑》（第40册），凤凰出版社，2004，第42页。
③ 山东地区凡是有家堂轴子之家，在过年时必挂家堂轴子，农历七月十五大多不挂。仅有莱芜、淄博、新泰等少数地区在七月十五祭祖时，有一部分人挂轴子。莱芜地区有一种解释是：过去发生瘟疫时，有神妈妈说瘟疫过年才能好，所以七月十五跟过年一样，要请老的来，请家堂，磕头拜老。这说明部分人在七月十五挂家堂轴子实际上也跟过年有关。参见刁统菊《节日里的宗族——山东莱芜七月十五请家堂仪式考察》，《民俗研究》2010年第4期。

唯一内涵经历了一个历史演变的过程。而与此同时，"家堂"一词的含义也有了变化，古代主要强调堂屋、土地，现在更多的是指家堂轴子和祖先。请家堂、送家堂，换言之，就是请轴子、送轴子，请祖先、送祖先。

此外，我们还应注意到明清杨家埠家堂画不仅仅是民间的产物，其背后还包含传统礼制对民间艺术创作的深刻影响。例如，周代以来的五祀礼仪、明代祭三代的礼制在早期杨家埠家堂画中都有体现。诚然，民间艺术不乏鲜活的、个性化的创造，但我们在承认其多样性和灵活性的同时，不应该忽略国家的在场，尤其是在华北这样一个明清政治统治的中心区域更是如此。因此，当我们深入华北调查研究的时候，更应该考虑到传统礼仪制度与民间风俗习惯的互动，以一种礼俗互动的眼光来审视二者。礼俗互动的视角，已日益引起学界的关注。① 要做到这一点，我们还需要具有历史的眼光，从较长时段出发去观察两者的互动。② 以这样一种理念审视明清杨家埠家堂画，可以发现，它们虽出自民间，却深受国家礼制的影响，是礼俗互动的产物。

[原载《南京艺术学院学报》（美术与设计）
2018 年第 1 期，第 134～140 页]

---

① 龙圣：《"礼俗互动：历史学与民俗学的对话"学术研讨会述评》，《民族艺术》2015 年第 1 期。

② 赵世瑜：《小历史与大历史：区域社会史的理念、方法与实践》，生活·读书·新知三联书店，2006，第 1～11 页。

唐卡的审美实践：造像量度作为
审美评价的社会过程

刘冬梅　云南民族大学艺术学院副教授

中国社会科学院民族学与人类学研究所在站博士后

当代人类学不仅把美学视为社会生活的一个维度，还主张将美学价值深深扎根于社会之中，因而，审美分析不能离开使用这些标准的人与社会进行。为此，迈克尔·赫茨菲尔德（Michael Herzfeld）针对"民族美学的静态模式"提出了"美学实践观"① 的概念，揭示了从过去分析文本化的审美法则与价值观转向关注美学价值表达形式这一社会过程的重要意义。从某种意义上说，藏传佛教造像量度是一种本土的美学观，以量化比例和象征语言表达佛教造像与世俗艺术相异的神圣性与审美精神。传统的研究主要通过不同版本造像量度文献考据对这一审美法则进行文本阐释。当我们从美学实践观的视角重新进行思考时，便从造像量度的文本分析转向了审美评价。然而，审美在唐卡教学与创作等个体行为中无处不在，但是在诸如唐卡展览与比赛中，审美评价则可被视为一个社会过程加以考察。西藏唐卡艺术博览会（简称唐博会）与中国唐卡艺术节是目前对西藏唐卡界影响最大的两个展览。这两个活动都设有专家评审委员会，他们由西藏自治区最知名的唐卡大师、画家和学者组成，评审结果被西藏唐卡界视为最权威的认证。笔者得到主办方的特许，对第四届、第五届西藏唐博会评审过程进行了全程观察。② 此外，笔者连续受邀参加了三届中国唐卡艺术节，③

---

① 〔美〕迈克尔·赫茨菲尔德：《人类学：社会与文化领域中的实践》，刘珩、石毅、李昌银译，华夏出版社，2008，第 320 页。

② 田野调查时间：2014 年 8 月 24～28 日、2015 年 8 月 13～19 日；调查地点：拉萨。

③ 田野调查时间：2014 年 9 月 25～29 日、2015 年 9 月 28 日～10 月 3 日、2016 年 9 月 11～15 日；调查地点：拉萨。

与部分评审专家和参展画师进行了深度访谈。基于田野调查资料，本文认为将讨论藏传佛教造像量度作为审美评价体系的社会过程，首先，要看到多元艺术观交流与碰撞的场景之下人们对唐卡评审标准的困惑，以及评审委员会对本土的美学观所持的态度；其次，从语言表达与感知方式等艺术本体层面考察评审专家选择造像量度作为评审标准的原因；再次，从社会关系的层面讨论教法传承、专家权威、绘画流派对于美学表达与评审的影响；最后，超越审美的视觉主义，从多感官审美感知的维度探讨绘制过程对理解唐卡价值的意义。

一　神圣性的量化标准与性质界定：造像量度作为评价体系

有关唐卡评价标准的讨论与近年来唐卡被赋予的多重意义与功能密切相关。在传统上，唐卡通常是被供奉在寺院或是家庭经堂内的神圣物品、是帮助宗教修习者进行观想的重要法器。除了在一些特定的法会上根据仪式需要进行展佛活动之外，平时较少公开展示。然而，当代唐卡已不再仅仅是藏族人宗教供奉和修行的用品，而且不断进入国际文物与艺术品市场，成为高端的收藏品和拍卖品。此外，各级为非物质文化遗产保护而举办的唐卡公开展示活动同时也是将唐卡社会化赋值的过程，因学术研究、商业机构、学院派艺术家等参与其间，基于对唐卡的不同理解而产生出各种有关唐卡审美与评价的标准。在这一背景下，西藏唐卡艺术博览会与中国唐卡艺术节在评审过程中却都强调要以本土的造像量度为审美评价体系，为此我们又该如何理解？

（一）工艺、艺术与宗教：关于唐卡评价的焦虑

2014 年 8 月，第四届西藏唐卡艺术博览会期间，西藏自治区文化厅文化产业处组织的"西藏唐卡地方标准"内部讨论会上，与会的 7 位唐博会评审专家与来自西藏自治区文化厅、质量技术监督局的相关工作人员曾展开过一场激烈的讨论，讨论焦点在唐卡该如何被评价，是依据艺术、工艺还是宗教的标准。西藏大学艺术学院教授阿旺晋美（毕业于天津美术学院国画系）担心该标准的制定会将唐卡从艺术降低为工艺：

　　我们多年的努力就是使唐卡获得它应有的艺术地位，在西藏大学艺术学院成立藏族传统绘画专业（时），一些唐卡画家成为西藏自治区美术家协会会员甚至中国美术家协会会员。国画、油画为什么没有制定一个地方标准呢？艺术是否能被标准化呢？（难道）标准是对艺术创造性的抹杀、对艺术价值的抹杀？什么才需要标准？（是）工业化技术批量生产的工艺品？（难道）给唐卡制定标准就是把唐卡从艺术拉回工艺？唐卡是艺术，要走艺术市场，由艺术评论家和这个领域的专家来鉴定，而不是质监的合格标签。①

西藏大学艺术学院教授丹巴绕旦（国家级非遗传承人、少年时代曾在色拉寺出家）则认为唐卡首先是宗教艺术，宗教的标准是第一的，其次才是艺术的标准。

　　在传统上，唐卡本来就有它自己的标准。首先，唐卡必须符合造像量度经和相关法本的规定。其次，画布的制作、颜料的制作、色彩的调配、上色、搭配、线条的运用等都有其标准。不同的画派在艺术风格上不相同，评价标准也有所区别。并且对画师、施主也有相关的要求。②

当依次听完唐博会评审专家的发言，西藏自治区文化厅与质量技术监督局的工作人员才发现原来对唐卡的评价是一个复杂的体系，他们也许只能从其物质材料、工艺层面做一些工作，用以规范市场。西藏自治区文化厅文化产业处领导在总结发言中谈道：

　　从物质成分进行质检，以一件毛衣作为比喻，要注明其含毛量、含绒量与化学纤维的比例成分，那对唐卡而言要求是矿物颜料，不会对人

---

① 资料来源：笔者"西藏唐卡地方标准"内部讨论会的笔记。笔记时间：2014 年 8 月 25 日；
　笔记地点：西藏自治区文化厅文化产业处。
② 资料来源：笔者"西藏唐卡地方标准"内部讨论会的笔记。笔记时间：2014 年 8 月 25 日；
　笔记地点：西藏自治区文化厅文化产业处。

体产生有害物质。还有坚持传统的工艺流程，不可偷工减料，这些是可以量化、标准化的。但是在艺术创作的层面，精神内涵的表达，却是不可量化与标准化的，这（应）交给艺术鉴赏的专家、宗教人士。①

在新的"西藏唐卡地方标准"的制定过程中，传统的标准"藏传佛教造像量度"似乎被重新发现并被反复提及。当我们回到人类学所说的场景性时，便会去追问不同的标准分别是由谁来制定？为谁制定？如何实行？却发现这些行为背后隐含着对"唐卡是什么"的理解差异。从这个意义来讲，"西藏唐卡地方标准"是对新兴的唐卡艺术市场这一跨文化场景中流通与交换行为做出的本土回应。对于大部分新接触唐卡的人而言，唐卡似乎看起来都差不多，既看不出有什么画派之别，更难说清楚某幅唐卡是出自哪位画师之手，然而市场价格却从几千元到几十万元不等。这种专业评价尺度使人们对唐卡市场产生了信任危机。与传统熟人社会中的施供关系不同，唐卡的市场交换已被置于一个充满风险与信任危机的社会环境。在安东尼·吉登斯（Anthony Giddens）看来，为了解决信任危机，现代社会建立了许多"象征标志"或"专家系统"。②象征标志以货币、符号和语言为载体，在简化交易过程的同时也使主体在在场或缺席的状态下都能进行信任委托。专家系统即指用专家评价来解决风险问题的方式，这涉及科学共同体与公共机构等各种社会运行所必需的社会机制与制度系统。③建立"西藏唐卡地方标准"可以理解为通过象征标志的方式建立信任体系，基于市场逻辑，面向藏文化之外的唐卡受众。相对专家系统，建立象征标志或许更是一劳永逸的方式，便于向大众推广和普及。但因这一方式无法容纳唐卡承载的大量文化信息，只能退而宣称其仅作为物质层面的保障。

（二）神圣性的秩序感：造像量度理论中的量化标准

2015 年 8 月 15 日上午，第五届西藏唐博会的重要内容之一"手绘技艺

---

① 资料来源：笔者"西藏唐卡地方标准"内部讨论会的笔记。笔记时间：2014 年 8 月 25 日；笔记地点：西藏自治区文化厅文化产业处。

② 〔美〕安东尼·吉登斯：《现代性的后果》，田禾译，黄平校，译林出版社，2006，第 30 页。

③ 潘斌：《象征标志与专家系统：风险社会的信任支柱》，《中国社会科学报》2012 年 7 月 23 日，第 A05 版。

大赛"在西藏唐卡画院紧张地进行，共有来自西藏自治区各地市的 83 位画师参加了考核。考核的方式是每人现场绘制一幅造像量度图，时间为 2 个小时。考题为现场随机抽取，由画师在 14 道考题中选 1 题作画。评审专家组副组长谈到，2015 年的 14 道考题其实包括 6 类唐卡中常见的造像，涵盖了 4 种不同的身量比例。如果考题只有一个，让所有画师都画"释迦牟尼佛"，那么考核就太容易了，拉不开距离，也可能造成以后画师们只练习画这一尊佛像的不良后果。所以经过讨论后，认为考核的内容要涵盖不同的造像类型，从而全面检测画师对造像量度掌握的程度。[①]

在评审组专家看来，一名受过良好基础训练的唐卡画师，是不应该出不会画的佛像。因为相同类型的造像在比例与服饰上也基本相似，只是在手印、持物、身姿动态上进行区分。比方说，如果平时没有画过弥勒菩萨，但是只要遵照菩萨类造像的身量比例与服饰进行绘制便不会差得太远。如果对龙树菩萨的造型不熟悉，但是只要遵照上师类造像的身量比例与服饰便能把握住大概。

评审专家丹巴绕旦在其编著的《西藏绘画》中谈到了造像量度的四大比例标准，分别为：125 指、120 指、108 指、96 指。其中，佛和报身佛的身体比例是按照 12 指半为一拓的十拓比例，共计 125 指；菩萨的比例为去掉半指的以 12 指为一拓的十拓比例，比佛少 5 指，共计 120 指；佛母类是九拓比例，也就是 108 指；怒相类为八拓比例，共计 96 指；[②] 世间凡夫俗子的身量是 96 指。勉唐派的开创者门拉顿珠指出："从一个普通的凡夫具有一般的内气，逐渐升华至广气，其增长的量度是十分细微的，如升到一地境界为 108 指，其后每升一地身长仅增加 2 指，升到第九地时应为 124 指，第十地即最后一地只增加 1 指，故佛的全身高度应为 125 指。"[③] 因此，这些量化的身量比例并不是藏式的人体比例，而是佛教神灵之神圣性的表达，对应着佛教神灵的分类，传达着一种神圣性的秩序感。

---

① 资料来源：笔者第五届西藏唐博会手绘技艺大赛现场的参与观察。时间：2015 年 8 月 15 日；地点：西藏唐卡画院。

② 丹巴绕旦：《西藏绘画》，阿旺晋美译，中国藏学出版社，2006，第 108 页。

③ 门拉顿珠：《如来佛身量明析宝论》，详见门拉顿珠、杜玛格西·丹增彭措《西藏佛教彩绘彩塑艺术》，罗秉芬译注，中国藏学出版社，2005，第 159～160 页。

(三)"感物取真"的审美思维:造像量度理论中的性质界定

虽尊奉"量度至上"的审美原则,但在造型上并不能生搬硬套现成的数字和比例。有关造像量度的经文都对"圆满"佛身进行详细描述,称为"三十二相与八十随好",分别从容貌美、形体美、神态与风度美等方面对佛的美进行质性的界定。虽然"相"与"好"都是形容佛身的庄严与殊胜,但是具体说来稍有不同:"相"是指佛陀身体上比较明显或者一目了然的特征。"三十二相"中涉及容貌美的有八相,分别从脸、眼、眉、舌、牙等五个方面展开描述;涉及形体美的有二十一相,分别从手、足、腿、臂、身、头、皮肤、体毛和性器等九个方面展开描述。"好"则是一些细微难见和不易察觉的细节,且能使人生欢喜之心的细微特征。"八十随好"中涉及容貌美的有二十五种,分别从脸、口、舌、牙、鼻、眼、眉、耳和头发九个方面展开描述;涉及形体美的有三十二种,分别从手、足、肢、身、头、皮肤、体毛和性器八个方面展开描述。其中有"二相"和"十七种好"可以归入风度美,"六种好"可以归入行为美,其余"一相"属于健康相。总的说来,这些相好都是有别于世间凡夫俗子的形象特征,是以差异表达着神性。如果说西方艺术强调的是对现实世界的如实描写和临摹,那么西藏绘画则是秉承印度等东方艺术"感物取真"的审美思维。罗布斯达向笔者解释道:

> 造像量度经文里说要将佛的眼睛画得如邬波罗花瓣,不是将邬波罗花瓣直接画在人的眼睛所在的位置,而是说人的眼睛与邬波罗花瓣的自然轮廓上给的感觉很相似。经文里还说眉毛要画成如新月、嘴唇要画得像弓、手掌要画得像红莲花、佛身如狮胸等。[①]

因此,这种相似性"是指感知而不是指形态"。强调的是在对外界物象的直接观察、直观感受的基础上,对物象的本质特征进行提炼和重新创造。

---

① 采访对象:罗布斯达;采访者:刘冬梅;采访时间:2015 年 1 月 15 日;采访地点:西藏唐卡画院。

"物感取真"并不是直接复制自然物象，它强调的是自然物象所呈现的线条和色彩要符合我们心中的感受，侧重的是感情的"物化"。①

二 艺术表达与感知方式：被视为民族特色的造像量度

从 20 世纪初，随着西藏与周边地区的贸易往来加深，商业广告、摄影技术等现代社会的产物在拉萨流传，使藏族传统绘画语言受到前所未有的挑战。从这时起，安多强巴等少数藏族画家开始吸收西方客观写实主义画风进行创新探索。时至今日，追随这种写实风格的唐卡画师也不少。此外，还有一些年轻画师从汉地工笔画、敦煌壁画、连环画中寻找创新的路径。然而，藏族传统绘画与西方绘画、国画分属不同的文化体系，艺术观念、思维模式、视觉观察、表达方式与身体感知均不相同。这些外来艺术观念与创新象，给西藏唐卡画师们带来许多困惑。因此，唐博会与中国唐卡艺术节评审专家对唐卡绘画语言的评判，对唐卡画师而言具有极强的指导性和前瞻性，同时也影响着公众对唐卡的认知。

（一）回归藏族传统绘画语言：对造型方式与透视法的认可

如果用素描的观点看，会觉得唐卡中的佛像不符合人体比例或者会觉得有透视不对、立体感不强等问题。可是西藏唐卡画师从文化内部视角又是如何看待这些问题的呢？2016 年 9 月，第三届中国唐卡艺术节高端论坛召开，丹巴绕旦在发言中论及唐卡画师对素描应该持以什么态度时，谈到大致有三种态度：一是要学习素描；二是只对素描做一般的了解；三是认为不能接触。他本人主张第二种，认为唐卡画师应当广泛了解其他文化中的艺术，但不应当以素描造型方式替代传统造像量度。②

此外，他曾在其编著的教材《西藏绘画》中写道：

> 我认为藏族绘画在一千多年的漫长历史中形成了一套独特的造型

① 蔡枫：《印度画论〈梵天尺度〉的美学思想》，《湖南科技学院学报》2015 年第 1 期。
② 资料来源：丹巴绕旦在第三届中国唐卡艺术节高端论坛上的发言。发言时间：2016 年 9 月 12 日；发言地点：西藏岷山饭店。

方法，而且在人们的头脑中已经有了一种固定的概念，如果我们把西方绘画中的写实法引入佛像绘画中，人们会认为这是俗人，而不是佛，是不能接受的，所以不管是怒相神或静相神都保持其现有的造型方法是很重要的。但是在表现佛传、世俗生活等的题材中吸收一些西方绘画中的造型方法、神态等某些特点来加强作品的感染力是完全可能和必要的。同时应在着色、勾线等方面必须保持其独特的风格，不然，将会走向遗失民族艺术鲜明特色的危险境地。①

在丹巴绕旦的主导下，2015 年第五届西藏唐卡艺术博览会的评审专家组对等级画师评定采用了如下评分标准（见表 1）②。

表 1　第五届西藏唐卡艺术博览会等级画师评分标准

项目	唐卡作品		手绘技艺大赛		理论考核		总分
分数	25		50		25		100
评分细则	造型与量度	20%	造型与量度	40%	造像量度	20%	100%
	整体构图	20%	画面效果	30%	藏传佛教	20%	
	色彩技法	15%	笔韵	20%	藏族绘画史	20%	
	勾线技法	10%	整体构图	10%	彩绘技法	20%	
	金纹	15%			藏族历史	20%	
	开眼细节	20%					

这一评分标准体现了对造像量度作为造型方式的高度认可，并将其提到民族认同的高度，认为这种独特的造型方法表达了鲜明的民族特色。从历届中国唐卡艺术节的评奖情况看，获评金奖的作品均为坚持传统造像量度的唐卡。相较之下，创新唐卡尽管造型别致、画工不俗而颇受关注，但也只能获评银奖或更次级的奖项。2016 年 9 月 13 日，在拉萨夏扎大院，由第三届中国唐卡艺术节组委会召集举行了"日喀则画师群体交流会"，组织

---

① 丹巴绕旦：《西藏绘画》，阿旺晋美译，中国藏学出版社，2006，第 98 页。
② 资料来源：笔者旁听《西藏唐卡博览会章程》内部审定会的笔记。笔记时间：2015 年 8 月 14 日；笔记地点：西藏唐卡画院。

评审专家、参会学者与画师们进行交流。评审专家余友心认为日喀则画师群体的优秀表现体现在对传统风格的回归：

> 从历届中国唐卡艺术节来看，日喀则画师体现出较高的整体水平，并先后共有 4 人获得金奖。这几年，从西藏唐卡的各种展览上，我们看到各地的画师们都在谈发展、创新，为此好多都在学习西方油画、汉地国画的形式语言。但是，能够往回走，寻找传统、继承传承、学习传统，从传统中寻找绘画语言的却反而做得不够。我们评审委员会前往各地评审初赛时，发现好多地方跑得太远了，但日喀则画师们选择的是回归传统，在纷扰的状态中还保持清醒，坚持自己，十分难得。我们有一个基本的设想，日喀则的画师，你们好好地研究后藏的唐卡、壁画经典作品，回到你们的最高水准，然后再往前走！①

以造像量度为内在法则的传统唐卡，以二维平面造型与散点透视为特征。西藏唐卡画师与评审专家对这一传统绘画语言的肯定，传达出在跨文化交流中对自我的确认。

（二）唐卡的创造性：传统技法框架中的神韵表达

我们还注意到，艺术性特点在唐卡的多重属性中被加以凸显，这使唐卡成为藏族代表性艺术进入跨文化交流与对话的语境，其价值在更广阔的社会中得到认可。从 19 世纪开始，"审美无功利"便成为"纯艺术""美术"的评价标准。② 到 20 世纪，美的地位又被"创造性"取代，成为新的无上价值。这一观点将创造性视为花样的翻新，"艺术为了被认为是艺术"而不断追求着对传统视觉效果的颠覆。③ 而在传统的造像量度理论以及艺术实践中，创造性或创新并不是被强调的价值标准。但是西藏绘画发展史的

---

① 资料来源：笔者参加日喀则画师群体交流会的笔记。笔记时间：2016 年 9 月 13 日；笔记地点：拉萨八廓街夏扎大院三楼会议室。
② 〔美〕詹姆斯·C. 安德森：《艺术的审美概念》，见〔美〕诺埃尔·卡罗尔编著《今日艺术理论》，殷曼楟、郑从容译，南京大学出版社，2010，第 81～114 页。
③ Morris Weitz. "The Role of Theory in Aesthetics". Journal of Aesthetics and Art Criticism. 1956, 15（1），pp. 27 - 35.

宏观脉络却呈现出风格与流派的多样性，创新性更多的是以集体实践的方式在渐进。这令人想起安东尼·福杰（Anthony Forge）对阿贝姆艺术家的研究：个体在风格上的修改尽管有可能被外来的观察者察觉，但这种以渐增效果产生的渐进式风格变迁仍然可以被视为在祖辈的传统中。①

近年来，一些"70后""80后"的年轻人经过数年的严格训练与社会磨炼已经成长为杰出的唐卡画师，在整体上超越了20世纪八九十年代的技艺水平。如西藏丹巴绕旦唐卡艺术学校的毕业唐卡作品，学徒要花三四年进行构思、创作，无论是从造型的准确性还是线条的精细程度，以及色彩晕染的细腻效果看都达到了新的高度。2015年8月，一幅由勉唐派创始人门拉顿珠亲笔题记的唐卡在萨迦寺被发现，引起当代勉唐派唐卡画师对该派风格与技法的讨论。此幅唐卡题材为一佛二弟子，画面中央主尊释迦牟尼佛结跏趺坐于莲花狮子座上，左右两旁分别为弟子迦叶尊者与阿难尊者，右下方是一男一女两位施主，左下方是黄财神。背景中，上方有云彩，下方有山石、五妙欲等。技法上，既没有复杂的构图，也没有精细的金纹装饰，染色较为随性。但是，佛与人物的神韵却是当代唐卡画师难以企及的。2016年，参加第三届中国唐卡艺术节的日喀则勉萨派画师克珠加措谈到创新应该是基于传统的超越："我在萨迦见过很多古代的优秀唐卡作品，现在唐卡画师的技艺状态没有跟上，连老祖宗的都没有跟上，更不要说创新了！"②

昌都嘎玛嘎赤派参赛画师其美次仁对于当下唐卡的创新表达了自己的看法。

唐卡怎么创新呢？首先要看很多唐卡，特别是以前老的唐卡，要看嘎玛嘎赤画派的老唐卡，也要去看其他画派的老唐卡。现在各个画派都在进步，昌都唐卡画师从2014年开始才集体地走出去参加各种展

---

① Anthony Forge. "Art and Environment in the Sepik", in Proceedings of the Royal Anthropological Institute of Great Britain and Ireland. 1965, p. 25.

② 资料来源：笔者参加日喀则画师群体交流会的笔记。笔记时间：2016年9月13日；笔记地点：拉萨八廓街夏扎大院三楼会议室。

览，比以前有了很大进步，成长起来的年轻人也多。但是最好不要完全创新，稍微有些创新很好，不然跟不上其他画派，其他画派都有创新。以前大家都认为20世纪80年代的风格才是传统，不能变。现在大家都在临摹18、19世纪的作品，在老的唐卡基础上创新、在祖传的风格中创新。①

西藏唐卡集体渐近式的创造性从个体层面表现为以细节的微妙变化传达出的神韵。这种微妙变化往往只在专业的范围内被识别与评价。这种能力被称为"眼力"，可以通过多看得以获得，更重要的是通过多画得以训练。藏传佛教修行是一种向内的观照过程，主张通过感知训练达成心识的转变，因此强调一种"细受"（细微的身体知觉）的观察与感知训练，这是一种超越日常的"粗受"（粗略的身体知觉）感知体验。②从这个意义上说，唐卡的审美与评价仍需在藏传佛教修行的文化逻辑中进行理解。总的来说，唐卡艺术对诸佛、菩萨、度母及怒相神灵的描绘，最高的境界是要传达出大乘佛教的主要思想"空性"和"慈悲"。③因此，唐卡的创新，并不是以形式创新作为目的，而是为了更好地传达神韵。形式与技法仍然是在传统的框架中，关键是经由唐卡画师的理解，做出更加微妙而生动的注解。

三 知识、权威与技艺：造像量度与多元审美评价的意义

在藏族文化内部进行的专业评审仍以宗教标准出发，首先将佛像的身量比例、身姿、手印、持物等内容的正确与否作为审美评价的前提。然而，当代藏传佛教法脉传承与艺术传承的分离，往往导致宗教内容与艺术表达之间失去往日的默契，同时也使人们容易忽视宗教法脉传承差异也是造成佛像造型差异的原因之一。此外，审美评价标准的单一性与流派风格的多

---

① 采访对象：其美次仁；采访者：刘冬梅；采访时间：2015年7月12日；采访地点：昌都市卡若区嘎玛乡。
② 〔尼泊尔〕咏给·明就仁波切：《根道果：禅修的方法与次第》，海南出版社，2009，第141页。
③ 熊文彬：《藏传佛教造型艺术人物刻画及其审美意蕴》，《中国藏学》1996年第2期。

元性之间的张力也反映在审美的过程中。

(一) 造像的"对"与"错":教法传承、艺术表达与专家权威

堪布慈诚罗珠在 2015 年 7 月北京举办的"第二届中国唐卡文化研究论坛暨唐卡精品展"上讲了唐卡与宗教的关系,特别强调画唐卡一定要知道其中的宗教意义,要按照宗教仪轨准确地传达佛像的比例、造型、服饰、持物等。[①] 丹巴绕旦也谈到,古代许多唐卡都是由宗教人士绘制,出家人要修习"五明",工巧明是其中重要的一项。后来画师逐渐变为在家人,并发展成一个行业,许多文献记载都表明在创作唐卡时常常由宗教人士与画师合作完成,以保证唐卡在宗教上的正确性。[②]

在 2015 年 8 月的西藏唐卡艺术博览会期间,罗布斯达向笔者表达了宗教意义的正确性高于形式审美的观点:

> 打分的时候,造像量度是第一,有了这个再谈其他。因为佛教上的意义正确了,审美才有意义。造像量度没有的,佛教上的价值就没有,审美也就没有意义了。比例不符合的,眼睛一个大一个小,头大身子小的,都不能得分。我们打分时,没有用尺子来量。我们用眼睛看,一眼就能看出来。比例、手、脚,哪里不对一眼就看出来!比如说专家里也有不懂造像量度的,有的专家没有学过造像量度,只看造型美不美、色彩、配色,从美术上看两个颜色能不能在一起。上次在夏扎那边,丹巴老师提了,要按佛教的内容去画。要明白唐卡不光是艺术,不按照宗教来就不行。宗教上该怎么画经书上定死了,只看勾线、染色这些次要的是不行的,要看法器、手印、比例是否正确,否则就没有价值![③]

---

① 资料来源:"盛世中华·吉祥丹青"第二届中国唐卡文化研究论坛会议录音。录音地点:北京;录音时间:2015 年 7 月 4 日。
② 资料来源:丹巴绕旦讲座《度与量》录音。录音地点:西藏丹巴绕旦唐卡艺术中心,拉萨;录音时间:2014 年 7 月 5 日。
③ 采访对象:罗布斯达;采访者:刘冬梅;采访时间:2015 年 8 月 15 日;采访地点:西藏唐卡画院。

在讨论作品评分细则时，原来细则中整体构图被放在第一位，这是西方绘画的思路，丹巴绕旦提出造像量度是第一位的，认为这个对了才可以说后面的事。[①] 例如，一位画师抽到的题是"弥勒菩萨"，结果他在试卷上画了一尊白度母，这是不同类型的佛像，因此无论画得多好都只能判为零分。

2015 年举办的第五届唐博会手绘技艺大赛有一道考题是"金刚手"，这是每个画派学习的基础课程，作为怒相神灵的代表进行造型训练。有一份画金刚手的试卷被判为错误，评语批注一是金刚手的比例为八拓比例，即 96 指，而该试卷画为 120 指；二是金刚手头上应该戴五宝冠，而该试卷画为骷髅头冠。评审结束之后，专家们专程找到试卷画错了的画师，给予指正。画"金刚手"的是一位来自昌都的嘎玛嘎赤画派画师。笔者曾于 2008 年、2010 年跟随嘎玛嘎赤画派唐卡大师嘎玛德勒学习过造像量度基础。嘎玛德勒编著的教材上遵照的是 96 指怒相神灵的比例，但头上戴的是骷髅头冠。[②] 事后，嘎玛嘎赤画派画师桑珠罗布亦向笔者谈到他找了许多该派的老唐卡查证，也发现戴的是骷髅头冠。[③] 除了图像的传承之外，笔者亦请教了一位噶玛噶举派上师相关法本的记载，上师回答据他接触过的关于金刚手的修法传承与法本，清楚地写明了必须戴骷髅头冠。并进一步说明金刚手的形象有多种，主要有寂静相与愤怒相之分，寂静相的金刚手是八大菩萨之一，着菩萨装，头戴五宝冠，佩饰耳珰、项圈、臂钏、手镯、脚镯，着披肩等庄严；愤怒相的金刚手最常见者为一面二臂三目，头戴五股骷髅冠，右手施期克印，持金刚杵，左手愤怒拳印，持金刚钩绳当胸，以蛇饰为庄严，蓝缎与虎皮为裙。[④] 笔者亦曾于 2015 年跟随勉唐派唐卡大师丹巴绕旦学习勉唐派造像量度基础。从勉唐派 17 世纪的造像量度范本和老的唐卡作品中均可看到金刚手是头戴五宝冠。丹巴绕旦认为，第一，金刚手是密宗四部中的事部本尊，供养不应有诸如骷髅头、骨饰等"血供"；第二，金

---

① 资料来源：笔者在《西藏唐卡博览会章程》内部审定会上的旁听笔记。笔记时间：2015 年 8 月 14 日；笔记地点：西藏唐卡画院。

② 嘎玛德勒、西藏昌都县文化广播电视局：《嘎玛嘎赤唐卡画册》（藏文），中国藏学出版社，2010，第 268 页。

③ 笔者于 2016 年 11 月 22 日，对嘎玛嘎赤派唐卡画师桑珠罗布的电话采访。

④ 笔者于 2016 年 11 月 23 日，对噶玛噶举派祖寺洛卓沃寺噶玛显培上师的电话采访。

刚手与普通的怒相神不一样，他有静相的状态，显现为菩萨相，是八大菩萨之一，故佩戴五宝冠。[1]

通过考证，金刚手的两种画法其实都有道理，符合不同的教法传承。只不过，此次评审专家中没有一位嘎玛嘎赤画派的画师，专家组主要由卫、藏的勉唐派画师以及个别主攻国画、油画的画家组成。不可否认，作为唐卡的评审，宗教意义的正确才是审美的前提，即首先要画得对（依照宗教上的标准判断是否切题，比例、形象、手印、持物、庄严佩饰等是否正确等），然后艺术上的标准才有效。然而，对于"什么是对的"的评价却并不是那么简单，常常因教法传承的不同导致艺术表现的差异，故评判标准也需要考虑到教法传承的多元性。

（二）更美的造像：画派、视觉习惯与审美多元性

丹巴绕旦将西藏历史上的唐卡分为五大画派，即尼泊尔风格画派（11～13 世纪盛行于西藏）、齐吾岗巴画派（形成于 13 世纪）[2]、勉唐画派（形成于 15 世纪）、钦孜画派（形成于 15 世纪）、嘎玛嘎赤画派（形成于 16 世纪）。[3] 在这五大画派基础上，因相互影响，创新发展，逐渐形成众多地域性分支流派。由于西藏唐卡画派呈地域性分布，传统上画派之间直接的交流

表 2　不同画派释迦牟尼佛造型差异对比

	勉唐派	嘎玛嘎赤派	勉萨派
五官	大眼高鼻丰唇	眼睛和嘴巴都很细小	宽鼻翼、鼻梁较低、不见鼻孔
肩部	肩部线条圆润	肩部平直高耸	肩部线条柔和
躯干	胸宽腰细髋宽	胸较窄、腰较粗（刚好在腰线位置）、髋窄	胸、腰、髋的线条与嘎玛嘎赤相似
左臂	左臂稍往身体内收	左臂稍往身体外置	左臂稍往身体外置

---

[1] 笔者于 2016 年 11 月 24 日，对勉唐派唐卡画师旦增平措、丹巴绕旦的电话采访。

[2] 有关齐吾岗巴大师及风格、画派的讨论，目前学术界还存在争议，丹巴绕旦教授、阿旺晋美教授等本土学习主张齐吾岗巴生活于 13 世纪。

[3] 资料来源：笔者整理丹巴绕旦讲座"西藏唐卡的过去、现在和未来"笔记。笔记时间：2010 年 11 月 15 日；笔记地点：北京玛吉阿米藏餐厅团结湖店。

续表

	勉唐派	嘎玛嘎赤派	勉萨派
左手	左手掌厚柔软，能见到掌心	左手掌较薄，掌心呈侧面	左手结定印，掌厚柔软，食指抵左足跟，其余三指略向上翘
右臂	右臂稍往身体外移	右臂稍往身体内收	右臂稍往身体外移
右手	右手虎口张开	右手大拇指离其余四指较近，虎口闭合	右手虎口微张
双足	双足底画出足弓部位的弧度	双足底平直	双足突出足跟与足掌的弧度
膝盖	膝盖超出膝外线 1 指	膝盖超出膝外线 1 指	膝盖刚好在膝外线内
精神状态	整个身体呈现出圆润、放松的禅定状态	整个身体呈现出精神矍铄的状态	整个身体呈现出灵动、精神的状态

是相对较少的，大多数画师只是在文献上见过或听说过其他画派的存在。而始于 2010 年的西藏唐卡艺术博览会从某种意义上说极大地促进了不同画派之间有关艺术风格的交流。在身量比例和造型等都符合规范的情况下进行审美评价，是一项非常微妙的感知工作，需要比较造型精准的程度、生动传神的程度、宗教审美意境的传达等。在实际的评审过程中还要面对的问题是：画派之间如何比较？画派内部又依据谁的标准？

从表 2① 我们看到画派之间对造型有不同的评价标准。尽管三大流派的《释迦牟尼佛》基本的身姿与动态相似，均结金刚跏趺座、右手施触地印、左手结禅定印，但是画师们却指出了五官、肩部、躯干、四肢等造型细节与精神状态上均存在的诸多区别。与此同时，他们也指出审美评价的主观性与多元性，其实很难说哪个画派更好，这里存在画师们所接受的绘画传承而形成的审美习惯，还有他们对于佛像造型与内在精神理解与表达的差异等因素。

---

① 采访对象：勉唐派画师丹巴绕旦、旦增平措、顿珠尼玛、格桑平措；采访时间：2015 年 8 月 13 日；采访地点：拉萨市城关区蔡公堂乡。采访对象：嘎玛嘎赤派画师丁嘎、其美次仁、桑珠罗布、斯朗觉丁；采访时间：2015 年 8 月 25 日；采访地点：拉萨市仙足岛。采访对象：勉萨派画师罗布斯达、夏鲁旺堆等；采访时间：2015 年 8 月 29 日；采访地点：西藏唐卡画院、拉萨市八廓街。参与田野调查的有旦增平措、刘冬梅、朋毛才让、南周才让等。笔记由刘冬梅整理。

四 视觉效果背后的价值评价：唐卡绘制过程与画师修养

就在 2016 年中国唐卡艺术节期间举行的 "日喀则画师群体交流会"
上，来自萨迦的画师克珠加措还提出了一个涉及视觉效果之外的唐卡价值
评价问题：

> 现在已经是第三届中国唐卡艺术展了。在这里参展的唐卡，我们
> 看到的都是一个完成了的作品，但这些唐卡的中间环节是不清楚的，
> 希望评审时一定要严格把关，重视唐卡绘制过程的重要性。尤其是要
> 把那些不根据造像量度起稿而直接拷贝、复印画稿的现象清除掉！长
> 期这样下去，以后画师就不会白描、度量经了！[1]

昌都唐卡画师其美次仁向笔者谈到 2015 年第三届中国唐卡艺术节昌都
片区初选评审的情况，也提到评审专家们对唐卡手绘与造像量度的重点
关注。

> 评委们主要看是否是手绘起稿。现在很多学徒稍微学一点造像量
> 度基础，马上就要求学唐卡上色、勾线、勾金等技艺。很多人是为了
> 能马上画唐卡挣钱，（而）不学基本功。上次拉萨的专家来昌都评选时
> 都说，《西方极乐世界》唐卡有十多幅，都是一样的，一看就是拷贝的
> 画稿。还有《八大莲花生》，也是重复出现。手绘的是无论如何都不会
> 重复的。每个人都有自己的理解，每个人的笔迹都不相同。[2]

造像量度作为唐卡必须遵循的内在法度，是起稿过程中的核心技术。
从最终视觉效果上，通过拷贝画稿与手绘起稿的差别是普通人很难加以区

---

[1] 资料来源：笔者参加日喀则画师群体交流会的笔记。笔记时间：2016 年 9 月 13 日；笔记地
点：拉萨市八廓街夏扎大院三楼会议室。

[2] 资料来源：笔者参加日喀则画师群体交流会的笔记。笔记时间：2016 年 9 月 13 日；笔记地
点：拉萨市八廓街夏扎大院三楼会议室。

分的。因此，唐卡画师们不断强调过程的重要性，令一位从外地来参会的美术史研究学者十分困惑。这位学者认为在中国画创作过程中拷贝画稿也属正常，为什么可以走捷径却不走？效果达到了不是一样吗？[1] 的确，在西方现代艺术观念中，绘画被归为纯艺术、视觉艺术的范畴，主张为艺术而艺术的极端便是只关注点、线、面产生的形式美感。然而，西藏唐卡画师从文化内部视角对绘制过程的强调，便是提醒我们唐卡不同于普通的绘画，而是具有宗教的神圣性。然而，神圣性是如何被注入唐卡的呢？要回答这一问题，就不能仅限于以往艺术研究的"视觉主义"[2]，而必须转向对艺术行为与过程的关注。

根据西藏唐博会评委会副组长罗布斯达的解释，绘制过程是否严格遵循传统仪轨，反映出画师的心是否虔诚，影响到唐卡的神圣性。与此同时，他还谈到画师修养的重要性。

> 画唐卡要严格按照度量经，画得好的有功德，画得不好的是要下地狱的，这在经文中也提到了。[3] 这不是经济惩罚的问题，不是罚款那么简单，不是人在看。作为唐卡画师是有压力与责任的。上次说了，画唐卡的内在标准其实早就有了。度量经是为了帮助画师把佛像画得更好、更精确，（是为了）保持传统的风格。除了要学习好传统之外，还不要有抽烟、喝酒等行为，从行为上也需要是一位佛教徒。[4]

---

[1] 采访对象：其美次仁；采访者：刘冬梅；采访时间：2015 年 7 月 12 日；采访地点：昌都市卡若区嘎玛乡。

[2] 〔美〕迈克尔·赫茨菲尔德：《人类学：文化和社会领域中的理论实践》，刘珩、石毅、李昌银译，华夏出版社，2009，第 39 页。

[3] "世间情性温柔、笃信佛法、年轻健壮、五官明慧、不慎怒、不暗中伤人、精明又乐观、善忍又慈悲等。如具这般善根者，则能绘塑体态优美、妙相俱全的佛像。所绘塑的佛像，静有静相，怒有怒相。英勇的具有魁梧身材，具有美丽的微笑面孔。如能绘塑出如此形象，绘塑师们则可从此画中获得大成就。"见门拉顿珠《如来佛身量明析宝论》，门拉顿珠、杜玛格西·丹增彭措：《西藏佛教彩绘彩塑艺术》，罗秉芬译注，中国藏学出版社，2005，第167 页。

[4] 访谈对象：罗布斯达；访谈人：刘冬梅；访谈时间：2015 年 8 月 15 日；访谈地点：西藏唐卡画院。

在藏族地区，听到人们对唐卡画师的最高评价是"绘制的唐卡不用开光便可供奉"。历史上，这样的人被认为是神变画师，是绘画技艺与修养都十分出色的修行者。但是很遗憾，人们认为现在已经没有神变画师了。画师们绘制的唐卡都需要再请喇嘛开光才能赋予其神性，才可以供奉。画师们认为绘画者自身的修行会对所绘唐卡的神圣性产生深刻影响："最好的唐卡是出家人画的，其次是男性居士画的，再次是普通男子画的。"① 在此，所谓的"好"是指具有神圣性，这一判断并非纯粹根据技艺而言，而是根据画师的宗教身份来排列的。

结　语

当代人类学的研究，揭示了把非西方艺术形式纳入西方美学领域是一个有着复杂经济和政治原因的过程——民族国家秩序的构建、旅游业以及国际艺术市场全都重新定义了许多当地美学的原则。② 在这一背景之下，本文有关西藏唐卡评审过程的个案呈现的却是地方美学是如何应对外来美学价值观的。

在跨文化交流的场景中，造像量度作为藏传佛教神圣美学观与表达体系，成为本土唐卡评审专家自我确认的形式。这提醒我们对于唐卡的审美，既不是用西方艺术的标准去否定，也不是用这套标准力图从中发现唐卡存在着与西方艺术共享的形式美感，而是回到唐卡所处的文化场景中去进行评价。将造像量度理解为一种传统的地方标准是较为贴切的。更准确地说，这是一个地域性的美学评价体系，既有经文和论著，也存在于审美实践中；既有量化的标准，诸如对身量比例的规定与分类，也有性质的界定与描述，呈现出独特的思维、感知与表达方式，表达着唐卡与世俗艺术相异的神圣

---

① 这在勉拉顿珠的《造像量度如意宝》中有记载："绘画师应洗涤洁净。婆罗门种姓洁净，其中上等为比丘、中等为居士、下等为俗人，如能实行斋戒亦可算洁净。"参见门拉顿珠《如来佛身量明析宝论》，门拉顿珠、杜玛格西·丹增彭措：《西藏佛教彩绘彩塑艺术》，罗秉芬译注，中国藏学出版社，2005，第167页。

② 〔美〕莉恩·M. 哈特：《三面墙：地区美学和国际艺术界》，参见〔美〕乔治·E. 马尔库斯、〔美〕弗雷德·R. 迈尔斯编《文化交流：重塑艺术和人类学》，阿嘎佐诗、梁永佳译，广西师范大学出版社，2010，第150页。

性与审美精神。为了佛法的广泛传播与传承，图像表达的语言需要标准化，使之具有可识别性，造像量度以经文的形式不仅被收录到大藏经中，而且由历辈高僧大德结合实践不断地阐释和强调，形成行业规范。这一规范依靠宗教信仰来推行与主动实践，使唐卡的绘制过程亦成为一种修行。

当代西方艺术对于创造性的认可与判断源自对形式主义和视觉主义的崇尚，审美的逻辑在于：外在形式变化的辨识度越高，便越具有创造性，且成为艺术家个体的标识。然而，只有在纵观西藏绘画发展史时，才能看到唐卡的创造性会以集体的、渐进的方式加以凸显，这也暗示着存在一个与西方浪漫主义意识形态宣称的与个人天才相对立的集体实践区域。① 西藏唐卡的创造性从个体层面往往表现为以细节的微妙变化传达出的神韵，这种微妙性与佛教修行强调的"细受"（细微的身体知觉）观察与感知训练紧密相联。此外，从西藏唐卡评审专家与唐卡画师的角度来看，佛教教义与造像量度知识等内容的准确性成为唐卡审美的前提，画师的修养与绘制过程的虔诚度成为判断唐卡价值的重要维度。在此，艺术评审的视觉主义受到来自感观证据的驳斥、置疑并重新表述美学价值体系的社会过程。

（原载《民族艺术》2018 年第 4 期，第 94~103 页）

---

① 〔美〕迈克尔·赫茨菲尔德：《人类学：文化和社会领域中的理论实践》，刘珩、石毅、李昌银译，华夏出版社，2009，第 245 页。

中国民间色彩表现逻辑散论

陈彦青　汕头大学

本文试图讨论的，是中国民间色彩的表现逻辑。但在这个以"中国传统"之名呈现的视觉对象的社会表现里，我们看到了一种极为复杂的存在。民间的色彩，在这种复杂的构成里，究竟指向了中国传统社会生活的哪些问题呢？"民间"无法以一种简单化的时空界限或阶层来界定。对于传统中国的"民间"而言，其主要指向的虽为"市井"，却又涵括了生活世界的方方面面，士、农、工、商皆在其间，或者可以说指向了某种"生活"的具体。中国传统的"民间"存在有效运行的系统，而民间色彩就是构成该系统的一个要素。

一　聚合：新绛炮皮颜色的问题展开

民间色彩运用的复杂度，可以从山西新绛每年农历正月十五乡村社火用以包裹土炮的那块"炮皮"上找到印证。作为社火祭拜仪式里重要工具的土炮，对其进行覆盖装饰的就是被称为"炮皮"的布制之物。炮皮的制作是集体合作的结果，是用当年村里娶来的新媳妇们每人缝制的一块绣片合并而成。在这块炮皮里，每一块绣片的底色、图案、配色都是由新媳妇们个人完成，也就是说，在拼合成一张完整炮皮之前，她们除了自己缝制的这片，对其他大多是一无所知的。每个新媳妇都在尽力发挥自己的女红技艺，制作一个将在重要时刻展示的绣片。在这张炮皮里有这个村庄系统的具体表现，技、艺表现下的绣片所代表的指向个人，其"百家衣"般构制的炮皮则成为神圣之物与人的世界的集合物。

构成炮皮的布片看起来颜色不一，毕竟每一户人家能有的同时也喜欢的颜色并不一致，而这种随机性拼制出来的炮皮因此成为一种"聚合"之色：黑色、鸦青、青色、碧色、赤色、橘红、桃红、银红、紫色、黄色、杏黄、秋香色、酱色、褐色。这些色彩，或许已经可以看成清末山西新绛地区民间常服使用的色彩了。在明代董说《西游补》里我们可以看到类似百家衣的色彩描写："那些孩童也不管他，又嚷道：'你这一色百家衣，舍与我吧！你不与我，我到家里去叫娘做一件青萍色、断肠色、绿杨色、比翼色、晚霞色、燕青色、酱色、天玄色、桃红色、玉色、莲肉色、青莲色、银青色、鱼肚白色、水墨色、石蓝色、芦花色、绿色、五色锦色、荔枝色、珊瑚色、鸭头绿色、迴文锦色、相思锦色的百家衣，我也不要你的一色百家衣了。'长老闭目沉然不答。"①炮皮与百家衣毕竟是有区别的，百家衣是日常颜色的聚合，而炮皮在日常颜色聚合的基础上，更重要的是上面精绣的各家纹样。

这是一件实用物，但很明显并非如此简单，它既指向神性，也指向精神，更指向个人表现背后的集体存在。与中国传统民间色彩应用而言，炮皮这种色彩应用的复杂性极为典型，它似乎揭示了中国民间色彩涉及涵盖的范畴。

二 自上而下的色彩系统：民间趣味与间色

当我们重新回到中国传统社会，去探寻古人看待色彩的眼睛及其背后的观念时，我们会发现，色彩的观念其实并没有唯一性。以大的来分，则有两个不同的层面，一个来自士林和统治阶层，而另一个，则来自民间，其出发的根本是截然不同的。一个将色彩当成媒介，指向的是大的社会结构系统的运行，而民间则将色彩更多指向了身体性的感受。

中国传统色彩有自己自上而下的色彩系统，我们可以称之为"天玄地黄"统辖下的"五方正色间色"系统。所谓自上而下的正色与间色的色彩观念，真正的使用者是士林和统治阶层，五色系统在这一层面的应用根本并不在色彩，而在社会各层关系的运行，它们在很大程度上变成了一种文化符号，并被应用于这种关系运行的过程中，很多时候，它们已经不再仅被局限于色彩的应用上，还被有效地用于形容其他事物。在清代李斗的

---

① （明）董说：《西游补（校注）》，李前程校注，昆仑出版社，2011，第93页。

《扬州画舫录》卷五第五十二条中，正色与间色的关系甚至被用来形容戏曲中的行当关系："本地乱弹以旦为正色，丑为间色。正色必联间色为侣。谓之搭伙。"① 文中的"为侣"和"搭伙"表现的，正是正色与间色这一五色系统不可拆分的应用，而它所指向的，又何止戏曲行当关系这么简单，这其实也是士林间对于事物关系的一种普遍看法。

而另一种与其发生不同的是来自民间的色彩观念。这种民间的观念在五色系统的控制下并未完全被动，它们在一定程度上更基于色彩的身体反应，并活泼地体现在民间美术的表现之中。王树村的《中国民间画诀》收录有民间画工口口相传的年画"点套"口诀，可以看出民间色彩运用的观念与方法："（一）软靠硬，色不楞。（二）黑靠紫，臭狗屎。（三）红靠黄，亮晃晃。（四）粉青绿，人品细。（五）要想俏，带点孝。（六）要想精，加点青。（七）文相软，武相硬。（八）断国孝，三蓝黑。（九）女红、妇黄、寡青、老褐。（十）红忌紫，紫怕黄，黄喜绿，绿爱红。"②

在这里，画工的配色已经没有多少"正色—间色"的搭配运用了，而是采用了另一种看起来更为本真的方式，那就是基于身体的视觉体验。这里面的"软色—硬色"与"正色—间色"之间是无法相互替换的，甚至已经是完全不同的两种运用方式。但是，我们也必须看到，在其中的"想要俏，带点孝"和"断国孝，三蓝黑"两条画诀里，五色系统其实还是存在的，只不过，它们表现的是一种"破"的态度。在追求某种效果之时，民间的色彩应用有时利用的，也正是五色系统的规约性，只不过，它们是在有目地打破规约，示以一种适度的"叛逆"，这是一种刻意的以"间色"犯"正色"的方式，表达了作为人本性中的矛盾的构成。《金瓶梅》第八回戴孝去为武大郎超度的潘金莲，让一群和尚也乱了佛心："和尚请斋主拈香金字，证盟礼佛，妇人方才起来梳洗，乔素打扮，来到佛前参拜。众和尚见了武大这老婆，一个个都迷了佛性禅心，关不住心猿意马，七颠八倒，酥成一块。"③ 而在第十四回里戴孝去寻潘金莲、西门庆的李瓶儿，何曾有

---

① （清）李斗：《扬州画舫录》，中华书局，1960，第132页。
② 王树村：《中国民间画诀》，北京工艺美术出版社，2013，第124~126页。
③ （明）兰陵笑笑生：《金瓶梅》，内蒙古人民出版社，2004，第59页。

半点悲戚："一日，正值正月初九，李瓶儿打听是潘金莲生日，未曾过子虚五七，李瓶儿就买礼物坐轿子，穿白绫袄儿，蓝织金裙，白绉布鬏髻，珠子箍儿，来与金莲做生日……李瓶儿道：'好大娘，三娘，蒙众娘抬举，奴心里也要来，一者热孝在身，二者家下没人。昨日才过了他五七，不是怕五娘怪，还不敢来。'"① 这书里对潘金莲、李瓶儿的描述可不就是民间"想要俏，带点孝"的另一种演绎吗？

间色系统另一个更值得注意的，是其常常成为历代民间的时代流行色，而这一点几乎在每朝每代都成为一种现象，特别是几个文化、经济繁盛的时代，表现得更为强烈，最后往往引起了朝廷的关注，并因此引发了关乎礼制与纲常的相关讨论。作为流行色的间色的源头，大多正是贵族阶层比如宫闱间的燕居常服。

《旧唐书·舆服志》中，可见唐朝之前对常服色彩的采用是较为随意的："燕服，盖古之亵服也，今亦谓之常服。江南则以巾褐裙襦，北朝则杂以戎夷之制。爰至北齐，有长帽短靴，合袴袄子，朱紫玄黄，各任所好。"② 由于正色的运用轻易不敢僭越，而间色的规约又不太严格，在应用上提供了相当的灵活性，且由于间色本身的多变，在理论上也与流行的短时效性相近，因此，间色成为历代民间的流行色也就必然了。《宋史·舆服志》之中："先是，宫中尚白角冠梳，人争仿之，至谓之内样。冠名曰垂肩等肩，至有长三尺者；梳长亦逾尺。议者以为服妖，遂禁止之。七年，初，皇亲与内臣所衣紫，皆再入为黝色。后士庶浸相效，言者以为奇邪之服，于是禁天下衣黑紫者。……淳熙二年，孝宗宣示中宫袆衣……因问风俗，龚茂良奏：由贵近之家，仿效宫禁，以致流传民间。粥簪珥者，必言内样……"③ 除了宫闱间的常服和燕居之服为流行色提供了一定的仿效外，民间流行色的间色应用的另一个重要源头，则来自与间色身份相等的市井或具体到青楼之类的"卑贱之地"。大胆变化与推陈出新的色彩运用，也多由此处而出，甚至可以说，"卑贱之地"正是以间色系统为主导的流行色的主要策源地。

---

① （明）兰陵笑笑生：《金瓶梅》，内蒙古人民出版社，2004，第98页。

② （后晋）刘昫等：《旧唐书》，中华书局，1978，第1951页。

③ （元）脱脱：《宋史》，中华书局，1978，第3576~3579页。

三 五色日常的范畴

中国传统的民间色彩运用，可以说基本上处于五色传统的范畴。在社会色彩制度建设具体表现为国家象征色彩下的天玄地黄、五方正色间色色彩系统的同时，落入日常生活之时，制度总是最后成为重要时段的象征性存在，而在日常生活的现实里，五色并非制度里表现的那种样子，民间的现实生活使色彩的使用生长出现实应用的果子，不再是五色制度表现出来的五行五方有序运转。现实里的民间色彩运用是一种有序制度下更多表现出"无序"自治的色彩应用状态，并呈现为有机生长的样子，不同的地域有着属于那一地域的自然表现。

中国古代自汉以来，历代都对色彩的使用有过制度性的规定，唐宋年间甚至有过几十道诏书涉及色彩使用问题。可见在明清之前，以五行五方正色间色建构起来的社会色彩运用一直都在统治阶层的监控之下。南朝宋对此已有较为明确的规定，《宋书·礼五》中就记有二品以上皆可服用而三品及以下等级则各有禁用的具体说法。如三品以下禁"杂采"，杂采既有相杂之意，也有可能说的就是间色；六品以下禁金饰、绛帐；八品以下禁杂色真文；骑士卒百工人等则禁用绛、紫、银饰，履色只许绿、青、白；奴婢衣食客等更低则禁用白帻、茜、绛、金黄、银，履色只许纯青。[①] 而到了元、明年间，色彩的使用更是严苛。《元典章》"禁军民段疋服色等第"中记有民间禁用"颜色：柳芳绿、鸡冠紫、迎霜合、栀红、红白闪色、胭脂红"[②] 诸色。而从未以宽厚形象出现在史书之中的明太祖朱元璋更是在色彩的使用限制上细致严格，所规定的范围除了品官阶层，涉及各式妇女、生员、吏员、士庶、皂隶、农民、僧道、商贾、乐工、伶人、奴隶等，几乎覆盖了整个社会的各个层面。[③] "洪武三年……又令乐人衣服得用明绿、桃

---

① （南朝梁）沈约：《宋书》，卷十八《志第八礼五》，中华书局，1974，第518页。

② 《大元圣政国朝典章》，《工部卷一典章五十八·造作·禁军民段疋服色等第》（影印元刊本）。

③ （明）申行时等：《大明会典（万历朝重修本）》卷六十一，《礼部十九·冠服二·文武官冠服》，中华书局，1989，第383~395页。

红、玉色、水红、茶褐颜色，其余不得用俳色。"① 在这样的状况下我们大约也可以发现，间色系统成为民间用色规避典章的重要选择。间色是调配色，那些在历代中不断生产出来的新的色相，多数情况下是以间色的名义出现的。明朝杨慎《升庵集》"间色名"："间色之中又有间色，若天缥、褪红、浅绛、女贞黄、天水碧之类，不可殚述。"② 可见这样的色彩生产为民间提供了在五方色被严格控制使用下对于色彩需求的新的应对方式。

但色彩在历代的控制从未真正有效地得到严格地执行，对于色彩的违规使用成为民间的普遍状况。我们发现，在重要的时间节点比如婚丧嫁娶、节令、祭祀上，色彩的使用大多还是遵循着天地玄黄和五方色的使用规定，但在日常生活中，色彩的使用却是随意得多。宋太宗至道元年，因为民间违规使用色彩实在太过普遍，只能是"复许庶人服紫。帝以时俗所好，冒法者众，故除其禁"③。因此可见这样的现象其实正是民间色彩运用的现实，在大的秩序规定下，日常生活的色彩运用表现出来的是一种复杂自由散漫的状态，只有在某些特殊的语境下，那种规定性的色彩运用才会表露出来。

那么，民间的色彩日常大约可以归结为哪些最主要的范畴呢？虽然有某些色彩在历史发展过程中已经成为完全的符号化表现，比如"紫气东来"这样词语，它无须视觉呈现，语言和文字直接成为一种色彩符号。但我们可以发现，作为一种视觉呈现，民间色彩大多还是依附于使用物存在。作为中国人生活世界的日常用品、生产工具、建筑、食物等在不同使用中大约可以被归类为实用之物与精神之物，日常生活构成并非仅仅以衣食住行为最终的呈现，更涵括了神佛、宗族、节令的祭拜活动以及生产仪式等集体活动的复杂性。若"衣食住行"等实用物在需求上最终升华出审美需求，则或大或小的集体活动里的仪式性事物，最终表现出来的是潜在地强调了系统的伦理建构。

---

① （清）张延玉等：《明史》卷六十六，《志第四十三舆服三》，中华书局，1974，第1654页。
② （明）杨慎：《升庵集》卷六十六，《间色名》，上海古籍出版社，《四库明人文集丛刊》本，1993，第650页。
③ （清）徐松：《宋会要辑稿》第四十四册，《舆服四》，中华书局，1957，第1796页。

四 民间祭品之色

民间色彩应用范畴里，祭祀可谓重要的构成。祭祀用品里的色彩，当然与神、人相关。在节令祭祀之中，多有五色之食，比如广西的五色饭、陕西的五色豆。而民间更有五季五色相克之食，春天木克土，宜食黄色食物，夏天火克金，则食白色食物，以此类推。《史记·孝武纪》中就有"命祠官进畤牺牢具，五色食所胜"① 之说，胜即克之意。可见节令祭祀中，色彩的作用是极为重要的，从某种角度讲，在这样的集体活动中，色彩充当的是仪式中象征的角色。

在祭祀活动中，食物充当的是极为重要的角色，从祭祀品的组成上，祭祀食物可谓民间祭祀最为实在的一种祭品了，在重要的祭祀中，食物往往被进行各种装饰。广东汕头月浦乡在每年的正月初八会有一个叫"出丁头"民间祭祀仪式，其中最重要的环节就是"赛大猪"，村里当年有二十三岁男丁的人家，此日需在老爷宫前以自家养了一年的肥猪进行拜祀，而所有的猪下水，则被制作成各种鸟兽人物的形态.并以红、黄、金、绿各色材料进行装饰。在这种对祭祀食品的装饰上，陕西花馍可以说是最具代表性的了，而花馍的色彩装饰手段也完全形成了自己的特点。陕西花馍在主体色彩基质上遵用了食材本色。面馍本色黄白素质，整个陕西花馍的塑造以造型为主，在多数情况下只根据题材对象不同进行简易的色彩点染，在这类相对比较简单的花馍上，造型是关键，色彩只是一种装饰，且多数以红色点染为主。但花馍本身也有简单与复杂之分，作为食材类祭品，其制作的祭祀品其实也是存在等级，在一些制作工艺相当复杂看起来极为隆重的花馍上，我们发现色彩的表现也非常丰富。像用于重阳节的插花大花枣糕，在造型重叠繁复的素坯面馍基质衬托下，密密麻麻遍妆着红、黄、青、绿、白、紫各色的龙凤花饰，看起来十分醒目动人。而结婚喜事使用的花馍，在一神性动物身上缠绕遍饰各色鸟兽花卉，其装饰从物件种类上看其实颇为复杂，但在面馍的素质上，浅淡的色彩则让这种复杂显出清雅。这是陕

---

① （西汉）司马迁：《史记》，中华书局，1982，第484页。

西民间的色彩技巧，也是一种审美取向。

祭祀用品颜色的繁复莫过于广东潮汕地区祭祀时那些铺天盖地的祭品了，其中尤以祭祀所的"老爷袍"和"夫人袍"为盛，其色彩之丰富不在潮汕神庙、宗祠屋檐、山墙上的嵌瓷之下。在越为重要的祭祀场合，色彩的表现越为丰富。而其最主要的色彩运用逻辑，即为天玄地黄以及五正色五间色。这其实是中国色彩传统延续的影子。中国色彩的等级自东汉始，就呈现出倒金字塔结构，最高等级的天子在重要的场合使用的色彩就是天地五正五间的十二色，而等级往下，颜色依次递减。也就是说在祭祀的场合，颜色数量使用越多意味着祭祀的等级越高。

五　从亵服之色看民间色彩的伦理与现实

明朝顾梦麟《四书说约·论语五》："红，南方间色。紫，北方间色。间色不正，且近妇人女子之服。丈夫自有丈夫之服，妇人女子自有妇人女子之服。"① 所谓间色不正，当与正色对比而言。顾梦麟是对孔子论语中"君子不以绀緅饰，红紫不以为亵服"② 一语之讨论，但我们在现实中却发现，这真的只能停留在伦理的讨论层面。

孔子对于"红、紫"二色的态度，并不在色相本身，相反，他是承认这两个色彩的强烈存在的。孔子的目的在于伦理上的批判。这句话经常被放在一起讨论的是他另外的一句话，同样来自论语的"恶紫之夺朱"③。作为间色的红、紫，在其从属的色彩伦理系统里是低等级的色彩，它们只是作为高等级的五方正色的辅助色彩，即红为南方赤之间色，紫为北方黑之间色。从色彩伦理系统的有序运行中，主次、正间应该是各在其位的，因此，"紫之夺朱"本身，就是以间犯正、以下犯上，是必须进行批判的现象。由此而发的是，连这样的红、紫间色都不宜用来作为贴身之服，若正色被用以亵服，对孔子而言，绝对是其社会伦理道德中无法接受的现象。孔子的这一态度，和《诗经·绿衣》中"绿兮衣兮，绿衣黄里。心之忧矣，

① （明）顾梦麟：《四书说约》卷八，明崇祯十三年织廉居刻本。
② 《论语注疏》，朱汉民整理，《十三经注疏（标点本）》，北京大学出版社，1999，第131页。
③ 《论语注疏》，朱汉民整理，《十三经注疏（标点本）》，北京大学出版社，1999，第240页。

曷维其已！绿兮衣兮，绿衣黄裳。心之忧矣。曷维其亡！"的态度是颇为一致的。① "绿衣黄里"的批判，正是对正色间色不在其位的批判，指的是作为间色的绿色被做成外衣，而正色的黄色却成为内里之亵衣。世人皆言孔子取义编诗，《诗经》所言，可见孔子心志，"心之忧矣，曷维其亡"，或可谓夫子心声。

在现实生活中。亵衣的色彩难如孔子所愿，而是并呈现出最为丰富的色彩。在亵衣，任何的道貌岸然都是徒劳的。我们因此可以看到，女红的重点也在此得到充分的体现。在胸衣、肚兜这种最为贴己之物上，可以看到赤、红、青、绿、碧、紫等各大色系的色彩，赤、红系列可以说是使用最多的。在胸衣、肚兜里，可以发现，白色是很少出现的，甚至等同于无，毕竟在汉文化民俗里，白色最主要的有凶丧之意，用之不祥。而其他四个正色青、赤、黄、黑作为主色调，不同程度地出现在这种最为贴身的亵衣上。而在这四个正色里，赤和青系列是使用最多的，赤色多与喜庆婚娶有关，青色则意指春生万物有生命发生的含义。从某种角度看，这与生命和性有着莫大关系，既有情欲之需，也有繁衍之意。因此，可以在汉民族的亵衣里看到它们大量的存在。而黑色和黄色的使用并不常见，黑色胸衣或肚兜主要表现的是黑色之上各色搭配而成的图案和纹饰，黑色就像是一个显性的底色，它的使用不是强调色相本身而是以减弱的手法出现。

而黄色本为皇权色彩，在民间的出现，或为戏装人物的表现，或与神、佛事物有关，作为民间服装色彩实在罕见，毕竟其犯禁的指向极为明确。但奇怪的是，黄色作为胸衣或肚兜的主体色彩却比白色多得多，由黄色系列展开的色彩比如缃色、鹅黄、淡黄、秋香色、柳黄诸色，并不少见。皇权的消亡或许就是黄色系作为亵衣的主要原因。我们同时也可以发现一个现象，黄色在清朝走向共和之后虽然不再被强调为皇家或神圣之色，但毕竟一千多年来形成的规约已经成为汉民族的文化基因了。在潜意识里，它依然指代着皇权与神圣。因此，民国以来，几乎没有发现黄色被作为民间日常正装上的色彩的使用。但这种潜意识的使用方式止于公众场合，当人

---

① 《毛诗正义》，龚抗云等整理，《十三经注疏（标点本）》，北京大学出版社，1999，第 117 页。

的需求回到自己可以把控的关系时，比如贴己的亵衣上，由于其本身的私密性，黄色在亵衣上的出现就不再有公共道德伦理上的障碍。

五方正色作为中国色彩系统里等级最高的色彩，出现在衣裳里是有着自己的规定性的，所谓上正下间就是其最基本的要求。但在现实里我们发现，就算是亵衣这样的卑贱之物，五正色也被大量地使用。这说明虽然五方正色在国家层面的制度建设里有着明确的要求，但在民间的生活世界里，正间体系却是另有表现的。可以说规定里的五方正色主要出现在日常生活重要的时间节点，特别是具备公共性的集体活动。而在个人生活里，则自由散漫得多，亵衣的色彩运用，或许可以成为说明该问题的一个典型角度。

六 从传统年画看色彩逻辑的复杂性

对于色彩运用。民间的应用手段已经不仅仅局限在与中国古代画论有关色彩的基本理论上了，这一点在年画的表现上更为突出。讨论民间色彩，年画可以说极具代表性，这主要由于其分布既广又各具面貌，可供比较。中国古代画论里关于色彩的讨论主要落在"随类赋彩"和"墨具五色"上。"随类赋彩"可以说是中国早期色彩应用的最主要方式，而"墨具五色"却由特定阶层的精神价值判断和审美趣味发生。"墨具五色"主要指向唐宋始后的文人士大夫阶层，在生活世界里，它们更多落入了以特定阶层为代表的精神需求。而"随类赋彩"则直入生活，其明确直接的赋色手段，成为民间俚俗对世间万物的视觉描述。年画色彩的运用，可以说是民间色彩问题的集中体现。

晚明时期托名荆浩的《画说》记录有早年间对色彩搭配的简单描述："红间黄，秋叶堕。红间绿，花簇簇。青间紫，不如死。粉笼黄，胜增光。"[1] 这更像是来自民间而非文人口吻的色彩经验，与《中国民间画诀》里王树村先生收集的民间色彩口诀看起来应属同一系统。而陕西社火脸谱画诀则对脸谱色彩表现做如此描述："红为忠勇白为奸，黄色猛烈草莽蓝，

---

① 俞剑华先生就认为"不知编伪《唐六如画谱》者，从何处觅得画工相传口诀…"俞剑华：《中国古代画论类编》，人民美术出版社，2004，第613页。

绿是侠野粉老年，金银二色色泽亮，专画妖魔鬼神判。"① 这些口诀的描述，很明显已超出"随类赋彩"朴素的色彩表现。我们甚至可以看到，民间画诀里的色彩表现，在"随类赋彩"上有了进一步的色彩体验，比如，色彩关系与视觉体验的总结，"红靠黄，亮晃晃""黑靠紫，臭狗屎""紫怕黄，黄喜绿"之类的说法。在此更进一步的是色彩与情境表现的技巧，如"要想俏，带点孝""要想精，加点青"这样的色彩经验，已经是一种情境设计了。在"女红、妇黄、寡青、老褐"，色彩就是一种身份符号，红、黄、青、褐指向了不同的生命状态，这是一种普遍理解的符号意义；而"断国孝，三蓝黑"则指向某种约定俗成的群体选择，这是伦理制度的具体体现。从符号意义出发进行色彩表现的，则在陕西社火脸谱画诀上得到充分体现，每一种色彩都在事先被赋予了符号的意义，然后通过色彩的表达，以脸谱的形式具体表现出来，"红为忠勇白为奸"，赤色可谓火气血性，指向忠勇；白色冷峻，西金白芒，令人不寒而栗，以之示奸。这样的符号意义很明确就是一种概念先行的设计，关云长和曹阿瞒，就在这样的设计底下，从《三国演义》的描述越过了《三国志》，色彩以结果的形式呈现为舞台上的那两张脸。

而色彩的符号化表现。最典型的是《紫微星君》年画题材的色彩运用。紫色在中国传统社会里的角色十分特殊，作为间色，本身在色彩系统中附从于正色，身份卑贱。但紫色又极为高贵，隋唐之后近千年来更是成为统治阶层除了皇权的黄色之外，最高等级的色彩，隋唐品官服色里一到三品的官员就服用紫色，可以说紫色本身在隋唐之后就已经成为最为重要的权力符号。在隋唐之后的中国古代现实世界里，它的等级是远远高于赤、青、黑、白这四个正色的，功名、富贵、权力等中国古代民间的社会进阶的追求，其梦想的顶点就是一袭紫色。而与此同时，在中国古代传说中，紫色与神界也有莫大关系，"宋王逵《蠡海集》有一条云：天垣称紫微者，紫之为色，赤与黑相合而成也。水火相交，阴阳相感，而后万物以生，故为万物之主宰"②。在宋代蔡卞《毛诗名物解》"天说"中，紫色在此处竟然被

---

① 杨秉权：《陇州社火脸谱》（陕内资图批字 2011 年第 GB52 号），2011，第 6 页。
② （清）俞樾：《茶香室丛钞》卷六，《禁服黄自唐始》，中华书局，1995，第 150 页。

认为与天帝之色有关。① 从中我们似乎可以解释先人对作为间色的紫色的态度复杂的缘故。天帝之上为天玄，从某种意义上说，"天"为正而"天帝"为间，"天"所代表的是涵括一切，而"天帝"则指向为明确所在，直接面对的是人间。而其居所则名曰"紫微"，紫色由此获得和玄色一样被世人所仰视的视觉和思维角度。紫微之说由来已久，西汉年间，汉武帝笃信鬼神，其表现见于《史记·封禅书》，汉武帝泰山封禅时泰一祝宰身着紫色衣②，其重要性不言而喻。由此可见，《紫微星君》这一题材背后的符号意义，既是权力色彩的表现，也是神性的代言，其祈福之意，并非仅仅"富贵"这么简单。从《紫微星君》、"紫气东来"这样的题材我们看到了等级色彩的符号化运用，这样的手法在年画之中其实并不少见。在杨柳青《君臣大义图》年画中，等级色彩表现得更为具体，图像对等级的表现正是其核心和关键。可以见到对社会等级色彩的应用，迎奉圣旨的四个大臣分着紫、赤、绿、青品色衣，这正好是从隋唐开始长达千年的一到九品官员的品级色彩。可见，对表现对象及场合的重要性上，虽是民间但也遵循了中国色彩在官方层面的规定性。

但年画色彩逻辑的复杂性也可在这类有明确指向的图像上得到体现，比如杨柳青《二十四节气图》年画。作为二十四节气，指向是极为具体的季节。春、夏、秋、冬四季在中国传统中各有指代的颜色，春木青、夏火赤、秋金白、冬水黑，这是五方色和五行色结合之后赋予春夏秋冬的色彩指向，加上夏季的第二个月季夏土黄，恰好就是五方、五行、五色和五季。这是自先秦以来中国传统社会最普遍的认知，更由此与五味、五音、五脏、五谷等构成了五行体系。因此我们似乎可以期待，这一四联屏的二十四节气将以春青、夏赤、秋白、冬黑四季四色为最主要的色彩逻辑展开。但事实上《二十四节气图》并未遵循这种看起来理所当然的逻辑，而是另有表现。考察《二十四节气图》中执旗童子上衣色彩：春（三赤二绿一青）：立春青衣、雨水赤衣、惊蛰绿衣、春分赤衣、清明绿衣、谷雨赤衣；夏（二

---

① （宋）蔡卞：《毛诗名物解》卷十六《杂解天说》，景印文渊阁四库全书，卷十五经部十五诗类一，台北商务印书馆，1986 年版（影印本）。
② （西汉）司马迁：《史记》，中华书局，1982，第 1394 页。

赤二绿二青）：立夏青衣、小满赤衣、芒种青衣、夏至绿衣、小暑赤衣、大暑绿衣；秋（四赤二青）：立秋赤衣、处暑赤衣、白露青衣、秋分赤衣、寒露赤衣、霜降青衣；冬（二赤二绿二青）：立冬绿衣、小雪青衣、大雪赤衣、冬至绿衣、小寒赤衣、大寒青衣。

从《二十四节气图》的颜色使用上又可见民间用色的随意性以及刻意规避之处。若就四季色彩而言，当用春青、夏赤、秋白、冬黑四色，而在图上并未看到这种契合。很明显在杨柳青年画里，并未依凭早已成为大众常识的季节色彩来予以表现。也没有考虑季节与色彩的关联之处，而是根据自己的审美习惯来进行敷色。其中我们也看到了某种规避。四季色彩中的白与黑并没有作为衣裳颜色出现，或许与白色在日常生活中被喻为凶丧之色有关。而黑色多以构型的"线"的状态出现。因此，作为服色出现的极少。且黑色又与黑夜、阴影和"玄"形成同指符义，黑色具备了某种神性莫测之意，《二十四节气图》的儿童身上没有出现冬季的黑色，或许与此有关。《二十四节气图》因此完全撇开了五行五色的表现体系，根据自己的理解，进行了有关季节的图像表达，在这里的色彩虽有所选择，但并无自己的符号意义逻辑，更多地起到为视觉图像装饰的作用。

正如《二十四节气图》以及前面所谈的"炮皮""胸衣"一样，白色因为其指向凶丧之意，在使用上是尽量被避免的。而像神马、卜纸之类的纸制品，也都是尽量避免以白纸黑印本的形式出现，大多用颜色略加点染，又或直接采用颜色纸进行印刷。白色对于民间而言，最主要的符号意义，还是指向凶丧之意，所谓"纯素可憎"①，正是这样的意思。南宋朝堂里有关白衣"纯素可憎"的讨论，说明这样的符号意义指向覆盖的是全阶层的，对于白色的忌讳并不仅于市井俚俗。宋人程大昌虽言"古俗不忌白"②，但自宋后的中国传统社会，白色与"素"已近等同呼称，其主要指向凶丧之意已是全民共识了。

中国传统年画的覆盖面，甚至涉及文人阶层，因此在年画里对市井里的文人意趣也颇有表现。对于民间而言，文人阶层其实并不遥远，从某种

① （元）脱脱：《宋史》，中华书局，1978，第3578页。
② （宋）程大昌：《演繁露》卷十三《古服不忌白》，大象出版社，2008，第107页。

意义上讲，文人阶层同样也在民间。对于市井之间的人们而言，文人意趣的东西当然也有存在的需求空间，这是无法割裂出去的。雅俗之间，根本无法分得那么清楚。杨家埠年画《踏雪寻梅》条屏里的文人意趣，显得十分典型。这种意趣最直接的表现，就是水墨画形式的表现。水墨表现形式的年画在市井俚俗间可谓少数，毕竟对于年画而言，大多数的图像还是以五色体系赋彩为主，作为一种季节的应景事物，对于色彩有着普适性的要求。因此，这一表现了文人意趣的水墨写意人物图像显得极为特殊。但这也同时说明了传统年画覆盖阶层之广，虽然需求者可能只是少数，但同样有着它的受众，而且从另一个角度讲，"文人意趣"在此也成为一个符号，指向那个在中国传统社会里最受尊重向往的阶层，而附庸风雅一说，就是对此的另一种表述。这其实也是另一种生活世界的需求。

结　语

　　中国传统色彩有着自己的使用逻辑，那就是基于五方五行五色的色彩体系。中华先民对于色彩的认知和使用，在前期有着自然生长的过程，而当它以五行、五方、五色的体系出现时，就有着统治阶层伦理制度设计的痕迹，成为一种自上而下的色彩应用规定。但民间最终生长出自己的色彩使用逻辑，其对于五方、五行、五色规定性和约定俗成的使用并未严格遵守，民间终究有着自己的生活需求以及现实状况下的便宜行事，甚至违规和僭越的色彩使用也在统治阶层睁眼闭眼之间显示出典型的民间应对方式。而民间色彩艺术的表现，更是溢出传统绘画色彩的表明手段，形成了自己的表现逻辑。不过，虽然中国传统的民间生活世界对于色彩的使用并未严格尊用五色系统，但当色彩应用出现在重要场合和时间节点时，五方五行五色系统的规定性就被明确地显现出来。本文基于中国传统民间色彩表现中的几个局部问题，试图探讨的是一种民间色彩表现逻辑的可能。

（原载《民艺》2018 年第 4 期，第 44～52 页）

基于人类学视野的中国民间
美术色彩研究

刘　燕　山东大学机械工程学院教授

前　言

当前学界对于色彩的研究，主要集中在色彩学、颜色词、色彩理论体系、绘画色彩、色彩民俗等领域的探讨，一定程度上忽略了对民间美术色彩的研究。所谓民间是在一定历史时期形成，相对于宫廷、宗教和文人艺术而言的劳动大众群体。民间美术色彩谱系的发展具有群体和社会性特征，是由劳动人们创造并服务于人们生活的色彩。在民间生活的时间和空间中形成的具有地域特点的色彩习惯、色彩符号和色彩造型方法，是劳动生活中形成的群体色彩共识，是一种象征语义的意象符号系统。

国内外对人类学研究的定义和范畴有所不同。美国人类学家威斯勒（Clark Wissler）说："人类学是研究人的科学，包括所有把人类当作社会的动物而加以讨论的问题"；英国人类学家马林诺夫斯基（R. R. Marett）说："人类学是研究人类及其在各种发展程度中的文化的科学……"本文将民间美术色彩作为生活的一个组成部分做整体的研究，将色彩放入与人的个体、血亲、社会关系等相关内容进行剖析。认为文化是具有生长性的，是在各民族和地理区域的时间发展过程中，集体创造并发展起来的系统科学，因此研究民间美术色彩文化的发生过程，对于传统文化的现代发展具有重要的现实价值。克莱尔·帕伽克兹科维斯卡（Claire Pajaczkowska）说："所有的文化都有一个视觉的方面。对于大多数人而言，文化的视觉方面——它的想象、它的符码、它的风格、它的图像性的象征是复杂精巧的交流系统最有力的组成部分，而这个系统又是文化的构成部分。"① 民间美术色彩是中国传统文化的基因密码，其形成发展与中国农耕生态文明、礼制宗法制度和母性崇拜的本元文化相关，是传统文化的重要构成部分。其广泛存在于人们的日常活动、人生礼仪、信仰活动和节庆活动中，体现着民间技艺的约束和民间习俗的禁忌，有其自身的系统和特征。同时民间美术色彩还受到宗教绘画、宫廷绘画和文人绘画色彩的影响和渗透，在传统五色论的基础上衍生出兼顾礼文化和民俗特征的色彩观念体系。

一 民间美术色彩的形式语言

民间美术色彩相对其他艺术色彩具有其鲜明的特征。这主要体现在其色彩应用中色必有意、意必吉祥的符号语义、五色象征的世界观、随心赋彩的造型方法，以及以一当十的用色原则，是与生活空间紧密相关的文化整体。

（一）色必有意的符号语义

色必有意是指民间美术色彩的使用功能，归纳起来包括符号功能、审美功能、民俗功能和情感功能四个主要方面。所谓符号功能，是指色彩作为语言符号的标示功能，比如色彩的符号象征可用于民族或民族中支系的社会归属区分，即根据服饰色彩、建筑色彩来可以区分少数民族身份；审美功能是指色彩的偏好，在生活中体现为色彩的应用，如不同地区的色彩种类和颜料来源的差异；民俗功能是人们在色彩应用中所遵循的信仰和理想体系；情感功能是指色彩的精神体验，比如老虎帽之于母女的血亲关系，年画色彩中的吉祥情感等。河南民间艺术家倪宝成讨论了一个非常朴素的话题，他说中国民间文化无外乎两个重要内容："饮食男女，吃饭生孩子"，这句话的意思是，民间艺术的两大主题，一是与生存延续有关的生活命题，二是与繁衍有关的生殖崇拜，在色彩方面，也正是这种"生生不息"的观念始终贯穿在色彩体系中。民间艺术是民众创造，并自己享用的实用艺术

---

① 〔法〕雅克·拉康、〔法〕让·鲍德里亚等：《视觉文化的奇观》，吴琼译，中国人民大学出版社，2005，第 140 页。

形式，色彩的运用体现了对自然的认知和改造。因此，民间美术色彩作为民间造型的重要组成部分，色彩的选择必然是有意义的，而且意思必然是吉祥的，这是一个基本的特征。

（二）五色象征的世界观

所谓象征是将两种不同的表征语义建立联系，进而产生联想的关系，从而使色彩语言本身更加富有符号特征。民间美术色彩的象征符号主要体现在五行五色、民间信仰和礼文化象征三个方面。古人认为世界的构成由五种元素构成，即金木水火土五行，万物由五行而生，五行包含天、地、人、器、神万物，五色系统是五行学说的一部分。与五行对应的五色、五方、五德、五声等概念应运而生，成为我国人们认知世界的基本观点。春秋时期关于五色、五味、五声的论述已经较为常见，说明对于色彩的认知已经进入自觉的时期。中国的"五"代表了许多含义，比如道教法术和医学中对于五脏与五行、五色的对应，道教将"吐纳"作为一种法术，《抱朴子》卷十五《杂应》中设想五脏之气由两目出，因此道教炼制的仙丹，是由曾青、雄黄、丹砂等物质经过丹鼎炼烧而成，因此五色观又是中国人宇宙观的外衣。民间美术色彩遵循阴阳五色相生相克的基本原理。五色相生的理论是生命崇拜的体现。乌丙安认为人们的宗教信仰衍生出民间信仰习俗，如自然信仰、神灵崇拜等，这些民间信仰是民间造物的思想根源，也是民间美术色彩形成的思想基础，正是源于这些信仰，才形成了独特的视觉符号系统和色彩象征含义。费尔巴哈曾讲："动物是人不可缺少的、必要的东西；人之所以为人要依靠动物；而人的生命和存在所依靠的东西，对人来说，就是神。"[1] 也就是说人们期待的动物能够完成人类不能做成的事情。动物崇拜不仅仅体现在对动物形象的模仿，还表现为对动物色彩的提取。比如少数民族对白虎等动物图腾的崇拜，也使黑色和白色成为许多民族的象征。从植物花卉中提取的品红，也是喜庆的色彩符号，在民间面塑、泥塑中也有广泛使用。因此民间美术所表现的植物、动物、风雨雷电图形

---

① 〔德〕路德维希．费尔巴哈：《费尔巴哈哲学著作选集》下卷，生活·读书·新知三联书店，1963，第438页。

都富有象征含义。

　　五色体系还体现在以礼文化为主体的历代服色制度上，早在商周时期，人们便用服色来明贵贱，认为五种正色是贵的，而五种颜色混合的间色则代表地位的差异。礼包括民风、民仪、制度、仪式和政令等。《礼记·曲礼下》中记："天子祭天地，祭四方，祭山川，祭五祀；诸侯方祀，祭山川，祭五祀；大夫祭五祀；士祭其先。凡祭，有其废之，莫敢举也；有其举之，莫敢废也。非其所祭而祭之，名曰淫祀，淫祀无福……"由此可见礼是一种等级的差别，依照等级制定仪礼，继而形成了色彩的等级制度。如周朝的统治阶级分为五等：天子、诸侯、卿、大夫、士，对应天子是朱红色，诸侯用黑色，卿和大夫用青色，士人用黄色。在民间家有丧事，守孝三年期间的年画不可以用红色，反之如果看到一家的年画贴着出绿色或者纯紫色，则说明此户人家处于守孝期间。因此可见，年画中的服饰色彩并不是对现实的写实，而是一种对现实生活意象比附的结果，浓缩了人们对于色彩信仰的认识。

图 1　李继友绘陕西社火脸谱粉本的青龙白虎

　　陕西社火脸谱艺人李继友口述了关于阴阳五行与社火脸谱的应用关系。在社火表演中，皇帝的脸谱是黄色的，这是因为炎帝为火，与之对应的是黄色，深居中央，统治四方；而绿林好汉，来自山野，蓝绿都是像春天的草木一样，天不怕地不怕，所以脸谱用绿色；红色在脸谱中表现为热心肠、忠勇，但是颜色要纯，如果掺杂了其他颜色的红色脸谱则代表奸臣，如关公一脸红表示忠勇，而怀王的脸是红色中掺杂着绿色，表示奸诈。有句话叫"自古忠臣无下场"，这句话如果用色彩解释，红色是"午时三刻"也就是中午十二点太阳的颜色，从 12 点开始太阳的颜色会慢慢退去，天自然就黑了，所以说无下场，是用太阳的下沉颜色的衰败象征"无下场"的含义。陕西社火脸谱画诀中描述："红为忠勇白为奸，黄色猛烈草莽绿蓝，绿是侠野粉老年，金银二色色泽亮，专画妖魔鬼神判。"① 因此，社火表演中曹操的脸谱用金色或白色，象征神性光辉和奸诈的意味；鲁迅讲包公的黑脸代表铁面无私，风尘仆仆；粉色代表老年人，金银二色是画鬼神用的颜色。五行还与春、夏、秋、冬结合，白色是霜的颜色；绿色是春天的草木；秋天是丰收的色彩，这些都被拟人化处理成不同的脸谱，从而使脸谱的色彩充满想象的意味。此外，关中社火表演中有玉皇大帝封五岳大帝的故事；甲马中的青龙、白虎、朱雀、玄武的方位和色彩对应关系；年画中的麒麟为黄色或紫色等，这些色彩象征内涵与道教的色彩观念都有渊源。

（三）随心赋彩的造型方法

民间美术色彩的主观性具体表现在内涵的表意性。民间美术色彩不是写实的，是一种诉诸意象而非现象的再现，以满足主观的某些期盼。这表现在两个方面：一方面，其主观性表现在对神灵色彩的象征符号表达。但凡涉及神灵的色彩，必定注重色彩的比附，以示对神灵的信仰和尊崇，要符合礼制的规范。民间美术的色彩是建立在特定观念下的主观性用色，它与图腾、生活方式、民俗、民间信仰有关，具有民众的共识和象征内涵。多民族的民众生活受到地域环境、民俗文化和审美喜好的影响，形成多样化的民间美术色彩样式，具有表达民族美好愿望和尚吉情感的原始基因符号特征。另一方面，民间美术色彩的主观性还表现在艺人手法的自由性上。民间美术表达民众的真挚情感和思想追求，是一种非常直白的色彩语言，以无拘无束的形式表达，因此是一种民众色彩叙事的方法，这决定了其丰

---

① 杨秉权：《陇州社火脸谱》（陕内资图批字 2011 年第 GB52 号），2011，第 6 页。

富的视觉样式。民间美术色彩应用无对错，"好看就中"，因此具有直觉用色的特点，如现实生活中红色的花朵可以扎成蓝色的花样，这全凭艺人喜好，是一种主观色彩表达的方法，且符合民间叙事的逻辑关系。

图 2　丰爱东《运河秋色》

农民画是新中国成立以来形成的一种独特的艺术流派，也被称为现代民间绘画，其造型方法从民间年画、剪纸、刺绣中汲取造型方法，突出地表现为"透视眼"造型、"随心赋彩"的造型特点。随类赋彩主要表现为描绘物象的固有色，写实色彩则侧重对条件色的观察，而农民画的色彩运用表现为无法之法，既不受成法局囿，也不受造化限制，可称之为一种"随心赋彩法"。北辰丰爱东作品中体现了很多此类造型方法，他有一幅非常出名的作品，名字叫《运河秋色》，其中用大红色来画河水，表现渔民在河里捕鱼、船在河里运输水果的情景。游人跟他开玩笑说："你为什么把河水画成红色呢？那不是血流成河了吗？"丰爱东说他非常喜欢红色，因为河里有打渔的、运输蔬菜的人，就不会让观者联想到血流成河。丰爱东这种把河水画成红色的飘带一样的手法，是典型的随心赋彩的方法，只要作者自己喜欢，怎么画颜色都是对的。

（四）"以一当十"的用色原则

所谓"以一当十"，是民间美术的一种色彩概括方法，"取一而舍万千，明一而现千万"，民间美术色彩"以一当十"，简洁概括，这是由民间技艺特点决定的。而色彩搭配的基本方法是由色彩的相生相克为基本原理。以木版年画为例，通过套色木刻的工艺流程，以满铺的构图方式，运用有限的色彩种类，表现出色彩丰富的艺术效果。在木刻版画中颜色的种类越少，雕刻的版数就越少，印刷起来成品率就会越高；同时，版数的减少还能够降低印制的成本。杨家埠木版年画往往有五至七种颜色，这可以大大减少印刷的数次，提高印刷的效率。在色彩尽量少的情况下，又要保证色彩效果饱满而不单调，就要充分利用画面上的大小块分布，和相邻的小面积的穿插关系，从而达到视觉上色彩丰富的效果。比如红和黄穿插时会产生橙色的视觉错觉，虽然色彩的种类没有增加，但视觉上却能够感受到颜色变得鲜亮，民间画诀中"红配黄，亮堂堂"，实际上非常符合色彩的空间混合的视错觉。民间美术色彩造型方法通常是通过民间画诀代代相传，因为是养家糊口的营生，因此作为行话通过师徒和族亲的传承方法，密不外传。在色彩搭配中通过明暗对比、软硬调和，形成统一的色彩视觉效果。民间色彩中软色和硬色是根据色相区分的，软色通常指植物色，即相对透明的颜色，如淡黄、桃红、绿色；硬色指深红、黑色、佛青（群青）等不透明的色，以矿物色为主。软色通常是比较鲜艳、明快的颜色，硬色明度比较浓重，二者搭配产生视觉上的平衡感。比如话诀"青紫不并列，黄紫不随肩"，也就是说青紫色不能并列出现，黄色和紫色不能挤靠着。色彩平衡原则指色彩的面积分布相对比较均衡，由于版画实现技术的限制，通常各种颜色都需要放置在画面的各个部位，即便是有些角度没有色彩，也会在色版上采取打支子的方法支撑画面的平衡，这从客观上形成画面色彩的呼应感，不至于过分单调，同时避免印刷时"塌版"现象，由此可见"以一当十"还是一种技术需求。

二 民间美术色彩的存在形态

民间美术色彩通常要依附于不同的载体，如木版年画的色彩通过木刻版雕刻，然后翻印到纸张上，运用植物和矿物颜料印制出来；面花以作为食物原材料的面食为载体，并使用食物颜料表现出来；刺绣要通过各种丝线与底色搭配来表现。民间美术色彩体系存在于生活的时间形态、空间形态和社会形态中，是人们生活的重要组成部分。

（一）色彩的时间形态

色彩的时间形态是指民间美术色彩存在的民俗形态，以时间的纵向维度为特点。作为个体的人从出生到死亡，伴随着各种仪式活动使用不同的色彩，色彩符号显示着丰富的象征内涵。新生儿到婚庆的红色喜庆象征，丧葬色彩的黑白肃穆象征，这是民间美术色彩习俗，也是色彩功能性的表现。农耕文明是中国民间美术色彩的物态基础，人们对于大地色彩归属与宗法制度、母性崇拜的本源文化紧密联结，因此对于色彩的认识常常与绘制对象的象征文化内涵相关。王树村先生总结的"三知四气"就是对时令节气的规律的总结。"知人"是要知道古之圣贤的故事。比如知道年画中的三国演义、西游记等故事内容，目的是教化人们如何做人。"知物"是懂得物的形态，如鸟兽形态，花草景色等。"知时"是对时令节气的知晓，作为农耕国家，对天时地气自然不可等闲视之。"天之四气（风、热、湿、寒）带来地之五味（酸、甘、苦、辛、咸）、人之七情（喜、怒、哀、乐、爱、恶、欲）、六欲（眼、耳、鼻、舌、身、意），万物都有气象。"[1] 一年中，四时各有民俗，人们在各个时期各取所需，如"正月张灯彩，二月放风筝，三月花丛丛，四月放棹艇，五月酒帘红，六月荷花生，七月看星空，八月月当空，九月登高阁，十月调鸟虫，十一月白盆景，十二月桃符更"。[2] 民间美术色彩以五正色为基础，是五方的色彩象征，体现出民间色彩的朴素信仰和精神追求。

立春时，老人会给孩子缝制春公鸡，即一种用布做的鸡，打春时给小孩戴在帽子或袖子上，以求大吉大利；还有如春牛之类的泥玩具。这些玩具都有一个共同的色彩倾向，就是对于五色的运用，寄托了劳动群众对幸福生活的朴素信仰。五月初五端午节，又叫中国的女儿节，在端午节除了划龙舟、吃粽子、吃鸡蛋以外，人们常常佩戴五色线，也称"续命缕"。这

---

[1] 王树村：《中国民间画诀》，上海人民美术出版社，1982，第87页。

[2] 王树村：《中国民间美术史》，岭南美术出版社，2004，第574页。

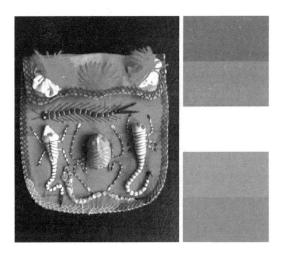

图 3 陕西千阳五毒荷包的色彩搭配

种民俗最早在汉代就有，由此可见人们对于色彩的象征比附至今已两千年之久。五色线由红、绿、黄、白、黑五种颜色组成，对应五行中东、西、南、北、中，是一种顺五行相生的含义，带有吉祥驱邪的含义。人们在这一天会缝制各种香包，给小孩子穿五毒背心（见图 4），戴五彩线等民俗活动。将香包缝在娃娃衣服或者拴在娃娃的手腕上，这一方面因为端午时节万物复苏，制作香包随身携带可以驱赶蚊虫；另一方面表现出驱邪祈福的意图，老百姓通过这些活动来期盼生活更加美好。五色线的五种颜色还代表五毒，即蝎子、蜘蛛、青蛙、蛇和壁虎，图 3 为陕西千阳五毒荷包，平时佩戴于身边，暗含驱虫、辟邪，求吉祥的含义，平时在民间也广泛使用。形成这种习俗的原因，是端午时节阳气上升，虫蝎复苏，为驱五毒去邪气，形成了民间诸多习俗。如用针线做刺绣布艺五毒马夹给孩子穿，或剪出五种毒虫的形状用针钉在墙上，都是一种通过降服剧毒虫害，以求平安的期盼。民间香包刺绣的五毒图案使用五色的象征手法，反映了人们"从阴阳则生，逆之则死"思想和审美观念。

在农耕劳作中形成的二十四节气里，诸如此类的民间色彩民俗有很多，如陕西凤翔年画中有一种在谷雨时节张贴使用的"谷雨帖"，体现了谷雨时节禁蝎的习俗，因此谷雨贴又称"禁蝎咒"，常采用图文结合的形式，年画上通常刻绘神鸡捉蝎、天师除五毒形象或道教神符。图 4 中民间流传的谷雨

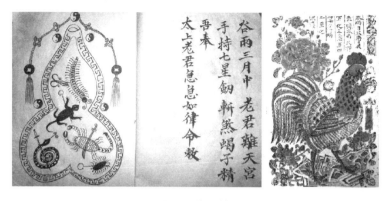

图4　谷雨帖

帖写着"谷雨三月中，老君离天宫，手持七星剑，斩煞蝎子精，吾奉太上老君急急如律令勒"，另有图解"戊日寅时，吾奉诸大将军酒三樽，送蝎千里化为尘，太上老君急急如律令"等道教符，均显示出禁蝎习俗。谷雨是牡丹盛开的季节，为防虫咬，以鸡吃蝎子来祈福禳灾，是陕西、山西、山东一带的民俗活动。

（二）色彩的空间形态

民间美术色彩总是存在于一定的生活空间，以一定的物质为载体，表现出民间情感的寄托。如各族刺绣以女性为主体，通过母亲传女儿的方式传承，色彩的规律通过母女的口中转述，形成色彩的传统。民间刺绣表达了对美好生活的向往，不论植物、动物、人物，对其色彩的选择必须是吉祥的。如陕西凤翔刺绣枕顶，过去女子结婚，家家都要自己做枕头、被褥，以及各种服装，其上绣花的纹样各异，体现出吉祥的内涵，这种由母亲传给女儿的方式是农耕文化的传播方式，通过母系文明的传承，谱写着民众审美、道德伦理教化的精神内涵，体现了中国农耕文明下的独特色彩情感内涵。各地的花馍和面塑，既可以吃，又具有观赏性。山东胶东地区的花饽饽在年节、结婚、过寿、祭祀等各种活动中使用，表现人们的祝福和蒸蒸日上的期盼之情。枣饽饽象征着团圆幸福，鱼饽饽象征吉祥有余，葫芦饽饽象征福禄双全，这些符号均代表了吉祥的含义。各地的面塑形态各异，是传统色彩观念和文化思想的载体，有些地方的泥塑除了单体的形态以外，还有叙事性的特点，是一种伦理教化的途径；同时还具有装点生活色彩的作用。

传说淮阳泥泥狗是一种可以治病的灵狗，据说过去各地的人们把灵狗带回去扔进井里，其水喝下就会医治百病。因此泥泥狗是神灵、祥瑞的象征，图 5 中，泥泥狗的装饰色彩蕴含了五色象征符号语义，是原始生殖崇拜的象征，表达出人们对生命轮回生生不息、追求圆满的独特生命观。在生活中，演变成一种民间玩具的泥泥狗，尽管削弱了其民俗功能，但是这种形态的遗存为民间色彩研究提供了活态的样本。此外，民间各式各样的游艺活动，在表达人们庆祝丰收和祈祷幸福的同时，还将《三国演义》《西游记》《八仙过海》《封神演义》等故事以音乐、舞蹈和伦理教化的故事传达出来，这种娱人、娱神、请神、送神的文化方式，在时间维度中彰显了色彩的丰富内涵。过去的高跷秧歌表演服饰要符合五色象征的内涵，不可以随便使用，五色代表五方的神灵，所以人们要衣着五行相生的色彩，才能够起到穰福消灾的作用。

图 5　淮阳泥泥狗的色彩

在我国藏族唐卡艺术中，根据"三经一疏"的规定，在表现不同的神灵时，比例和尺度要严格遵守度量经的要求，色彩种类和使用方法也必须符合规范，经书中记载着色彩使用与宗教内涵的关系，如白度母的颜色是白色，左手持莲花，右手掌心向上，帮人解难。传说白度母是观世音的眼泪化身，度母是救苦救难本尊的化身，二十一尊度母的颜色各不相同。佛教绘画色彩注重物像本身的固有色，在语言描述方面使用日常生活中的物像作为形象的比喻，比如"面颊洁白如明月"等。绘制唐卡是一种虔诚的信仰行为，佛像的身色、手持的物项，经书中都有规定，佛像法相的比例、色相要遵守宗教仪轨（见图6）。

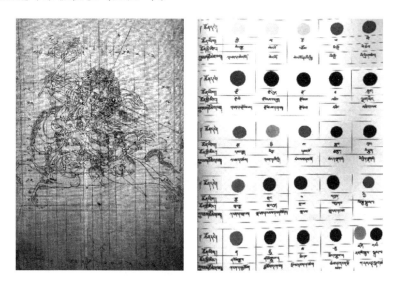

图6　唐卡颜料与色彩度量经

（三）色彩的社会形态

作为人与人之间的关系，除了血亲、宗族，就是群落之间形成的社会关系形态。人们在这些关系中应用色彩的符号，来完成生活、繁衍、交往的功能，从而推动着社会向前发展。在社会形态中，是通过礼仪来处理各种社会关系，中国传统礼仪包括巫术礼仪、人生礼仪和服饰礼仪等，在这些关系中的色彩体系具有基本的色彩样式和色彩搭配方法。巫术礼仪是在农耕文明的发展过程中形成的，祭祀、求雨、求子等仪式活动带有谶纬学的意味，可以在对应的映射关系中寻到规定和范式，以对应色彩符号象征的含义。人生礼仪是在人从生到死的过程中，不同时期所采用的仪式，比如，诞生礼、成长礼、葬礼等。服饰礼仪是各朝各代对于服饰等级的规定，在历代都有所发展，继而对应的色彩观念有章可循，反映了人们的物质文化和经济发展水平，是重要的民间色彩应用的语言。

巫术礼仪中使用的服装、道具和活动的执行皆有严格的色彩禁忌。比如道教符是黄颜色的，这是因为人们认为黄色具有通灵的作用，可以沟通人与神、人与鬼。云南的甲马就集中体现了民间巫术礼仪的色彩禁忌。甲马也叫纸马、神马、马子，是一种"纸符"，有些地方纸马和神马是两种不同的类型。过去，人们认为万物有灵，所以以精神赋予了各种神灵。如云南白族婚丧嫁娶、生病、盖新房等，人们会使用纸马，过程中会由道士使用或简单或复杂的仪式。纸马的颜色除了财神用红色、八卦用黄色以外，其余均使用白色底色，其中的红色颜料是一种灰色荧光的粉制颜料，混合热水变为红色，是可食用的色素，当地的东坡肉也用它来调色，当地上梁用的红色被称为"红气"，与此是同一种色。甲马纸中代表方位的"土科"则采用五色的底色，这是因为五色代表着五方，与土地建设有关。上梁的仪式非常复杂，仪式过程中焚烧纸马，以达到祈求上天保佑的目的。云南腾冲龙神神马纸的色彩通常都是白色底色，但是龙神和五方镇信等神马纸均用红、黄、绿、紫和花纸五种色作为底色，代表青、赤、黄、白、黑五色，以五色代表五方，象征吉利，其中白色用花纸代替，黑色用紫色代替。

人生礼仪是指人从出生到死亡所经历的礼仪。在民间生活中，不同年龄会举行不同的仪式活动，这些活动中服饰色彩都是有讲究的，每种颜色都有寓意，组成斑斓的人生色谱。在陕西有一种风俗，当地说"人生三次石榴红"，是指人一生有三次机会在服装或鞋子上扎石榴花样，即出生、结婚和去世。出生是生命之初，是人生的重要时刻；结婚是人生头等大事；还有老人去世的寿衣和鞋子上也要刺绣石榴的纹样，可见生老病死蕴含了人生礼仪的色彩象征。图 7 为陕西带有红石榴纹样的刺绣童鞋，在成人结婚用的鞋垫上也以同样的纹饰。据当地艺人介绍，这是从祖辈传下来的习俗，尽管如今有些人家不会自己扎花刺绣了，但这种风俗依然存在，是人生经历这三种礼仪活动必用的物件。

孩子出生也有重要的人生礼仪。在陕西宝鸡，每当孩子出生，亲朋好友都要带着礼物前来祝贺，孩子的祖母和外婆要准备一些手工针线活，比如虎头帽（见图 8）、老虎枕头、老虎鞋子和各种衣服。这些物件中，红色和黄色占的分量最重，红色具有辟邪作用，表达喜气，所以得到广泛的运用。孩子满月的时候姥姥要送老虎，所送的老虎有纸质的（见图 9），姥姥送的老虎也有布做的，民间对于老虎的喜爱寓意着宝宝在老虎的看护下，不生邪病，平安健康成长。除了满月、过周岁，在端午节也流行送布艺的习俗，如五毒马甲、肚兜、香包、帽子（老虎、猪、狮子多种样式）等，孩子穿上五毒马甲寓意百病不侵，健康成长。

图 7　陕西的红石榴刺绣童鞋　　　图 8　陕西宝鸡西山虎头帽色彩搭配

结婚是人生中的重要时刻，也是重要的人生礼仪。庆阳农村结婚剪纸喜花，房子的墙上、窗上、家具上、床上都需要大量剪纸做点缀，结婚撒帐闹洞房，在新房被子里撒上红枣、花生、栗子、核桃，褥子上铺上红色剪纸莲花。当地民谚"娶媳妇剪莲花，压在新娘枕头下，莲蓬里籽儿多，来年生个胖娃娃"，从这句话可以看出来，莲花剪纸压在新娘枕头下有以莲蓬多子来盼望早生贵子的寓意。红色的剪纸撒在各个角落，寓意着带来吉祥和幸福美满的未来。庆阳枕顶图案具有叙事性的特点，如图 10 所绣图案为刘海戏金蟾，诸如此类的叙事性情节的图案在枕顶刺绣纹样中非常多见，带有叙事和伦理教化的功能。丧葬是重要的人生礼仪，中国传统观念中有注重来生和因果相生的民间信仰，因此在各地丧葬习俗中使用不同的色彩符号。由于地域的不同，色彩的习俗就不同，比如有些地方人死去做彩色纸扎，有些地方则用白色纸扎，不论彩色纸扎还是白色纸扎都具有特殊的色彩含义。有些地方，民间认为紫色也是一种可以穿越生死临界的色彩，通过烧纸扎以寄托生者对死者的哀思和祝愿，所以在纸扎中使用紫色是一种祥瑞的象征。

服饰礼仪多是在封建礼制下形成的服饰色彩制度，其主要内容是五色概念。中央集权的封建礼制由中央到地方逐级推广，色彩的等级制度对民间美术色彩的应用产生了间接的影响。历史上对于五色体系的尊崇，将推行礼制的阶层观念以服色等级制度折射出来；同时，中央颁布的服色制度散落民间，与各地地域文化融合，各取所需，形成地方特色的民间美术色彩。

图 9　陕西孩子满月送的纸老虎色彩搭配　　图 10　枕顶上刘海戏金蟾色彩搭配

结　语

　　总之，民间色彩的五色体系，不仅蕴含于民众衣、食、住、行、艺的日常生活，还包含在个体生、老、病、死的人生礼仪，是人们婚丧嫁娶、宗教仪式等民俗文化影响下的色彩习俗，是中国人关于天、地、人辩证关系的符号系统。中国历史上是一个农耕国家，人们在农事活动中总结出节气时令的规定，根据二十四节气，符合自然规律地耕种。基于对不同节气和自然生态的认识，形成了人们对色彩的直观想象和象征附会。在不同节日中，人们运用不同的民事活动来禳灾祈福，以此来寄托精神和信仰；在日常交往中，传统礼教和道德标准规范了色彩的符号意义。民间美术色彩根植于民间文化生态，是民族内在心理结构和族群文化认同的外在表象，是传统文化的基因符号，体现着民众的审美心理和文化取向。在长期使用过程中，民间美术色彩符号语言的概括与程式化，形成了独特的语义，如红色代表喜庆，黑白色代表静穆、庄重或者丧葬的含义，这些符号集合起来就形成民间美术独特的色彩体系，成为民众的共识。通过对民间美术色彩的特征、存在形态，以及民间美术色彩与民众生活的关系的比对和分析，可以看出中国民间美术色彩是人们在长期生产生活中形成的用色方法，是中国传统造物文化的一部分，具有鲜明的实用性、功能性、象征性和主观性特点。当下人们生活的空间和劳动方式都发生了改变，如何在传统生活和现代生活中建立一座色彩文化桥梁，从而弥合城市生活与传统村落生活之间的文化断裂，更好地服务于当代生活，以求在现代设计中延续传统色彩文化符号基因，将传统造物色彩的文脉融入当代生活，这是一个长期而艰巨的命题。

（原载中国艺术研究院美术研究所编《2018 中国色彩学术年会论文集》，文化艺术出版社，2018，第 404~418 页）

侗族传统服装底色与"五色"文化

张云婕　湖南师范大学

　　侗族聚居于西南山区，与外界鲜少陆路来往，但境内河流纵横，两条运输杉木的主河道（都柳江、清水江）是侗族人民与汉族人民往来的重要渠道，水运不仅为侗族人民带来了经济收益，还吸引了一批湖广商贾纷纷落脚于此地。因此，源源不断的中原文化涌入侗族地区，为本土文化注入新鲜血液，甚至有赶超之势。侗族传统服装色彩观念也在与华夏文化的交融过程中，逐渐形成了一套能与中国传统色彩观念相融合的服装底色系统。

一　中国传统色彩观念与服装底色的色彩表现

　　历史上的中国是一个较早形成色彩观念的国家，服装色彩是中国古代章服制度的一个重要内容，服装底色是指服装未进行装饰（刺绣、拼接、蜡染）前的色彩表现。我们从一些文献中可知晓古人有关服装底色的使用，《礼记》："夏后氏尚黑，大事敛用昏，戎事乘骊，牲用玄。殷人尚白，大事敛用日中，戎事乘翰，牲用白。周人尚赤，大事敛用日出，戎事乘原，牲用骍。""夏以黑为本朝色尚，殷人以服白衣为贵，而周人好服赤色衣裳。"[①]可见，夏商周时期对色彩的认知，已从"黑白—阴阳"二色初分，进一步演化成"黑白赤"三色观，并建立了一套自己的服色制度。至春秋战国时期，中国传统色彩观念中最关键的五方（东、西、南、北、中）和五色观（青、白、赤黑、黄）已经建构初成。当时诸子各家都在谈论五色，《老

---

① （汉）郑玄注，（唐）孔颖达疏《附释音礼记注疏》卷六，南昌府学重刊宋本十三经注疏本，清嘉庆二十年（1815）。

子》："五色令人目盲，五音令人耳聋，五味令人口爽，驰骋猎，令人心发狂。"①《孙子·势篇》："色不过五，五色之变，不可胜观也。"②《周礼·考工记》则更为具体地提及五方五色："画绩之事杂五色，东方谓之青，南方谓之赤，西方谓之白，北方谓之黑，天谓之玄，地谓之黄，青与白相次也，赤与黑相次也，玄与黄相次也。"③ 虽然这里并非讨论服装色彩而是在说兵事或绘画，但足以见得，至少在先秦时期，中华五色系统及"不可胜观"的间色系统已经被广泛运用在古人的真实生活中。④

此后，以"五行"观念为核心的"五德始终说"与"五方""五色"融合，色彩开始在权力架构、政治伦理的建构中有着突出的表现。历朝历代《舆服志》规范了各式车、服颜色的使用与禁忌。《晋书·舆服志》："魏景初元年，改正朔，易服色，色尚黄，牲用白，戎事乘黑首马白，建大赤之旂，朝会则建大白，行殷之时也。"⑤ 各朝始建者改正朔、易服色是中国古代一项重要的政治文化传统，曹魏王朝的服色制度将黄色提升到了至尊地位，黄色从此登上御用色彩的高台。《后汉书·舆服志》："公主、贵人、妃以上，嫁娶得服锦绮罗縠缯，采十二色，重缘袍。特进、列侯以上锦缯，采十二色。六百石以上重练，采九色，禁丹紫绀。三百石以上五色采，青绛黄红绿。二百石以上四采，青黄红绿。贾人，缃缥而已。"⑥ 此处不仅明确了当时嫁娶时服装色彩数量，还表明了各个等级对色彩使用和禁用的存在。服装作为色彩的展示载体，其功能已大大超出原有的身体体验，被赋予更多的精神体现，也在某些方面改变了中国民众的色彩观念和审美情趣。那么从宫廷服装的色彩应用、色彩等级和色彩禁用延伸下来的民间服装色彩观念，在侗族社会中有着怎样的演变或简化，我们将从民间信仰、象征文化等角度，浅析中华五色在侗族传统服装底色中的文化内涵。

---

① （周）老聃：《老子道德经》十二章，古逸丛书景唐写本，光绪十年（1884）。
② （春秋战国）孙武：《孙子》卷上，续古逸丛书景宋刻武经七书本，民国八年（1919）。
③ （汉）郑玄注，（唐）孔颖达疏《附释音周礼注疏》卷第四十，南昌府学重刊宋本十三经注疏本，清嘉庆二十年（1815）。
④ 陈彦青：《观念之色：中国传统色彩研究》，北京大学出版社，2015，第46页。
⑤ （唐）房玄龄：《晋书》卷二十五·志第十五，清乾隆武英殿刻本，清乾隆四年（1739）。
⑥ （南北朝）范晔：《后汉书》卷一百二十·舆服志第三十，百衲本景宋绍熙刻本，民国二十五年（1936）。

二　侗族传统服装底色及色尚观念

"五德始终说""五色"和"天干地支"观念作为一项中国历时数千年的文化思维模式。侗族先民在迁徙，与其他民族融合的过程中，不可避免地受到这些观念的"洗礼"，我们从侗族服装底色的色彩表现中可见一斑。中国传统色彩体系的"五色"——黑、白、赤、黄、青几乎在侗族的真实生活中都有体现。五色作为民族色彩运用于服装底色上，这不是纯粹的视觉感受和原始冲动，而是与阴阳五行的宇宙观，中国传统色彩体系的象征内涵以及民族信仰、生产生活、地域环境有关。它们是民族精神的象征和比附，是日常生活中"行之有用"的色彩，所以才得以完整的传承。

（一）常服尚青

侗族对青色有其独特的理解和情感，这应是受到宗教信仰的影响，更进一步说是原始宗教信仰对方位与色彩关系的解读。青色使用广泛，不仅日常服装以青为底色，小孩的背带、童帽，成人的绣花鞋等都用青色布料为底布，再绣上寄托各种情愫的刺绣或拼布。

关于染青的原材料和制作方法，明代宋应星在《天工开物》第三卷《彰施》（蓝靛）记载："凡蓝五种，皆可为靛。茶蓝即菘蓝，插根活。蓼蓝、马蓝、吴蓝等皆撒子生。近又出蓼蓝小叶者，俗名苋蓝，种更佳。"又说："凡种茶蓝法，冬月割获，将叶片削下，入窖造靛；其身斩去上下，近根留数寸，熏干，埋藏土内；春月烧净山土，使极肥松，然后用锥锄（其锄钩约长二十七厘米）刺土，打斜眼，插入于内，然后活根生叶。其余蓝皆收子撒种畦圃中，暮春生苗，六月采实，七月刈身造靛。"① 对照上述资料，侗族蓝靛原料有菘蓝，二月栽种，六月收割，七月染布，也有蓼蓝和苋蓝。北魏贾思勰《齐民要术》对蓝靛染料的制作方法有记录："刈蓝倒竖于坑中，下水，以木石镇压令没，热时一宿，冷时再宿，漉去荄，内汁于瓮中。率十石瓮，著石灰一斗五升，急于抒之，一食顷止。澄清，泻去水，

---

① （明）宋应星：《天工开物》卷上，明崇祯初刻本，明崇祯十年（1637）。

别作小坑，贮蓝淀（靛）成矣。"①

以上所引文献，说明当时东部地区制靛技术已十分纯熟。相比之下，有关侗族服色史料则极为匮乏，但我们还是可以从某些看起来虽不直接但构成合理性的史料中，获得一些认识，《北史·蛮撩》载"獠者盖南蛮之别种……能为细布，色致鲜净"②，这里"鲜净"必然不会用来形容深色，但也无法证实当时是否是青色布料。青色是随着制靛技术和种蓝技术从东方传入的，还是在侗族地区自然产生的色彩，仍有待考证。但值得关注的是，青色的广泛使用，与侗族神职人员的引导不无关系。

侗族自有一套神灵信仰，先民把自己在真实生活中的超自然力遭遇归结为某种神灵的作用，诸如灾难、疾病、生殖、农产等。侗族的神职人员，当地称为"鬼师"，是沟通人与鬼神的中介，凡祭祀、驱鬼、消灾、治病，常请鬼师行法。鬼师在侗族伦理、精神社会建设中起到决定性作用。"天干地支"理论在侗族地区流传已久，如三宝侗寨流传千年的"接萨进寨"歌中写道："接萨进堂咱撑伞，桂木做桩伞遮阳。十二地平给萨住，十二地阴十地阳。"③ 鬼师常将"天干地支"与"五方五色"构合，并将其做出适应侗族信仰的新改变，形成自己完整的一套理论体系。侗族之所以尚青，一是因为南方多雨潮湿，多虫蛇野兽，远古先祖为避其害，于树上架木为巢，侗寨传统的民居干栏木楼即取式于此，长期的"巢居"生活奠定了木在侗族生活中举足轻重的地位。二是因为"五行论"里有"木在东方。东方者，阴阳气始动，万物始生""木为春。春主生"的观点，侗族人向来视死亡为生命轮回，鬼师认为为逝者穿上青色传统服装才能在另一个世界与已故的亲人团聚，若投胎转世仍然能回到原来的家族。在这种场域下青色承担了通灵的功能和认祖归宗的宗族情结，也为侗族地区频繁出现的"再生人"灵魂转世的超自然现象埋下了伏笔。于是，鸥水相依的"木"与万物始生的"青"，这两种主张被完美结合在一起，以木德尚青作为服装底色，具备一定的说服力。

① （南北朝）贾思勰：《齐民要术》卷五，四部丛刊景明钞本，民国八年（1919）。
② （唐）李延寿：《北史》卷九十五·列传第八十三，清乾隆武英殿刻本，清乾隆四年（1739）。
③ 卜谦主编《祭萨歌 萨玛恩典》，贵州民族出版社，2016，第97页。

（二）祭祀尚黑

历代女性祭服皆以黑和青色为主。因为女性参与的最隆重的祭祀时间在冬季，次为春季。冬季属于水，其色为黑（皂）；春季属于木，其色为青，因而祭服亦是用黑、青色，以顺应天地自然。① 黑色在侗族宗教上的象征意义，使人们心存敬畏，它不常出现在真实生活中，而是在一些重要的祭祀仪式和活动中，作为与萨神接洽、交流的中介。如三宝侗寨祭萨时，女萨师手持祭萨道具黑色油纸伞和侗女们穿着黑色祭萨服。

侗族视女性神祇"萨岁"为至高无上之神，在各村寨里建有"萨岁坛"，祭萨时间各地不一，一般在春耕之前或秋收之后的农闲之时择吉日举行。三宝侗寨在每年农历十一月举行大型祭萨活动，祭萨是全寨人共同参与的最隆重的集体性公共事件。当天女性都换上黑色的祭萨服，女萨师一手举半开的黑色油纸伞一手握草结（现由男性代劳），带领众人转寨，从萨坛走到村口、河边、风雨桥，最后到鼓楼，边走边唱颂萨歌："进歌坪，进歌坪缓缓行。歌坪请萨前头走，萨领前头我跟后；进歌堂，进堂把萨安中央。留出六畜发来人丁旺，五谷丰登粮满仓；喜洋洋，引萨出门进歌堂。萨撑雨伞遮阴雨，保佑村民保安康"，以体现萨的光辉照到村寨的每个角落和全寨每一位成员。同样，穿着黑色祭萨服的还有贵州黔东南的六洞地区和四十八寨。

侗族染黑采用的是传统的套色浸染工艺，是一种先用靛蓝深染后再用其他染料覆盖的染色方法。妇女就地取材用橡树的皮和叶加水煮成黑色染汁，再将涂抹过牛胶的青色布料放入黑色染汁中浸染，根据浸染次数得到不同色泽的布料。

侗族以黑作为祭萨服的主色，一方面因为是受到中华色彩中"五德""四时"观念的影响，另一方面是黑色神秘的色彩表现和与萨岁的敬畏之情不谋而合，另外，还与侗族好依水而居的生活习俗有关，服黑成为祭祀场域下最高的色彩礼仪。

---

① 金成熺：《染作江南春水色》，云南人民出版社，2006，第32页。

（三）盛装尚玄

"五德始终说"中主"火德"的赤色在侗族传统服装色彩中基本消失，但这并不是侗族人民对赤色随意的摒弃，反而是结合宗教信仰后色彩观念的进一步升华。侗族先民们认定赤色有"招致灾祸"的作用，这或许源于原始社会对血和火的战争场景的记忆，充满暴力、血腥以及邪恶，赤色也因此被赋予了相应的象征含义。西山顶洞村在每年立春后举办"赶鬼"节，鬼师在河流下游的河滩上：作法事，将鬼怪赶入河中，以此保佑本年度村寨平安无事，族众安居乐业。驱鬼当天村中忌生火做饭，忌穿戴赤色服饰，防止鬼怪附着在赤色物品或穿赤衣的人身上，制造诸如疾病、生产或生活不顺当、庄稼长不好、孩子不健康等灾祸。侗族人民通过这种形式表达他们情感上祈求风调雨顺、天平地安的愿望和寄托。现今侗族地区经济已有很大改善，思想观念发生了翻天覆地的变化，便宜的工业布料、各色成衣充斥农村乡市，侗族青年男女开始穿戴五彩斑斓的色彩装扮自己，即便在日常生活中已随处可见戴在少女头上娇色的红花，系在身上的玫红色腰带。但是肇兴、堂安侗寨的传统祭萨活动，依旧习古法，易生火忌赤色，甚至银饰也比节庆时略显简朴，以服饰色彩的禁忌和服饰礼仪的恭谦，表达对萨岁至高无上的尊崇。由此可见，赤色在传统的侗族色彩观念中与中华传统色彩观念完全不同，被视为一种不太吉祥的色彩，但赤色并未从侗族人民的生活中完全消失，而是以另一种色彩表现成为他们心中的珍品，即玄色。《说文解字》中"玄"为"幽远也，黑而有赤色者为玄"[1]，以"五德相克说"的水黑克火赤，黑中扬赤，幽远神秘，无疑更显上天的神秘莫测，玄也有了其存在的道理。

野生山薯是常用制作红色染液的藤类植物，它的块根经熬煮使水成红色，然后用其液再染深青色的布料。染成玄色后，在布上涂抹鸭蛋清、鸡蛋清或牛胶，经反复捶打，得到表面光滑、挺括，呈现出黑红色金属光泽的"亮布"。直到现在，贵州何寨还保持着以亮布互赠的习俗，包括姑娘出嫁，以亮布赠予新人贺喜；亲友立房竖屋，以亮布为礼贺新居落成等。足

---

[1] （汉）许慎：《说文解字》卷四下，清文渊阁四库全书本，清乾隆三十八年（1773）。

以可见，亮布在侗族社会中的实用价值和社会价值。

（四）新生尚黄

几乎每个民族都有一些与新生儿相关的育儿习俗。诸如，穿"百家衣"和取小名之类。侗族人民相信婴儿阳气不足，灵魂未安生在婴儿体内，随时都可能游离，造成婴儿夭折，因此人们希望借助鬼神的力量来留住孩子的灵魂，通常选择包裹婴儿的服装或饰物作为媒介，如戴狗头帽、十八罗汉帽和月亮花背带等，认为都有镇住灵魂，扶正祛邪的保护神力。如果小孩体弱多病，就把小孩"拜寄"给山石、大树、水井等，人们认为这样就可以像被"拜寄"物一样健壮、长寿。

在侗族人民的原始观念里，世界分为"天界、地界、人界、水界、鬼魂界"五界，阳间人死后灵魂皈依的鬼魂界叫作高圣雁鹅寨。倘若婴儿投胎转世，先由鬼魂界的"南堂父母"批准，再由四位送子婆婆"四萨花林"撑船将婴儿渡过一条一边浑浊、一边清澈的河流。婴儿诞生便换去红色胞衣穿上黄衣，表示从阴间来到了阳间。这件黄衣通常用黄栀子果染色，且必须是外婆缝制的，这种风俗带有母系氏族时期留下的遗痕。

黄属土，位居正中，为五色之首，也是土地的象征符号。对于长期处于农耕社会的侗族人民来说，土地具有吸收天地之精华，润泽生命之源泉，汇聚世间万物之灵气的神秘力量。黄色顺势成为土地的象征和比附，弗雷泽称此为"相似律"或"顺势巫术"，"同样的'因'可以产生同样的'果'，或者说彼此相似的事情可以产生同样的效果"①。穿黄衣便是土地神灵作用于婴儿魂魄的一种巫术，将土地凝气聚力的作用通过黄衣传递给婴儿，使还处在阴阳之间的婴儿魂魄固定在阳间，不再游离。

（五）夏装尚白

白色在中国古代象征颇多，既有高洁之义，又有君子之德，一方面与凶丧相关，被认为是"死亡"和"不祥"的象征；另一方面，又成为社会低等级的象征。唐刘禹锡的《陋室铭》"谈笑有鸿儒，往来无白丁"，"白

---

① 〔英〕J. G. 弗雷泽：《金枝（上）》徐育新、汪培基、张泽石译，新世界出版社，2006，第5页。

丁""白衣"用以指代平民百姓由来已有。在《后汉书·舆服志》中，最低等级的"贾人"使用的色彩都是极为浅淡的颜色。由此可见，在中国传统色彩观念中，色调的深浅代表其身份级别高低。

侗族在历史上没有建立过本民族的独立政权和一统的民族区域，甚至没有经历过奴隶制社会。虽然形成过封建地主经济，但阶级分化、阶级对立不显著，公社制的形态一直遗存至今，如南部侗族流行的"种公地"等。即便侗族社会组织中存在族长、寨老的身份差别，但他们也不享受任何的特权，服装色彩方面更是没有形成等级制度。

如果说深沉是侗族服色给大众的视觉体验，那么明亮、轻快的白色是侗族人在夏季带来的一丝甘甜。夏季，侗族男子穿白粗布侗衣，贵州锦屏和岩洞女子穿白底条纹侗衣，贵州肇兴侗寨的姑娘，白色侗衣作底衬外搭一件黑色镂空衣，在白色的衬托下，镂空衣显得独具一格、赏心悦目。白头帕是侗族服饰的一大特色，三江同乐和榕江忠诚的头帕独树一帜。同乐头帕为黑白纹自织花巾，一块长方巾将其扭卷成圆柱形条状，沿头围捆成一圈，造型古朴又独特。最精彩的挑花数贵州榕江县忠诚头帕挑花，白底黑图，内容丰富，有动物、人物、花鸟。挑花不用画底图，全凭脑子记住图案整体，数着纱布线。

在侗族人民的观念中，认为白色象征太阳的光芒，代表着正义的力量。在通道县独坡乡的太阳花背扇中有类似的象征寓意，背扇构图以圆面太阳为中心主体，四周以八个小太阳相围，犹如日月与星辰辉映。每个太阳向四周放射的光芒，由白线向外放射性拉线挑绣而成。另外，白色还是纯净的象征。这种尚白的观念，在侗族的服饰礼仪上体现得十分明显。过去侗族老人寿终正寝时，孝子会为逝者换上传统服装，里层穿白色侗衣，外层是数量不等的盛装（为单数），白色侗衣在侗族人心中所具有的神圣意义已远远超出服装本身的物质形式，被赋予"清清白白的"再度投胎的情感比附，寄托了侗族人对来世的美好祝愿以及面对生死的乐观心态。

三　结语

与中国传统色彩观念一样，侗族色彩观念也同样古老、深远。神秘玄妙的宗教信仰、对自然的体察与观照、对世俗生活的祈祷与祝愿，无不积淀为侗族色彩观念的文化内涵。侗族地区形成的不同的文化情景，特殊的视觉和心理审美模式，则不断地构合为符合生产生活所需的色彩样式和色彩观念。侗族先民从一个庞大而复杂的色彩系统中，选择了"青、黑、红、黄、白"作为不同场域下使用的服装底色，在真实生活的现实应用中慢慢被赋予了异于色彩本身的、与社会活动相关的比附与象征，变成了某种社会秩序或社会伦理，与传统的"中华五色"的象征内通不尽相同。这种独立的色彩系统观念更加贴近侗族人的生活，为生活所用，它是一个民族传统文化与民族精神的载体，对其深层挖掘是研究侗族文化不可或缺的组成部分，具有重要的理论价值。

（原载《民艺》2018 年第 4 期，第 70 ~ 74 页）

文化尊重

——乡村女性艺术研究

乔晓光　中国民间文艺家副主席、中央美术学院教授

一　文化遗产时代的乡村艺术传统

21世纪初叶，全球化背景下的中国农耕文明正在转型为现代工业文明，许多文化传统在时代的变化中开始流变、衰退。一些传统失去了生活的需求意义，濒临消失。中国已经进入一个前所未有的文化遗产时代，往日许多自发传承的文化传统，正在成为需要自觉保护的非物质遗产。

联合国教科文组织启动的人类非物质文化遗产保护项目，十多年来在中国已经成为家喻户晓的社会活动。21世纪以来，国家采取了一系列与非遗相关的推介展览、传承人群培训、办艺术节及博览会等举措，产生了广泛的社会影响。"非遗"正在走出昔日自生自灭的乡村生活成为主流文化的舞台和城市生活的新景象。但离开日常生活土壤的"非遗"，究竟能走多远，新的城市生活能否成为"非遗"新的栖居之地，这是一个文化转为遗产，遗产又如何创造新的文化需求的时代课题。新的文化遗产时代，传统与现代都在充满活力与困境的不确定之中。

保护文化遗产时代的乡村艺术传统正变成一种趋势。乡村艺术传统即通常我们称为民间艺术的传统。中国是一个多民族、民间艺术丰富多样的国家，也是拥有世界"非遗"名录最多的国家。民间艺术传统是以劳动人民为创造主体的传统，在乡村，民间艺术依附于日常习俗生活，其中包括以文化信仰为目的的民俗艺术传统；包括以日常生活实用为目的的手工艺术传统。这两种基本类型的民间艺术支撑满足了民众日常生活的需求，也构

成了乡村活态的文化传统。今天，现代化、城市化的快速发展，乡村的生活也在发生深刻的变化。关注乡村艺术传统文化物种的抢救与活态传承，成为当下保护文化遗产时代急迫的现实问题。

二 乡村女性艺术研究的意义

把乡村女性艺术作为研究的对象，这其中有两层意义，一是乡村女性作为乡村社会性别身份的研究意义；二是乡村妇女作为乡村艺术传承群体，其文化意识及艺术实践的研究意义。几千年封建社会形成的许多陋俗与不平等的社会伦理价值观，很多表现在乡村妇女所处的卑微身份之中，乡村仍遗存一些封建不平等的社会伦理价值观。老一辈乡村妇女的生活经历，仍处于男权社会的从属关系中。乡村妇女的地位在家族中是边缘和"局外"的身份，而在陕北乡村传统社会观念中，妇女是传宗接代的"工具"，许多妇女因为生不了男娃而备受家族内部的歧视与伤害。更多的妇女在日常生活中，要忍受丈夫的打骂与压制，陕西俗语曰："打到的婆姨，揉到的面。"在田野调查中，许多老一辈传承人讲，因为剪纸有时也受到丈夫的阻止与打骂，许多妇女守着"家丑不可外扬"的老理，淡化或回避了这些遭遇。但作为乡村女性的社会身份，她们没有得到应有的社会平等和文化尊重。乡村妇女社会身份平等的问题，仍是一个有待关注解决的社会问题。

作为乡村艺术传承群体的乡村妇女，她们承担着乡村艺术中许多民间美术类型的实践。传统农耕社会"男耕女织"的分工，乡村妇女主要从事女红的手艺传统，实际上乡村妇女不仅要掌握女红传统，而且她们也要参与一定的"男耕"下田劳动，分担农忙时节劳动力的不足。尤其是在西南地区的许多少数民族乡村妇女的生活中，背着孩子下田劳动，成为一种日常的生活习惯。传统农耕社会中，乡村妇女的文化传承是自发的，文化传承的内容与方式是约定俗成的，乡村公共性的文化传承也有着自己的文化禁忌。

我们可能从来没有把乡村妇女，作为真正的艺术实践群体去关注，我们不关心民间美术背后乡村女性的文化意识和思维方式，不关心她们的文化叙事与个体情感表达，也没深入研究乡村女性艺术谱系中的文化隐喻与象征。乡村女性艺术的研究还有待开拓发展，许多问题的研究还没有开始。乡村艺术形态是一个文化生态的整体，也是一个多类型艺术混生的文化形态。乡村社会的日常生活中，性别身份的差异对文化传承有影响吗？这个是显然的，首先，要认识到，乡村社会的文化传承是有分工的，性别身份不同，承担着不同的文化角色和文化分工。男人多从事重体力及复杂技术的劳动，如房屋建筑、建桥修庙、铁匠、银匠、木匠、铜匠、篾匠等，还有一些村社公共仪式类的活动也规定须男性从事，并对女人禁忌，如风水师、伞头、社火、吹手、古歌传唱者等。女性从事的艺术传统实践，主要和日常生活相关，也有一部分满足家庭内部的节日祭祀等仪式活动。在北方中原地区一些乡村，妇女的俗信活动十分活跃，其中即有大量使用剪纸。即使在日常的烹饪与传统食物制作中，也往往夹带着艺术的表现手法，可以说，乡村女性的艺术实践就是生活实践本身。

乡村女性艺术传统中，纹样谱系是一个重要的文化内容。乡村女性艺术的文化叙事，主要依赖一套约定俗成的纹饰谱系，这套谱系并无现成规范系统的样本，它主要依靠乡村妇女口传身授的方式传播、传承，依靠那些巧手能人和天才的传承者，靠她们个体的文化记忆与文化传递流传。因此，文化谱系的系统性是依靠传承人群共同承载。乡村女性艺术的文化谱系，深刻反映了乡村女性的文化意识，反映了女性视角的文化叙事表达。乡村妇女的文化意识是有历史观念的，整个民间美术文化观念的表达，源于生存的情感观念和生命功利性的吉祥企盼。传统的民间美术是民间文化观念的反映，是历史传统观念遗存的反映，也是一定现实生活的反映。乡村女性艺术在信仰的层面，与乡村公共性群体文化认同是一体的，在一些民间美术类型的手工实践中，乡村妇女又是独立承担的。

三　乡村女性艺术的研究现状

乡村女性艺术研究是一个还没有形成的领域。从18世纪上半叶法国哲学家奥古斯特·孔德提出"社会学"的构想至今，国外社会学发展有一百多年的历史，其中包括了对女性社会学分支的研究。社会学传入中国是20世纪二三十年代的事情，社会学作为一门传入性的学科，在中国的发展有其特有的艰难历程和一定的局限性，其中对女性社会学的研究更是薄弱，乡村女性艺术研究仍是空缺。我们的社会学仍然以男性为中心，缺乏以女性的视角看乡村艺术，缺乏以乡村妇女的眼睛看世界，尤其缺乏以乡村妇女的立场去发现、探究社会的发生与发展。应当说，多民族乡村世代劳动妇女的文化贡献与造物贡献仍然被遮蔽着。

在中国艺术史研究领域，对女性艺术的关注也是一个薄弱的学科。美术史中对女性艺术家的关注，更多是以女性职业画家为主体，民间社会的女性艺术研究常常被忽视。20 世纪 80 年代中期，受西方女性主义理论影响，当代中国女性艺术研究逐渐活跃起来，相关研究的理论文章多有发表。进入 21 世纪，许多相关女性艺术的专著相继出版，如王金玲主编的《女性社会学》，廖雯的《女性艺术——女性主义作为方式》，朱丽娅·克里斯蒂娃著、赵靓译的《中国妇女》，李建群的《西方女性艺术研究》，陶咏白、贾方舟主编的《中国女性艺术文集》，陶咏白的《走出边缘，中国“女性艺术”的漫漫苦旅》。综观近三十年来的女性艺术相关著作，带有明显的西方女性主义、女权主义思想的影响，其关注的主体仍然是女性职业艺术家，但关注的与女性艺术相关的问题，有比较宽的文化视野及多维度的本土问题的针对性。

关注乡村女性艺术的著作，随着“非遗”项目的社会普及也在逐渐增多，如魏国英、祖嘉合主编的《我的民间艺术世界》，霍文多的《古树开花·民间剪纸艺术大师郭佩珍》，王红川的《草原剪花人——刘静兰》，房俊焘编的《周苹英剪纸》，王光的《医巫闾山满族剪纸传承人——汪秀霞》，中国人民政治协商会议陕西省旬邑县委员会编的《民间工艺美术大师库淑兰》，李泾婷编著的《黄土花红——陇东民间剪纸艺术大师彭粉女》。

20 世纪 80 年代初兴起的“民间美术热”，推动了民间美术社会化的传播，许多以乡村妇女为传承主体的民间美术传统被发掘和推介，相关展览十分活跃，也出版了大量民间美术内容的画册。但这个时期并没有女性艺术视野的文化价值观，也没有意识到乡村女性艺术研究的独特意义。21 世纪初联合国教科文组织开展“人类非物质文化遗产名录”评选项目以来，对社区传承人群文化持有与艺术实践的关注，引起了社会对传承人身份的普遍关注。2002 年，我们在实施中国剪纸申报联合国教科文组织世界"非遗"名录时，根据多年对妇女传承人群的研究，尤其是"申遗"过程中对各地天才传承人的深入调查，发现了乡村妇女传人文化身份的缺失，如陕西旬邑的库淑兰、佳县郭佩珍、富县张林召、安塞高金爱，贵州台江苗族王安丽等，我们发现这些高龄天才传承人有着相似的生活境遇，即生活极为清贫与剪纸艺术的极度灿烂，这个鲜明的对比，提出了乡村女性艺术文化尊重缺失的问题。看到了剪纸的成就，但还没有关注剪纸背后"剪花娘子"群体的生存现状，所以，提出了这个 21 世纪值得关注的"剪花娘子现象"。

2004 年我们编撰了中英文版的大型申遗画册《中国民间剪纸天才传承者的生活和艺术》，其中收录了 22 位代表性传承人的生平简介和代表作品，其中女性占 19 位。我们拍摄了申遗纪录片《正在消失的母亲河》，记录下了这些剪花娘子的生活片断。梳理这些高龄天才传承人的人生经历，每个人都是一部历经坎坷磨难而又顽强坚韧的女性故事。研究中发现民间艺术和女性现实生存情感的深层关联，发现了民间吉祥文化心理与苦难现实生活的关联。同时，也发现了乡村妇女在日常生活中的文化作用。从农历不同时间的节日、祭日仪式到婚丧嫁娶、衣食住行，乡村日常生活的许多需求，都是由妇女群体实践完成的。通过纺线、织布、做衣服，刺绣、蜡染、铰剪纸、制作面花等，我们发现了一部民间美术类型丰富多样的乡村女性艺术史。

在中央美院的"非遗"和民间美术专业教学中，我们在本科及硕博士教学中，开始增加乡村女性艺术研究的选题，指导选择这个题目的同学，开展乡村女性艺术口述史和图像史的专题研究，也鼓励同学以艺术社会学的视角研究乡村女性艺术。但总体看，高校相关乡村女性艺术研究的学科还十分缺乏，即使一些设立"非遗"项目相关的高校，对造物传统背后人的关注与研究仍是十分薄弱的。

四 乡村剪纸传承人群与天才"剪花娘子"现象

20 世纪 80 年代以来，民族文化复兴背景下的"民间美术热"思潮推动了民间剪纸登上主流文化的舞台，也影响了乡村妇女传承人群为艺术展览和文化活动创作的热情。不同的社会需求和艺术服务对象的变化，深刻影响了昔日传统剪纸的叙事主题和艺术风格。20 世纪 80 年代是改革开放的初期，党的十一届三中全会提出了弘扬民族文化，提高全民族文化素质的文化战略，来自全社会的民族文化振兴的热情成为一种潮流。现实生活中，"文革"后从禁锢中复活的民俗传统也开始逐渐活跃起来。

20 世纪 80 年代的社会体制还处在计划经济时代，在国家文化系统的体制管理中，自上而下的全国文化工作开展的规模都很大，同时，十分重视基层文化工作的普及开展，重视群众文化工作的覆盖面和影响力。20 世纪 80 年代的"民间美术热"，许多相关的展览及文化宣传工作是由各省组织本省各地区的资源和力量来完成的，当时的民间美术展览中，剪纸、刺绣、年画是比较活跃的展示类型。因为剪纸在民间十分普及，剪纸生动质朴的艺术语言受到广泛的欢迎。一方水土生养一方剪纸风格，在生活土壤上生长存活的剪纸传统，散发着浓郁的生活气息，民间剪纸也引起了美术界的关注与推崇，成为开放时代本土民间艺术"现代性"的一个新发现。

由于剪纸在日常生活中的普遍使用，在北方乡村几乎每个妇女都会剪纸，陕北俗语说："会生娃的，就会剪花。"北方乡村妇女是一个庞大的剪纸传承人群，由于北方传统年节中家家户户要贴窗花，要用剪纸装扮房间，剪神幔花、炕围花、顶棚花等，所以，每个家庭的窗户上和房屋里装扮的剪纸，就是各家妇女手艺的呈现，也是每家女人的"门面"。陕北乡村里把剪花好的妇女称为"花匠"，被称为"花匠"的妇女，往往是那些肚里古花样多，剪纸手艺精湛的女人。剪纸也体现着一个女人的人格价值，剪花好的女人会受到妇女们的尊重。北方许多节日中都习惯使用剪纸，像清明、端午、十月鬼节，还有婚丧俗中都使用剪纸。日常生活的需求造就了北方乡村的剪纸传承人群。

在北方的村庄里，乡村妇女群体就是剪纸的传承人群，这是一个与生活融为一体的手工艺术实践群体。像丹纳《艺术哲学》中描述的一样，天才像一棵树上的树冠顶尖，天才是少数的，是在整个大树的枝叶中生长出来的，没有大树也不会产生天才。中国剪纸的普遍性蕴含着深厚的本原文化，在中国民间美术的各个门类中，只有剪纸这个品类的普遍性造就出如此众多的天才"剪花娘子"。在西南地区一些少数民族乡村,乡村妇女人人会刺绣,但会刺绣的妇女绝大部分不会剪纸,三里五乡只有少数几个乡村妇女会剪纸,她们把剪的花样拿到集市上去售卖,刺绣用的花样都是从集市上传出去的。西南少数民族乡村的剪纸用途不像北方乡村那么广泛,除去刺绣用的花样,男性鬼师做巫俗仪式时也使用剪纸,这类剪纸比较简单,常用折剪的方式剪出拉手人纹样,丧俗的纸扎制作中也使用了剪纸的方式。

无论是南方或北方,天才的传承人总是那些有生活经历和能力干练的女人。陕北俗话说,女人成熟要过三关,一是结婚关;二是生育关;三是娘家父母老人亡故关。结婚是女孩成为女人开始;生育是女人生命内涵最本质的体现,也是初为人母的开始;娘家父母亡故,不仅是失去亲人的悲痛,更重要的是一种血亲家族生命情感依托的消失。乡村女人的精神世界,正是在这些接连不断的生与死的仪式和习俗生活中成熟起来的。那些经历了女人三关的天才"剪花娘子",晚年又回到本性的天然之中。生活的磨励与人性的返璞归真,几十年剪花技艺实践的炉火纯青,这一切,使那些高龄的天才传承人,进入一个艺术生命的自由天地,她们个性化的创造为我们带来一个全新的艺术世界。如库淑兰的彩色套贴剪纸窑洞;高凤莲推剪方法的大型剪纸创作;张林召、王继汝"晚年变法"的简约写意风格;彭粉女独特的剪纸"生肖树";苏兰花古朴的剪纸戏曲人物;郭佩珍表现个体命运的生活长卷都是这个时代最真切感人的艺术。

20世纪80年代改革开放以来,农民与农村的生活发生着前所未有的变化,老一辈剪纸传承人正是在大的时代变化中,开始了她们脱离民俗需求的剪纸艺术创作。新的文化需求与新的生活题材,这些都为传统剪纸的发展带来了机遇与活力。郭佩珍就是这一代人中的天才传承者。我们记录下这一代人剪花的故事,也是记录下一个变革时代的乡村足迹。

五 郭佩珍剪纸艺术个案研究

乡村女性艺术研究,首先要把研究的传承人还原到她生存的活态文化生态中去,只有在她生活的语境中,我们才能更有益地靠近事实的观察与发现。而传承人在她自己的生活语境中,才会有自然和贴近内心的讲述。

口述史的调查方法是最基本的方法，首先，是围绕传承人的生活阅历和师承及从艺经历的调查。其次，是有关传统剪纸文化谱系和创作型剪纸图像的发掘整理与研究，这是对传承人文化持有与实践才能的基本调查。同时，对一个区域传承人群的调查同样是不可缺少的田野基础，只有对一个区域文化生态和习俗背景有了整体的了解，个体传承人的研究才能真正开始。

郭佩珍是 20 世纪 30 年代出生的人，这代人在传统剪纸谱系上掌握得比较完整全面，也是传统民俗文化的知情者。我们对郭佩珍的研究，首先在她身上了解发掘佳县民俗中常使用的剪纸类型，以及与类型匹配的纹样谱系。同时，对她的剪纸图像进行整体的收集整理、梳理分类。国内的民间美术图像研究是一个新的领域，还没有成熟的方法。西方艺术史研究中的方法可作为借鉴与参照，如欧文·潘诺夫斯基的图像志与图像学的方法，海因里希·沃尔夫林的形式分析方法。但西方艺术史的方法并不完全适应日常生活中的民间艺术研究，我们还使用了村社活态文化的研究方法，从村社民间文化生成的视角去研究传承和发展，从村社女性的视角研究剪纸和女人的关系，从村社民族民间整体文化生态去研究作为艺术类型的剪纸传统。

研究老一辈传承人在时代变化中的个体选择与艺术创新，是研究郭佩珍这一代高龄传人重要的内容。我们当下正处在一个古老农耕文明前所未有的变革时代，我们看到了这个时代文化发生的渐变与突变，也看到了许多传统文化类型在时代发展中的流变与衰退。郭佩珍的剪纸研究，不同于一般民俗意义剪纸传人的研究。郭佩珍剪纸的主要贡献是在个体化叙事上的创造，这不仅是一种传统语言形式的开拓，更重要的是这代表了乡村妇女个体人性的觉醒和艺术创造的自觉。郭佩珍走出了剪纸民俗实用的功能，走出了剪纸文化叙事群体性的约定俗成，她走进了当下的时代和自己真实的内心。她用手中的剪刀，开始个体生命的诉说与讲述，这是中国乡村艺术史上一个了不起的开端。

郭佩珍是 2004 年中国民间剪纸申遗时，入选申遗展览的 22 位民间剪纸天才传承者之一。应当说，郭佩珍是 20 世纪中国农村传统文化中，最后一代文化自发传承时代的传人。她们这代人是在日常传统生活中熏陶历练出来的一代人，是真正的民间文化持有者，也是民间艺术实践的代表性传承人。

其实，这一代人大部分已经去世，想起20世纪90年代初笔者带学生下乡采风，在炕头上给我们剪花的婆婆们，正是她们这代人。这一代人留下来的不多了，仍在坚持剪纸和创作大型作品的人少之又少，郭佩珍就是一个晚年进入创作高峰期的天才传承人。

如今互联网时代的基层文化工作，已在使用现代化联络方式，许多中年的剪纸传人已是一手拿剪刀、一手握手机了。今天，更多的非遗活动是文化物流式的外出展览与表演，人们不再重视传承人的文化持有，更多的是看谁的剪纸创作和衍生品做得好。时代在改变着文化的需求与价值判断。郭佩珍这一代老一辈"剪花娘子"在退出历史舞台，她们正在被边缘化、被遗忘。

最早发现郭佩珍，鼓励她做大幅新内容剪纸创作的是我的导师靳之林先生。郭佩珍是一个命运坎坷的女人，无论是童年的生活还是婚姻生活，以至她剪纸成名以后，坎坷与磨难总是与她伴行。郭佩珍默默守在佳县山城，坚守着自己倔强的心。郭佩珍的遭遇也是许多陕北乡村妇女命运的缩影，她的许多经历也是乡村妇女同样面临的问题。命运的磨难与生活的艰辛没有压垮郭佩珍，反而造就了郭佩珍独特的剪纸艺术。她顽强地在剪纸中存活着，天才地创作出她人生命运的长卷。郭佩珍揭开了中国剪纸艺术叙事新的一页，我们应该记住郭佩珍，记住这个陕北女人在命运坎坷与磨难中的文化创造，记住这个了不起的女人和她的艺术故事。

（原载《民艺》2018年第4期，第6~11页）

传统手工艺的文化生态保护
与手艺人的身份实践

——基于黔中布依族蜡染的讨论

王明月　中山大学中国非物质文化遗产研究中心博士研究生

传统手工艺既是民族传统文化的重要组成部分，也是民众的重要的物质与精神诉求，在社会历史长河中具有重要地位。然而，在当代的日常生活中，大机器的广泛应用压缩了传统手工艺的生存空间，民众生活方式的快速变革也使传统手工艺难以满足民众的生活实用性需求，传统手工艺正面临着前所未有的生存危机。2016 年初，时任文化部副部长项兆伦曾指出，振兴传统工艺应上升为国家战略。[①] 这说明保护与振兴传统手工艺已成为国家发展的关键议题。由于传统手工艺根植于民众的日常生活，与其他文化要素唇齿相依，在此背景下，传统手工艺的文化生态保护应运而生。

传统手工艺文化生态保护以传统手工艺为保护对象，以文化整体观为视野，寻求保护方式的革新，实现对传统手工艺的整体性保护。这种保护方式是传统手工艺保护方式的重要转向，尤其文化整体观与系统性的观点，对于传统手工艺的保护具有非常重要的启示意义。不过，部分学者也指出文化生态保护的潜在危险。高丙中教授便指出："文化生态失衡，必须要落在作为主体的一个群体或个人上，不然'文化生态'就只能是个词而已。没有落在活人身上，你还讲什么'文化生态'啊？"[②] 的确，文化生态保护理念在突出文化整体性的同时，往往忽视作为实践者的鲜活个体，他们正

[①]　项兆伦：《振兴传统工艺上升为国家战略》，《中外文化交流》2016 年第 3 期。

[②]　高丙中：《关于文化生态失衡与文化生态建设的思考》，《云南师范大学学报》（哲学社会科学版）2011 年第 3 期。

是文化生态作用于文化行动的中介。这一问题在依赖个体文化实践的传统手工艺领域表现得尤为明显。当前的文化生态保护理念虽然已经强调手工艺与其他文化要素的系统性关联，不过在探讨文化生态作用于手工艺生产活动的过程与机制这一问题上仍然有继续探索的空间和必要性，这将使我们更加清楚手工艺人在这一过程中的中介地位。

本文从文化生态理念与传统手工艺的特点入手，分析传统手工艺文化生态保护理念的理论意义与探索空间，并以布依族蜡染为个案，从文化生态、社会互动、经验内化、工艺生产等方面探讨文化生态作用于手工艺生产活动的机制与过程，进而对传统手工艺文化生态保护的理念与实践问题展开讨论。

一　传统手工艺的文化生态与手艺人的生产实践

传统手工艺文化生态保护的理论取向一方面带来了传统手工艺保护理念的变革，另一方面也有许多问题需要持续的探索与思考。其中一个突出的问题便是如何处理文化生态的整体论视角与传统手工艺依赖的个体文化实践之间的关系。

（一）整体论视角下的传统手工艺文化生态保护

传统手工艺的文化生态保护理念源于对文化生态学的研究，这一研究领域注重文化的整体性、系统性。20 世纪 50 年代以来，文化生态学作为一个新兴的学科开始广泛应用于人类学、生态学的研究，它着重研究文化与环境的共生关系。与此种文化生态的理解有所不同，1998 年，方李莉提出了"文化生态失衡问题"，其文化生态的概念是"以一种类似自然生态的概念，把人类文化的各个部分看成是一个相互作用的整体，而正是这样互相作用的方式才使得人类的文化历久不衰，导向平衡"①。在该视角下，文化生态更多指的是文化本身，将文化本身视为一个生态系统。这一观点被众多学者认同，并启发学者们对非物质文化遗产的文化生态问题展开研究，

---

① 方李莉：《文化生态失衡问题的提出》，《北京大学学报》（哲学社会科学版）2001 年第 3 期。

如陈勤建等就在文化生态理念的基础上，提出文化生态场的概念。① 虽然两种文化生态的理解有所差异，但是整体观的视角是相同的。

较早开展传统手工艺文化生态研究的是潘鲁生，他在 1998 年申请教育部人文科学科研课题"传统民间手工文化生态保护与调研"，并获批准立项，开展了大规模的手工艺文化生态的调研活动。② 之后，相关学者逐渐展开这一领域的研究活动并深化了对传统手工艺文化生态的理解。张士闪在对张泥玩具的研究中指出，民间工艺是民众日常生活的一部分，其创造、传承和演变都是在特定语境中发生的，与特定社会语境下的政治、经济、文化、社会组织、宗教信仰等密切相关。③ 张建世也在对苗族银饰的调查中指出，由佩饰佩戴习俗及其他相关的社会文化环境要素构成的文化生态是导致黔东南苗族银饰变迁的动因。④ 不难发现，学者们对传统手工艺文化生态的研究体现了文化生态系统性与整体性的特点。这种特点不仅体现在对文化生态原理的剖析上，也体现在对传统手工艺的传承与发展问题的解读上。例如，龚建培在对传统手工艺的当代遭遇的解读中认为，传统手工艺的原生性发展动力模式来自古代的手工业和农业的技术状态，而现代社会发展的动力模式则来自机械工业和高新技术的发展状态。不同的动力模式产生着不同的社会构成方式和社会生活方式，产生着不同的文化观念和不同的审美需求。⑤ 可以说，基于文化生态的视角，传统手工艺在现代社会的生存困境得到了新的解读，这对其保护实践具有深刻的启发意义。

（二）人的主体性与对文化生态保护理念反思

与文化整体观视角不同，有的学者对文化生态保护理念提出了不同的看法。与高丙中的文化观照一致，这些学者认为文化生态最终应该落足于

① 陈勤建、尹笑：《试论民间美术非物质文化遗产的活态保护》，《美术观察》2007 年第 11 期。
② 潘鲁生：《走进民艺——呼吁民间文化生态保护》，《美术研究》2003 年第 2 期。
③ 张士闪、邓霞：《当代民间工艺的语境认知与生态保护——以山东惠民河南张泥玩具为个案》，《山东社会科学》2010 年第 1 期。
④ 张建世：《黔东南苗族传统银饰工艺变迁及成因分析——以贵州台江塘龙寨、雷山控拜村为例》，《民族研究》2011 年第 1 期。
⑤ 龚建培：《传统手工艺在现代的蜕变与再生——兼论传统手工印染现状与发展的几个问题》，《南京艺术学院学报》2006 年第 4 期。

人类的文化实践。基于此，学者们对当前的文化生态保护实践提出了另一种解读，使民众的主体性得到观照。刘魁立认为，在一些地方，在保护规划的制定以及整个项目的实施过程中，民众的主体性没有得到很好的体现。① 王晖对当前的文化生态保护区建设也提出疑问：一些地区纷纷设立"文化生态保护区"，这对于保护和恢复该地区的文化遗存起到了一定作用，然而文化的载体是活生生的、流动的人，人的思维方式和意识形态不受他人的控制，怎样保护？② 吴效群也认为，我们需要在文化生态保护中总结一套行之有效的方法，能影响社区民众的价值判断，使他们成为保护工作的主动承担者。③ 这些学者的研究对重新认识文化生态保护理念，挖掘文化生态与人类文化实践的关系具有启发意义。

具体到手工艺领域，重视人的主体性，回归人的生产实践对于传统手工艺的文化生态保护是至关重要的。邱春林曾指出，手工艺的文化变迁是人的变迁，没有人的记忆和心理作用，一切外力作用下的变迁都不可能实现。④ 手工艺人是具有独立思维和行动能力的个体，并对手工艺生产的结果施加最为直接的影响。因此，对传统手工艺的文化生态如果只专注于其他文化形态的保护，而较少考虑手工艺人的主体性和文化实践的中介意义，那么任何传统手工艺文化生态保护的效果都可能大打折扣。因此，引入手工艺人的主体性，系统探索传统手工艺的文化生态对手工艺生产活动的作用机制与过程是很有必要的。

（三）身份实践作为机制枢纽

Holland 的身份与行动理论对探寻这一问题具有启发性。本质而言，手工艺人的生产实践是手工艺人在已有生产经验的基础上，根据所处的社会文化情境开展的手工艺生产活动。生产经验源于集体文化，却内化为个人经验，成为衔接文化生态与文化个体的纽带，是调控手工艺人行为的关键。在 Holland 的理论中，这种生产经验内化后构成了身份的所有组成部分。

---

① 刘魁立：《文化生态保护区问题刍议》，《浙江师范大学学报》（社会科学版）2007 年第 3 期。
② 王晖：《文化生态问题中的文化主体保护》，《求索》2009 年第 2 期。
③ 吴效群：《文化生态保护区可行吗？》，《河南社会科学》2008 年第 1 期。
④ 邱春林：《技艺因人而存在：非物质文化遗产活态传承的关键》，《艺术评论》2012 年第 7 期。

Holland 认为，身份是在人的文化实践和人们之间互动基础上形成的个人对自我的理解，它由各种内化的文化经验构成，并依此能对随后的个体行为进行控制。① 不难发现，一方面，身份的主要构成来源于集体性的文化，也即文化生态；另一方面，身份调控个体的文化经验，成为之后个体行为的指南。因此，手艺人的身份及相关实践活动是探索手工艺文化生态与手工艺人生产活动相互作用机制的纽带。正是基于以上学者的启发，笔者将基于对布依族蜡染文化生态、蜡染艺人身份建构及其生产实践的分析，探讨文化生态、手工艺人及手工艺生产活动的相互作用关系。

二 黔中布依族蜡染的文化生态

黔中布依族蜡染主要盛行于以镇宁县扁担山为中心的广阔区域，在语言划分上属于布依语第三土语区。与生活于六马等地的布依族不同，当地民众在民族服饰上以蜡染为重要组成部分。笔者于 2016 年 6～7 月、11～12 月在此开展田野调查，收集第一手资料。虽然当前在日常生活中蜡染已很少见，但是在婚丧等非日常仪式领域，依然在广泛使用。它与当地民众的生计方式、民间信仰、生命礼仪等有相互作用关系，对其文化生态展开探讨具有一定的代表性。

布依族蜡染目前在扁担山的布依族民众生活中存在，原因在于它与当地民众生计方式、民间信仰、生命礼仪、亲属关系等文化要素的系统性关系。

首先，布依族蜡染的生产是当地部分民众重要的生计方式。在扁担山一带，石头寨是做蜡染比较多的村寨，除此之外，还有偏坡、王三寨、凹子寨等。这些村寨有一个共同点，就是土稀少。相比其他寨子，这些寨子水田面积多，但是土地则很少。村民们每年种完水田后便没有其他的农活做了。与之相反，其他村寨除了水田还有土地，以者斗为例，者斗虽然水田很少，但是有大片的土地，种植着萝卜、玉米、花生、地瓜等诸多农作物。村民们在不同的季节都有大量的农活要做，因而也就没有空闲时间来画蜡染了。由此，扁担山地区形成了一种蜡染交易的传统，石头寨等村民

---

① Dorothy Hollandetal. , Identity and agency in cultural worlds. Harvard University Press, 1998, pp. 5 – 8, 37.

将生产蜡染作为一种重要的生计方式，他们利用空闲时间制作蜡染，拿到大抵拱进行销售。其他村寨通过劳作赚取收入，从石头寨等村民那里购买蜡染，满足仪式需求。这样，整个扁担山地区就形成了一个完整的蜡染生产—贸易—消费的链条。

其次，布依族蜡染与布依族的民间信仰和生命礼仪存在密切关联。在生活中，当地很多民众表示不信仰任何宗教，但是他们总在有意无意地显示他们与祖先的关联。在婚礼上，新郎与新娘要在祖先神龛面前行叩拜礼，方才完成拜堂仪式，被视作新人进家门。在当地民众眼中，死亡意味着死者的灵魂与祖先汇合。葬礼的目的则是把死人送到原来的祖先的地方去。可见，布依族的很多生命礼仪中，祖先都扮演着重要的角色。在这些生命礼仪中，布依族蜡染成为重要的身份表征，是与祖先进行识别的符号。在婚礼上，新郎家要为儿媳妇精心准备至少两套蜡染服装，这些服装不仅是婚纱，而且是在叩拜祖先时必要的工具，因为只有身穿布依族蜡染服装，才能够让祖先认识你，接纳你。在葬礼上，去世的老人也必须穿布依族的蜡染服装。正如当 WWL① 所言："我们是要穿本民族的衣服，才能见到祖先的嘛。你不穿这个怎么去呢？你不穿民族衣服，怎么能找到祖先呢？衣服有好有坏，但是怎么也是这样的衣服。"②

虽然婚丧习俗是镇宁、扁担山一带多民族共享的风俗习惯。但不难发现，布依族在这些仪式中都保留着自己的特色，这也是蜡染一直在布依族民众中使用的重要原因，它是保持布依族特殊性的重要符号，其内核则是布依族的生死观念和祖先的血脉联系。

再次，布依族蜡染与当地的亲属关系有着重要的关联。如果说民间信仰与生命礼仪在很大程度上是为了与祖先建立起联系，那么，"家门"则是为了维护与活着的亲属的社会关系。在当地，"家门"是一种重要的亲属关系，无论在解决家庭纠纷，还是缓解家庭危机方面，家门都扮演着重要的角色。布依族蜡染是维护家门的必要工具。在当地，家门中有老人过世，

---

① 为保护调查对象的隐私，本文使用被调查者姓名首字母以作替代。

② 访谈人：王明月；访谈对象：WWL，男，1937 年生；访谈时间：2016 年 7 月 7 日；访谈地点：WWL 家中。

家门中的儿媳妇都被要求身穿蜡染服饰为老人引路，即引去汇合祖先的路。无论儿媳妇是不是布依族，都要身穿布依族的蜡染服装，完成家门的责任，否则家门会认为这家品性不好。甚至儿媳妇如果穿着的蜡染服装比较破烂，都会被家门的人认为是不恰当的。因此，布依族蜡染在维持当地民众的亲属关系中有重要意义。

最后，由于这些文化要素的影响，当地形成了严格的蜡染生产习俗。首先，虽然当地人已经无法指明各个图案的意义，但是蜡染的图案已被约定俗成，不可改变；其次，在生产蜡染的原料方面也有特定要求，包括画蜡染的棉布厚度、土靛的选择、蜂蜡与白蜡甚至蜡刀，形成了一套生产材料体系；最后，对于生产的工序也有着明确的要求，从画蜡、染色到脱蜡，每一个步骤都有详细的要求。可以说，蜡染图案、原料、生产工序构成了布依族蜡染的基本规范。

以上便是布依族蜡染的文化生态。扁担山布依族的民间信仰、生命礼仪、亲属关系等都强化了对蜡染生产规范的要求。人地关系的矛盾以及蜡染作为稀缺品的特征则使生产销售蜡染成为当地部分妇女的重要生计方式，将蜡染的生产活动凝结于这种"生产—消费"关系之中，使蜡染生产规范与市场交易结合在一起。这几种文化要素相互关联共同构建起了布依族蜡染的文化生态，使其在当地的社会文化环境中得以长期生存并发展。

三 手艺人身份的养成：从文化生态向文化个体的转化

布依族蜡染的文化生态呈现了蜡染与其他文化要素的关联，但是它对手工艺生产活动的影响并非理所当然的。它更像是格尔茨所言的"意义之网"的外化形态，它依赖于当地民众的实践才变得客观化。当地民众才是这些文化要素的实践者，正是在民众的互动与交流过程中，蜡染艺人才得以不断地积累蜡染的文化经验，并内化为个人的生产经验，她们作为蜡染艺人的身份才得以养成，才最终使文化生态实现向个体文化经验的转换。具体而言，这种互动与交流主要有两个方面，即日常生产生活层面和蜡染交易层面。

在日常生产生活层面，初学者在蜡染艺人的指导下习得蜡染的生产规范。71 岁的老艺人 WDX，由于年纪较大，已经有三年没有画蜡染了。她讲："现在大抵拱的图片都是一样的，样样都是老谱子做的，学别样出来的都不好看了。老人们都说，你们要按照老谱子做，你们乱做的都做不出来的。"① 这些因仪式与信仰而非常严格的生产规范通过家庭和社区内的日常互动得以传授给初学者。首先，家庭是初学者习得蜡染生产规范的重要空间。WST37 岁，是石头寨妇女中画蜡染速度很快的艺人，她讲述了自己学习蜡染的经历："小的时候就学画蜡染了嘛。奶奶也会做，两个姐姐也会做。每天放了学，我就回家和她们一起学画。有时候我们晚上都要画很晚的。"② 在笔者调查期间，我们也可以看到这种家庭内的互动。笔者所住的村民家中，小孙子看着奶奶在点白裙子，就不自觉地过去跟着画了。这或许是出于兴趣，却得以使他们掌握蜡染的生产规范。其次，社区的日常交流也是习得蜡染技艺的重要空间。在石头寨，每当家里没有事情时，妇女们就会聚在一起画蜡染。很多初学者就是在与老艺人交流过程中习得蜡染技艺的。WWJ 已 51 岁，在 30 年前嫁过来的时候才开始学习蜡染。她说："没有谁来专门教我蜡染，就是和她们（邻居）一起做，看她们怎么画，自己照着画，有时候她们教我一下，就这样学会了。"③

可见，日常生产生活给初学者习得蜡染技艺的机会。在与老艺人的互动中，初学者学会了绘制布依族的蜡染的规范，并在操作中掌握了绘制布依族蜡染的经验，这也都为她们成长为蜡染艺人提供了支持。

除了日常生产生活，蜡染贸易也是养成她们艺人身份的重要空间。大抵拱集市是布依族蜡染的集散地，包括镇宁县城和关岭的很多布依族民众都到这里购买蜡染。初学者在制作好蜡染后也要到这里进行销售，她们在这里与购买者展开商品贸易，在此过程中，逐渐深化了解蜡染生产规范并成长为依靠制作布依蜡染谋生的人。

---

① 访谈人：王明月；访谈对象：WDX，1945 年生；访谈时间：2016 年 7 月 4 日；访谈地点：WDX 家中。
② 访谈人：王明月；访谈对象：WST，1979 年生；访谈时间：2016 年 12 月 2 日；访谈地点：WST 家中。
③ 访谈人：王明月；访谈对象：WWJ，1966 年生；访谈时间：2016 年 11 月 29 日；访谈地点：WWJ 家中。

在扁担山，布依族蜡染的规范是一种共享知识，所有的购买者都深知何为布依族蜡染，以及区分布依族蜡染质量的好坏。在购买时，她们也非常挑剔，这对于初学者而言是进一步深化学习蜡染生产规范的契机。YXY是铜仁嫁过来的媳妇，她在大抵拱就经常遇到这种事情。在一次赶场中，YXY 的一张蜡染少花了半个水涡纹，便被发现了。这位购买者对她讲，要便宜 20 元，两人相持很久，最终还是达成协议，580 元卖掉了这两条。这位商人对她讲，下次还是要画这半个圆。可见，在与购买者的互动中，初学者时刻都被提醒蜡染生产的每一个细节。与此同时，她们也在与购买者的博弈中习得了从中赚取利润的手段。WDW 也是 30 多岁才开始学习蜡染，她说："我画白裙的圆圈，都是画 9 个圈的，按理说 11 个圈是最好的，但是那个太难画了，画 9 个圈我就快一些，虽然每条少卖几十块钱，但是我能多卖一条嘛，也还是能多赚些钱的。"① 可见，在蜡染交易过程中，她们逐步成为通过布依族蜡染生产来谋划生计的人。

综上所述，与布依族蜡染相关的诸多文化要素凝结于蜡染的生产规范与产品交易需求，而民众间的互动与交流则将这两者传递给蜡染的初学者，将其内化为个体的文化经验，在融入初学者蜡染艺人身份的养成过程中，构成了她们身份的所有内容，并开始指导她们的蜡染生产实践。

四 艺人的身份实践：蜡染生产、再生产与文化生态的动态性

文化生态向个体文化经验的转换，并不意味着蜡染艺人的身份仅是文化生态在个体身上的投射。虽然蜡染艺人主要的生产实践都是文化生态作用下的产物，但是蜡染艺人依然存在自身的能动性，具备实现文化变迁的可能性。换而言之，蜡染艺人在身份建构基础上开展的生产实践既是对当地蜡染基本规范的遵循，也会在此基础上，做出生产上的变革，最终引起文化生态的动态变迁。

———————————

① 访谈人：王明月；访谈对象：WDW，1967 年生；访谈时间：2016 年 12 月 8 日；访谈地点：WDW 家中。

正如上文所言，蜡染艺人在接受了依靠制作和销售蜡染来谋生的人的身份之后，就意味着要接受消费者对布依族蜡染产品的要求。而当地民众对蜡染的产品在以下几个方面的要求非常严格。首先，蜡染的图案是不能随意变动的。蜡染的白裙子与红裙子的图案，各个图形之间的构架关系都是有基本要求的，只是在个别细节上有改动的余地，如圆圈数量、涡纹数量等。如果在图案上违反惯例，那么就很难卖上好价钱，甚至卖不出去。其次，对蜡染的质量上也是有要求的，如果布染得不黑，当地称"黑红黑红"的，那么也卖不上好价钱。最后，对蜡染原料也有要求，各种不同的蜡染对布有不同的要求，布选择不对，购买者稍经检查就能发现，也难以卖上好价钱。也正因此，蜡染艺人为了赚钱，这几方面的要求从不敢有意违背，这也保证了布依族蜡染技艺的稳定性。

但是，蜡染艺人在生产实践中也是有能动空间的。以蜡染袖子为例，蜡染袖子主要由两种图案构成，主体部分是水涡纹构成的图案，而袖子边缘则存在差异，一种是以小涡纹排列，另一种则是以点点为形状。袖子边缘的图案在习惯上是可以变动的。其中一种花纹就是在最近十几年才出现的。这一突破是石头寨的 WQT 创造的。她是扁担山画蜡染袖子最好的艺人之一。她讲："她当时觉得传统袖子周边的图案太难看了，她就用水涡纹设计了新的图案。没想到，在大抵拱销售后，非常好卖，当地民众不但不抗拒，还非常喜欢。"[1] 此后，越来越多的画袖子的艺人来到她家，向她讨教画法。从此，蜡染袖子的边缘图案就发生了变革。

通过这一案例不难发现，WQT 的创造并非随意的，而是在传统规范的范围之内做出的生产变革。这一变革并未影响布依族蜡染在民间信仰、生命礼仪和亲属关系等方面的功能，也未扰乱区域内的文化秩序。但是，确实引发了布依族蜡染规范方面的变化，称得上布依族蜡染文化生态的变迁。这都源于蜡染艺人对身份的认知，以及在此基础上的生产实践。因此，蜡染的艺人的身份建构及其生产实践是文化生态与传统手工艺变迁的重要动力。

---

① 访谈人：王明月；访谈对象：WQT，1968 年生；访谈时间：2016 年 7 月 5 日；访谈地点：WQT 家中。

五　引入手艺人的身份实践：传统手工艺与文化生态的关系反思

通过对布依族蜡染的文化生态及其作用过程的分析，我们发现，在传统手工艺与文化生态之间应该是以手工艺人的个体身份实践为介质的。缺少对个体身份实践的关怀，传统手工艺的文化生态保护可能存在潜在的实践风险。具体而言，这种实践风险包含两个方面：本真性风险和过程风险。

首先，本真性风险。通过布依族蜡染的文化再生产，不难发现，个体文化实践是手工艺文化生态动态性的内在动力。因此，若忽视个体文化实践，那么我们可能会以静态的眼光观察手工艺的文化生态，片面地以历史某一时刻、某一区域的文化生态为传统手工艺的原生态，进而加以恢复和保护。这实则是在改变传统手工艺的本真性，而忽视了传统手工艺的文化生态实际，更忽视了文化生态演变的内在机制。其次，过程风险。布依族蜡染文化生态个案向我们呈现了文化生态作用于传统手工艺的具体过程。蜡染文化生态作为一种文化意义之网，依赖民众的互动与交流，才得以客观化并成为集体共享的地方性知识。在互动中，蜡染艺人得以在文化生态中寻找到属于自己的位置及相应的行动模式，换句话说，蜡染艺人的身份才得以建构，并控制他们的生产行为。若忽视个体文化实践，在传统手工艺的文化生态保护中，我们就可能片面地强调诸多文化要素的保护，反而缺少对这些措施对传统手工艺保护的实际影响过程的评估，从而使传统手工艺文化生态保护的效果大打折扣。

面对以上两个潜在风险，我们再次回到前文中高丙中的话题。的确，引入个体的身份实践，在传统手工艺与文化生态之间建立有效衔接是必要的，那么如何落到"人"身上呢？

根据布依族蜡染艺人与文化生态的案例，笔者认为，先需要对文化生态的理念做出反思：首先，文化生态是文化同一性与行动多样性的统一。以往我们虽然充分关注了作为同一性的文化生态，但忽视了手工艺人在其中生产活动的多样性。布依族蜡染的生产活动说明，手工艺人在统一的文化环境中养成艺人身份，其行动体现着共享的地方性知识。与此同时，他们相应的身份实践又都保留着自己的能动性，也正是在这些能动性中蕴含着文化生态变迁的潜力。因此，我们或许可以更包容地看待手工艺人的创新行为，它是手工艺文化生态的重要动力，并不是违背文化生态规则的忤逆行为。其次，文化生态是稳定性与动态性的统一。必须承认，手工艺的文化生态相对而言是比较稳定的，但是手工艺人根据社会文化情境的身份做出的即兴行为也在时刻改变文化生态。因此，没有必要寻找虚幻的本真的文化生态。相反，只有以此时此地的文化生态为基础开展动态的文化生态保护行动更为实际。最后，将"心态"与文化生态结合。费孝通先生曾经指出，必须建立的新秩序不仅需要一个能保证人类继续生存下去的公正的生态格局，而且还需要一个所有人类均能逐生乐业，发扬人生价值的心态秩序。① 手工艺的文化生态保护不仅应注重保护其他文化要素，而且值得注重对人群心态秩序的建构。在布依族案例中，手工艺人对艺人身份的建构就是这种心态秩序的具体体现。只有手工艺人心态秩序得以稳定，手工艺的文化生态才可持续发展。

在新的文化生态理念基础上，传统手工艺的文化生态保护实践也会有新的解读：手工艺的文化生态保护策略应以手工艺人的实践为中心。虽然当前的文化生态保护也在着力保护传承人，但资金支持等方式是否达到了保护与传承手工艺的目的，我们需要有一套合理的评估体系。正如布依族蜡染文化生态与手工艺人相互作用过程所示，文化生态对手工艺的影响有路径依赖的特征，这一条路径便是民众互动基础上手工艺人的身份实践。因此，任何的文化生态保护措施都需要认真评估它对手工艺人身份建构的实际影响，也需要跟踪手工艺人相应的生产活动情况，这将显现保障传统手工艺文化生态保护措施的实施效果。

（原载《民俗研究》2018 年第 2 期，第 150～160 页）

---

① 费孝通：《中国城乡发展的道路——我一生的研究课题》，《社会》1993 年第 7 期。

民间艺人的身份归属与知识权益

——以库淑兰及其剪纸作品为个案

张西昌　西安美术学院

自 20 世纪 90 年代以来，学界对库淑兰的关注多侧重于对其个人的身世介绍及作品的本体研究，但是作为非遗传承及保护主体的民间艺人而言，依然大多处于"见物不见人"的研究状态中。那么，如何关注非遗文化中"人"的要素，并避免使之停留在简单的人生经历记录或者贡献铺陈阶段，而是将之作为非遗文化的传播者或生发体进行研究。因为就目前的普遍状况看，人们依然没有真正认知到特殊个体对于非遗传承与创新的现实作用，而是宁愿将其模糊为一个群体，这与看待主流艺术家的目光大不相同，这便是"工艺家"与"个人作家"社会身份的差异性。这种带有偏颇的传统价值观，在很大程度上决定了民间艺人的身份归属，从而也影响到他们诸多的切身利益。

一　身份界定：文化保护的机制属性

在一定的社会体制判断中，民间艺人的技艺和作品大多是为自身或特定群落的生活需要而存在的，该艺术群体与政府供养的主流美术家具有本质上的区别，后者的艺术创作是为自身之外的"他者"所创作。

在此角度上，库淑兰为我们提出了一个问题，即与其相类的民间艺人，他们的作品是否只为自身及其亲近群落的族民所制作？

20 世纪 80 年代初，库淑兰在被文化馆干部"发现"的情况下，进入（偶尔）由官方组织的半辅导性的民间美术创作培训班，在文化馆干部的适当引导下，库淑兰的作品逐渐开始突破原本对于乡土环境的功能性适应和形式粘连，从工艺技术的层面看，库淑兰的作品依然属于传统范畴，但在使用功能上，她的作品已经不局限于乡村生活的物质空间，也不具有传统剪纸在时令节庆上的时间约束性，她的作品甚至是为她自己所做，因此可以说，库淑兰不是靠技艺谋生的"手艺人"，也不是在乡土生活规范中的"能手"。她极具"个人化"特征的创作已经开始具有"公众艺术"的鲜明特征。只不过在相当一段时间内，库淑兰的作品虽然已经脱离了约定俗成的乡土环境，却没有被更大程度地公布于众。

对于这样的创作者，该如何从艺术价值和身份上进行确认呢？

要获得官方的艺术价值体系的接纳和确认，大抵有两条途径，一是摆脱个体私有者的身份，进入公务人员序列。二是掌握某项主流艺术技能，介入其利益和价值体系。而这两条基本标准是将乡土社会中的民间美术从业者排除在外的。这也是像库淑兰这样的民间艺术家难以被官方艺术利益体制认可的最主要原因。即其农民的身份属性问题。这不是一个个人化问题，而是具有一定普遍性的共性问题，这也不仅是当下性问题，而且是历史性问题。此处带来的问题是，生活在乡村空间中的艺术能手，其创作的作品是否具有社会价值？这种社会价值的界定标准又是什么？该群体的身份归属该如何确认？及其利益的回馈和保护等问题均值得重新思索。

库淑兰生活贫困的原因是区域经济和家庭要素叠合的结果，甚至有时连剪刀和纸张也买不起，在其人生故事中可以了解到，库淑兰遭到了物质与精神的双重压抑，这种精神压抑有些是来自童婚失学、孩子早夭和丈夫殴打的直接经历，也有那个时代带给生存者的诸多精神制约。一种在贫困环境中被长期压抑的人性，自然会在适当的时候寻求满足和释放。因此，我们通过一些材料看到，库淑兰在面对越来越多的某些来访者，她会索要物质，开始是含蓄且不好意思地要纸张和剪刀这些价格低廉的创作材料和工具，逐渐要脸盆和奶粉，拍照要钱，① 甚至要房子，② 作为非在场者，很

---

① 2000 年，管祥麟曾经寻访库淑兰，后来他在博文里记述，当他把糕点放在土炕上时，库淑兰哈哈大笑："同志们可好着哩，还给我买好吃的，下次来，你再给我买些豆奶粉、脸盆子（要求很低），我给你持（拿）花。"她爬上了炕头，可又转了回来，"我对（转下页注）

② 库淑兰有时会为访客的真诚热心而兴奋，有时也会为此伤心或厌烦，以至变得（转下页注）

多人可能不大好理解，因而有人以此做出库淑兰已"变质"的判断。但是从反向的角度来思考，库淑兰何至如此呢？

作为被联合国认定的"杰出民间工艺大师"，库淑兰几乎没有得到中国官方的任何物质帮扶。传承人津贴制度并非一种纯粹的经济抚恤行为，有相当一部分传承人并不依赖该项津贴，而是看重该荣誉称号以及由此带来的隐形经济效益，但是对于作品难以市场化、生活窘困的传承人而言，这些津贴则显得弥足珍贵，这是目前传承人津贴制度中很难解决的现实矛盾。当然也可以说，按照目前的省级传承人补贴标准，对库淑兰也无法起到实质性的帮助，只会在精神上起到一定的抚慰作用。

传承人制度的出台预示着政府对民间艺人文化贡献的官方确认，但相对于民间艺人的群体而言，能获得传承人补助的只是极少数。对此，民艺工作者管祥麟曾向国家文化部门提出过设立"中国民间艺术家保护基金"的建议。2010 年的"两会"期间，歌唱家谭晶也曾以人大代表的身份向乡政府提出过《规范发展本土文化，研究制定扶持本土文化发展的国家战略与政策》的建议，其中就有为老艺术家设立专项基金的内容。此机制可作为对非物质文化遗产传承人制度的有效补充，但到目前为止，这些提议还未得到社会及政府层面的有效回应。

二 传承人：被异化的文化责任

库淑兰去世后，中国财政部和文化部于 2006 年 7 月 13 日颁布了《国家非物质文化遗产保护专项资金管理暂行办法》，其中即有对传承人及传习活动补助费用的相关规定，后又于 2012 年 5 月 4 日印发了重新修订的《国家非物质文化遗产保护专项资金管理办法》，对于传承补贴的数额及发放方

（接上页注①）你说，下次你来给我买上随（小）剪子，还有红纸、绿纸、毛蓝纸。"作为看花的条件，我答应了她。她这才从炕头上翻出压在最底下的一个纸箱，拿出一大卷卡纸，当她要展开时又说："拍照要给钱哩！二百元。一张'花'四百元！"见管祥麟博客，http://guansiangin. blog. sohu. com/ 9719170. html。

（接上页注②）功利而实际，甚至说出"不给钱，我不唱！""拍下那，能吃嘛能喝？"之类的直白且带有调侃的话，有人在书中写道："后来以至对谁都不放心，对任何人的来访都不分对象，不讲形式地大肆哭穷，张口要房子、要钱。她学会了讨价还价，甚至有些狡黠。"

式都做了进一步完善。可以看到，该规定在对传承人生活的物质体恤中包含着对其文化角色和精神价值的确认。但在此之前，各地政府所颁布的《民间艺术保护条例》及《工艺美术保护条例》中，均没有对艺人价值的确认和保护。

库淑兰生前未来得及被认定为非遗传承人，但在其身后，剪纸技艺作为国家级首批非遗项目，在各地都分别确定了相关传承人。库淑兰的剪纸类属被冠以"旬邑彩贴剪纸"的名目，审批为陕西省省级非遗项目，库淑兰的盛名带来了众多的"追随者"，也因此引发了关于师徒和传承人的纷争。在陕西省省级非遗项目旬邑彩贴剪纸的传承人申报书中，库淑兰被确定为第二代传承人，第一代是范双芹，第三代传人分别为何爱叶和魏伊平。笔者认为，从该传承谱系来看，是将某区域内的民间美术项目局限化了，旬邑彩贴剪纸无疑是由于库淑兰声名带动的结果，同时值得注意的是，在这些传承人之间，也不存在严格紧密的传承谱系，但在库淑兰之后，却有不少人刻意强调与库淑兰的师徒关系。

什么是徒弟？什么是传承人？似乎是个浅显且无须讨论的话题。但在目前的"非遗"工作中却成为一个不好厘清的现实问题。作为诸如剪纸一类的开放性技艺，大多不存在显化或严格的师徒关系，但是当制度化标准需要佐证的时候，僵硬或违背现实的事情便会发生。当年，曾经和库淑兰在旬邑县文化馆有过短暂交集的年轻人，是不是她的徒弟呢？村子里和她有过技艺和情感交流的人是否有资格申请为传承人？在这样的语境中，师徒关系该如何认定？我们看到的是，不胜枚举的自告奋勇的徒弟们，甚至，谁是库淑兰的传承人，当事人也没有发言权，这些传承人只是官方表格中形式连缀的一种需要。

关于如何认定传承人，中国民间文艺家协会曾召集专家议定了几项参考标准："第一，传承人所传承的文化应是具有特殊的文化价值的民间文化表现形式；第二，所传承文化的濒危程度和稀有程度；第三，传承人代表性作品的数目、地方特色、个人特点和风格，以及创造和创新；第四，目前传承的状况，包括传承代数、方式、徒弟数量、仪式、文字、曲谱、舞谱等的情况；第五，传承技艺的艺术价值；第六，技艺技巧难度和复杂程度；第七，传承人及技艺宣传和推广的程度，包括社会影响、行业知名度、市场化程度、展出、展演情况、规模，以及受到奖励的情况，被调查和记录，对本民族或社区的文化和社会影响。"①在理论上使认定制度有所细化，但在目前的具体操作中，我国传承人评定存在的现实问题仍然很多。

我们有时不无悲哀地看到，传承人认定制度加重了非遗传承的功利性倾向，那些试图在表面关系上与库淑兰靠近的艺人，也在模仿库淑兰的作品风格，对于这种技艺门槛不高的民间美术而言，其传承的更多应是审美情感与文化精神。剪贴纸技艺属于一般性的公有化知识资源，而作品的艺术性则是艺人个体的精神外化，其精神才更应成为非遗传承的核心。因此，在对制度的巧妙迎合与利用中，我们看到的也只能是徒有其表的符号堆叠。因此，如何确认传承人制度中的"血缘"关系，并不只是一项简单的事务性工作。

非物质文化遗产保护理念的提出，使原本对"物"的保护向"非物质"形态转移，而保护非物质的最直接体现，即对其活态载体——传承人的关注。从这个角度而言，传承人制度是非物质文化遗产保护工作的核心。但是，由于多方面复杂因素的影响，我国目前的传承人认定机制存在诸多现实问题。

大致来讲，我国的传承人认定机制目前主要存在以下问题：1. 申报程序。由于非物质文化遗产保护工作主要依靠文化行政部门执行，因而决定了从基层逐渐向上申报的官方系统程序，其申报基本程序是经过县、市、省和国家级四级阶梯逐层上报，每级均由政府和文化机构组织专家组进行评审。这种依赖国家机构"垂直嵌入式"职能的官方体系，在一定程度上保证了行政配合的有效性，但是，这种程序难免会对公开性、公正性和严谨性产生影响，如遇到可多选一些传承人的情况，其公正性极有可能受到干扰，甚至致使管理人员或政府行政人员等一些非手艺人成为传统手工技

---

① 中国民间文艺家协会编《中国民间文化杰出传承人调查、认定、命名工作手册》（内部资料），2005。

艺的传承人。① 在传承人的认定工作中，中国文化行政机构大多缺乏认真求实的工作态度和作风，在强势话语权的干扰下，就难以保证客观性和公正性。2. 认定方式。在非物质文化遗产传承人的认定中，我国目前采用"个人认定"的方式，但是，绝大多数的传统手工技艺往往不可能是家族单传，而是具有相对庞大的产业集群，集群中的优秀艺人往往不止一位，在确定不同层次的传承人时，多会参照艺术贡献、职称、资历、职务、产业规模、年龄等条件进行认定，差距较大的艺人不太会存在纠纷，但年龄相仿、资历等同的艺人大多是各有所长的，在认定时就存在较大的难度。很多非个人之力即能完成的项目，也因为"个人认定"机制而产生内部矛盾，或者有些地方在认定活动相持不下的情况下，则会出现空缺不报的现象，由此导致现实"缺位"。值得借鉴的是，日本在"无形文化财"传承人的认定上，有三项具体措施：个人认定、团体认定和综合认定。前两种认定方式适用于工艺技术领域，即我国所说的传统手工技艺。较好地解决了个体资献与群体贡献之间的关系。3. 传承人津贴的确定与发放的尴尬。传承人在经济上的体现是国家给予其相应的津贴作为对其艺术成就的肯定、生活贴补及传承工作辅助，当然，目前我国的传承人津贴与日本、韩国等发达邻国还有较大差距。对于生活比较困难的传承人，这些津贴会在很大程度上解决其生活困难并对技艺传承起到实质性作用。面对于一些产业经营较好的传承人而言，其所看重的并非津贴本身，而是这种荣誉带来的更为丰厚的隐性利益资源。在荣誉的争夺下，则必然出现认定机制的失衡现象，导致一些弱势艺人无法得到政府的有效补给，从而使其技艺失传。传承人认定机制的公正性和纯粹性受到普遍质疑。

众多弟子对库淑兰的热切追认，无疑是名利要素促动的结果。早年生

---

① 中国民间文艺家协会主席冯骥才说："贵州丹寨造纸文化传承人的称号本应该给一位老造纸能手，但却让一位商家弄去了。内蒙古报了一个'勒勒车'，当地真正会做这个车的老人没上，结果地方官员自己成了传承人了。北京有一个鹤年堂，是很有名的中药店。要它报传承人，本来有几个制药的工人应该上的，但是这个鹤年堂包给私人了，董事长非要上不可，当地的政府还不错，就不给他上。要知道，对'非遗'传承人，国家一年给8000块钱。传承人得是真正的传承人，另外同行要服你。我问澳门申报醉龙的，我说你有传承人吗？他说有啊。我说你报谁啊？他说我报一个11岁的。我说可能吗？"鞠靖：《中国"非遗"保护工作的红与黑》，《南方周末》2009年12月4日。

活落魄、无人（是指周边的当地人）问津的老太太，身后却成了香饽饽。在台湾汉声杂志社对库淑兰作品的艺术价值加以确认之后，其作品价格在国内外市场逐渐上涨，一些"传承人""徒弟"和库的亲人，也都加入伪造库淑兰作品的行列，于是出现了库淑兰作品收藏及出版鱼目混珠的局面。

三 "发现"与"汇编"：采风制度中的关系失衡

2009 年，台湾汉声杂志社以作者身份，由上海锦绣文章出版社出版发行了介绍库淑兰的精装书《剪花娘子库淑兰》，当时，库淑兰已经离世 5 年。据笔者的调查，库淑兰本人及其家属没有获得知情权及经济报酬。关于美术作品的汇编权属及酬劳问题，文化部曾于 1985 年在《著作权法》未出台之前即颁布了《图书、期刊版权保护试行条例实施细则》，其中有涉及对民间文学艺术整理者和素材提供者权利进行保护的相关规定："民间文学艺术和其他民间传统作品的整理本，版权归整理者所有，但他人仍可对同一作品进行整理并获得版权。民间文学艺术和其他民间传统作品发表时，整理者应当注明主要素材提供者，并依素材提供者的贡献大小向其支付适当报酬。"同时，在该条例第 10 条中作了具体说明："民间文学艺术和其他民间传统作品发表时，整理者应在前言或后记中说明主要素材（包括口头材料和书面材料）提供者，并向其支付报酬，支付总额为整理者所得报酬的 30% 至 40%。"

从理论的角度看，出于对资料和素材提供者的感谢和尊重，应当在作品出版和发表时征求对方的意见，并按相关标准给付一定的费用作为酬劳。但是，这种法律规定很可能会受到多种现实因素的局限。比如：一是由于整理工作中人力和工作方法等因素的限制，一些传统手工艺品在搜集时信息不详，出版时则无法按图索骥寻找到著作权人。二是虽然我国《著作权法》第十八条规定，艺术品中美术作品原件所有权的转移"不视为作品著作权的转移，但该美术作品原件的展览权由原件所有人享有"。但受我国传统观念"潜规则"的影响，认为进行了物权交易之后，其知识产权则随物权发生转移，并归新的物权占有者所有。三是有作者信息登载的传统手工艺品，多年后才得以整理出版，可能会存在原创作者难以找寻的现实困难

（事实上大多是没有这种法律意识）。四是我国相当一部分民间艺术研究专著本身也存在经费困难的现实，很多作者所获得的稿酬可能连国家的基本标准也达不到，在其稿酬中往往也不将所引用图录费用计算在内，因而提供资料和素材的民间艺人也就无法得到相应的经济补偿。

20世纪80年代，民间艺术得到主流美术的某种认同，采风以及帮扶活动在官方的各种文化机构中展开，很多杰出的民间艺人及作品被"发现"。这些艺人中的极少数也因此获得荣誉，获得荣誉更多的恐怕是具有官方身份的"发现者"。在知识产权制度中，"发现权"享有权益保护，但其"发现物"则是指没有生命或无感情的人类之外的自然物。作为"艺术能手"，却在这种潜规则的"发现制度"中被忽略了。虽然作为个体的人，"发现者"和"被发现者"在人格上未必不平等，但在采风制度的历史习惯中，这种不平等到目前为止依然存在。发现者可以廉价甚至无偿掠走民间艺术品，原作者或出于朴素的情感赠送，或出于对政府的感激心理捐献，或出于卑微的心理向政府人员上缴，或者接受了象征性的费用以做买卖……从知识产权法的角度而言，发现者（采风者）对作品的占有，只是对其物态形式的拥有，但并不享有其著作权，但实际上，这些作品自然成为发现者处理的私物。诚然，对于收集和汇编工作来讲，这些发现者必须具有专业性知识和辨别能力，而且也应有对民间文化的感情和责任感，以及其所付出的心力。这是作为汇编权被予以尊重和保护的。客观来讲，多数发现者从汇编权中获得了经济回报和社会认可，但是大量"被发现者"的精神权利和经济权益则可能会被忽略。

库淑兰作为官方采风的"被发现者"，也由此逐渐获得被社会关注的声名，笔者曾经面对这样的诘问：如果没有20世纪的民间美术研究热潮，如果没有文为群这样的基层美术干部，如果没有像汉声杂志社等媒体的关注，还会不会产生"库淑兰"？很明显，这种思维充斥着优势地位的强权思想，同时也折射出采风制度中政府艺术工作者与民间艺人的关系失衡。同时我们也要注意一个问题，经过汉声杂志社宣传的民间艺人，何止成百上千，但为何库淑兰会如此得到社会各界的广泛关注？反过来说，也正是这些民间艺人的成就，树立了《汉声》杂志的公众形象，很显然，他们之间是相互依存和彼此成就的关系。而且，在以库淑兰为发端形成的利益链条中，获益最少的究竟是谁呢？

四 弘扬与获利：民间工艺行生品的现状

近年来，随着非物质文化遗产保护的热潮，出现了以民间艺术资源为卖点的传统手工艺衍生品。如台湾汉声杂志社在北京下设的北京汉声巷文化创意发展有限公司，推出了一系列以传统手工艺品为元素的衍生品，其中包括蓝印花布、风筝、年画、剪纸等艺术形式。如以库淑兰剪纸为封面装饰纹样的多种笔记本，库淑兰的剪纸及歌谣都被作为工艺品的设计元素。还有"库淑兰单杯茶礼盒"，其中包括口杯、杯垫、茶叶袋、外包装礼品盒等，均以库淑兰的剪纸作品为直接元素。在北京汉声巷文化创意发展有限公司的诸多衍生产品中，一部分属于集体创作（作者不明）的民间工艺品，而库淑兰剪纸则是有明确作者归属权的民间工艺品。虽然公司在艺术衍生品中大量使用库淑兰的剪纸作品图像，在某种程度上起到了宣传民间艺术的作用，但宣传与商业利用是并存的，虽然开发商需要一定的前期投资或承担相应的商业风险，但首先出自商业目的的预设性更大。同时，笔者还在不同城市中发现了以库淑兰作品图像生产的衍生品，询问的结果是，商家均声称已经合法购买了版权。但经过笔者的调研，库淑兰家人根本不知情，也不知晓此类侵权事件的发生，当然，他们通常也不具备维权的法律意识、意愿和经济能力。

在目前当代艺术衍生品市场化的过程中，当代艺术家大多采取无偿授权的方式，意在培育国内的当代艺术品衍生市场，与其说这种做法来自文化责任，倒不如说源自商业操作可能更为合适。但是这些具有较高知名度的当代艺术家与部分民间艺人的生活状况具有天壤之别，库淑兰虽被联合国教科文组织授予"民间艺术大师"称号，她的作品可以成为他人获取名利和累积财富的素材，但其生活却一直处于基本温饱的状态。对此，管祥麟曾经撰文道："多少年来，我们对众多有成就的民间艺术大师的生存背景和创作环境知之甚少。可以说，我们长期忽视了这一重要的社会底层人文元素，从某种程度上我们依然存在严重的认识偏差。民间艺人得不到应有的重视和必要的保护的现象，已成为这一领域的盲区。所谓上层主流文化中'拿来主义'的主观倾向或者称为'历史惯性模式'，对待民间文化至今仍持'摘野花'的态度。因为它是野花，可以居高临下地随意采撷，无须代价和负责任。只要能用来美饰主流文化的某种需要，一切万事大吉。这显然反映出主流文化对待民间文化作者的不公正的态度。"①

面对上述事实，自然产生这样的诘问：是不是可以有一种可操作性的制度，为像库淑兰一样的民间艺人和艺术生态提供生活和从业的资金？如果一种机制只是使强者更强，富者更富，而对导致贫富悬殊是否合乎法理则置之不理，那这种机制的合理性是大打折扣的。当然，传统手工艺衍生品市场是一个需要逐步培育的过程，彼此尊重，在商业和知识产权保护规范的基础上应当对传统手工艺资源进行利用和宣传。建立相应的传统手工艺衍生品付费制度，可以在一定程度上对贫弱的民间手工艺人进行帮扶，因为在对社会文化做出贡献的前提下，他们自身的利益诉求并不高。但是，目前我国整体缺乏这样的沟通平台及知识经济观念。

五　结语

库淑兰是中国民间剪纸艺人的突出代表，其人生遭际也折射出身处劣势话语权地位的民间艺人的基本状态。通过对本案的多角度展述，可从以下几点推进制度性建设，以改善非物质文化的传承机制和空间。

（一）通过多种制度的协调性建设扶助"弱势"传承人群体。非物质文化遗产的传承性保护工作，其直接着力点应在于传承人环节，明晰和完善传承人制度。保障特困杰出传承人的生活问题，需要从多种制度上得以体现，比如设立特殊的基金平台和管理制度，其中可包括生活扶助、研究出版、衍生品开发等内容，使有才能的民间艺术传承人通过自身的知识生产与社会的对接来改善生活、提高自信，进而扩大自身传承文化艺术的技能与影响力，从而突出和强化非物质文化遗产保护工作的人文色彩和精神特质。

（二）在"传承人制度"之外增强对非遗传承工作的使命感。基于非物

---

① 管祥麟：《追忆大师库淑兰》，http://ganxingin. blog. sohu. com，访问日期：2012 年 10 月 18 日。

质文化遗产保护与传承工作的官方操作属性，需要警惕文化保护工作的行政化倾向，有时需要跳出行政化思维的拘圈，站在文化传承者的角度思考问题。行政管理的方法与制度是基于对民间文化的良性发展和传承基础之上的，前者应为后者服务，尽量抓住非遗传承的灵魂，避免非遗保护工作的"形式化、装饰化甚至伪饰化"倾向。

（三）在《中华人民共和国非物质文化遗产法》的框架和基础上，进一步细化和加强知识产权法的建设，并通过各级政府、文化机构、行业组织、高等院校等层级单元，加强法规的普及性认知、从而提高法律的普及性和执法的有效性。法制的本质应该是民主精神，应对劳动者的劳动权益起到维护的作用，同时，法律的公平最终应该体现在维护人际关系的民主性，而不是被强势话语权所干扰。

从知识产权法的视角探讨问题，是为了提示和发现现实中存在的问题，以及在权益受到侵害的时候具有可以依据的规约，但如何能使弱势民间艺人具有精神上的平等感，能够凭借自己的智慧劳动获取权益所得，则需要社会公众在艺术理解和道德公知上的辅助。从十余年来非物质文化遗产保护工作的实际来看，警惕对"物"的功利性追求，切实认识到"人"在文化传承中的核心作用，将人文关怀与经济补贴相契合，为底层文化传播群体营造和谐的精神氛围，则是民间文化艺术发展的持续动力。

（原载《民艺》2018 年第 1 期，第 33～39 页）

"穷人"的知识：论原住民文化艺术所有权[*]

罗易扉　浙江财经大学艺术学院教授

引　言

文化的有形表达与无形表达如同一枚硬币不可分割的两面，文化的有形表达往往与物权相关，文化的无形表达往往与文化所有权相关。民间文学艺术是文化无形表达的生动载体，国际公约中一般将之纳入非物质文化范围。关于民间文学艺术性质的界定，国际公约均做出了相关归属界定。依据 2003 年《保护非物质文化遗产公约》（简称《公约》），非物质文化遗产涵盖"各种实践、表演、表现形式、知识和技能及其有关的工具、实物、工艺品和文化场所"①，此定义中表演与表现形式即包含民间文学艺术。《公约》依据此抽象定义列出具体常见类型，它涵盖"1. 口头传说和表述，包括作为非物质文化遗产媒介的语言；2. 表演艺术；3. 社会风俗、礼仪、节庆；4. 有关自然界和宇宙的知识和实践；5. 传统的手工艺技能"。② 因此，

---

* 基金项目：2016 年度国家社会科学基金艺术学项目"当代欧美艺术人类学思想取向研究"（16BA010）课题阶段性成果。

① 此条款取自联合国教科文组织《保护非物质文化遗产公约》（The Convention for the Safeguarding of Intangible Cultural Heritage, 2003）关于"非物质文化遗产"定义。《保护非物质文化遗产公约》于 2003 年 10 月在联合国教科文组织第 32 届大会上通过，旨在保护以传统、口头表述、节庆礼仪、手工技能、音乐、舞蹈等为代表的非物质文化遗产，该公约于 2006 年 4 月生效。

② 此条款取自联合国教科文组织《保护非物质文化遗产公约》（The Convention for the Safeguarding of Intangible Cultural Heritage, 2003）关于"非物质文化遗产"定义。《保护非物质文化遗产公约》于 2003 年 10 月在联合国教科文组织第 32 届大会上通过，旨在保护以传统、口头表述、节庆礼仪、手工技能、音乐、舞蹈等为代表的非物质文化遗产，该公约于 2006 年 4 月生效。

人类学中关于原住民文化所有权的讨论，往往关联文化的有形表达所有权与无形表达版权问题讨论。在人类学理论中，有形财产与物权关联，无形财产与文化所有权关联。故人类学者往往将原住民文化有形财产置于原住民物权语境之中研究，而将原住民无形财产置于原住民文化所有权语境之中研究。

一 "暂时的幻象"：原住民文化艺术当代境遇

1. 当代原住民各类知识的艰难境遇

在全世界 90 个国家中约有 5000 个不同的原住民群体，他们占世界人口 5% 以上，约有 3.7 亿人。1994 年 12 月 23 日，联合国大会通过决议，此次决议将 8 月 9 日定为世界原住民日。原住居民在艺术、文学和科学方面拥有特殊知识体系，他们对其生存环境内的动植物拥有丰富的知识。这些知识蕴含在他们独有的语言、文化和风俗中，原住民居民在他们独有的知识体系中与自然界和谐共存，他们与自然相互依赖。美国社会学家托夫勒在其著作《第三次浪潮》中提出，人类物质文明发展史上的第一次浪潮是一万年前渔猎社会发展到农业社会，第二次浪潮是几百年前，由农业社会向工业社会的过渡，当今社会已经进入第三次浪潮。而在全球经济一体化进程的时代中，原住民文化频频遭遇全球化与商业化波及，诸多原住民文化濒临消失的境地。当代社会在原住民传统和习俗方面处于一种艰难境遇之中，故当代社会对民族与原住民文化的重视与保护则更具有现实意义。

在《新教伦理与资本主义精神》的最后篇幅中，马克斯·韦伯（Max Weber）将现代性形容称呼为"铁笼"[1]，用来形容因"Material goods"（物质）威力而衍生的不断攀升的理性主义。韦伯的"铁笼"无疑作为一种思想与意象，成为在新信息技术刺激之下经济变化的一种符码象征。"为了抵御这种影响波及原住民文化，法律专家以及原住民知识拥护者共同倡议，用知识财产法律来保留某些物质形式知识并同时保护其无形知识财产。"[2] 然而遗憾的是"今日拟像时代的尖锐锋芒首先将这种温柔的诉求付诸东流。

---

① Weber M. The Protestant Ethic and the Spirit of Capitalism. 1930：181.

② Brown M. F. Can culture be copyrighted. Current Anthropology, 1998（39）. 206.

时代总体沉陷于膨胀的资本主义商品逻辑之中。虽然某些举措或许提供了一个暂时的幻象，让某些方面得到暂时的安全感。"① 韦伯提出，"或许到了温和我们欲望的时候了，将盘根错节繁缛的原住民文化版权诉求清晰提出，诚恳地反思未来成为公共领域的知识以及艺术，这才是人类保护其关键意义之所在。"② 美国学者迈克尔·芬格（Michael Finger）与菲利普·舒勒（Philip Schuler）在编著的《穷人的知识：改善发展中国家的知识产权》③中通过系列个案，围绕非洲音乐产业及印度传统工艺展开法律、经济及商业层面的分析，分析作为一个民族的耶夸纳人其权利保护之路，思考在变动不居的世界中印度手工制品及技艺保护问题。倡导通过知识产权法防止对无形文化遗产的盗用，倡导知识产权法要为保护传统知识服务，维护"穷人"④ 的艺术和文化、智力成果及传统知识。

2. 人类社会文化多样性的现实价值

人类文化的多样性是人类文化正态发展的基本要素。中国人类学家费孝通先生曾提出"各美其美，美人之美，美美与共，天下大同"的思想，承认文化多样性是国与国之间、地域之间及文化之间实现文化平等共存的观念基础。在建立文化多样性观念的同时，我们在承认他者持有的权利与存在的合理性的同时也肯定了自身的价值。一个国家往往有多种意识形态存在，一种主导意识形态主导着这个国家的社会生活，同时也允许其他非主导意识形态的合理存在。因此，文化多样性问题不仅存在于国家之间，在一个国家内部也同样存在。一个国家内部同样也需要文化平等与文化多样性，近年来澳大利亚对原住民文化的保护与尊重就逐渐体现出这种平等精神。中国人类学家方李莉也用"生物多样性"思想来比拟论证文化多样性，她通过丰富的中国西部田野个案，观察到发展中国家对于所谓发达国家的文化集体复制现象，从而导致在现代化进程中，"许多国家和民族的文

① Brown M. F. Can culture be copyrighted. Current Anthropology, 1998 (39). 206.
② Brown M. F. Can culture be copyrighted. Current Anthropology, 1998 (39). 206.
③ Finger J. M., Schulered P.：《穷人的知识：改善发展中国家的知识产权》，全先银等译，中国财政经济出版社，2004，第129页。
④ 本文"穷人"的概念源自 J. Michael Finger 与 Philip Schuler 编著的《穷人的知识：改善发展中国家的知识产权》(2004)，他们在书中将"发展中国家"知识描述为"穷人"的知识。

化都在失去它们的原创力，都只是在复制由少数先进国家所输出的所谓'先进的文化'，那么人类多样性的智慧和多样性的文化就将在短时期内迅速地减少。因此，如果说人类现代物质文明的发展是以减少自然界生物多样性为代价的，而人类现代精神文明的发展则是以减少人类文化多样性为代价的"。① 她敏锐地感觉到人类在失去文化多样之后的不可复归的艰难境遇，并因此提醒，无论是西方社会还是非西方社会，多样文化的多样性保持具有现实价值与意义。

近年来，世界各国逐渐开始重视对原住民文化的保护，人类正在追求一个和谐发展历程。迄今为止，已有 142 个国家加入并签署了《2003 年非物质文化遗产保护公约》，该《公约》旨在保护世界活态遗产及世界文化多样性。当前，联合国分别在亚太四个地区建立了维护与执行该《公约》的二类中心：中国北京亚太中心负责培训与能力建设，韩国中心负责信息与网络工作，日本堺市负责研究工作，伊朗德黑兰中心将结合这些功能负责西亚和中亚地区的保护工作。除四个亚太中心之外，联合国教科文组织已经批准了另外两个非物质遗产的二类中心，分别设置在保加利亚与秘鲁。此外，部分发展中国家如巴西、阿根廷以及中国，已经采取了一系列措施来进行文化遗产的保护工作。各国结合本国国情，在实践中探索并积累了难能可贵的经验。譬如巴西普查工作细致而具体，他们统计出巴西"现有 75 万印第安原住民。分成 225 个部落而居"。② 此外，巴西还于 2004 年成立印第安文化基金会。

3. 国家及国际间合作与介入路径

近年来，原住民文化权国家与国际间合作与介入途径逐渐丰富多样。第一，国家介入。政府介入是世界各国通行形式。首先，政府从观念上介入引导，在文化发展上发挥政府宏观管理作用。其次，政府组织搜集和整理民族艺术资源，并建立数据库。已有许多国家做出了颇有成效的工作，譬如美国对印第安人原住民艺术的保护，加拿大对因纽特人传统工艺的保护，墨西哥对古老玛雅艺术的发掘，澳大利亚对原住民族民间绘画和雕塑

① 方李莉：《"文化自觉"视野中的"非遗"保护》，北京时代华文书局，2015，第 295 页。
② 韩永进、马敏、杜建国：《2006－2007 中国文化创新度报告》，科学出版社，2008，第 107 页。

的保护，新西兰对原住民族毛利人雕刻艺术的开发。第二，国际组织介入。1946 年，"教科文组织"在巴黎正式成立。其宗旨为"通过教育，科学及文化促进各国间合作"①。此外，联合国教科文组织还在其主管业务范围内建立了"世界遗产委员会、促使文化财产归还原主或归还非法占有文化财产政府间委员会等"。② 1981 年，联合国教科文组织和拉丁美洲社会科学学会在哥斯达黎加的圣荷西召开"关于拉丁美洲民族文化的抹杀及民族文化发展国际会议"，并通过《圣荷西宣言》。主张"否定享有、发展与普及自己文化与语言的权利"为抹杀民族文化与灭绝民族同等程度的犯罪行为。③

2011 年，世界原住民人日，主题定为"本土设计：庆祝传说与文化，铸造我们的未来"。委内瑞拉帕特里夏·维拉斯奎兹（Patricia Velasquez）来自瓦玉（Wayuu）的印第安部落，她创办了一个弘扬拉美原住民艺术与手工艺基金会，这个基金会主管销售原住民风格的工艺包。在 2011 年原住民日纪念活动中，维拉斯奎兹向总部纪念活动发表了录像讲话。目前，越来越多国家认识到原住民知识的重要性。譬如澳大利亚、新西兰等国家非常注重对原住民文化的保护，他们正将原住民文化打造成本土国家文化品牌。

二　原住民艺术的"文化挪用"与"有形表达"

在今日数字时代，数字革命增加了个人及公司对原住民文化知识的挪用现象。原住民知识是当今最大范围内没有受到知识财产法（Intellectual property law）保护的领域，原住民知识财产（Intellectual Property）正面临日益扩大的危机。在这种情况下，法律领域学者、人类学家及原住民活动家正研究并提出新法律体系，他们在激烈扩张的版权观念下重新定义原住民文化（Indigenous Cultures）。

文化版权问题往往关涉文化拥有权问题。文化能授权吗？迈克尔·布朗（Michael F. Brown）提出了一个在数字时代极为严肃的问题。迈克尔·布朗，美国威廉姆斯学院（Williams College）人类学与拉丁美洲研究教授，

---

① 世界知识年鉴编辑部：《世界知识年鉴：2003－2004》，世界知识出版社，2003，第 1087 页。
② 世界知识年鉴编辑部：《世界知识年鉴：2003－2004》，世界知识出版社，2003，第 1087 页。
③ U. N. Doc.：E／CN.4／Sub.2／1982.／2／Add.1.

原住民研究专家。他通过三部民族志著述来跟踪研究亚马逊印第安人，其关于美洲灵媒（Apirit-mediums）问题的研究成果体现在其著述《通灵空域：焦虑时代的美国精神生活》①之中，他还与学者爱德华（Eduardo Ferna'ndez）合著《战争的阴影：为乌托邦而战的秘鲁人》②。布朗目前正致力于研究文化挪用法律构想，他通过研究仪式与宗教、人类环境、经济发展以及原住民认同问题，聚焦国际版权研究以及文化挪用问题。他对于管控文化挪用现象相关法律构想提出了独到的见解，他提议原住民对于思想版权应具有永久持有权，不仅应保护原住民的思想版权，亦应保护原住民的有形表达（Tangible Expression）。他还考察了关于文化财产问题，提出通过版权法律解决挪用问题，提出"尊重"观是对于原住民文化所有问题的起点与基础。布朗提出对所有运用原住民知识进行商业用途时须进行一定补偿。他提出："虽然对于当下原住民知识财产权议案存有许多值得商榷之处，但我强烈提议创建基本组织机构，专门管理对于运用原住民科学知识、音乐表演及艺术商业用途补偿规则。"③此外，他对于保护方法提出具体行为措施，他提议我们"建立优秀的民族数据库及人类生物数据库，人类学家将一如既往地支持原住民，保护数世纪以来原住民医药及农业植物专利"。④

众多学者提出，当前"艺术家们原本理应被保护的创意思想，却被普通公众作为可自由免费获取知识信息，均作为'Content'（内容）而商品化了"。⑤关于文化挪用问题，人类学界展开了广泛讨论。"民族主义者认为应制定新法律来保护文化拥有权，文化所有权应具备永久效力。文化所有权不仅关涉物权问题，并且也关涉智慧财产（Ideas Property）问题。"⑥因此，今日文化挪用现象无处不在，我们需要制定切实可行的防止文化挪用的策略。

---

① Brown M. F. The Channeling Zone: American Spirituality in an Anxious Age. Cambridge: Harvard University Press, 1997.
② Brown M. F. War of Shadows: The Struggle for Utopia in the Peruvian. Berkeley: University of California Press, 1991.
③ Brown M. F. Can culture be copyrighted? . Current Anthropology, 1998 (39). 204.
④ Brown M. F. Can culture be copyrighted? . Current Anthropology, 1998 (39). 204.
⑤ Bettig 1996. Browning 1997. Samuelson 1997. and Schiller 1989 for discussion of attempts by North American media interests to impose ever more restrictive copyright laws on the rest of the world.
⑥ Brown M. F. Can culture be copyrighted? . Current Anthropology, 1998 (39). 204.

三 "整体与尊重"：原住民文化艺术保护观

1. 迈克尔·布朗的"整体观"

布朗提出一种将原住民知识作为整体性知识进行保护的观点。他主张采取一种文化整体观态度，将原住民知识产权放置于人类整体文化保护框架之内来考量。布朗认为，如果"将如此广阔知识产权法只限定在原住民范围之内，这是一种过于简化做法"。① 他主张"通过政府间或者准政府机构间（Quasi-governmental）合作，建立一套人类整体文化保护法律框架"。② 他认为这不仅对于特定范围内的原住民知识，同时对于作为文化整体中的原住民知识能起到真正意义上的保护。因"对于'原住民'以及'原住民知识'的资格界定本身是艰难的"，③ 故若将原住民知识与人类整体知识割裂开来，那么我们对于某些艺术家的定性则更为艰难。譬如路易斯·厄德里克（Louise Erdrich）、艾伦·豪泽（Allan Houser）以及巴巴·欧拉屯吉（Baba Olatunji）这些艺术家，我们是将他们界定为本土艺术家，还是界定为融合本土元素的艺术家，都是艰难的界定。因此，若我们采取文化整体观来观照诸如此类的具体问题，这些问题就会迎刃而解。

艺术与知识属于人类公共领域智慧，属于整个人类共有财富。因此，布朗认为若运用整体观之下的人类文化宏观思维与策略，将原住民知识放在人类整体文化保护框架之中加以保护，才是真正意义上的原住民知识保护。文化保护既不能仅仅依靠法律与政策，也不能仅仅依靠政府与组织。真正的保护是深入人心的保护观念，这是需要人类共同持有的观念。因此，在布朗这里，整体保护观才是保护原住民知识与艺术，乃至保护人类整体知识与文化的行为。

2. 科林·戈尔文的"尊重观"

坚守原住民艺术与原住民文化权的保护观念需要持有一种尊重观。科林·戈尔文（Colin Golvan）提出对原住民知识的尊重与理解是保护的基本

---

① Brown M. F. Can culture be copyrighted? . Current Anthropology, 1998 (39). 204.

② Brown M. F. Can culture be copyrighted? . Current Anthropology, 1998 (39). 204.

③ Brown M. F. Can culture be copyrighted? . Current Anthropology, 1998 (39). 204.

前提，戈尔文在其《原住民艺术与原住民文化权保护》①一文中明确指出、"当我们对原住民艺术赞不绝口的时候，或许我们对于原住民艺术还处于一知半解的状态。若我们没有透彻理解这些艺术创造者所生活社区，那么我们对于原住民精湛技艺所表现出的理解自信，实则是虚无缥缈的。若我们没有体现出对于原住民完全的尊重，那么我们对于布伦·布伦（Bulun Bulun）个案的初衷则显得有些背道而驰。"②

总之，戈尔文认为："如果我们要做到真正意义上对于原住民文化尊重与保护，首先我们得充分理解原住民知识体系及价值系统，并尊重这自古绵延下来的原住民文化。"③原住民与自然环境具有和谐共存能力，原住民的生存技艺知识对世界文化多样性是有益的贡献。然而，令人遗憾的是，我们总是对另一块土地中的原住民世界一知半解。因此，在这种意义上，我们今日对原住民技艺（Artistry）的保护则显得尤为必要。这是一项极有意义的工作，戈尔文谈道："这也是白人和黑人之间通过艺术增进理解的一种渠道。我们应该将我们的目光，投向并关注令人尊敬并值得骄傲的一种文化，那便是从历史一脉相承而留存下来的古老原住民文化与原住人民。"④

四 神圣的仪式：美洲部落仪式性装饰与礼仪舞蹈司法案例

传统知识、传统文化表达与遗产资源等无形资产的保护，已成为当今世界各国理论界与实务界研究的热点议题。普通法系国家一般通过司法实践对民间文学艺术予以保护，而非通过立法来实现保护。美国与澳大利亚在循序渐进的实践中，出现了一批防止无形文化遗产被盗用的司法实践。部落仪式性装饰"Yei B'Chei"与礼仪舞蹈"Powwow"两个经典原住民艺术案例，常常作为对文化所有权保护司法的实践参照。

① Golvan C. Aboriginal art and the protection of indigenous cultural rights. European Intellectual Property Review, 1992 (7). 227 – 232.

② Golvan C. Aboriginal art and the protection of indigenous cultural rights. European Intellectual Property Review, 1992 (7). 231.

③ Golvan C. Aboriginal art and the protection of indigenous cultural rights. European Intellectual Property Review, 1992 (7). 232.

④ Golvan C. Aboriginal art and the protection of indigenous cultural rights. European Intellectual Property Review, 1992 (7). 232

1. 部落仪式性装饰"Yei B'Chei"案件

案件事实：1997 年美国原住民部落诉理查德·克劳（Richard Corrow）案。美国原住民部落控诉被告理查德·克劳，控告克劳私自运送了部落文化物品 Yei B'Chei，Yei B'Chei 为一种神圣部落仪式性装饰。依据 1990 年《美国原住民坟墓保护和归还法》（NAGPRA）法规定："第三方通过转让获得属于部落的原住民文化物品行为视为无效，即使第三人是基于善意从单个美洲原住民处购得。因这些物品属于'文化遗产'类别，因此被视为集体拥有，作为个体部落成员不得转让。"[①]

案件判决：法院判定 Yei B'Chei 为部落文化遗产，为一种对印第安人部落和文化有重要历史、传统和文化意义的物。NAGPRA 意在保护宗教文化遗产，符合其人权保护立法特征。依据 NAGPRA，印第安部落的文化财产属于不可让渡的财产，无论属于个人还是部落，乃至原住民夏威夷部落的成员，均不能自由转让、占有或运送。原告诉求符合其人权保护立法的特征，被告因为运输 Yei B'Chei 仪式装饰而获罪。[②]

2. 圣多明各的普埃布洛礼仪舞蹈"Powwow"案[③]

案例事实：美国圣多明各（Santo Domingo）印第安普埃布洛案，一则民间文学艺术不能从"版权"途径实现保护案例。普埃布洛人为古代那伐鹤民族，他们是生活在美国西南高原地区的一个支系。1984 年 1 月 21 日，一名新墨西哥圣多明各《圣达菲新墨西哥人报》的摄影师，在圣多明各普埃布洛部落拍摄了一种礼仪舞蹈，之后，此照片被刊登了两次，其中一次将此描述成为"Powwow"（帕瓦，印第安人一种祈祷仪式，常用来祈求神灵治病、保佑战斗及狩猎等胜利而举行的仪式）。普埃布洛部族提起诉讼，称此行为违反了普埃布洛部族有关摄影禁令，侵犯了普埃布洛部族隐私。他们提出这个舞蹈是神圣的，依据普埃布洛习惯法为禁止公开内容。而此记录舞蹈的图像被公开刊登，普埃布洛的成员认为由于照片将舞蹈表现为

① Riley. Recovenng Collectivity: Group Rights to Intellectual Property in Indigenous Communities. Cardozo Arts & Entertainment Law Journal, 2001（18）：213.

② Carpenter. Intellectual Property Law and Indigenous Peoples: Adapting Copyright Law to the Needs of a Global Community. Yale Human Rights and Development Law Journal, 2004, 7: 69.

③ Scafidi 2001: 828 – 830.

"仅仅是给白人的商业性娱乐，因此舞蹈内在价值受到了削弱"①。虽然事后对此事件进行了赔偿，但普埃布洛人认为已发生事件的负面后果是不可弥补的，普埃布洛人意图阻止照片在未来使用以避免未来损害。

案件判决：本案由于当事人达成庭外和解而没有形成权威判决，但通过本案件提供了一例民间文学艺术不能从"版权"途径实现保护的案例。该案之所以未能从"版权"类别实现保护，源于此神圣舞蹈符合美国版权法保护的"舞蹈编排"类别。② 因"舞蹈编排"形式可以是灵活的，作者也不是可确认的。且该舞蹈属于社区神圣无形文化财产，从版权本质出发属于公有领域。此外，普埃布洛人也不能从表演者途径实现保护，因"美国版权法不保护非版权作品的表演者"。③ 因此，在此案例中，若普埃布洛人需要实现仪式舞蹈保护，只能诉诸版权侵权之外的其他途径。

五　神圣的图案：澳大利亚布伦案、米尔普鲁鲁案与泰利·亚姆布鲁尔诉澳洲联储案

米尔普鲁鲁（Milpurrurru v. Indofurn）案与泰利·亚姆布鲁尔（Terry Yumbulul）诉澳洲联储案，两则为人类学理论中反复讨论的经典澳大利亚原住民无形财产个案研究。

1. 亚姆布鲁尔诉澳洲联储案

案例事实：1991 年的亚姆布鲁尔诉澳洲联储，澳大利亚法院一则关于处理公共权利的案例。原告作为澳大利亚北部 Galpu 氏族代表，试图阻止澳洲联储复制一幅由其氏族成员泰利（Terry Yumbulul）创作名为"Morning Star Pole"（晨星柱）图案。亚姆布鲁尔经氏族授权创作了这幅只在揭秘与授秘仪式上使用的图案。但随后亚姆布鲁尔授权许可澳洲联储发行印有该幅图案的纪念货币。此后，亚姆布鲁尔代理人在他不知情的情况下又授权澳洲联储，澳洲联储在纪念货币上采用此幅图案。"其他部落成员批评这种行为违反

---

① Scafidi 2001：830.

② Skojec 1987.

③ Teller 1990：777-779.

了他们习惯法"①，原告在法庭上竭力说明只有部落才可以将版权许可给银行。

案例判决：法官最终裁定为"澳大利亚版权法不承认取代个人权利的公共权利，建议通过立法解决这个问题"②。法院承认亚姆布鲁尔授予澳洲联储的许可，认定该图案是亚姆布鲁尔创作原创作品，并说明了版权法不承认原住民社群就原本属于社群共同所有的作品规范他人复制、使用作品的主张。

2. 米尔普鲁鲁诉"Indofurn"地毯公司案

案件事实：1994 年，澳大利亚原住民艺术案米尔普鲁鲁（Milpurrurru）起诉"Indofurn"公司案（Milpurrurruv. Indofurn）。例澳大利亚"Indofurn"公司在越南生产一种毯子，这种毯子图案采用了原住民艺术家绘画。因原约定原住民绘画只被许可用于出版物，且只用于白人社区关于原住民文化教育方面，故其他使用方式没有予以许可。因"出版物中复制图画是关于宗教故事叙述，故当地定有对于如何绘制及内容具有严格规定，而其他方式对于此类绘画复制导致的歧义是一种不敬"③。因此，随着带有这种绘画图案的毯子进口到澳大利亚之际，原告即各原住民艺术家要求澳大利亚法院授予追索权。④ 八位原住民艺术家阻止澳大利亚公司生产的含有他们作品图案毛毯的进口，因这家澳大利亚公司在未经原住民艺术家同意的情况下，复制了在澳洲国家艺术馆展出的这些艺术家们的图案作品。

案件判决：法院裁定特殊的原住民绘画属于澳大利亚版权法保护的原创艺术作品。法院指出若作品使用会给原住民社群带来不敬，则将被禁止使用。此外，判决将赔偿给予部落群体，而非个人。

3. 布伦·布伦诉 R&T 纺织公司案

案件事实：1998 年，布伦·布伦诉 R&T 纺织公司（Bulun Bulun v. R&T Textiles）案。澳大利亚原住民部落戛纳宾古（Ganalbingu）艺术家布伦提起诉讼，声称其作品《水洼中的喜鹊、鹅与睡莲》（"Magpie Geese and Water

---

① 知识产权报告 211991：481。见 Haight Fafiey 1997：32。

② Haight Farley 1997：32.

③ Blakeney 1995.

④ Puril 1997，p. 46.

Lilies at the Waterhole"）被复制在澳大利亚生产纺织物上，此行为侵犯了其版权权利。此外，另一位戛纳宾古部落代表也加入了诉讼，声称戛纳宾古居民同样是这幅绘画版权所有者。此事件过程复杂，1998 年，布伦·布伦经过部落首领成员允许创作绘画《水洼中的喜鹊、鹅与睡莲》，内容对于部落群体具有极其重要的神圣意义。之后，该绘画经布伦允许在一本介绍原住民艺术书中出版。之后却被海外公司印刷至纺织品上，并进口到澳大利亚商店出售。故布伦诉讼侵权，被告立即承认侵权并停止侵权纺织品销售行为。此外，戛纳宾古部落成员乔治·米尔普鲁鲁（George Milpurrurru）也以部落代表身份对被告提起诉讼，认为该画表达了部落群体的共同创造及风俗习惯，故以部落个人对艺术作品拥有平等所有权、部落群体拥有信托义务为由提起诉讼。而被告未经授权复制行为损害了部落形象与群体共同利益，故要求法院对于米尔普鲁鲁个人及部落群体共同利益给予法律保护。

案例判决：法院判断不承认部落居民的共同所有权，但指明布伦具有信托义务以保证对该艺术作品使用不得违背居民法律与习惯，若第三方侵权，布伦须采取适合措施阻止侵权行为并争取赔偿。

六　原住民文化艺术司法实践与世界经验

通过上述司法实践以及理论讨论，我们可将各国司法实践及现实经验归纳讨论。

1. 澳大利亚原住民艺术司法实践经验

澳大利亚是一个原住民文化丰富的国家，在当代不断变化的司法实践中，澳大利亚文化财产司法实践颇有建树。布伦"水洼图"一案具有多重诉讼案学术价值，此案件围绕版权、集体所有权、平等所有权、信托关系、习惯法问题进行了讨论。该案既承认了传统版权法保护领域，同时也肯定部落群体拥有"与版权平等权利"，且提出了个体作者与部落之间存在推定信托关系。米尔普鲁鲁"越南毯子"一案，法律基于"若给他文化造成不敬行为需予以补偿"[1]，运用版权法保护民间文学艺术非授权使用。泰利

---

① Puri 1997, p. 46.

"晨星柱图"一案为一则关于处理公共权利的案例，原住民艺术家具有著作权，社区应停止对作品的不当使用。但此案例也显示出受信关系在原住民艺术保护上仍存有漏洞，因它"不适用于传统义务约束不到的非群体成员"①。澳大利亚法院"承认原住民艺术家作品版权，即使作品描述的是已经存在的象征"②。关于原创性，澳大利亚司法实践启示，"原创性不应成为保护民间文学艺术作品障碍。事实上，作者可对于过去已有的象征、图画、主题进行再创造。在泰利案中，法院认为'晨星图'无疑为一幅原创艺术作品，泰利为作品作者并享有版权"③。Yei B'Chei 案件是一则关于文化无形财产司法实践案例，此案例的司法实践贡献在于，这则司法实践"虽NAGPA 仅适用于物品而非知识财产，但是其确实为文化财产集体所有权建立提供了前瞻性框架和潜在的关注"④。

纵观澳大利亚司法实践经验，说明现存法律系统需要针对新的社会现实做出灵活解释，旨在保护文化财产的盗用与挪用。另外，对于不能从版权途径保护的民间文学艺术，像普埃布洛案"舞蹈仪式"案那样，因无法阻止第三方此复制进入公有领域，这类没有版权艺术便无法得到保护，故国际社会以及各国需要在立法上再做出探索性实践。

2. 埃塞俄比亚版权法经验及《班吉协定》

版权法是保护作者创作的作品途径之一，诸多国家从民间文学艺术权利主体版权路径实现保护，因此在这类国家现有知识产权框架内可寻求保护民间文学艺术措施。故通过适当延展版权法并将民间文学艺术覆盖其中，对于"保护民间文学艺术的特殊制度将是更佳选择"⑤。不同国家采取了立法实践和司法实践，非洲突尼斯较早立法保护民间文学艺术国家。1966 年，制定《文学和艺术产权法》，并于 1994 年做出修订。1977 年，12 个法语非

---

① Weatherall 2001. p. 222.

② John Bulun Bulun v. R&T Textiles Austrian Law Report 157. 1998：193.

③ John Bulun Bulun v. R&T Textiles Austrian Law Report 157. 1998：193.

④ 参见依据 NAGPRA 判决的一起案件，United States v. Corrow，119 F. 3d，第 799 页，被告因为运输 Yei B'Chei 仪式装饰而获罪。Jordan. Square Pegs and Round Holes：Domestic Intellectual Property Law and Native American Economic and Cultural Policy：Can it Fit? American Indian Law Review，2000，25：103.

⑤ UNESCO 在 2001 的报告中总结道，应当创设一种特殊的制度 UNESCO 2001. 13.

洲国家成立的非洲知识产权组织制定了《班吉协定》，并于 1999 年修订。埃塞俄比亚在此方面亦取得了一定的成效，埃塞俄比亚"对民间文学的复制和使用需要获得文化和信息部长的预先授权"①。在埃塞俄比亚的法律制度下，设置一个机构来保护无形文化财产，这个单位为"中央机构"。② 许多其他国家选择了类似的体制，或直接由中央政府管理版权。

学者们表示，"允许商业使用带来的最终收益可以用来促进当地和本土的文化发展"。③ 对于那些民间文学艺术例如国家非物质遗产来说，通过设立一个机构加以保护显然是有效的。然而现实问题依然存在，若立法者选择将民间文学艺术作为版权法的一种特殊客体加以保护，那么随之会带来许多问题。例如，拥有民间文学艺术版权的所有者如何确定？谁有权代表作者？新的和原始的民间文学艺术作品之间的关系如何确定？因此，有学者指出，这些问题有待于"明确地定义民间文学艺术，最好像世界知识产权组织示范法一样"④。法律还应当规定是否有溯及既往的效力，即这种保护是否适用于法案生效之前已经进入公有领域的民间文学艺术表达。此外，在制定保护条件时，"各国应当注意防止对民间文学艺术的过度保护"。⑤

3. 澳大利亚文化艺术商标法经验

澳大利亚也通过在本土社区注册商标的经验，实现知识产权与民间文学艺术的保护。除了"通过版权、商标、标志、工业设计"⑥ 来保护民间文学艺术，此外，"名称来源也被艺术作品原真性保护"。⑦ 本地社区可以运用商标与标志来保护他们的产权，通过注册商标途径实现对特定本国产品的

---

① Endeshaw 1996. 232.

② 巴拉圭 1328/98 号关于版权和相关权利法案明确将保护民间文学艺术的任务交给 Direccion Nacional del Derecho Autor。

③ 在加纳，将来自政府许可的收益存放在基金中，该基金用于为作者、表演者和民间文学的艺术表达而成立的公共机构。

④ 记录于世界知识产权组织示范法，联合国教科文组织的建议中将语言、文学、音乐、舞蹈、游戏、神话、仪式、传统、手工艺、建筑和其他艺术当作民间文学的形式。

⑤ Litman 1990；Long 1998：274 规定保护期限不能比保护文化内容需要的期限长；Weatherall 2001：233 - 235 对于保护期限的规定也与原创性的要求有关。

⑥ 哈萨克斯坦发饰、地毯、马鞍装饰晶、国民住宅、本国妇女的手镯饰品、本国儿童的婴儿床、摇篮、陶瓷餐具标志，受到工业设计的保护 WIPO 2001b。

⑦ WIPO 2001d. 附录 1. p. 7。

保护。此外，还可以设立基金用来资助并鼓励原住民及社区注册，如在澳大利亚或美国的项目已经启动。① 因此，商标具有保护无形文化财产完整性的潜力，商标可为消费者提供标志信息，以识别商品的制作者。对于单采取版权法不能保护的部分传统文化尤其适用，如特殊的绘画作品、织布、地毯编织技术和设计。由此来看，对于那些不能从版权法保护的无形文化财产，采取商标法或专利法不失为一种有效的保护。

4. 余论：原住民文化艺术"特殊知识产权"法

综上所论，因原住民文化艺术为特殊知识体系，故国际社会可联合创设一套"特殊知识产权"法体系。通过"特殊知识产权"法体系，创设一种新的知识产权种类体系，用以专门保护民间文学艺术。在这类体系法案中，1982 年，世界知识产权组织示范法便是一个优秀的法案，1982 年，示范法创设了此种与版权密切相关的特殊体系，并特别将"民间文学艺术表达"② 定义为一种新的特殊知识产权种类。此外，该法规定"未经国家或相关群体权威机构的许可，不得对民间文学艺术表达进行出版、复制、发表、公开朗诵和表演、传播以及其他形式的公众传播"。③

在国家实践中，危地马拉文化遗产保护法也是建立在这类体系基础之上的保护制度。④ 它允许任何拥有文化财产的自然人或法人，在文化事务部"文化财产登记处"注册。该法规定"文化财产包括由制度、传统、习惯（包括口头、音乐、医药、烹饪）的无形文化遗产和宗教传统和舞蹈、戏剧等风俗习惯"。⑤ 若一项文化财产注册之后，所有人有责任保存此文化财产。文化事务部有权认可注册资格，也可以拒绝注册某个文化财产，还可以撤销已经注册的文化财产。此外，这类法规对文化财产的保护是没有期限限

---

① 美洲印安人艺术和手工艺法案 25 U. S. C. 3052002 的 305 章 ag1。
② WIPO 示范法的介绍性观察报告 WIPO 1982. § 14。
③ WIPO 1982.
④ 39—98 号和 81—98 号法令修改的 26—97 号法律。见世界知识产权组织 2001b. 危地马拉的答复 p. 5。
⑤ 39—98 号和 81—98 号法令修改的 26—97 号法律。见世界知识产权组织 2001b. 危地马拉的答复。

制的。它规定了民事和刑事救济，且律师可以行使这些权利。① 联合国教科文组织近期一份报告明确指导，保护民间文学艺术表达应该采取综合性方法，旨在保护"他们生产的知识和价值，产品的创造性过程以及取得产品的交易模式"②。因此，国际社会及各国仍然需要在各自的司法与文化体系中，创设实现这类目标的创造性办法。

结　语

面对"穷人"的知识，我们可建立专门"特殊知识产权"法体系，以适应在当代语境之下原住民文化权的艰难境遇。我们需要通过国际社会合作，通过多种路径与通道来解决原住民艺术与文化所有权的繁缛问题。使"穷人的知识"不在沉默中被挪用与消耗，使"穷人的知识"能在"尊重观"与"整体观"之下获得在人类历史中的传递。

---

① Nuno Pires Carvalho. 从巫师的小屋到专利办公室：这条道路有多长，多曲折。引自 WIPO 2001d. 附录 1. p. 9。
② 联合国教科文组织 2001. §4。

"手工艺"传承方式多样化思考

王晓珍　西北民族大学

通过参与三届"中国非物质文化遗产传承人群研修培训班"的管理与教学工作，接触到来自甘肃全省各地区不同门类的民间手工艺人，在与他们的访谈中，逐渐意识到，在"非物质文化遗产"有关手工技艺的保护与传承工作中，多集中于探讨保护、传承的问题，是应该谨遵传统还是有所创新，而忽略了手工艺者原本具有的对自己所掌握的手工技艺的主观能动性。

"非物质文化遗产"从宏观上看是人类文化的丰富"遗产"，从整体国家或社会的发展来看也许是需要保护与可供开发的"资源"，但对具体的个体人看，它可能还是传承人群的生存与生活方式之一。

一

"虽则人类并不是靠了他的肚子发展他的文化，可是文化却一定得踏在实地上——在它的物质设备之上。"① 可见，人类文化都会以具体物的方式显现于人们的社会生活中。传统民间文化的创造者与承载者，是"非物质文化遗产"中的传承人，在手工艺行业中是指掌握技艺的手工艺者。

近些年，在各方讨论中，都非常担忧伴随着工业化的进程，农耕文明的逐步消退，工业化乃至后工业化带来生产生活方式的急速改变，大量的手工技艺即将成为"遗产"。进而呼吁各方面进行"抢救性"保护。根据《保护非物质文化遗产公约》规定，先要对其是否为"非遗"项目进行确

---

① 〔英〕马林诺夫斯基：《文化论》，费孝通译，中国民间文艺出版社，1987，第43页。

认、立档，然后才决定是否实施保护，对应我国国情，建立了五级名录（联合国、国家、省、市、县）保护体系。而传承人不仅是列入国家名录的代表性传承人，而且包括大量以手工技艺自求生存的群体，他们大部分散落于社会各个角落而没有被纳入国家名录，所以本文泛义地称其为"手工艺者"。

按《保护非物质文化遗产公约》与《中华人民共和国非物质文化遗产法》的规定，关注点与工作重心，主要是确定手工技艺的传承历史、传承谱系。这种方式适用于传承历史久远、具有一定延续性的手工记忆项目。在整理与保护地域性的各类文化"遗产"中发现，在非物质文化遗产的传承方式中，除了大部分传统手工艺的家族式、师徒式传承之外，已经出现了其他的传承方式，传承方式具有了多样化的特点。甚至在传统手工艺的基础上，应用新材料、新技艺来创作，产生了新的工艺形式，从而自然形成了手工艺的可持续发展。

二

在《保护和促进文化表现形式多样性公约》中，确认了文化多样性是人类社会的一项基本特性，认识到文化多样性是人类的共同遗产，将"保护和促进文化表现形式的多样性"作为首要目标，而多样性的文化，决定了保护与传承文化方式的多样性。

（一）传承方式之一：传统型

家族传承、师徒相传是在"非物质文化遗产"传承保护中最传统、最常见的传承方式，也是作为认定各级传承人的条件之一。这一类手工艺者也就是传承人，一般需要 2～3 年的时间才能学会基本的工艺，然后靠自己的知识积累、文化交流来提高技艺。在实际工作中他们并不会固守传统，往往会在某方面有自己的创新。也就是说在一项非物质文化中，传承人在工作中根据实际需要，会自发地学习新的知识技能，从而将其手工艺实现活态的传承。

关学田，1973 年生，甘肃省武山县人，以做建筑木雕与彩画为主业。中学毕业以后就跟着自家三叔学习木雕，目前已经从业近 30 年。主要参与寺庙建筑与仿古建筑建设，一般是以家族为单位承接一个寺庙的所有丹青之事①，因为寺庙里的泥塑只有干透之后才能彩绘，所以通常一座建筑需要一年左右的时间来完成。平时兼做木雕家居装饰、木雕家具等小订单。

朱邦虎，1960 年生，甘肃省临洮县人，主要做仿古建筑的木雕花。他从 20 岁开始跟着师傅学习了 3 年，从业近 40 年。开始时，他做的纹样都是师傅设计好的图样，他进行雕刻。后来，有绘画基础的他开始自己设计木雕花纹。他只做木雕，而不做彩画及其他，所以他的建筑雕花工作不连续，在没有活的时候就帮家里做其他生意。

在采访中了解到，他们承接的工程不限于当地和周边地区，也有省内外工程。他们做过的工程类型主要以旅游景点的仿古建筑、地方庙宇、藏传佛教寺院、清真寺为主。无论是大建筑匠的丹青之事，还是家具家居的木雕作品，都有其基本工艺特点与纹样规范，但是在做不同宗教信仰的建筑中，他们会根据实际情况来使用不同的纹样，例如，在藏传佛教寺院里使用佛八宝之类的纹样较多，在清真寺里不雕绘鸟、龙等动物。但是有很多装饰纹样是相通的，如传统的四君子、暗八仙之类的纹样题材适用广泛。当然，对纹样风格的选择也不是一成不变的，如在清真寺的匠作，原来很多是按照道教风格来雕绘，近些年转变吸收蒙古族风格、阿拉伯风格等。

他们属于传统意义上职业化的工匠，以自己的专业技能为生，也就是以其一技之长在本土有着较为稳定的收入，并且这种工艺仍然有着源源不断的需求。就是在这种传统工艺中，他们通过师傅祖辈的传授，掌握了传统的木雕技艺，更加难能可贵的是，他们还能够在此基础上，根据新时代的要求不断创新，同时利用现代社会发达的资讯方式，更多地与外界交流，融会贯通，创造出新的风格。这种民族文化属性的横向交流在当代匠作中已经成为事实，可见民族文化并不一定是纵向传承的，事实上横向的甚至多维度的传承会丰富原有的传统，并且有可能创造出新的传统。

（二）传承方式之二：精英型

在"世代相传"的传统手工艺基础上，有些手工艺者积极去大专院校学习相关的专业知识，主动提升自己，挖掘并掌握丰富的本领域知识，眼

---

① 丹青之事：是对民间匠作传统中寺院内的彩塑、壁画、木雕、彩画等各项工艺的统称。

界开阔。同时能够抓住新时代对工艺美术开展的各类活动，当选成为各级"大师"，获得社会各方面的认可，具有一定的社会地位。他们不仅自己是手工艺者，同时能够用专业的语言，系统地讲授相关知识，成为当下手工技艺的有力传承者。

刘云帆，1975 年生，甘肃省武山县人，以刺绣为主要专业技能。他是甘肃省省级民间工艺美术大师；担任天水师范学院、甘肃工业职业技术学院的客座教授，讲授刺绣相关课程；作品多次获省级以上奖项。

刘云帆自幼随奶奶学习刺绣，中学毕业以后开始自己钻研"陇绣"技艺，后又学习苏绣技法。曾在中央美术学院、清华大学美术学院等高校进修。他对传统陇绣的历史源流有着长期系统的研究与认识，了解陇绣产生发展的地理环境、政经影响，总结了陇绣的特点：配色沉稳、厚重；形象强健、粗犷、彪悍；绣法较为随意，作品最终视觉效果显得粗疏。他认同机械化的刺绣，认为工匠技艺必须随时代变化而变化，与现代生活相匹配才有民间工匠的活路；也认识到这种创作方式容易步入粗制滥造的歧途，对此要有清醒理智；制作具有地域性、独创性的精品也是刺绣技艺发展的一个方向；为宗教寺庙制定的各种绣品也是刺绣技艺应用发展的一个方面。例如在甘南地区藏传佛教寺院里悬挂的堆绣唐卡、帏帐装饰等，其中佛像绣是他的长项。

目前来看这一类社会传承的精英型的手工艺者，是非遗传承人发展的一个趋势，他们对自己的技艺已经向艺术化、高端化发展，同时兼顾一般技艺的传授与传播。例如刘云帆已于 2009 年成立了自己的工作室，在工作室内不定期地有学徒来学习工作，学徒们学习初步的手工艺后承接一些普通的刺绣产品，每年产值约 20 万元。同时，他在任教的学院课堂内外总是知无不言，希望通过各种现代的方式将自己掌握的知识与技能传播开去。由于他既有学术研究的角度与积淀，又能够实际操作示范各种绣法，并且以开阔的眼界向各地优秀的同行们学习技艺，因此他对陇绣手工艺的传承系统而具体，是现代社会非物质文化传承中较为全面的一种类型。

（三）传承方式之三：自创型

所论的前两种手工艺基本都具有一定的传统性，而自创型的传承者们，往往在传统的手工艺基础上，积极创新，充分利用当代的新材料，创造新工艺，虽然也强调手工制作，但是不排斥使用工业时代的新工具，并且其作品有广泛的接受者。他们的自我研究与创造能力极强，并且也希望自己的创新能够有继承者。

李松霖，1983 年生，甘肃省会宁县人，2006 年毕业于兰州城市学院的社会科学系历史专业，以"手工金属绣雕"为主要技能。这种工艺是在不锈钢板、铜板、镁铝合金板等化学性能稳定的金属上，使用电动刻刀工具，用手工雕刻出艺术图像，画面风格类似中国工笔画，细密的银线看上去如刺绣一般富有质感，故名为"手工金属绣雕"。主要用来做室内装饰，在当地销路不错。

李松霖从小喜欢传统绘画，曾在天津家具厂做过木雕花家具，具备基本的雕刻技能。"手工金属绣雕"源于他在农村看见别人在木桶上用铁钉画图案。经过 6 年多的摸索验证，他在金属板上进行雕刻的技术逐步成熟。2013 年，在会宁正式开起了工作坊，作品形象饱满，线条细腻、流畅有力。

这一工艺使用的材料属于现代新材料，其雕刻工艺的基础是木雕版画，他将木雕技艺"嫁接"在金属上，并摸索出适用于新型材料工具的新工艺和新技术。并且，独创出套色烤漆的新形式，在原来单纯的金属本色基础上加入色彩，更加丰富了画面，符合广大民众的审美心理。这门手工艺为社会、为他自己都带来了良好的效益，因此他被评为白银市级的工艺美术大师，会宁县政府也曾经专门拍过他的工艺纪录片。

当问到对自己这项技能的传承问题时，他谈到要学习这项技能的基本功并不是很难，主要是掌握刻刀的使用技术与注意作品线条的流畅性，学习几个月后就可以进行基本的操作了。在他带徒弟的过程中发现学院教育使学生们的思维太被束缚，反而不好教、不能长久学艺。现在他仍然在带徒弟，但不知前景如何。

李松霖的新工艺虽然不属于"世代相传"的手工技艺，但是他的创造又符合《保护非物质文化遗产公约》定义中的"不断地再创造，为这些社区和群体提供持续的认同感，从而增强对文化多样性和人类创造力的尊重"。所以，新时代环境下，有些传统手工艺属于需要进行抢救性保护的濒危状态，同时，又有新的工艺应时而生，因而保护与传承的工作方式也需要持续跟进。

三

从以上三种手工艺的传承类型可以看出，在传统的祖传与师徒相传的方式之外，出现了其他非延续性的传承方式。李立新先生在谈到工艺传承的非延续性传承时强调："当某种工艺不再延续时，并不就彻底地断裂、死亡了。对于文化上的生与死，我总感到不同于生物学上的生与死。一种工艺文化的所谓消亡，并不等于生物学意义上的死亡，一个生物死去了就不能再生，而一个传统工艺消亡了，待到有合适的土壤，适宜的环境，又能重新复活。"① 例如，像刘云帆这样在本土的传统陇绣已经没落甚至被消解的情况下，通过对历史考古资料的梳理学习，以及对其他地区刺绣技能的学习，然后重新认识并挖掘本土陇绣的潜力，再现陇绣风采。又如李松霖在传统木雕基础上，自学自创，使用工业时代的新材料新工具创造出新的工艺美术形式——"手工金属绣雕"，并受到社会肯定，"从而为丰富文化多样性和人类的创造性做出贡献"。而像朱邦虎、关学田这样从事传统木雕手工艺的传承人，并不固守祖先流传下来的图案纹样，而是在不同地域不同民族间广泛地横向交流，进一步充实自己的图案库、提高自己的技术，也为自己的技艺拓宽了应用范围。

在保持了传统非物质文化传承中纵向延续性的传承方式的同时，已有了多维度的、非延续性的传承方式。《保护和促进文化表现形式多样性公约》指出："文化多样性是个人和社会的一种财富。文化多样性是当代和后代的可持续发展的一项基本要求。"日本秋山利辉在培养匠人时的努力方向是"以培养德性来创造在技艺上有特殊贡献的匠人，即技术上的超人"。② 众多的手工艺者正在以自己的智慧与行动，让自己成为技术高超的"匠人"，并将技术内化，自觉地保护、促进和维护着文化艺术传统的活态，而

---

① 李立新：《一种被忽视的工艺史资源转换方式——非延续性工艺的再生产研究》，《装饰》2014 年第 5 期。
② 杜维明：《一个匠人的天命》，《读书》2016 年第 2 期。

个体性的创造是形成群体多样性文化的前提与保证，对个体的德才培养可以让个体的主观能动性得以更好地发挥。

四

2000 年至 2008 年西部大开发伊始，方李莉担忧民族文化在工业文明和后工业文明中被"西化"和"现代化"，从而开始进行"西北人文资源环境基础数据库"① 的课题考察。其间，方李莉提出了西部的文化遗产与文化资源之间的关系问题。将遗产转化为资源的过程，我们要警惕两种倾向：第一种，以坚持"原生态"为由，不许对原作品做任何改变。"我们也常说有某些文化比较'纯正'，但如果所谓'纯正'指的是从头到尾的发展都从未有外界干扰，只有当地最古老的传统，那么全球早已没有纯正的文化。在过去几世纪中，全球化浪潮翻腾汹涌，几乎让所有文化改头换面，再也难窥原貌……就如古罗马帝国的恺撒从来没有用叉子卷起西红柿意大利面，印度佛陀也未曾在食物里加过来自墨西哥的辣椒一样。"② 即使是远离沿海地区的中国中西部，其文化的发展也不可能脱离时代的发展，其丰富的手工艺传统也不可能固守不变，在具体的手工艺项目里应该具体分析而采用不同的保护传承对策。很明显，工业化甚至后工业化时代已经到来，一味固守不变的部分就很难活态传承下去，只能进入博物馆当作"遗产"陈列了，也就真的成为大家担忧的死"遗产"了。第二种，以"生产性保护"为由，大量的商业企业介入，将原本在自然环境和生产周期中生长起来的艺术形态，以快速、大量的方式生产出来，缺少生态根基的粗制滥造，违背生产周期规律，而导致产品彻底地没落。

虽然文化艺术属于上层建筑，而"文化艺术会以多种方式反馈到社会的构成之中，不应该仅仅把它看成决定一切的经济基础通过文化上层建筑的社会再现，它是象征系统把文化生活中的创造性转变为社会行为中的创

---

① 从 2000 年开始，方李莉老师研究两个国家的重点课题"西部人文资源的保护、开发和利用""西北人文资源环境基础数据库"。

② 〔以色列〕尤瓦尔·赫拉利：《人类简史——从动物到上帝》，林俊宏译，中信出版社，2014，第 165 页。

造性的协调结果"。① 以上介绍的三种传承类型的手工艺者，他们利用传承的技艺创造性地生产出作品，这些作品在他们的受众与消费群体范围内，形成给他们带来精神享受的文化艺术品的地位。而"艺术的审美习俗、规范与风格的形式发展有着相对自主的逻辑……艺术品不是社会关系的复制品。艺术品用构成它们的成分：记号、符号、线条、外形、颜色、声音之间的形式关系来对社会关系进行编码"②。非物质文化的传承人应该是文化艺术相对自主的逻辑的掌握者，他们的"创造性"的能力实现了非物质文化活态传承的基础。

"非物质文化遗产，因为我们给予它的定义是活态的，是需要我们去传承，甚至是需要我们去进行新的创造的。传承与创造会给其带来活力，但活力所带来的可能会是一种变化，因为没有任何一个生命体是不变化的。"③在对待地域性的"非物质文化遗产"中，如果充分发挥传承人的主观能动性，将他们视为民间文化的承载者，以个体的创造性去实现民间文化传统的自适应性调整。"就是一种文化传统会随着社会环境的变迁而产生自我调整，以适应文化环境的改变并确保自身的发展与延续"④，这种调整才是民族文化艺术能够活态传承的保障。

因此，先把这些手工艺类项目曾经的历史渊源与目前的状态忠实完整地加以记录，并保留成数据库档案；随后再根据当下社会的发展进行资源化开发利用，并用法律保证每一件相关产品开发的收益都按照一定比例付给原本的手工艺者，这样才有可能平衡保护与开发利用之间的各方利益。

结　语

在我国多元化的、多民族的土壤中，不同类型的非物质文化遗产，除

---

① 〔英〕奥斯汀·哈灵顿：《艺术与社会理论——美学中的社会学论争》，周计武、周雪娉译，南京大学出版社，2010，第 55~56 页。

② 〔英〕奥斯汀·哈灵顿：《艺术与社会理论——美学中的社会学论争》，周计武、周雪娉译，南京大学出版社，2010，第 55~56 页。

③ 方李莉：《从遗产到资源——西部人文资源研究》，《民族艺术》2009 年第 6 期。

④ 牛乐：《文化基因的地域性流变与活态传承——以临夏砖雕非物质文化遗产为例》，《中国艺术学文库·艺术人类学文丛：文化自觉与艺术人类学研究》（下卷），2014 年第 11 期，第 209 页。

了原有的、可确定的传统传承方式和工艺形式之外，在现代社会发展中，已经生长出多维度的、多元化的传承方式，他们正在发生变化，乃至产生新的文化传统，无论在材料、形式，还是审美、思维等方面都已经动态地存在于民众的生活方式中。马克思曾说："人类创造了历史，但不是在他们自己选择的条件下创造的。"① 每一个文明阶段都有其不同的特点，在时代性与地域性特点相交织的条件下，"保护传承"与"创新发展"是一对矛盾。但是"像这样的矛盾，本来就是每个人类文化无法避免的，甚至还可以说是文化的引擎，为人类带来创意、提供动力"②。现代的非物质文化遗产项目代表性传承人及广大的手工艺者，无疑是在广大民众这片土壤中生长起来的现代人类文化的传承者与创造者，他们是多样性文化历史的创造者，他们对自己的技艺是最具有发言权，最具有主动性的。只有尊重文化传承人自己的创造性与主动性，尊重人类历史发展中文化形成的规律，才能谈到民族文化的自觉意识，才不会偏离研究与保护传承"非物质文化遗产"的初衷，即让我们的民族文化基因活态传承，从而增强我们对民族文化力量的自信心。

（原载《民艺》2018 年第 3 期，第 37~40 页）

---

① 〔英〕奥斯汀·哈灵顿：《艺术与社会理论——美学中的社会学论争》，周计武、周雪娉译，南京大学出版社，2010，第 56 页。
② 〔以色列〕尤瓦尔·赫拉利：《人类简史——从动物到上帝》，林俊宏译，中信出版社，2014，第 165 页。

隐蔽的技艺

——论四川夹江手工造纸技艺传承中
知识传递的三种途径

谢亚平　四川美术学院

手工技艺的持续发展依赖技艺主体的知识和技能的对外传播能力，核心问题在于如何实现在不同代际有效地进行这种特殊知识的传递。家庭传承、师徒传承是中国传统手工技艺两种最主要的传播途径，以家庭和作坊为单位，父子、夫妻、师徒运用世代相传的技术，接受订货，是延续至今的技术的主要凝聚方式和组织形式。但是，在很多手工艺的传承过程中，由于涉及不同的社会分工，尤其是在纺织品、造纸等共享性特征突出的手工领域，其传承方式受到的影响因素更加复杂，这类技艺自身形成了一套复杂的生产链。从原料的供给、工具的制作、核心工艺的确定、产品的使用方式等每个环节都影响着技艺的传承。因此，针对手工艺的传承过程的研究，除了家族传承、师徒传承的显性制度保障而外，越来越多的学者关注到文本研究之外的默会世界。在手工技艺传承过程中，知识传递是如何完成的？它的特殊性是什么？如果回到传承"人"的起点，人的身体行为、语言方式、人际关系都对传承起着重要的作用。

四川夹江素有"蜀纸之乡"之称，其手工造纸技艺源流，可追溯至唐代甚至两晋时期，到元末清初已能制粗细之纸，纸品以清代康乾年间的"长帘文卷"和"方细土连"最为著名，远销西北西南一带以及港澳缅甸东南亚等地。2006年6月夹江"竹纸制作技艺"被列入国务院公布的第一批国家级非物质文化遗产名录。但四川夹江手工造纸工人大多数关于造纸的专业知识的习得并不是依靠文本的记录，而是通过他们从小耳濡目染和身体力行的实践经验，依靠在操作过程中的灵感和经验去体会；同时，地区性的语言（夹江话）也在技艺的传承过程中起到重要作用，成为一种"隐性的技术"；此外，夹江特有的"合家闹"的帮工形式也促进了技艺的共享和传承，使造纸工艺在相对自由的造纸社区传播，由此成为一种集体共享的广泛技艺，而使该地的手工技艺得以维系千年。

一　厚薄由人：手感的体悟①

> 造物之妙，悟者得之。
> ——明·谢榛《四溟集》

文本中记载的对技术原理的理解和说明，以及对制作方法的描述，都是工匠们掌握技术原理和操作规范的有益的知识。尤其是其中对原料材料、性能、工艺条件和规格尺寸都有比较明确的定性和定量标准，以文本形式写入典籍之中，成为工匠们遵守的法则，这是一种显性的知识。但经验性的累积和灵活应对的技巧却是手工技艺中最重要的方式，这是一种隐性的知识。德里达（Derrida）说："依赖外在的印记而不依赖活体的记忆，就如同依赖假肢而不是依赖器官。"

手工造纸的"技艺"包括三个层次的内容：第一，作为一种活动和技能，表现为造纸工具和设施的运用；第二，作为一种对象或成果，即提供给人们应用的各类纸张；第三，作为一种知识体系，表现为人对自然规律的把握。这三个部分包含物质性和非物质性的存在，当把技艺理解为一种知识体系时，它更重要的是指向了在制造或使用人造物的过程中存在的无意识的感觉运动技能（sensorimotor）。由于这种感觉运动知觉是无意识的，所以它不是严格意义上的知识，它只有通过直觉训练才能传授或者获得。

这种无意识与主体不能分离，是控制技术活动关键条件转化为某种亲身体验的能力，是工匠们协调技术活动中各个要素的活动，是一个逐渐领

---

① 部分内容曾发表于《装饰》杂志 2013 年第 11 期，因为该部分内容是本文的重要组成，是固有部分文字和观点重合。

悟的过程，即由技合于道的升华。夹江造纸技艺中，最关键的是抄纸环节。抄纸时，将纸帘插入纸浆槽中，均匀地荡上纸浆后，将粘有湿纸浆的纸帘提起，把帘边靠在挡纸柱上，利用竹帘的卷曲性将湿纸平整地铺在下层湿纸上，再利用竹帘的卷曲性，由下至上地将卸去湿纸的纸帘提起放回帘框。以后用同法继续抄捞，将湿纸层层叠起。抄纸的关键在于：第一点，必须用力荡动槽内纸浆，迎浪而抄。因纸浆在槽内经过多次抄舀，上下浓度不一，如不用力荡起下层纸料，抄出的纸张会厚薄不均；第二点，抄纸必须靠熟练的技能。纸张纤维的走向排列，全凭抄纸师傅提起帘架时水流的缓急和方向而定。抄纸师傅每一细小的动作都可影响纸质的质量，有的细小动作似乎到了只可意会不可言传的地步，全靠在操作过程中的灵感和经验去体会。技艺高超的师傅连抄数百张纸，其纤维排列、纸张厚薄、沁润速度、抗拉能力完全一致。王前在《现代技艺的哲学反思》一书中论述过这种体悟："传统造物设计由工匠直接参与，凭借经验、技能、诀窍来把握，基于个人的知识存量和设计能力，古代工匠在造物实践过程中形成的经验、技能、诀窍都是由个体直觉思维支配的，并不是普遍、固化、稳定的设计思维模式。从文化传承的角度看，古代工匠主要通过'言传'的导引和'身教'的暗示，引导学徒在造物设计实践中模仿、体验、领悟、掌握。重'看'大于重'说'，强调悟性、个人天赋和直观体验，而非注重知性、掌握规律和理性分析。"①

德国学者雅各布·伊弗斯也提出夹江手工造纸技艺的传承依靠"实践中的默会知识"。他认为："很多领域的专业知识并不依赖于书写，这一点虽明显却常常被忽视，而且尽管几乎没有书写记录，这些知识也可以习得……他们的技艺知识很少来自书籍或手抄本，因为手工匠群体中形成了另一种跨越时间和空间进行准确的知识再生产的方法。"② 雅各布·伊弗斯提到的这种"实践中的默会知识"，就是一种"意会性""难言性"。这种"隐性"和"悟性"与技艺主体的"手感"关系密切，经过长期的实践，才能达到

---

① 王前：《现代技术的哲学反思》，辽宁人民出版社，2003，第31页。

② 〔法〕雅各布·伊弗斯：《书写与口头文化之间的工艺知识：夹江造纸中的知识关系探讨》，胡冬雯译，《西南民族大学学报》（人文社科版）2010年第6期，第35、36~37页。

手脑并济，身心合一的境地，这可以被称为一种"手感的体悟"。

因此，手工艺者尤其重视反复高强度的劳作过程中对手的技能训练。恩格斯曾指出："手不仅是劳动的器官，它还是劳动的产物。只是由于劳动，由于和日新月异的动作相适应，由于这样所引起的肌肉、韧带以及在更长时间内引起的骨骼的特别发展遗传下来，而且由于这些遗传下来的灵巧性以愈来愈新的方式运用于新的愈来愈复杂的动作，人的手才达到这高度的完善，在这个基础上它才能仿佛凭着魔力似的产生了拉斐尔的绘画、托尔瓦德森的雕刻以及帕格尼尼的音乐。"① 手的功能在对工具的使用中得到了锻炼，人体的协调感、空间感、方向感以及灵敏程度均在使用工具的过程中得到改良和强化。

宋应星在《天工开物·杀青》中也提到造纸中的"手感"，是通过不断重复的劳动达到一种"悟性"。"厚薄由人手法，轻荡则薄，重荡则厚"② 指的就是指轻荡纸帘入槽时用力要轻，这样荡起的纸料少，抄出的纸就薄；重荡则入槽时用重力荡起较多纸料，抄出的纸就厚。不同品种和不同用途的纸张厚薄要求不一，这就需要抄纸师凭实践经验去掌握。夹江手工抄纸环节的质量标准是：纸张厚薄均匀，四角平整，无水滴纸孔，无起皱起泡。这道工序在造纸过程中最费力也最讲究经验技巧，抄纸的工匠站在纸槽旁重复着舀水、抬起竹帘等动作，每次承受的重量达 20 千克。手是直接生产的肢体，高工作强度，使手的能力发挥到极致，娴熟的手艺表达出细腻的质感，造纸工匠在追求技艺的领悟过程中，完成心、脑、手的和谐。这种口不能言的"技"的强度训练，其发展趋势就是逐步接近技术活动的合理的、最优化的要求，进入更高的境界，心手合一，化腐朽为神奇。

二 夹江话：隐性的技术

夹江的语言属于北方方言西南方言系。夹江话声调中有按照阴、阳、上、去、入五声划分的语汇，与古音相近。地方性语言是当地社会交往的需要，是一种当地社会分类系统，与当地人的社会实践活动密切相关。造

---

① 《马克思恩格斯选集》（第三卷），人民出版社，1972，第 509~510 页。
② （明）宋应星编著，潘吉星译注《天工开物译注》，上海古籍出版社，2008，第 151 页。

纸术语中也有这种古音，如"泼料子"。"泼"在夹江话中即为入声，显示出这种技艺与传统语言文化的关联。

地方性语言是一种隐性的技术。尼尔·波斯曼曾分析过机器可以被修正，甚至被抛弃，但语言是来自我们体内，是一种"隐性的技术"，凭借语言，可以实现更高水平的清晰度和效率。"语言有一个意识形态议程，我们往往看不见的议程。语言的议程深深地整合在我们的人格和世界观里，只有靠特别的努力，且常常要经过特殊的训练，我们才能探查到这个议程。语言和电视、电脑不同，它不像是我们力量的延伸，而是我们是何人、像什么人的自然流露。这就是语言深刻的奥秘：因为它来自我们的人体之内，所以我们就相信，它是世界直接的、未经编辑、没有偏见、不带政治色彩的表现，它就是世界的真实面貌。"①

在夹江当地语言中对不同工艺原料、流程、造纸工具和设施称谓的民间描述，也成为该地区维护技艺传承的一种保障。这种语言既包含了和技艺密切相关的"行话"，又包括了当地人特殊的语言表达。"技艺"的方言关涉该地区地方知识体系的方方面面。例如，由于造纸工艺对水源的依赖，在马村造纸区大多数纸农家沿河而居，所临溪水、河流均被称为"洗河"。

在纸帘这种最具差异化的造纸工具中，夹江纸帘各个部分均有特殊的称谓，在其他造纸区并不多见。它不仅是一种地域性的称谓，而且表明技艺与身体动作休戚相关，规范了肢体语言，保障了技艺传承。

夹江纸帘由帘挂子（帘子）、帘床、怀梃（帘尺）三部分组成。帘挂子是由丝线贯穿其中编连成一个整体，然后涂上生漆的抄纸主体工具。帘子四角分别被称为：左上"桩角"、左下"甩角"、右上"钳角"、右下"挂角"，中间为扁平帘刮子，以前为竹片，现在多为橡皮所制；横向上为"帘柱子"，由细竹竿制，便于手握；横向下为"水篦子"，为扁平竹片，放湿纸时便于手在上面轻抚，去除多余水分；帘柱子左边 2/3 处有"钉子"，从抄纸到放置湿纸的过程中起着定位作用；下面是扁平的戛刷②，"戛"为

---

① 〔美〕波斯曼：《技术垄断：文化向技术投降》，何道宽译，北京大学出版社，2007，第125页。

② 象声词，戛断。

"戛段"之意，暗示着湿纸的边界。帘床是承受帘子的支架，帘子和帘床可以随时开合使用，左上有"抓木子"、左下有"抬手子"、中间横梁有"矮人子"。"抓木子"是可以开合的部分，便于取放活动的帘挂子。怀桯即帘尺，也是可开合的木块，与帘床宽度一致，作用是绷紧帘子使其保持平直。

竹帘各个部分有完善的功能称谓，与抄纸人的身体动作相匹配，通过规范抄纸人的肢体语言，从而完成了技艺的传承。工具四角中的"甩""挂"表明各角的动作要领：抄捞纸张时，将纸帘放在帘床上，四处绷紧，双手持帘床，斜着从后方向浸入槽内，平提出，由左向右平移，同时用右手抬起帘床，使浆水由右向左成二十度斜角流过纸帘，再由后向前斜向浸入槽内，令右上角方向进入浆液，再由右向左下角流出。如此左右倾斜浸浆，使纸在帘子里分布均匀。

同时纸帘各个部分的称谓还与下一个工序紧密相连。纸帘上的钉子，需要与下一个工序中的放置湿纸大凳旁边的吊桩互相参照，以保证湿纸能码放整齐，从而保障纸品质量。

此外，纸帘的右下角称为"钳角"，"钳"字还暗示了再下一个工序的动作要领：即"钳纸"时所接触的纸角位置。钳纸打吊，是将榨干水分的湿纸掀开纸角，用铁夹子将纸一张张掀开，再从钳角将纸掀起。每5张为一吊，慢慢地将每吊纸揭起，再折放于特质的高木凳上，到每10张一叠堆放。每一叠折成三折，等半干，次日晨摊开。夹江纸乡揭纸打吊之工序一般由家庭中的老人或妇女来完成。这项工作强度不大，但是需要心细手巧，有耐心。一不小心就容易将纸揭破，前功尽弃。揭纸工作十分重要，因湿纸柔软，极易破碎，掀纸时必须十分小心，每吊纸不能对齐，使它有间隔。有经验的掀纸工，摸看成纸，便知道各道工序工作质量的好坏，可以有针对性地对各环节提出指导性意见。

在手工造纸技艺的传承中，工艺流程的各个环节，被转变为一种地方性语言符号，方便了地区性的社会交往，由此完成了对技艺的感性认知，是在技艺的不可言传中的"言传"。夹江当地工匠对手工造纸技艺的描述中对地方性文字的量词、动词使用丰富。比如，"架槽""刀""吊"等量词的运用延续至今。纸工们谈到染料的添加时，使用"一崖（yá）丝（sī）"

和"一屼（tuó）屼（tuó）"的称谓，就是指代了两种不同的计量感受："一崖丝"表示指甲缝大小的一种体量，而"一屼屼"表示汤圆大小的一种体量。这种用"非物质"的语言对技术实体"物质"的表述和指示，是当地人观察、比较、分析和概括能力的体现，能形成一种在这种语言环境和体系内的心理空间和想象空间，并形成一种在地域性文化中才能认知的语言符号的"能指"和"所指"，从而维护了技艺的传承。

三 合家闹：技艺的广泛共享

夹江手工造纸十分辛苦，男耕女织白昼劳作而至晚则息，秋收之后尚有较长之休歇。《夹江县志》在记述手工造纸时称："工作之苦，莫过于造纸之家。经过手续之繁多，亦莫过造纸之家。前篇云'男耕女织，视他邑为较劳'，而造纸则更甚于耕织也。农者自耕耘以至秋收，得以休息；工者白昼勤劳，黑夜亦可休息；惟造纸之家，不分老幼男女，均各有工作，俗呼为'合家闹'。"① 合家闹是夹江造纸区特有的一种帮工形式。

因为典型传统的大家庭已经全部解体，但在一种大家庭向小家庭极度缓慢的过渡过程中，由于造纸工艺的复杂性，全家男女老少一同上阵，分工协作。② 精壮的劳力担任砍竹麻、煮篁锅、打竹麻、抄纸等重体力活，妇女老弱担任揭纸、打吊、晾纸等不甚费力的工作。在打竹麻、淘料、装锅等工序时，由于家庭人手不够，还必须雇工或以换工方式请人帮忙。因此，产生了一种变异的大家庭形式，几代人基本上居住在一大院或者临近院落里，家中各核心是家庭自立门户，经济上各自核算，消费各自分开，但干活时仍按原来大家庭时的分工进行协作，由于劳力不均而引起的问题，就由大家庭中的老者负责妥善调解。被纸工们称为"内分外不分，用分做不分"③。

夹江造纸之乡的大部分人生活在关系紧密相连的社区中，这些社区以共同的职业、血缘关系和同姓关系为特征。如石堰村，大部分人姓"石"，

---

① 《夹江县志》（1934 年版），1985 年重印，第 31 页。
② 台湾《汉声》杂志第 77 期：《夹江造纸》，1995，第 21 页。
③ 台湾《汉声》杂志第 77 期：《夹江造纸》，1995，第 21 页。

相邻的马村也是这种情况，大部分人姓"马"。在这种同姓关系紧密的村落中，造纸技艺的训练不是问题，而是一种相对共享的技艺，在这里，技艺是依靠样式的同质性来维护着内在的稳定性，它不是个性自由的表现，而是由一定的传统约束着的公约。

夹江手工技艺的传承既体现出各家的独特性，又显示了技艺的共享性特征，并以此形成一定规模的多样性的纸产业，从而保障该地区的技艺传承和发展。各家技艺的独特性体现在技艺的关键环节，如纸浆原料的配比、纸药的添加、对水质的认识、沤料的时间等不可言传的关键环节。

技艺的共享性是因为造纸核心工序已有定式，从小耳濡目染，参与造纸各个环节的人都是兄弟姐妹，难免会不自觉地透露出各个改良的小细节。雅各布·伊弗斯描述过这样一个有趣的场景："曾经有一些作坊主学习到了新技术，试图保密，但最后通常是失败。例如，首位使用氯漂白剂的槽户，仅是晚上在密闭的小屋里将纸漂白，还告诉他的邻居他学会一种符咒可以使纸一夜之间变白。但他很快就被发现了，氯漂白剂的使用传遍了整个造纸区。保密在某种程度上是很困难的，因为造纸作坊没有围墙：木梁上以稻草盖顶，四面可见。保密的困难还在于，除了规模极大的造纸作坊，所有槽户在生产过程中都要依靠与邻居的合作。由于蒸煮工序的季节性及市场需求的波动，劳力的投入是不均匀的，许多作坊有时会缺乏劳力、工具和原材料而难以运作，有时又因工作量较少造成劳动力和设备闲置。解决办法是在繁忙工期借用邻居作坊的烘干墙、窖池、工具、资金和劳力，之后以相同的交换作报答。这种互相依赖的关系在蒸煮料子时最为明显，这项工序要求在 10 天内投入相当于 200 个工作日的劳动量，这超过了一个大型作坊可以召集的劳动力。槽户们却并不雇佣工匠，而是邀请邻里一起辛苦工作数日并大摆酒席。帮忙没有报酬，但是帮工们可以吃到白肉、白豆腐和白酒，以确保纸张的洁白，而且帮工的劳动时间会被记下，并最终以同样的方式偿还。这种极其相似的交易，促使人们在各个作坊间流动，信息也随之而流动。"①

---

① 〔法〕雅各布·伊弗斯：《书写与口头文化之间的工艺知识：夹江造纸中的知识关系探讨》，胡冬雯译，《西南民族大学学报》（人文社科版）2010 年第 6 期，第 35、36~37 页。

中国村落一般聚居，同村人大多是同村同宗。在家庭和师徒传承之外，这种以"聚落"为主体的文化空间维护着技艺的传承。人们经过长期的交往在传统的文化氛围中形成了社区认同，在乡土村落中延续了千百年。技艺在某种意义上为这个聚落的人所熟知，以独特的交流方式进行生产。在村落中交错的这些家庭关系、邻里关系和业源关系，使技艺在此基础上有交流也有竞争，并贯穿于人们生活的方方面面。王大州和关士续在《技术知识与创新组织》中也提到技艺的传承依赖于这种"人际关系"。他说："难言技术不可消除性的重要含义在于：技术知识的人际交流从来没有摆脱似乎也不可能最终摆脱'师徒传承'或面对面的密切的人际关系交往的形式；技术知识的组织或区域交流需要以个人或小组为媒介，通过人际关系或人的迁移去完成。"①

由于夹江手工造纸技艺已经形成的复杂性和相对规范性，这种小型的纯手工业经济副业保持和延续了细化的工作程序，相同工作角色合作的形式和传统农业生产中"男耕女织"的组织形式都被保留下来。在生产过程中，家庭成员通力合作，根据家庭成员的具体情况合理分配工作，共同完成生产销售的整个过程。家庭关系和血缘关系交错的群落，人际关系被凝结成密切关系的纽带，共同维系着技艺的发展。

手工技艺知识体系的特殊性可以被称为一种广义的手工艺的技术文化体系。它至少具备以下三个重要特征。

第一，这种体系以身体行为为核心，生产经验为基础，具有凝聚群体智慧的原创性，以文本之外的方式传递着。因此，手工技艺的传承不是单纯的继承问题，手工的精致性追求更应该成为促进传承的良药。

第二，相同的地理环境和文化背景易于促成相同的文化心理结构，进而创造并承受相同的文化背景下萌发的地域性工艺。这种复杂的技术文化体系具有鲜明的适应当地自然资源条件与文化环境的地域性，并且在较长时间内证明有效，是一种地方性知识体系的复合体。它也是动态变化的，文化生态不可移植，一旦湮灭便不可能重复出现，它的消失同自然资源的

---

① 王大州、关士续：《技术知识与创新组织》，《自然辩证法通讯》1998 年第 1 期，第 5 页。

耗尽一样很难再生。

　　第三，技艺是在身体力行的劳作中，在说着相同的话语的人在串门、聚街、邻里互助等不经意的人际交往间，被共享和传播。技艺不是个性自由的表现，而是被村落中交错人际关系间共享的结果。技艺所经历的大多数改良和变迁已经很难找到主创人，它是造纸人共同创造的、共同享有的、一种类似于集体无意识的"有意识之作"。如何平衡和尊重这些特殊的具有共享性的技艺，成为传承人保护的另一个亟须解答的难题。单纯依赖关于保护非物质文化遗产传承人的政策可行吗？对纸乡的大多数人来讲，造纸技艺的价值不只是他们赖以生存的手段，就像夹江当地人的说法，他们是"吃竹根饭的人"，这种技艺已经是他们生命中的一部分，营养和滋润着个人和集体的成长，成为骨子里不易被察觉的知识体系。

（原载《民艺》2018 年第 1 期，第 26～32 页）

振兴中国传统工艺的目标和标准

陈岸瑛　清华大学美术学院

2017 年 3 月，国务院办公厅转发了原文化部、工业和信息化部、财政部制定的《中国传统工艺振兴计划》。该计划虽然提出了到 2020 年的一系列目标和任务，但是并没有明确描述传统工艺振兴的终极样态。在振兴中国传统工艺的过程中，为了更清楚地知道传统工艺行业应该往哪个方向转型以及如何转型，有必要进一步明确传统工艺振兴的目标和标准。

—

新时代振兴传统工艺的主要语境，是非物质文化遗产保护语境，因此，就先来看看联合国教科文组织《保护非物质文化遗产公约》（2003）中有关振兴的表述："'保护'（Safeguarding）指确保非物质文化遗产生命力（viability）的各种措施，包括这种遗产各个方面的确认、立档、研究、保存、保护、宣传、弘扬、传承（特别是通过正规和非正规教育）和振兴。"① 非物质文化遗产，作为一种活态的传统文化，在世代相承中保持其生命力，是其存在的前提条件。从上述表述来看，"振兴"是非遗保护的最高级别，其相应的英文表述是 revitalization，即让非遗项目恢复甚至赶超其历史上最活跃的时代。

方李莉认为，景德镇自 20 世纪 90 年代改制、转轨以来，民窑生产和传统工艺重新开始繁荣发展，到 2006 年已超过晚清民国时期的历史最高发展水平，并以"景漂"的出现和创意阶层的聚集，作为景德镇复兴的标志性

---

① 《保护非物质文化遗产公约》（中英文版），联合国教科文组织亚太地区非物质文化遗产国际培训中心官网，htp://en. chap. cn/ 2014 – 07/25/content17926704. htm。

现象。方李莉指出，景德镇的复兴分为以下三个阶段。

第一个阶段，是20世纪90年代初开始至90年代末。"这一时期，由于国际市场的需要，在景德镇周边的许多农村开始形成一些仿古瓷生产集散地"，"当时的生产者主要有两大部分，一部分是瓷厂的下岗工人，还有一部分就是来自周边农村的农民工。技术来源主要是曾经在景德镇陶瓷研究所、各大瓷厂的美术研究所、试验组工作过的工艺师、技术员，因为只有这些地方还一直保持具有艺术鉴赏性的手工陶瓷的生产技术。当时的景德镇为了生产仿古瓷，不仅恢复了民国时期的家庭作坊制，就连作坊类型、生产方式、经营方式也都几乎一样"。"正是这一时期的仿古瓷制作让景德镇重新恢复和发展了当地传统的手工艺技术，传统的手工艺生产方式、生产结构、生产制度等，而这些正是我们所认为的非物质文化遗产的重要组成部分"。[①]

第二个阶段，是从20世纪90年代末到2006年。在仿古瓷的制作及工艺美术大师评选的过程中，景德镇涌现了一批制瓷大师，而且赢得了丰厚的市场回报。"从1979年到1996年17年的时间，景德镇共评上全国工艺美术大师12人（1997年至2006年国务院机构改革暂时停止评选）……从20世纪90年代开始，这些大师和教授们的作品开始受到中国大陆以外市场的关注，当时的日本、新加坡、中国台湾、中国香港出现了一些收藏家……这样的现象对于景德镇传统手工艺的复兴起了非常大的推动作用，以至于在景德镇的莲社路出现了许多的陶艺廊，专门卖'大师瓷'，这是景德镇从未出现过的新生事物和新的现象。尤其是从2008年开始，嘉德和保利两家拍卖公司开始拍卖当代陶瓷艺术品，其中景德镇占了半壁江山。最贵的作品达到几百万元甚至上千万元人民币。可以说，景德镇传统的陶瓷手工艺就此不仅得到了传承，还得到了前所未有的发展，景德镇的工匠地位（指大师级的工匠）也达到了历史上前所未有的高度。"[②]

① 方李莉：《论"非遗"传承与当代社会的多样性发展以景德镇传统手工艺复兴为例》，《民族艺术》2015年第1期，第72页。

② 方李莉：《论"非遗"传承与当代社会的多样性发展以景德镇传统手工艺复兴为例》，《民族艺术》2015年第1期，第74页。

第三个阶段，是从 2006 年至今。一方面，自 2006 年景德镇大师作品在内地开始有了市场；另一方面，景德镇的外来人口迅速增加，出现了"景漂"现象。随着创意阶层的集聚，"在景德镇又出现了许多新兴的手工陶瓷生产集散地，这些集散地和 20 世纪 90 年代的仿古瓷集散地都发生了许多的变化。如果说 20 世纪 90 年代，景德镇手工艺陶瓷主要是生产仿古瓷的话，那么在这一时期则主要是生产艺术瓷和极具个性化和艺术化的手工生活用瓷"。①

以景德镇等案例为基础，方李莉提出了"非遗保护 3.0 版本"的概念。她指出："非遗保护的最终是为了人类社会的今天及未来的发展服务，因此保护只是其中的一个部分，其中还有一个重要的部分，那就是要在保护的过程中产生出新的创造力，并将其发展成为本民族的文化政治和经济发展的重要生产力，这是一个层级递进的完整体。在这样的完整体中，我们可以将其分为三个层级：第一，是做先行的记录和调查研究，摸清家底，确立非遗的保护名录，我们可以将其称之为非遗保护的 1.0 层级；第二，当我们确立了非遗的保护名录以后，需要确立非遗传承人，并为他们传承非遗文化和技艺提供必要的条件和经费，我们可以将其称为非遗保护的 2.0 层级；第三，科学家、艺术家们挖掘非遗资源，并在此基础上，进行科学的或艺术上的创新，发展出具有原创性的科学或艺术的成果，贡献给全世界，促进世界文明的发展，这是非遗保护所带来的中华民族文化复兴的一个重要层级，也可以称之为非遗保护的 3.0 层级。"②

对比《保护非物质文化遗产公约》中的上述那段话，方李莉所说的非遗保护 3.0 层级，实际上就是"振兴"这一非遗保护终极目标的达成，非遗一旦活化和振兴，便不再需要"保护"，而是自己就蕴含了无限的生命力。在她看来，创意阶层在景德镇的集聚，促进了传统工艺的创新性发展，并使景德镇崛起成为一个在全球范围内富于吸引力的文化中心。"不仅是在景德镇有这样一些年轻人，在江苏的'紫砂壶之乡'宜兴，在江苏的'刺

① 方李莉：《论"非遗"传承与当代社会的多样性发展以景德镇传统手工艺复兴为例》，《民族艺术》2015 年第 1 期，第 75 页。
② 方李莉：《非遗保护的 3.0 层级与中国文化的当代复兴》，《中国文化报》2016 年 6 月 28 日，第 3 版。

绣之乡'镇湖等许多传统的手工艺之地，都可以看到许多这样的年轻人群体，他们也是中国走向非遗保护 3.0 层级的最有希望的生力军，并且是一支浩大的促使中华民族文化复兴的生力军。由于他们的出现，许多传统的手工艺城市和传统的手工艺地区获得了新的生命力，并开始成长为新的文化和新的经济中心。"①

二

《中国传统工艺振兴计划》对振兴目标的描述是："立足中华民族优秀传统文化，学习借鉴人类文明优秀成果，发掘和运用传统工艺所包含的文化元素和工艺理念，丰富传统工艺的题材和产品品种，提升设计与制作水平，提高产品品质，培育中国工匠和知名品牌，使传统工艺在现代生活中得到新的广泛应用，更好满足人民群众消费升级的需要。到 2020 年，传统工艺的传承和再创造能力、行业管理水平和市场竞争力、从业者收入以及对城乡就业的促进作用得到明显提升。"② 这里设立的是到 2020 年的阶段性目标，对于传统工艺振兴的终极目标和理想状态，并未展开叙述。在此意义上，方李莉上述基于艺术人类学田野考察的反思，对于我们思考传统工艺的振兴目标和标准是极具启发意义的。或者说，景德镇、宜兴、镇湖等传统工艺产区的复兴、振兴案例，为振兴中国传统工艺提供了一个可参照的标杆。

以 2006 年以后的景德镇为参照，"景漂"现象的出现是景德镇从复兴走向振兴的重要征兆。"景漂"的出现，意味着景德镇已经成为一个能够吸引创意阶层集聚的创意城市。2002 年，美国学者理查德·佛罗里达在《创意阶层的崛起——关于一个新阶层和城市的未来》一书中指出，创意是当代经济发展的核心动力，由此催生出一个新的阶层，也即"创意阶层"（creative class）。据他调查，创意阶层对工作的要求不仅包含薪酬和福利，还包括办公环境和城市环境。"随着以公司为主的生活方式的渐渐退隐，一

① 方李莉：《非遗保护的 3.0 层级与中国文化的当代复兴》，《中国文化报》2016 年 6 月 28 日，第 3 版。

② 《国务院办公厅关于转发文化部等部门中国传统工艺振兴计划的通知》，中华人民共和国中央人民政府官网，htp://www.gov.cn/ zhengce/content/ 2017 – 03/24/content 5180388 . htm。

种新的权力等级已在城市之间渐渐兴起。生活的城市也成了人们身份地位的一种重要象征"，只有更具包容性、更富活力、更具文化魅力的城市，才能吸引更多的创意人才，"创意阶层新的地理分布正影响着美国各地区的竞争优势"。① 能否聚集创意人才将成为影响城市更新和产业升级的关键因素。

欧洲人较早意识到创意城市的建设问题，自 1985 年就开始评选"欧洲文化之都"，目前有近 50 个城市获得这一称号。联合国教科文组织于 2004 年提出建立"创意城市网络"，将创意城市分为文学、电影、音乐、民间手工艺、设计、媒体艺术和美食 7 个类型，致力于促进全球创意城市的发展以及相互间的合作。在世界各地建设创意城市的过程中，美术馆数量在 21 世纪以后明显增多，艺术双年展、艺术博览会、设计周和设计节则如雨后春笋般在世界各地的城市中产生。据统计，截至 2012 年 10 月，全球共有知名艺术双年展 149 个，其中 1990 年前创办的有 26 个，1990 年到 1999 年创办的有 36 个，2000 年至 2012 年创办的有 87 个。② 从 2000 年初到 2012 年底，全球以城市冠名的设计周、设计节从原有的 10 个迅速增加到了近 60 个。从上述统计数据可以看出，创意城市的建设自 21 世纪以来成为一种全球热潮，艺术和设计展会都呈加速度增长。③

我国政府早在 20 世纪 90 年代就开始推动文化产业的发展，但二线、三线城市创意产业园区的建设，往往变成一种变相的房地产开发，不少地方空有楼盘，却没有像样的文化企业进驻，也没有像样的文化经济活动。这一方面固然和政府监管不力有关，但另一方面却是因为创意人才的缺乏，或者说，创意人才都被北京、上海、深圳等大城市吸引走了，很少愿意留在二线、三线城市。有学者将中国改革开放以来的经济发展分为三个阶段，20 世纪 80 年代是小商品繁荣的时代，20 世纪 90 年代是房地产繁荣的时代，21 世纪则是创意经济时代。房地产曾是中国城市更新和经济发展的重要动

---

① 〔美〕理查德·佛罗里达：《创意阶层的崛起——关于一个新阶层和城市的未来》，司徒爱勤译，中信出版社，2010，第 266～284 页。

② The Global Contemporary and the Rise of New Art Worlds, edited by Hans Belting, Andrea Buddensieg, and Peter Weibel, ZKM | Center for Art and Media Karlsruhe, MIT Press, 2013, pp. 104 – 107.

③ 李敏敏：《设计展览与创意城市》，中国建筑工业出版社，2014，第 34 页。

力，然而在新的产业形势下，如果不能顺利实现城市功能的升级，不少城镇将走向衰败，甚至出现空楼、空城的局面。在下一轮的城市化运动中，如何发展城市文化，增强城市的吸引力，将成为考量各地政府执政能力的一个重要指标。英国学者查尔斯·兰德利（Charles Landry）在《创意城市》（2000）一书中指出，有形和无形文化遗产是建设创意城市的重要资源，"文化资源是城市的原料，也是它的价值基础……而创意则是利用这些资源，并助使它们增长的方式"，在此意义上，城镇不分大小，都有可能利用传统资源营造出浓厚的创意氛围（creative milieu）。① 从这一视角来看，景德镇正是利用有形和无形文化遗产建设创意城市的成功范例。

中国是世界闻名的瓷国，中国产的优质瓷器随丝绸之路销往世界各地，传播了中华文明，也对世界文明做出了卓越贡献。景德镇瓷业兴起于宋代，至元代不仅没有衰落，反而借助外销获得了更大的发展，明清时期随着商品经济的繁荣，民窑日渐增多，至康熙、雍正、乾隆三朝臻于鼎盛。1956年完成公私合营与社会主义改造后，"传统的制瓷手工艺作坊和手工艺的生产方式在景德镇彻底的消失了，基本实现了现代的流水作业线的机械化生产"。20世纪90年代，景德镇的国营厂改制，重新回到小手艺作坊林立的状态，"景德镇为了生产仿古瓷，不仅恢复了民国时期的家庭作坊制，就连作坊类型、生产方式、经营方式也都几乎一样"。以樊家井仿古村为例，方李莉90年代在那里做田野调查时发现，"当代与传统竟然有着惊人的相似，在当时的樊家井，竟然又恢复了传统血缘、地缘、业缘的关系。如乐平人画釉上花鸟较多，丰城人做低温釉刻花为多，鄱阳人以画人物为多，都昌人画釉上粉彩和古彩为多，抚州人以仿元代青花为主"。②

方李莉从人类学视角看到了景德镇复兴过程中"传统血缘、地缘、业缘的关系"的恢复。费孝通先生在《乡土中国》中，将传统社会的生活状态，比喻为扎根于乡土的生活，由此产生人与人、人与物之间特有的熟悉

---

① 〔英〕查尔斯·兰德利：《创意城市：如何打造都市创意生活圈》，杨幼兰译，清华大学出版社，2009，第51、201页。

② 方李莉：《论"非遗"传承与当代社会的多样性发展——以景德镇传统手工艺复兴为例》，《民族艺术》2015年第1期，第74页。

和亲切。现代化的趋势，却是将人连根拔起，以法律、契约等纽带，形成一个机械团结的社会。这种社会，也被一些社会学家称为"抽象社会"，好比是一台没有情感的机器，自行运转着，而我们每个人，就像一个个的零件，通过这台机器重新组织成为社会。人不再像海德格尔所说的那样诗意地栖居在大地之上，而是生活在人造物的世界中，栖居在住房机器中。在现代化的过程中，人与物、人与人的关系发生了重要变化。这种变化，是与人根深蒂固的本能和情感需求相违背的，因此，当现代化发展到一定程度时，就一定会产生反现代性的追求。事实上，欧洲早在 9 世纪初就出现了反现代性的文艺思潮，如德国的浪漫主义，要求回到乡土社会，回到中世纪。19 世纪末的英国工艺美术运动也提出了类似的要求，幻想回到手工艺时代。开历史倒车、回到过去固然不可能，但是让拔地而起的现代社会实现软着陆，重新与自然、历史、传统产生联系，却并非不可能之事。在欧洲和日本的历史街区、小镇和村落中，随处可见传统与现代和谐共生的现象，即为一个强有力的佐证，值得中国学习和借鉴。

经过 40 年的改革开放，经历了经济腾飞和猛烈的城市化进程，中国在进入 21 世纪以后，也产生了重归传统、重返乡土的需求。但这种重返和重归，并不是回到过去，而是在新的时代语境和经济形势下，以创新的方式激活传统，并将重新激活的传统纳入新时代的文化经济建设中去。2008 年前后，乡村文化建设运动在民间自发兴起，如碧山计划，以及到云南、贵州、西藏游历和创业的"背包客"现象。恰好在这个时候，浙江省安吉县提出了建设"美丽乡村"的概念，2010 年 6 月，浙江省全面推广安吉经验，把美丽乡村建设升级为省级战略决策。此后，安徽省政府印发了《安徽省美好乡村建设规划（2012—2020 年）》，其他省市也纷纷效仿。2013 年以来，"美丽乡村建设"上升为国策，成为社会主义新农村建设的新时期新任务。①

2010 年，中国的城市化率达到了 50%，中国城市人口首次超过农村人口，如张鸿雁所指出："城市化率达到 50% 的时候，表明社会财富已经集聚

---

① 吴理财、吴孔凡：《美丽乡村建设四种模式及比较——基于安吉、永嘉、高淳、江宁四地的调查》，《华中农业大学学报》（社会科学版）2014 年第 1 期，第 15 页。

到了一个程度，就是城市经济到了可以反哺农村的水平。"① 1978 年，中国的城市化率只有 17.8%，截至 2016 年，却快速上升到了 57.35%。在城市快速增容的过程中，也产生了空气污染、交通拥堵、房价暴涨等一系列"城市病"，对田园生活的向往成为城里人挥之不去的"乡愁"，于是，贫困落后的农村一方面成为城市反哺的对象，另一方面农村的青山绿水和慢生活，也成为对快节奏城市生活的有益补充，甚至成为一种极具经济价值的稀缺资源。"美丽乡村建设"这一政策的提出可谓恰逢其时。

随着汽车进入寻常家庭，大陆的自驾车旅游于 20 世纪 90 年代逐步兴起，2008 年以后呈井喷式增长。自驾游为城市高素质人群提供了不同于批量化、标准化的大众旅游的另类选择，促进了旅游品质的提升。受城市中产家庭青睐的另一种短期出游工具是高铁。1997 年至 2007 年，中国铁路完成了六次大提速，自 2008 年中国第一条 350 千米/小时的高速铁路——京津城际铁路开通以来，高速铁路在大陆迅猛发展，京沪、京广高速铁路相继于 2011 年和 2012 年全线开通运营。高铁的大范围开通，使中心城市一日交流圈快速形成②，极大地促进了城乡互联和乡村旅游的发展。国家旅游局将 2006 年确定为"中国乡村旅游年"，2007 年的旅游主题确定为"中国和谐城乡游"，与交通方式的变更和旅游产业的升级是直接相关的。旅游的升级，为乡村振兴提供了一个重要的经济支撑。"民宿热""非遗热"都是在这一转型升级过程中出现的标志性现象。人们来到乡村，就是为了追寻一种久违的传统生活方式，而一度"空心化"的乡村，也恰好因为这种逆城市化、反现代性需求的滋生，开始走向复苏和重生。

文艺青年们聚集到景德镇，并不仅仅因为在那里可以创业，而且因为那里因手工艺的复兴而重新形成的"血缘、地缘、业缘"关系。文化源于人的集聚，以及由此产生的人与人、人与物之间的丰富联系。"北漂"们在北京所体验到的，是一种大都市的生活和文化，充满了机遇，充满了创造力，充满了各种有趣的人。与"北漂"相比，来自世界各地的"景漂"们

---

① 张鸿雁：《论重构中国乡村的文化根柢》，《中国名城》2016 年第 3 期，第 12 页。
② 钟业喜、黄洁、文玉钊：《高铁对中国城市可达性格局的影响分析》，《地理科学》2015 年第 4 期，第 390 页。

不仅能体验到丰富的人际关系，还能体验到人与物、人与天地的自然联系。我们不能仅仅用"创意产业"来解释景德镇的魅力。如果说现代化的过程是一种祛魅的过程的话，那么类似景德镇这样的地方，却是一个让人重新返魅的场域。而这正是超越了温饱阶段的一部分中国人所迫切需要的。

三

保护非遗、激活非遗、振兴非遗，其终极目标是重新建立人与天地、现在与过去的联系。一方面，我们享受着现代化带来的便捷、舒适、清洁、安全和均等化的生活条件，享受着都市生活带来的创新、创造活力和新鲜感、时尚感、运动感；另一方面，我们又不满足于此，而是期望同时获得乡土社会的那份安宁、纯真和自然，以及在劳作和文化活动中建立起来的丰富的世界联系。民俗、节日、歌舞、戏曲、传统工艺，它们之所以被看作祖先留给我们的一笔文化财富，就是因为在它们的实践活动和艺术形式中，蕴含着天、地、人、神之间的丰富关联。在现代生活中重建这种联系，是一种令人憧憬的梦想。但这种梦想并不是空想，而是在一定条件下、在一定程度上可以实现的。在景德镇、宜兴和苏州，不仅传统工艺得到了大面积的复兴，自然生态也得到了修复，慢生活与闲情雅致随处可见。在黔东南，盛大的苗年不仅是游客的嘉年华，同时也是地方民众自己的节日，传统工艺不仅带动了苗家妇女居家就业，也极大地提升了当地居民的生活满意度和文化自信心。在藏族、蒙古族、彝族聚居区，传统节俗、歌舞、服饰、餐饮不仅重新回潮，而且演变出适应都市生活的新样式，成为满足各民族美好生活需求的重要载体和驱动力。就传统工艺而言，如果说它的振兴目标是实现传统工艺、地域文化的大面积复兴，那么其具体的指标也就容易确定了。从大的方面来说，传统工艺的振兴标准是：

（一）无论是生产者还是使用者，都充分意识到传统工艺内含的文化价值和特色，乐于制作它，也乐于使用它；

（二）传统工艺成为一个体面的职业或有着光明前景的行业，年轻人愿意进入这一行业，传承方面没有后继无人的担忧，与此同时，有越来越多的优秀人才愿意进入这个行业，从事设计、策划、经营、研究等方面的工作；

（三）传统工艺在某地形成的业态、生态，成为吸引人们来此地居住、工作、投资或游玩的理由。

参照这个标准，就陶瓷行业而言，景德镇目前已全部达标，在第三个目标上还有进一步拓展的潜力；宜兴情况类似，只是门类更为单纯，主要发展与茶文化相关的产业，且与国内外陶茶学界建立了广泛的联系；龙泉已达到前两个标准。来游玩和投资的人基本上都是受青瓷、宝剑等传统工艺吸引，目前正在向第三个目标前进，而且有望创造世界性的品牌；上虞青瓷、金华婺州窑、河南的汝瓷、钧瓷以及云南的建水紫陶等已达到第一个标准，局部达到第二个标准，并开始朝第三个目标发展。

上述三个标准，与文化和旅游部提出的"生产性保护""整体性保护"理念，尤其是国家级文化生态保护实验区的实践，在大方向上是一致的。2018 年 6 月 6 日，文化和旅游部副部长项兆伦在《人民日报》上发表了《非遗保护要见人见物见生活》一文指出："近年来，我国的非遗实践日渐活跃。传统节庆重新热闹起来，传统表演艺术与口头文学焕发新的生机，有时代感的传统年画让过年的年味儿更浓……传统工艺振兴计划全面实施，富有地域特点、民族特色、现代气息的手工艺品成为消费者的钟爱……这些年的非遗保护工作确立了一个重要理念：见人见物见生活。"[1] 上述三个标准最核心的部分，就是"见人见物见生活"，不仅见到传承人，见到接受者和消费者，最终还要见到各地域的民众和各地方有特色的生活。振兴传统工艺，并不仅是为了发展经济，而且是为了建立起一种有中国特色和中国魅力的当代生活样式，使民众能够诗意地栖居在大地之上。

（原载《民艺》2018 年第 4 期，第 20～26 页）

---

① 项兆伦：《非遗保护要见人见物见生活》，《人民日报》2018 年 6 月 6 日，第 12 版。

民间工艺美术创新的意义

——以羌族刺绣为例

钟茂兰　四川美术学院教授

中国传统文化的保护和传承创新是两大范畴，创新对于传统固有的文化也是一种活态的保护。古老的羌族服饰、刺绣能保存下来，说明它具有顽强的生命力和广泛的群众基础，但要得到发展，必须走创新之路。羌族服饰、刺绣是在原有的生态环境中产生的，是根据当时羌民族需要而存在的，我们既要保存它原有的生态特点，将原有的羌族服饰、刺绣品收藏陈列于博物馆加以保护；同时还要根据现代生活方式和审美需要对羌族服饰和刺绣进行开发、利用和创新，使之融入现代人生活的领域并成为现代生活的时尚。

一　现代设计寻找"中国元素"离不开少数民族艺术

少数民族服饰、刺绣是中华民族传统文化中保存得最为完整的文化，是中华文明的活化石。他们地处偏远的山区或高山大川之内，交通闭塞，少受现代文明的冲击，至今仍保持着原始古朴的着装特点，仅以服装款式最初的几个发展阶段为例：人类服装从旧石器时代末期起，经历了"草裙时代""披裹式时代"到"贯头衣时代"。"草裙时代"人们以采集为生，以树皮、草叶为衣饰，直到现在某些民族仍保持着"草裙时代"的痕迹，如傣族用一种称为箭毒树的树皮制作的树皮衣，土家族祭祀祖先盛典穿着的"毛古斯"草裙衣，苗族、侗族祭祀祖先时穿着"帘裙"，均为模仿原始社会时所穿的草裙，以此追寻对本民族祖先的记忆与悼念。

"披裹时代"即以单块面料披绕于身，如遮背式、披肩式的斗篷。大凉山彝族的披毡、察尔瓦、纳西族妇女的"七星披肩"、独龙族盛大节日时裹身的"独龙毯"、苗族的花披肩、蓝靛瑶的披肩、高山族的方衣……在重大节日和祭祀时均要着此服装款式。

贯头衣是在单块披裹式的基础上发展起来的,比"披裹式"前进了一大步。这种服装基本款式定型,不做裁剪,将两个身长的单块面料对折,从中间留一开口或开一圆洞,头可以从中伸出。贯头衣前后两片可以在双臂下缝合,形成服装的基本形,亦可在腰间扎上腰带使之固定。这种兴于五六千年前的服装款式在不少的民族中仍然保存至今,如白彝的贯头衣、白裤瑶妇女穿着绣有瑶王印的贯头衣、仡佬族的仡佬袍、南丹苗族的黑色挑花的贯头衣(当地称为"马鞍衣")、花溪苗族"旗袍服"也属贯头衣范畴。这些服装作为盛装,在本民族重大节庆、祭祀活动中穿着,体现了对祖先的怀念,亦显示出本民族千百年来对发展历程的追寻。

二 "中国元素"在羌族服饰刺绣中含量极为丰富

(一)中国红:羌族崇尚红色,有着悠久的历史,缘于上古之传说。对红色的崇尚,一说羌族与炎帝同源于古氏羌,《太平御览》称"神农氏羌姓,……以火德王,故谓之炎帝"。在色彩崇拜和喜好上继承了古羌人的传统。另一说周朝始祖为姜嫄,亦为古羌人,亦崇拜红色。源远流长的华夏族后称之为汉族对红色的追求不仅因为红色光波最长而热爱之,历史上众多的古羌人融入华夏族亦有一定的渊源。羌族至今仍以红色最美,他们最庄重高贵的礼节就是"挂红",尤如藏族敬献白色的"哈达"一般。羌族妇女人人都有一件红色长衫。老年妇女也会缠上一条红腰带。男人祭祀时穿白色的麻布长衫,亦在腰上扎红色腰带。羌族男女不少地区亦有打红绑腿的习俗,少女更要穿上红裤和红绣鞋,一身红色如火焰一般,具有强烈的活力。

(二)羊头纹:"羌"即牧羊人。东汉许慎《说文·羊史》释之"羌,西戎牧羊人也。从人从羊"。羌族自称为"尔玛"或"尔咩"(miē),与羊叫声相似。长期以来羊与羌族的物质生活和精神生活紧密相关,不可分割。既是他们的物质财富,又是他们的精神支柱。并成为他们的图腾,将其标志化，最典型的纹样是"四羊护花"。

羌族人一生均与羊相伴，小孩戴的花帽除用羊毛装饰，还要在帽顶正中饰一圆形绣花。内装山羊的尾巴，羌族人称它为"香叭"，不绣花也得用一块红布代替，以求保佑孩子一生平安。孩子长到十二三岁时要举行盛大的成年礼仪式。由释比（巫师）将白色的羊毛绒作为天神馈赠的礼品系于受礼者的脖子上，并以此为护身符而保护受礼者。婚礼时新郎、新娘均在新婚礼服外套上羊皮褂褂（背心）以求羊保护新家幸福平安。老人去世时，要将宰杀羊的血洒在死者身上。并让死者手执羊身以求"骑羊归西"。人的一生均与羊相伴，羊成为人生旅途忠实伴侣，"四羊护花"也成为羌绣中最经典、最广为流传的图案。

（三）云云纹：羌族人一直流传着穿"云云鞋"的习俗，年轻人盛妆时要穿，谈情说爱时成为少女给男友的定情之物。

羌族民歌唱道："我送阿哥一双云云鞋，阿哥穿上爱不爱？鞋是阿妹亲手绣，摇钱树儿换不来。"我曾见过一位妻子为丈夫精心做的一双云云鞋，黑底上补绣红色的云纹，白色绣线绣于红色云纹上，针脚均匀，线条流畅，做工精巧，真是千针万线都是情。

云云鞋上的"云云纹"有何含义？我曾专门访问羌族民俗专家，他说："这是由火镰的形象变化而来的。"古羌族是一个游牧民族，长期居无定所，以后又迁徙至南方，火对这个民族太重要了。羌族古歌传唱几千年，其中有一大段关于羌族祖先热比娃去天上为民间取火，历经无数艰险，最后把火藏于白色石英石中带回人间的传说。以后人们取火时用火镰敲打白石便出现火星，再用特质的野棉花点燃。直到现在住在高海拔地区松坪沟的羌族人还保留着用火镰取火的习俗，火镰上有一皮夹（可以防潮），用来装白石和野棉花。

从上述即可看出云云纹即为火镰纹，它表达了羌族人对祖先寻求火种，对火崇拜的心理。羌族服装开衩处、背心的门襟和围腰上也多用云云纹。与古羌人有着亲缘关系的彝族服饰上也可以看到这种纹样，尤其是大凉山的彝族服饰、头帕、帽子上均装饰着富有变化的火镰纹，它体现出对火崇拜的形象化。

三　如何创新

（一）突破惯性思维　避免主观评判

突破审美理念上的惯性思维，即突破常态的、对艺术形式的认识，否则就容易被束缚思维。尤其是忌讳主观的审美经验来理解、评价民间工艺美术和少数民族艺术。因为审美经验是建立在汉文化的基础上，而少数民族的艺术是经过该民族世代传袭下来的群体文化。我们应尽量从民族文化的角度来认识这些艺术。若将汉文化的审美观念去硬套必然会产生不少谬误。如"龙"，苗族与汉民族的观念是大不相同。苗族的"龙"就有很强的人情味，它是平民百姓均可共享的艺术品。它的艺术形态更夸张、更朴实、更随意、更稚拙。与龙纹在一起的是苗族称为"鹡宇鸟"，不能视它为凤，更不能以"龙飞凤舞"或"龙凤呈祥"的观念来解释它。

民间美术的色彩、纹样和构成均有着不寻常的特点，如大红地上鲜艳的绿色运用，以及强烈的红绿对比如何统一，羌族妇女在着装和刺绣时均有特别的处理办法。当她们穿着鲜艳的阴丹士林蓝（钴蓝色）镶饰杏黄锻地绣花宽边长衫时，外套黑色背心，仅留出领部、袖口和后摆的蓝黄对比，黑背心黑围裙起到绝妙的搭配作用。笔者在茂县街上见一羌族大嫂，身着粉绿色长衫系一条黑底绣红色大团花的围裙，由于外套黑背心，包白头帕，黑白二色为这红绿对比起到了重要的协调作用。大嫂年龄可能有 50 岁，正是这些具有强烈生命力的红绿色彩对比，让她显示出青春活力。红绿对比的色彩组合往往让我们难以支配而不敢运用，但羌族妇女运用自如、恰到好处，让人们为之叹服。

（二）将民间艺人引入教学体系

早在 1982 年笔者通过民间采风，了解到自贡扎染厂张宇伸先生及其女儿张小平（现为四川省省级扎染大师）长期从事民间扎染研究，专门请他们到四川美术学院为学生上课，取得了很好的效果，笔者将我们共同研究的成果以及师生的扎染创新作品编辑成《四川扎染》一书（四川美术出版社，1985），这大约也是四川省第一本介绍扎染的专著。从此时开始，四川美院掀起了"扎染热",出现了不少富有新意的扎染作品。

1993 年在上海举行"中日扎染技术展示会",笔者结识了日本乐染会主席出原修子夫妇。笔者请他们来四川美院讲学,他们热情地接受了邀请,并连续七年自费来四川美院讲学,传授他们在扎染艺术研究的新技法,被四川美院聘为客座教授。退休后我为四川文化产业职业学院开设《民间美术课》,其中"羌族刺绣"笔者请羌绣省级传承人陈平英到课堂上课,传授她的刺绣针法和技艺,她热心、真诚地向学生传授几十年积累的各种针法、实践经验和审美感悟,从剪纸花样到将画稿转移到面料上,再到羌绣的各种针法,令学生们受益匪浅。在教学中,民间艺人与学生相互取长补短,教学相长,同学们在老师的指导下,设计制作中大胆采用各种色线,并注意把握好色调,突出间色和灰色的变化以及色晕的明度推移等色彩处理,使许多红绿对比强烈的传统羌绣的色彩更显丰富。

(三) 寻找民间工艺美术的"兴奋点"和"关键点"

通过对民间工艺美术的学习,启发艺术灵感,汲取营养,激发自己创作灵感的"兴奋点"以及与其他民间工艺美术不同的"关键点",是我们创新的重要途径。

"兴奋点"和"关键点"是民间工艺美术的独特语言,用它来形成新的艺术形式和视觉形象,从而表达自己的创意,因此应学会运用对自己产生震撼作用的"兴奋点"和"关键点",将它"剥离"出来,并采用扩大充实或简化省略,成为自己设计中的主要元素,创作出不同凡响的作品。

在民间图案教学中让学生理解民族图案对一个民族具有的特殊含意,如土家族织锦中有大量的钩状纹,"万字八钩""十六钩""四十八钩"等,一说象征土家人长期在深山打猎,春天来临见发芽的枝干,用钩状纹来表现具有生命力的嫩芽。另一说是表现土家姑娘对未来的向往,在织土家锦时唱的民歌正表现了自己的心愿:"四十八钩织得好,勾勾钩住郎的心。"一个学生设计了别具一格的黑白钩状图案,既保持原来钩纹正反相生、相辅相成的特点,又通过错位排列,以及点线填充,组成了新的纹样。

(四) 将"兴奋点"和"关键点"应用于现代设计

羌族服饰刺绣令人注目的"兴奋点"和"关键点"比比皆是,在刺绣纹样方面如"羊头纹""羊角花""万字纹""石榴纹"等。尤其是被"四羊护花"纹样吸引的学生们，认识到它不仅是古羌族羊图腾的体现，并且纹样精练、华美，具有极强的感染力，为此创作并绣制出以羊头纹为图案的挎包、双肩包，有的做成钱包。羌绣中有不少石榴纹，形象丰满而华丽，学生们将其借用到自己的设计中，并绣出色彩斑斓如宝石般的石榴纹样图。

设计时如何保持羌绣色彩浓艳、多用原色和对比色的特点，同时又有能为现代人接受的色彩组合，亦是创新中应该重视的环节。羌人长期生活在高山大川之间，有的地区如赤不苏处于高寒山区，一年平均气温只有9℃。冬天冰雪覆盖，夏季一片翠绿，这也是喜欢红色或对比色的原因之一。用于现代设计既要保持色彩强烈的力度，又要为现代都市人接受，为此我们可以处理成色彩的明度渐变或色彩退晕，让对比用渐变的方式逐渐统一。

赤不苏地区羌族妇女巧妙地运用这种配色法，绣的瓦帕花纹按色彩的明度高低进行排列，即不分色相而以明度为准，从高明度到低明度（从浅至深）进行排列。这种色彩搭配使整体色彩秩序化，从而产生强烈的韵律感，又达到和谐之美。色彩退晕也是羌族刺绣中常用的配色方法。结合掺针绣使大朵花瓣色彩呈现从深至浅的渐变效果。只是色彩上缺乏过渡变化，尤其是叶片都是翠绿色，适当用上秋香绿、豆绿或各种绿灰色就更好。我们让同学们借鉴羌绣纹样的同时，色彩上注意掌握色调之美。采用退晕法或明度渐变法，使绿色和橘黄色、绿和红色在对比中求得和谐的效果。

为了便于考虑色块的搭配，设计教学在剪出纸样后增加一个环节：画出色彩稿，然后再进行绣花，增加画色稿的环节非常重要，使同学们从中理解不仅是一般配色原理，也为古老图案与现代审美搭上一座桥，使传统纹样能为现代人接受。

（五）创新是必由之路

随着我国旅游事业的发展，以及旅游品与服饰品的开发，将羌族服装与刺绣开拓利用，使之融于现代生活领域成为当代时尚，因此，羌族服饰和刺绣的创新势在必行。

羌族人喜着背心，它是老人、妇女的重要服饰之一。但传统背心款式和主要纹样都大同小异。羌绣传承人李兴秀设计了一款新式背心，很有现代感。主体纹样以传统的云纹为基础，以宝蓝色的直线和折线的云勾纹补绣在背心的前襟正中，并镶以红边，在黑底的衬托下艳丽无比，在中心纹样处镶粗细两条白底花边，背心下摆两角用宝蓝云纹与中心纹样呼应，使整个背心构图完整，色彩亮丽，直线的组合使纹样硬朗、挺拔，富有强烈的节奏感。

羌族服饰刺绣不能脱离现代生活，要注入创新"活水"，才能使它不断发扬壮大，把当代元素融入羌族服饰、刺绣中。唯有创新才能给羌族服饰和羌族刺绣广阔的天地，才能有美好的明天。

（原载《民艺》2018 年第 1 期，第 143～146 页）

传统工艺技术类遗产的开发与活用

苑　利　中国民间文艺家协会副主席、中国艺术研究院研究员

顾　军　北京联合大学教授

一　传统工艺技术类遗产开发的可行性

对工艺技术类文化遗产实施产业化经营，是世界非物质文化遗产传承的一个重要走向。这样做不但可以充分利用民间文化资源推动民间文化事业的复兴与繁荣，同时还可以通过市场这只"看不见的手"，增加当地的就业与税收，真正做到靠"山"吃"山"，靠"海"吃"海"，利用传统技艺，从根本上解决土地不足、收入下降而导致的农民"下岗"问题。实践证明，除极特殊的情况外，绝大多数民间工艺品可以直接进入市场，进行商品化经营。非物质文化遗产自身的一些特点也为非物质文化遗产的产业化经营提供了可能。

首先，非物质文化遗产的"有形化"，为非物质文化遗产的产业化开发提供了某种可能。通常，人们一提到"非物质文化遗产"，总会与"物质文化遗产"对立起来。认为非物质文化遗产与物质文化遗产不同，这类"技艺"或"技能""看不见""摸不着"，很难进入市场。保护这类文化遗产的唯一方法，就是实施政府保护——通过政府补贴这种被动"输血"的方式，将这些非物质文化遗产传承人保护起来。其实，文化遗产中的"物质文化遗产"与"非物质文化遗产"，并不是截然不同的两种事物，而是一个事物的两个方面。"纯而又纯"的非物质文化遗产自然很难进入市场，但是，如果我们利用这些传统工艺技术生产出广受欢迎的物质文化遗产——民间工艺品，非物质文化遗产也就完成了它的商品化经营。可见，让非物

质文化遗产进入市场并不是什么难事。

其次，民间工艺美术作品本身就具有古朴、稚拙的原始美，非常符合当代人的审美需求。这也为非物质文化遗产步入市场提供了某种可能。作为旅游商品、民俗藏品、生活用品、儿童玩具，民间剪纸、木版画、布贴画、泥塑、面塑、木雕、石雕、砖雕、角雕、刺绣、绒绣、织锦、草编、竹编等产品本身就具有独特的艺术魅力，随着人们审美能力的提高和旅游市场的繁荣，民间工艺美术品市场将得到迅速发展。近年来，我们在民间工艺美术品开发方面已经起步，尽管我们在开发人才、开发品种、开发工艺等方面还存在诸多问题，但前景依然看好。

与物质类文化遗产的开发与活用不同，由于非物质文化遗产的制作技术和保存技术主要掌握在少数艺人手中，因此，推动这一产业步入市场、进行产业化经营的关键，便是充分调动民间艺人的积极性，并在他们的带动下实现非物质文化遗产的产业化经营。同时，建立激励机制，通过命名、收藏及展示其代表作等方式，提高民间艺人的社会地位与经济收入，并由此带动民间工艺技术与技能的发展。那种使民间艺人与市场相脱离，将其供养起来的做法不仅不符合艺人生活传统，也不符合原真性保护原则，这种"输血"式的被动保护并不利于非物质文化遗产的正常传承。

据我们调查所得，目前，工艺技术类非物质文化遗产产业化开发大体可分为两种模式。一类是传统的以家庭作坊为主要生产方式的家族型产业模式；另一类是将有一技之长的艺人、匠人们组织起来，以生产流水线的方式进行产业化经营模式。两相比较，前者不须建厂，不须专业设备，在不需要任何投资的情况下，就可以在家里利用自己的手艺实现增收。由于这种生产模式与中国历史上形成的"男主外，女主内"的分工模式暗合，所以，比较容易为广大农村妇女所接受。据我们观察，这种家庭作坊生产出来的手工艺品个性突出，容易凸显作者的独特风格，具有较高的收藏价值。但由于没有一个统一的规范，所以质量上常常参差不齐；后者的优势是：这种产业化经营模式效率高，产出快，产量大，很容易为市场接受。据说这种规模化经营对民间艺人的家庭作坊有一定影响。这类生产模式的问题是不但要投资建厂，员工也会因工作而影响家务，因此，在农村很难为中老年妇女这一非物质文化遗产传承主体所接受。更为重要的是，由于标准化程度高，虽产品质量比较统一，便于营销，但产品雷同，缺乏个性，所以也就缺少了民间工艺品的收藏价值。这种流水作业生产出来的产品虽然少有次品，但也绝无珍品。当然，正因为这两种生产模式各有所长，可以互补，所以，也就有了各自生存的空间。作为政府决策部门没有必要强制推广某种生产模式而打压另一种生产模式。

二 传统工艺技术类遗产开发的几种模式

对工艺技术类文化遗产实施规模化经营，势必会涉及对非物质文化遗产产品的多层次、多梯度开发问题。

历史上，家庭作坊式的传统经营对产品开发的力度往往十分有限，但一旦进入规模化经营，各种压力势必会迫使企业加大开发力度。于是，多层次、多梯度的产品开发就会应运而生。通常，一个产品一旦立项经营，这样五个梯度的开发是不能不考虑的。

（一）产品的第一梯度开发

指按着产品原有的样子进行的原汁原味的复制过程。如我们在工艺美术商店看到的传统的大阿福、泥泥狗，传统的剪纸、香包，传统的风筝、年画等，都属于第一梯度开发。所谓"第一梯度开发"并不是指产品在风格式样或用料工艺上出现变化，而是指产品开始进入规模化经营。这些产品传统特色浓厚，既可作为观赏品观赏，也可作为收藏品收藏。

（二）产品的第二梯度开发

指在使用原料不变的情况下，根据旅游以及现代审美需要而对产品体量所实施的变量开发。如阿福是无锡市的地标性文化，除可进行一度开发外，还可以通过放大等方式，将传统大阿福做成大型城市雕塑，并以此作为无锡市独有的城市文化符号。这就是针对传统产品进行的变量开发。再如，我们除可继续生产传统的陇东香包外，还可以在香包传情功能业已消失的今天，将传统香包放大，作为家居挂件，以满足现代城市人口居室装潢的需求。有放大自然有缩小，特别是在旅游观光地销售的旅游商品，不可能将体量制作得过大，否则就会因为携带的不便而影响销量。这时，便可以通过缩小工艺品原有体量，将大型民间工艺品制作成钥匙链、手机坠等小型便携产品以满足旅客旅游购物的需求。

（三）产品的第三梯度开发

指在保留物件原形的基础上，对产品实施的质（材质）与量（体积）的同步改造。这种改造多半也是出于原料不足、携带不便等原因而进行的。如韩国面具原是用硬木雕刻的，但随着原材料的锐减与制作成本的提高，人们开始考虑用树脂等原料来代替原有材料。目前韩国十分流行的小型佩饰面具，基本上就是通过翻模技术用树脂制作而成，成本非常低廉。而有些大型艺术品因重量而影响销售，在这种情况下，同样可以通过改换轻型材质的方式争取更多用户。

（四）产品的第四梯度开发

所谓第四梯度开发指根据"去粗取精"的原则，在保留原物精华部分的基础上，对原物品所实施的选择性的开发。如传统泥制叫虎面部制作十分漂亮，但分量太重，不易携带。这时我们则可通过去粗取精的方式，将其最精华、最漂亮的前脸部分保留下来，经放大，做成独立的民间艺术品悬挂在墙上或是安置在镜框里供人观赏。

（五）产品的第五梯度开发

这也是对文化遗产进行的更深程度的开发。这种开发虽然在理论上还没有离开原有产品，但事实上其制成品已经与原物件没有太多的关系了。譬如，通常人们只知道钧瓷之美，但很少有人知道出窑后钧瓷开片之声更美。但这种清脆悦耳的开片声，并不是每个人都有机会能够欣赏到的。这时我们就可以将出窑后的钧瓷开片之声录制下来，作为人类"天籁之声"推向市场，从而实现对文化遗产的更多层次的开发。

三　传统工艺技术类遗产开发需要注意的两个问题

与保护文物一样，要想通过"保守疗法"来保护非物质文化遗产，事实上是很难的。因为单纯的保护不但会缺乏资金上的支持，客观上也很难使非物质文化遗产所具有的历史价值、文化价值、艺术价值、科技价值与社会价值充分展现出来，从而失去了非物质文化遗产特有的教化意义。因此，时代要求我们在不影响非物质文化遗产正常传承的前提下，尽可能对各类遗产实施产业化经营。这样做不但可以增加就业，带动一方经济，同时还可以实现遗产价值的最大化，从而实现利用遗产保存历史、教育后人、发展经济、传承文明的最终目的。因此，在确保非物质文化遗产有序传承的前提下，如何科学而有效地利用好这些遗产，并使之造福当代，便成了每个非物质文化遗产保护工作者都必须认真思考的问题。

但是，在现实生活中，许多人似乎都认为非物质文化遗产只能保护，不能经营，更不能实施产业化开发。而近年来出现的所谓"大开发大破坏，小开发小破坏"的多如牛毛的错位开发，似乎也证明了这一点。难道非物质文化遗产真的只能保护，不能经营，更不能开发吗？

在回答这个问题之前，我们必须弄清"商业性经营"与"产业化开发"这样两个并不完全相同的学术概念。在这里，我们所说的"商业性经营"，就是指将某种非物质文化遗产成品作为商品而进行的商业化营销；而所谓"产业化开发"，则是指将某种非物质文化遗产作为开发项目，并对其实施成规模的大机械化生产。由于作用形式与作用程度并不相同，所以，"商业化经营"与"产业化开发"这两种情况对非物质文化遗产传承产生的影响也不尽相同，对此，我们必须具体问题具体分析。

（一）商业化经营对非物质文化遗产的影响

首先，先来看一下商业化经营对非物质文化遗产的影响。由于非物质文化遗产各类别商业化程度并不相同，因此，历史上各种非物质文化遗产项目进入市场的程度也会呈现出明显的差异。

从表现形式看，非物质文化遗产大体可分为"可进入市场"的非物质文化遗产与"不可进入市场"的非物质文化遗产两大类型。如小戏、杂耍以及传统玩具、年画、泥塑、面塑、木雕、角雕、刺绣品的制作等，基本上都属于"可进入市场"的非物质文化遗产。这部分遗产本身就是市场经济的一部分，进入市场不但不会给这类遗产传承带来负面影响，反而还会在利益的驱动下，获得更大的发展。有人认为非物质文化遗产不能与市场接轨，不能从事产业化经营，否则就会导致非物质文化遗产的完全丧失。这种担心是没有任何根据的。

但在非物质文化遗产传承过程中，也确有部分遗产是不曾进入或很少进入市场。如神话故事、宗教仪式及某些生产知识与生活知识等。如果一定要让这类遗产走进市场，则很容易因原生环境的改变，而使其过早夭折。① 所以，对这类遗产实施商品经营，显然应该慎之又慎。说得更直白些，这类遗产应尽量远离市场。

当然，在市场经济条件下，什么都有可能成为商品。特别是那些处于准商业状态的非物质文化遗产事项，很容易成为人们争相开发的目标。譬如，在少数民族地区，用于祭祀、求爱、娱乐的民间歌舞，本不具备商业价值。但随着这些地区旅游市场的出现，歌舞表演便很容易因市场的需要而变成商品。对此，我们持审慎的乐观。因为这样做尽管在一定程度上会影响到这些民族歌舞的原真性，过多过滥的表演也很容易让参演者失去原有激情，但有传承总比没传承好。有传承，不但可以使当地人获得更多的经济回报，从而使其产生更大的发展的内驱力，同时也避免了因村民外出打工而导致的非物质文化遗产的彻底失传。但凡事必有度。对于那些比较严肃的祭祀仪式，我们还是应尽量避免过分的商业炒作，以确保这类遗产的严肃性与纯真性。

从上面的论述中我们不难看出，非物质文化遗产究竟能否进入市场，能否进行商业化经营，决定权不在我们的主观意志，而在非物质文化遗产传承规律自身。只要遵循非物质文化遗产传承的规律——原来走市场的继续走市场，原来不曾走过市场的尽量不要走市场，而介乎两者之间者，在进入市场的过程中，一定谨慎从事——通常都不会出现太大的问题。

---

① 数年前，某地为弘扬地方故事，专门为故事家建起故事厅。但这种做法不但无法使传承人正常发挥，经济上也未实现预期的收入，最后只能不了了之。这是因为在故事家进入市场经济之前，其讲述环境是他所熟悉的，在这样一个环境中，他的讲述肯定是原汁原味的。哪怕是方言，哪怕是脏口，他都会原汁原味地讲述出来。这对于非物质文化遗产科学价值的保留与传承，无疑是非常重要的。但是，给他建起故事厅，让他从事商业经营后，他的讲述便带有了广义的社会行为。相关部门的干预，讲述环境，特别是讲述对象的改变，都不可能不使故事失去原有味道。于是乎，开发也就变成了破坏。

我们说非物质文化遗产传承人可以根据非物质文化遗产固有规律，从事商业化经营。但这并不等于说其他人，特别是与非物质文化遗产传承毫无关系的政府、学界、商界也可以以非物质文化遗产为对象进行商业化经营。因为非传承主体的政府、学界、商界一旦介入，便很容易因外来文化的强势介入，而使非物质文化遗产变色、走味儿，甚至直接导致非物质文化遗产的"非正常死亡"——如许多传统古村落、传统戏剧表演艺术以及传统手工技艺的消亡，通常与商家不顾非物质文化遗产传承规律的商业化经营有关。作为非物质文化遗产保护主体的政府、学界、商界可以根据非物质文化遗产的传承规律，去推动非物质文化遗产的商业化经营。但尽量不要凭借自己的强势地位，去改变非物质文化遗产传承规律。否则，非物质文化遗产就会因过多的外来文化的介入而变色、走味儿。

（二）产业化开发对非物质文化遗产的影响

我们反对商业社会直接介入非物质文化遗产传承，但并不反对商业社会以非物质文化遗产为蓝本，对非物质文化遗产实施的产业化开发。这种利用非物质文化遗产中的某些元素而对其实施的产业化开发——如将民间传说故事，神话史诗改编成电影、电视，或是根据传统玩具创作新型工艺品，根据传统配方开发中成药等，这很可能会成为中国传统文化产业化的一个重要方向。因为这种异地开发行为即或操作失败，也不会对作为源头文化的非物质文化遗产带来太多伤害——因为整个开发过程毕竟只在"下游"进行，并不直接作用于非物质文化遗产自身。当下，一些同人之所以对这类开发小有微词，原因即在于人们把这种大工业生产出的产品也当成了"非物质文化遗产"。这显然是一种误读。正像不能将当代仿品当成文物一样，我们也不能将这类工业产品当成"非物质文化遗产"。它们只是一种非物质文化遗产制成品的仿品，我们没有必要对它们求全责备，更不应该以非物质文化遗产的标准来要求这些仿制品。

但是，在开发这些产品的过程中，也应看到由此可能衍生的问题。

首先，必须清楚，非物质文化遗产保护的不是成品本身，而是一个民族传承下来的传统手工技艺。但大机械化生产非但无法传承这些传统手工技艺，有时还会因产量庞大、价格低廉，而使传统手工技艺（如手工刺绣、手绘等）蒙受巨大冲击。所以，在非物质文化遗产产业化开发过程中，我们必须对传统手工艺生产与机械化大生产在数量上加以权衡，并通过政策的制定，引导那些以原汁原味传承非物质文化遗产为天职的传承人，坚守传统手工技艺，而不要因为贪图一时之利而放弃传统，将自己过多地卷入大工业化生产中。机械化生产对于日益增长的社会需求来说固然重要，但仅就国家及传承人的长远利益而言，并没有太多好处。一些地区非物质文化遗产产业化经营实践告诉我们，大机械化生产如果处理不好，很容易对地方传统文化产业产生破坏。因此，任何一个地区，通过指定传承人的方式，让他们来保护作为人类文明活态基因库的非物质文化遗产，都是十分重要的。

从上面的事例我们可以看到，由传承人从事的非物质文化遗产传承工作与开发商所从事的非物质文化遗产产业化开发，虽然可以"同时并举"，但务必"分别实施"。如果将传承人的"传承"与开发商的"开发"，放置在一个工作平台上，非物质文化遗产的开发，不但会因保护的需要而受到重重限制，非物质文化遗产的保护也会因多如牛毛的产业化开发而难保纯真。相反，如果将"保护"与"开发"放置在两个完全不同的工作平台上，实施异地操作——传承者在非物质文化遗产原产地负责传承，开发商在另一个地方负责开发，则很容易形成保护、开发两不误的局面。举例来说，作为一个民间文学类非物质文化遗产项目，故事家的任务就是确保非物质文化遗产的有效传承——他在讲述故事时，首先要根据保护遗产的要求，将故事原原本本地讲述出来（因为哪怕是难懂的方言，污浊不堪的脏口，都可能具有重要的研究价值），而根本用不着考虑故事中所蕴含的商业价值，以及随之而来的产业化开发。在记录、整理这些文本时，也只要求记录者将这些讲述原原本本地记录下来，整理出来。如果我们要求讲述者、记录者在讲述、记录以及整理过程中，必须兼顾这些传说故事今后的商业性开发，那么，讲述者和整理者势必会出于市场的需要，而不得不对它们进行必要的改变与加工。这样一来，不但故事的学术价值得不到周全保护，作为产业化开发的传说故事的艺术价值，也会出于种种保护意识的牵制而难以正常发挥。其结果必然是两头空。

正确的做法是：作为非物质文化遗产传承人，他们的任务就是将他们所传承的非物质文化遗产原汁原味地传承下去。如果需要开发，再以非物质文化遗产为蓝本，按文化遗产产业化的要求，对其实施市场运作。这种按不同标准来分别实施的做法，不但可以使身处原生状态中的非物质文化遗产得到更为精心的保护，也可为今后的产业化开发，创造出一个更为宽松的环境。因为此时的产业化经营，已经脱离了非物质文化遗产母体，无论怎样创新，都不会对作为源头产品的非物质文化遗产造成致命伤害。可见，分而治之，很可能是化解非物质文化遗产保护与产业化经营这对矛盾的一个非常有效的手段。

（原载《民艺》2018 年第 1 期，第 22～27 页）

论传统手工艺在美丽乡村建设中的应用

李雪艳　南京林业大学副教授

美丽乡村建设①是美丽中国建设的基石,相对于美丽城市建设,美丽乡村建设更要突出乡村的自然生态与乡土气息,以形成对于美丽城市自然资源与文化资源的互补。休闲型乡村建设,应具有整洁优美、独具特色的自然生态,地方物产及民俗民风,更能吸引周边城市居民进行节假日赏游、地方性物品购买与手工工艺性体验。具有自然生态与乡土性工艺文化特点的美丽乡村是生活在高节奏、高度工业化环境中城市居民的较好的选择。

20世纪末,以英国、德国、法国、爱尔兰、瑞士、日本等为代表的欧洲国家及部分东亚国家的乡村建设,作为后工业时代国家与民族的"灵魂之所",已发展得较为成熟。其中地方性工艺文化、自然生态文化、民俗文化得以很好的体现。如位于英国英格兰的科姆城堡,其石头堆砌的墙壁、老橡木刻制的路标、文创产品商店门口的稻草人标志;法国科尔玛镇半木半石建筑;德国 Henfstaed 小镇石块拼成的小径;瑞士威吉斯木码头、花卉园艺;爱尔兰阿黛尔古老商店里的工艺品;日本大鹿村樱花与传统歌舞伎等②,均将

---

① 关于美丽乡村建设,党的十八大报告提出"努力建设美丽中国,实现中华民族永续发展",十九大报告强调指出"加快生态文明体制改革,建设美丽中国"。2013年,中央一号文件进行了"建设美丽乡村"的工作安排。农业部在同年5月提出了"农业部'美丽乡村'创建目标体系"。农业部办公厅于2013年49号文公布"美丽乡村"创建工作领导小组和专家指导组成员名单,同年度64号文公布"美丽乡村"创建试点乡村名单。2016年,农业部4号文公布了2016年中国美丽休闲乡村推介结果的通知,其中推出了特色民居村、特色民俗村、现代新村、历史古村共计150个村庄。至此,国内在工业转型期,在多个省市乡村相继开展了"一村一品""一村一景"的美丽乡村建设工作。

② 参见陶良虎、陈为、卢继传《美丽乡村——生态乡村建设的理论实践与案例》,人民出版社,2014,第201~218页。

宁静、和谐、农耕时代的自然之美与人文之美表现得淋漓尽致，成为具有一定知名度的国外旅游胜地。中国美丽乡村建设较欧洲国家起步略晚，但发展速度较快，至2016年农业部4号文所公布的"特色民居村""特色民俗村""现代新村""历史古村"，共计150个美丽休闲乡村，建设范围遍及全国各省、自治区与直辖市。中国美丽乡村建设自启动以来，在以表现"农耕文化""挖掘地方特色"为主导的乡村建设进程中，乡村景观得以明显改进，生活环境得到很大提高。但乡村建设在取得重要成就的同时，也普遍存在以下几个方面亟待解决的问题：一是美丽乡村建设中，生态文化属性理解的狭隘化与应用的肤浅化；二是乡土文化资源挖掘中，手工艺文化类别、场景再现与文化体验的缺失；三是美丽乡村建设中，民间、民俗文化资源的挖掘与应用的弱化。针对以上问题，笔者以手工艺文化为线索，结合国内乡村建设中的多个案例，在生态性、乡土性、工艺性与民俗性四个方面提出以下观点。

一 生态性与乡土性的文化呈现

美丽乡村建设，根据中华人民共和国2015年11号公告《美丽乡村建设指南》公共服务中的文化保护与传承（9.3.3.2）条中，特别指出收集"……传统手工技艺……民族服饰、民俗活动……等乡村非物质文化，进行传承与保护"①。之所以在《美丽乡村建设指南》中将传统手工艺、民俗文化等相关非物质文化遗产单列进行收集、传承与保护，正是因为传统手工技艺的生态文化属性与乡土文化特色与美丽乡村建设目标的高度契合性。

民间传统手工技艺是农耕文化的产物，具有历史悠久、工艺类型丰富、富有地域文化特色与生态文化特色的手工造物工艺，其独特的手工工艺充满手工艺人的个人情感与工艺印迹，材质、成型工艺与文化品格引发工业化时期及后工业化时期人们对于乡土的深深眷恋与回忆。不论是陶瓷器拉坯成型工艺、苎麻布浆漂技艺、梅花糕模制技艺、土纸抄制技艺，还是竹柳草编用器技艺，民间手工技艺的取材、装饰、成型工艺及最终成品，无

---

① 杜菲：《中国美丽乡村建设政策汇编》，经济管理出版社，2017，第17页。

不散发着自然味道，与美丽乡村建设中的农田、农舍等富有乡土文化气息的自然景观一齐形成具有强烈自然生态属性与地域文化属性的自然与人文景观。休闲型美丽乡村建设中的传统手工技艺，其态性与乡土性主要体现在两个方面：富有地域文化特色的自然选材与传统手工工艺的文化景观；多样的地方手工艺、丰富的民间信仰及与此对应所形成的具有明确文化指向性的宗教建筑。

（一）富有地域文化特色的自然选材与传统手工工艺的文化景观。在传统社会经济生活中，因交通运输的成本制约，民间造物所需材质以就近取材、节约成本、坚固耐用为原则。如传统造纸技艺中，甘肃省陇南康县大堡镇李家山构树成长繁茂，至今该地区仍保持以构树皮造纸的古老传统；而浙江省温岭市泽国镇腾蛟村，则以早稻草制作日用草纸；另有杭州市富阳区大源镇大同村以竹子抄制的竹纸，新疆和田地区墨玉县普恰克其乡不达尔村以桑树皮制作的桑皮纸；等等。一方水土养一方人，造物材质的地域化使该地区某一品类的手工造物具有了深厚的自然基础与乡土风情。在富有乡土气息的美丽乡村建设中，应秉承"越是乡土的，越是时尚的"这一乡村建设文化观。

中国景德镇市浮梁县高岭村，因元明清时期盛产制瓷中所需的高岭土而闻名，"高岭"一词成为中国古代制瓷原材料的代名词，高岭土与瓷石形成的二元配方为景德镇在明清时期成为中国制瓷中心奠定了材料基础。高岭村建于高岭山上，依山傍水，环境幽静。在前往高岭村全长约 7 公里的高岭古道①上，留有明清时期开采瓷石所遗留的高岭瓷土矿遗址、古矿洞、淘洗池、古水碓、古釉果生产作坊等古代陶瓷生产遗迹，以及初建于明代、重建 1990 年的接夫亭②，浮梁镇政府以体现高岭土开采制作这一工艺文化特色、还原历史风貌为宗旨，将以上历史遗迹形成以高岭古道为旅游核心区的美丽乡村景观建设，并将这一村庄打造为富有地域工艺文化特色的休

---

① 高岭古道，使用花岗岩石板整齐铺就，主道约 7 公里，保存完好，古代矿工以箩筐将高岭土从这条古道挑运至码头。

② 接夫亭，又名碑亭，因古代矿工之妻每日在此迎候丈夫而得名。整座碑亭古朴典雅，亭中石碑上刻有书法家何海霞书写的"高岭"二字。

闲旅游度假村。台湾南投县西南隅的竹山镇，拥有丰厚的竹林资源，小镇竹文化的文化产业，在以"天空的院子"①、竹蜻蜓人文空间等民宿与文创中心为据点，贯穿饮食文化、用具与室内装饰，如以当地竹材制作的便当盒、竹编二维码、竹编墙饰等使本土竹资源得到了很好的应用，从而带动了该镇富有地域文化特色的旅游文化产业的进一步发展。

（二）丰富的工艺文化俗信与相关宗教建筑形成的乡村文化景观。民间传统手工艺门类多样，形态多元，每一类民间传统手工艺在取材、加工及完成的过程中，均与乡村俗信建立密切联系，并形成以庙宇造像、民间传说、祭祀仪式等系统化的崇信体系。作为取材自然、以自然材质为主导的民间传统技艺，在造物的不同环节往往会有与此项技艺紧密结合的民间信仰。如以造竹纸为主业的江西省奉新县九仙村，择日上山砍竹要祭奠山神，开槽浸竹祭拜水神，水槽抄纸祭拜槽神，火纸销售祭拜鼠神，形成以造纸工艺的民间信仰为核心的乡村文化景观。以烧制砖瓦为业的江苏苏州锦溪祝甸村，在建造新窑、砖瓦烧制中的开窑环节，及日常年节等重要节庆之日，均要到村中所建的庙宇中祭拜窑神，并于每年的诸神诞辰日举行盛大的庆祝仪式等。在以上美丽乡村建设中，以某一项传统手工技艺为崇信线索建成的庙宇、道观等乡村人文遗产成为当下美丽乡村建设所要关注的一个发展方向。手工艺性质的民间信仰丰富而多元，包含自然山川、日月星辰等自然神崇拜，麻神、鼠神等动植物神崇拜，槽神、窑神等制作空间与工具神崇拜，各行业的祖先神、行业神崇拜等，民间传统工艺的宗教信仰以自然神与动植物神崇拜为行业领域的属性特征，充满自然生态的文化特点，长期形成的以传统手工工艺为主导的地方产业，在民间俗信领域形成了独特的信仰体系，并在生产实践及民俗生活中不断呈现，这种富有地方文化特色的传统手工艺及民间信仰仪式极富生态性与乡土性。

二 工艺性传承与工艺场景再现

美丽乡村建设是一个系统工程，它追求自然美好、宜居、宜游的生态

---

① 由台湾何培均创建的台北地区早期知名民宿，该院落在冬季云雾缭绕之时，犹如云海中的合院，因此被命名为"天空的院子"。

环境与乡土文化。美丽乡村建设中的传统手工艺要注意传承保护的原生态要求与旅游纪念品开发的适度原则。传承保护的原生态是要在深入挖掘传统手工艺的文化底蕴的基础上，复原特定历史时期工艺的制作材质、工艺操作环节、工具使用及最终产品的应有品质，如因历史的久远，实在难以完全恢复全部工艺，那么至少要对其中最为重要的核心要素予以保留，并加以传承与保护。

以国内部分乡村蓝印花布加工生产为例，蓝印花布传承，有几个核心要素需要复原：首先，是保留印染材料的自然属性，即恢复天然靛蓝染液。虽然其中蓝草的种植、打靛及印染过程较为复杂，印染成本较高，不如使用靛蓝粉印染快捷高效，但是作为蓝印花布，在这一非常具有乡土气息的旅游型美丽乡村建设中，必须恢复前工业化时期的自然染料制取与印染工艺，即农耕时代的草木染色，以自然染色的方式生产。不论是在漂洗过程中对于自然环境的保护，还是成品穿着的过程中对于人类肌肤的亲和性，都是目前蓝染中广泛使用的化学靛蓝粉无法替代的。其次，是对工艺环节的手工艺性与工艺场所的场景恢复。在旅游型美丽乡村建设中的传统手工艺，尽其可能恢复传统的手工加工的工艺环节，再现传统社会生活中的生产场景，以此与当下机器化生产拉开距离。比如蓝印花布的漂洗与晾晒，其工艺过程的手工艺性及漂洗、晾晒的生产场景，均体现出先人的生存智慧及其与自然之间所达成的和谐关系，这种生态与乡土之美，会给生活在"水泥森林"中的现代都市人带来走进自然的乐趣。其他手工技艺的传承与保护亦如此，这是以自然属性与手工艺性为传承与保护所要遵循的主要原则。

三 观赏、应用与乡村工艺体验相结合

中国传统手工艺按照功能与形态的不同可以划分为三大类：装饰美化类、实际应用类与祭祀仪式类。装饰美化类，如传统的年画、剪纸、皮影、农民画等，在现代社会中以观赏、收藏为主，发挥着装饰美化生活的作用。传统饮食技艺、日常用品器物的加工生产，其中饮食部分及日常用品中的部分产品，通过材质、形态、造型工艺的改进，在现代社会生活中受到当代人的喜爱，仍然延续着传统技艺的实用功能性。祭祀仪式类工艺，如各

类神像的雕刻、烧制工艺，庙宇、道观内专用器物的制作，各类纸马的刻印等。旅游型美丽乡村传统工艺的规划设计，要根据该地区的工艺文化遗存，深入挖掘，系统开发；同时要尊重不同工艺门类特定工艺的文化属性，将艺术审美、实际应用与身心体验相结合，科学合理地进行开发。

以工艺审美类为主导的旅游休闲乡村，如中国四大年画产地，苏州桃花坞、山东潍坊、天津杨柳青、四川绵竹等传统年画产销基地，在各个产地均有地域性年画、年画制作工具及工艺过程的博物馆展示。博物馆展示一般以视觉审美为主导引导游客认识这一传统工艺，并感受传统工艺成果之美。旅游休闲乡村往往设有加工生产、商业销售区，这是以生产性保护为导向，目的是使这一传统手工艺进入经济生活领域中，在原生态性传承保护的同时，带来商业性价值；此外，每个产区均增加了游客体验区或工艺体验性环节设计，游客通过自身的操作实践，体验传统手工工艺的劳动乐趣。其他以观赏为主导的手工工艺性产地的乡村建设，如"南有阳江，北有潍坊"的风筝之乡、庆阳环县皮影之乡、陕西户县农民画之乡等美丽乡村建设，因其工艺的手工艺性，均可增加生产区活态展示及生产体验环节。

传统手工艺加工生产场所古时称为"坊"。地处南京江宁汤山街道西南，青龙山余脉的江宁郗坊村作为南京江宁第一代美丽乡村建设，即以传统饮食类手工艺坊为主题，以汤山七坊的乡村品牌进行打造。从2008年开始建设，与牛首山脚下的"世凹桃源"、横溪街道的"石塘人家"、江宁街道的"朱门农家"、东山街道的"东山香樟园"并称为江宁的"五朵金花"。2012年4月全面开放。2012年10月被文化部中国乡土艺术协会评为"中国十大美丽乡村"。"汤山七坊"与"世凹桃源"已创建成为江苏省四星级乡村旅游区点，吸引着南京市区及周边城市的居民前来品尝乡味、探寻乡迹、品思乡愁。"汤山七坊"占地5.4公顷，村庄整洁、空间清新，紧靠S337省道，交通十分便利。"汤山七坊"的规划设计重点突出"原生、乡土、作坊文化"的景观文化特质，按南京乡村旅游发展的样板区进行打造。① "汤山七坊"规划设计以"融合传统文化、培育特色文化"为原则，

---

① 参见南京市规划局江宁分局《南京江宁美丽乡村——乡村规划的新实践》，中国建筑工业出版社，2015，第40页。

农家各个独立院落按照村庄自然地貌进行错落有致的安排，并确立以豆腐坊、酱坊、茶坊、油坊、糕坊、面坊、炒米坊日常生活中的七类食品加工生产作为运营模式，以传统工具、生产工艺展示、品尝销售与制作体验为系统化的服务项目，使城市游客在乡土、乡风、乡情中观赏传统工艺、品尝传统食物、体验古老技艺。"汤山七坊"开放以来，年吸引游客量在12万人次以上。

四 传统手工艺开发与民间、民俗文化资源开发同步

传统手工技艺是农耕时代手工业的重要形态，承载着漫长的农业文化时期形成的高度发达的物质文明与精神文明。旅游型美丽乡村建设不仅是对传统手工技艺工艺、手工产品的感知与认识，还有对隐藏于传统手工技艺背后的民间故事、传说及相关民俗活动的深层理解与生活体验。以传统手工技艺为主题的旅游型乡村建设，给游客呈现的是有故事的生动的生产、生活场景，因此，传统手工艺开发要与之密切关联的民俗文化资源同步开发。

以重庆市荣昌县盘龙镇夏布之乡规划设计为例，荣昌县盘龙镇各乡盛产苎麻与夏布的历史久远，唐时已将其作为地方名产朝贡，清代达到生产高峰，清光绪《荣昌县志》记载，荣昌县所属"各乡遍地种麻，妇女勤绩成布"[①]。1998年，荣昌县盘龙镇作为中国重要的苎麻及夏布产地，被国家农业部授予"中国夏布之乡"。随后创建了客家文化广场及夏布微企文化村，均以传统夏布织造工艺及夏布现代研发为主题，以夏布织造工艺场景、主题、内容完成该夏布之乡的区域规划与景观设计，如客家文化广场的夏布织造工艺场景雕塑，夏布一条街中夏布织造工艺的活态展示等。今天的夏布之乡建设，较好地完成了夏布传统工艺的展示，新产品研发均强调了博物馆展示、展厅展示、生产区体验等不同呈现方式，但对苎麻、夏布的民间、民俗文化研究与恰当展示显然还有缺失，有待进一步提高，如极富有人文特色的麻神传说，夏布织造艺人织麻时演唱的夏布神歌均有待开发。重庆市荣昌县盘龙镇夏布之乡的规划建设是今天以传统手工艺为主导美丽乡村建

---

① 转引自荣昌县盘龙镇志编纂委员会《盘龙镇志·附录》，荣内印字〔1303〕，2013年，第473页。

设的历史缩影，以传统工艺为主题的美丽乡村建设，在进行传统手工艺开发的同时，应加强与此相关联的民间、民俗文化资源的深度开发，为工艺性呈现增加人文内涵，最终给忙碌而疲惫的都市人展现传统的工艺加工方式，传递民俗文化生活与淳朴的工艺文化情感，将传统手工艺生产展示置于浓浓的传统生产、生活的文化氛围之中，以此赋予传统手工艺以生命的活力。

小　结

在传统社会生活中，传统手工技艺既要满足"衣食住行用"等一切日常生活所需的物质需要，又要满足人生仪礼及年节仪式中具有精神象征性的物质需求，因此，从历史发展的角度而言，其发展演变体现出一个民族不同历史时期物质文化与精神文化的发展水平；富有地域特色的传统手工技艺则承载着这一地区的工艺技术水准，特定历史时期的地方居民生活状态与情绪情感表达，折射出这一地区的自然生态与历史工艺文化发展历程。以传统手工艺为主导的休闲型美丽乡村建设，传统手工艺的开发要与该乡村的历史生产生活形态相契合，准确而又生动地呈现该地区工艺文化的自然生态与人文生态；传统手工艺开发要确保传承保护的原生态；传统手工艺开发要注意工艺的类别与文化属性，将观赏、应用与乡村工艺体验相结合，使游人既满足视觉审美，又能够加强对相关工艺产品与加工过程的应用体验，使节假日乡村游转变为带有淡淡乡愁的愉悦的身心体验。传统手工技艺在漫长的历史发展过程中，不仅使工艺技术不断累积完善，同时还不断创造出丰富的民艺、民俗文化，工艺环节与工艺产品承载着传统社会生活丰富的文化样态与特定历史时期、特定地区人们独特的文化观念与情感体验，因此，休闲型美丽乡村建设在表现、展示传统技艺及产品的同时，要进一步挖掘相关的民俗文化记忆，以工艺文化的原生态性、乡土性完整地呈现给异乡的游客，并给他们以深深的记忆。

（原载《文化艺术研究》2018 年第 3 期，第 8～13 页）

超越单向度

——手工艺在当代城市发展的几条路径

赵佳琪　北京联合大学艺术学院

一个多世纪前，人类结束了几千年的手工时代，将身体从繁重的耕作与劳动中解放出来。随着工业革命为人类带来的"福音"，新的人造物——机器替代了人的肢体劳动，逐渐成为人类生活的主角。新型城市出现并以前所未有的速度向前发展。这场由生产力发展推动的人类社会变革史无前例、影响深远，中国社会也位列其中。

在这场变革中，大量传统手工技艺被机械制造取代，手工造物失去了生存与发展的社会基础，并因其携带着人类前一个社会阶段的深刻烙印，被视作落后的代名词而迅速遭到遗弃。人类与手工时代告别，这种告别看似是一种人类的进步，实则存在诸多问题，并随着时间的推移日益凸显。人逐渐成为鲍德里亚笔下"官能性的人"，生活在被物包围的时代，人创造了物同时又受制于物。

过细的劳动分工与机械化生产将人作为一个整体分解得支离破碎，然而随着信息技术的不断发展，这种肢解仍未得到修正。发达的信息技术与网络多媒体传播媒介，以更快的速度代替了人的肢体乃至大脑的运动，突飞猛进的技术进程使人类在享受高效便利的同时也承受着前所未有的压力。人的整体性并未得到完善反而变得更加糟糕，一系列人的身心乃至社会问题接踵而来，这不禁使我们重新审视生活和文化进程，我们到底忽略了什么？又得到了什么？

面对这样的问题，人们开始反思并积极寻找对策。于是当学者们大声疾呼人类知觉感知力逐渐丧失的时候，手工以各种方式和形态重新回归城市生活。越来越多的人发自内心呼唤手工，期望通过人类这一原始而本真的身体方式，使压抑的身心在手工劳动中得到修正和补充。我们有必要借助手工，重新唤醒我们的知觉与身心感悟力。纵观当代中国，手工艺大致以几种模式在城市生活中展开。

以商业模式助推手工艺的推广与开发

伴随中国经济的崛起，众多国际知名企业开始探索符合中国市场的品牌定位与发展策略。而数千年农耕文明留存的文化基因，以及手工本身仍具有的强大生命力，使越来越多品牌开始投入传统手工艺的开发与传播当中。如宝马汽车公司自2007年起发起的文化之旅活动，联手众多文化机构及知名学者，借助品牌推动公众对文化遗产、传统手艺的关注与自觉意识。此外，许多奢侈品牌也将视角对准中国市场，在产品设计及推广等层面融入中国传统手工艺元素。当然，简单来看这种形式依然是以带动消费为目的的商业推广模式，但从另一侧面来看，借助其自身品牌影响和名人效应也的确能够唤起人们对传统手工艺价值的重新审视。

以原创设计带动手工艺与当代设计融合

这种模式主要以一批新锐本土设计师及独立设计团队为主体。得益于近几年国家对文化创意产业、传统文化振兴的重视和扶持，许多具有文化自觉并接受过专业艺术教育的年轻设计师纷纷投身到对传统手工艺的研究与开发实践中。这种实践一方面是以具体的产品开发或相关设计项目为依托，利用新的设计思维与设计语言，结合传统手工技艺与材料，重新挖掘传统手工的实用及文化价值，设计开发兼具传统工艺美学及现代设计要素的新产品；另一方面则是设计团队对传统工艺主动进行研究与传承，结合新媒体技术、线上线下展览、手工市集等活动方式对传统手工艺进行记录和推广。当然，这种主动介入最初许多也是由产品开发开始，而后逐渐转变为一种对传统工艺文化自觉自发的关注。其中涌现出许多具有本土特色及原创性的独立设计品牌和团队，其中不乏已具有一定影响力的品牌，如"无用""品物流形""梵几""自然造物"等，这些本土品牌多以传统工艺为设计根源，发挥品牌所在地优势，凝聚了一批当地手艺人参与到产品的开发与制作中，结合当代设计语言，使产品既具有手工艺朴素健康的特质，又符合当代人的生活方式与审美习惯，向人们传递一种质朴且富有情怀的生活美学。也正是由于这些品牌影响力不断扩大，原本许多崇尚西方现代主义生活方式的年轻人逐渐体会到中国传统手工艺的价值与美感，并参与到手工艺实践当中。

以本土设计团体与品牌展开的手工艺设计与传播实践，相较由国际品牌引领的文化推广而言更具灵活性和可操作性。由于独立设计品牌的产品多以生活日用为主，兼具实用与美学特征，且价格更加低廉，相比一线品牌或奢侈品具有更高的性价比；同时，众多独立设计品牌从本地文化特色入手，把当地生活习惯、方言土语及特色工艺、人文景观作为设计灵感与素材，因此，产品形态具有很强的"在地性"和"民众性"，而许多传统手工艺也借助这种"接地气"的设计在民众中得到了更好传播。

民间自发的手工交流与传播

民间对手工艺自发的传播与交流活动一直以来都是手工艺得以延续的重要途径，这当中主要包括社会各界热爱手工的个人、团体，以公益形式组织的各种手工坊、合作社，为各种手工爱好者搭建了传播手工艺历史及工艺技巧的平台。当然，民间自发的手工艺实践项目会随着时代、审美及社会潮流而不断更新内容，从早先的十字绣、编结到近几年流行的扎染、陶艺、布艺等，手工交流与体验的项目也在日益丰富化和专业化。

我们注意到，这种民间自发的手工活动由于时间和人群的不固定性，往往需要借助更多社会资源的支持，因此，近几年一些设计团队、高校及项目开始不断注入，同时一些社区、地方政府与商业组织也开始对这些民间组织予以协助，使这些组织从场地、活动形式到内容得到了更好地丰富和拓展，为手工艺更好地进入当代生活做出了积极探索与实践。

以手作课程为主的手工体验消费模式

随着"全民手作"热潮的兴起，近些年国内众多购物中心、商场出现了以手工课程为主要经营项目的手作馆、工作坊等，这种场馆重在发展体验式、参与式的手工教学，是近年来新兴的休闲消费模式，消费人群多以亲子家庭、白领阶层为主，也有大量学生、年轻人，此外，这些场地也逐渐成为许多公司企业策划活动、进行团队建设的场所。这种类型的手工坊有的以单一类型的手工教学为主，如皮艺、木工、金工、纸艺、印染等，有的则包含多种手工艺项目或课程，同时兼具展览、沙龙等空间功能。

总体来看，目前国内的手工艺已呈现较为多元的发展脉络，但总体上是以体验式、沉浸式的参与和消费为主，应当说这种多元发展与探索是积极且富有活力的，它引导着传统手工与城市休闲文化的不断融合。此外，在马克思消费理论中阐述了消费与生产的辩证关系，并关注了消费的伦理特征，即体现在人与自身、人与人、人与社会和自然的关系方面。而传统手工艺与当代消费文化结合的方式，对于处理消费活动中的几对关系问题也具有针对性的解决办法。

第一，就人自身而言，当代人面对的是一个过于强调视觉化和信息爆炸的时代，人们的身体感知力逐渐被遮蔽，身心渐渐疏离，而在强调体验的手工活动中，"体验"本身便是一种肢体完善与心灵修复的过程。一方面，能够使人充分调动各部分肢体机能，在工具的使用、工艺的实践中使手脑心得到良好的协调，补充现代人过度依赖电子产品的生活、工作方式，从而让麻木的身心在劳动中得到释放；另一方面，消费是"人的本质和人本质活动的展现"，而这一"本质"实质上便是指人的全面发展。在当代城市休闲活动中，人通过各种形式的消费实现自我价值，而在手工活动中，人通过个体创造性的劳动，充分展现主体性的力量，进而更加深入地反思和审视自我，在达到身心协调的前提下，使自我得到全面发展。在这一点上，手工进入城市生活，无疑是具有积极意义的。

第二，就人与物的关系而言，鲍德里亚认为进入消费时代后物品的实用价值被象征价值替代，人的消费更注重物品的象征意义。在手工体验中"物"的价值同样发生了转向，人们重视的不仅是实用价值和经济价值，而更多地在于手工劳动过程中投入的个体时间、思考及情感。换言之，在当代，手工制品变成了个体特定时间的具象化体现。人们愿意参与手工艺制作，正是希望去感受参与的过程本身，并将自己亲手制作的手工艺品视为这一过程的重要纪念物。因此，通过手工体验，能够促成一种新的消费模式及人与物的关系，人不再为炫耀而过度消费，而是养成一种更加健康、良性的消费与休闲方式。

第三，社会交往是城市休闲活动中的重要构成，同时社会交往本身也往往是人们参与休闲活动的目的和意义。人是一切社会关系的总和，通过各种手工活动，人们能够积极参与到各种交流与互动中，获得更多与他人交流的机会，消除网络时代日益疏远的人际关系，使人在社会交往活动中获得个性的充分发展与发挥，从而更好地融入社会生活。

第四，从城市休闲文化来看，发展各种手工体验活动是当代城市休闲消费的有效实践。休闲消费是消费生活的高级形态，它区别于传统有闲阶级的"炫耀式消费"模式，而是追求更能体现人的本质价值、人的自我完善的消费模式。可以说当代休闲消费本身就是一种生产力，对于促进城市生活的良性发展具有良好的推动作用。而在城市生活中发展手工活动，能够使人获得上述一系列关系的健康发展，在手工实践中，人通过自身创造性的劳动，既获得美的享受，身心获得统一，同时使自我价值得到实现，通过这种无利害的健康生活、休闲方式，能够进一步催生城市休闲文化建设，推动一系列城市休闲产业的有序发展，从而使社会生产能够不断满足人们日益增长的物质文化需求，使人在城市生活中获得深层的身心满足。

当然，当代手工艺的诸多发展模式方兴未艾，许多问题仍需要人们思考和解决，如何扩展手工进入生活的深度和广度，令其不仅作为一种娱乐与消费活动，而且是真正使人自觉、自发地接近手工、参与手工，仍是所有从事手工艺研究与创作者们需要思考的问题。

整体上我们能够看到，当代手工艺的发展已不再局限于过去单一的发展模式，手工艺也不再是被束之高阁的展示物，而是集器用、欣赏、人际关系乃至生活方式等方面在生活中全面展开的。同时，城市是当代多元文化的载体，也将会是未来手工艺存续和发展的空间依托，因此，要使传统工艺在当代存续与发展，更好地融入城市生活，应当充分发挥时代优势，利用城市中的各种社会资源和条件，共同挖掘传统手工的当代价值，使其真正成为未来城市生活的一部分。归根结底，手工艺绝不是手艺人独自的狂欢，而是人之为人的基本能力和根本需求。

（原载《美术观察》2018 年第 2 期，第 10～12 页）

图书在版编目(CIP)数据

2018 民间文艺研究论丛年选佳作. 民间工艺 / 赵屹
主编. -- 北京：社会科学文献出版社，2019.7
ISBN 978 - 7 - 5201 - 5058 - 3

Ⅰ.①2… Ⅱ.①赵… Ⅲ.①民间文学 - 文学研究 -
中国 - 文集②民间工艺 - 中国 - 文集 Ⅳ.①I207.7 - 53
②J528 - 53

中国版本图书馆 CIP 数据核字(2019)第 118477 号

2018 民间文艺研究论丛年选佳作·民间工艺

主　　编 / 赵　屹
副 主 编 / 张传寿

出 版 人 / 谢寿光
责任编辑 / 孙燕生

出　　版 / 社会科学文献出版社·社会政法分社 (010) 59367156
　　　　　　地址：北京市北三环中路甲 29 号院华龙大厦　邮编：100029
　　　　　　网址：www. ssap. com. cn
发　　行 / 市场营销中心 (010) 59367081　59367083
印　　装 / 三河市龙林印务有限公司

规　　格 / 开本：787mm × 1092mm　1/16
　　　　　　印　张：19.75　字　数：302 千字
版　　次 / 2019 年 7 月第 1 版　2019 年 7 月第 1 次印刷
书　　号 / ISBN 978 - 7 - 5201 - 5058 - 3
定　　价 / 109.00 元